Der 7. SPLITTER

Eugen

Roman

Christian Kässmayer

Widmung

Für meinen Vater: Ich vermisse dich.

Für meine Frau: Danke, dass du mich unterstützt, mir den Rücken freihältst und stärkst. Ohne dich würde keine meiner Geschichten erscheinen. Mal sehen, was uns die nächsten Jahre noch so bringen werden, wir haben viel vor. Aber am Ende ist es mir egal, ob wir unsere Ziele erreichen, denn Hauptsache ist, du bist bei mir. Ich liebe dich und genieße jede Sekunde mit dir.

Für meine Tochter: Hier sind die ersten Zeichen, die sie in die Tastatur gehackt hat, als sie mich am 20. September 2022 beim Überarbeiten besucht hat.

,,,,,......mlää####################ä########zuuh-
hjiiuu....l.......-.-......-.........-äa22qwqq2w qewweeeewwwysaswewwass-
wassswwsssdsšwwvvfrerrrrxsaaaa>aqq qqqqcvcccc
^ ^ 1
vvbbbbvbw33

Du bist die Beste. Ich liebe dich.

Prolog

Der Baron betrat die Küche. Der Tisch war reichlich gedeckt. Es gab Schweinebraten – er hatte sogar eine knackige Kruste –, Walnüsse, frisches Sauerteigbrot und cremige Lauchsuppe. Das Feuer war fast erloschen, an den Rändern schwelte es noch orange, und die Küche war angenehm warm. In der restlichen Glut stand ein Topf, aus dem Dampf aufstieg.

»Herr Baron, setzt Euch«, sagte die Magd und machte einen Knicks. Er hatte sie erst vor kurzem angestellt, sie war noch neu.

»Herr reicht«, erwiderte der Baron.

»Verzeiht, Herr.« Sie sah ihn kurz an, dann wieder weg. Ihre Augen waren nichts Besonderes, braun und langweilig.

Der Baron nahm Platz. Er war aus Marseille geflohen, weil sich die Pest dort immer weiter ausgebreitet hatte. Die Totengräber hatten nicht mehr gewusst wohin mit den Leichen und sie an den Straßenrändern gestapelt. Es war kein schöner Anblick gewesen, da war ihm sein Landsitz in Speyer lieber.

Die Magd holte den Topf aus der Glut und kippte heißes Wasser in den halbvollen Eimer, den sie vom Brunnen geholt hatte. Sie prüfte die Temperatur mit dem kleinen Finger, schenkte noch heißes Wasser nach, prüfte es erneut und kam dann mit dem Eimer und einem Handtuch zu ihm herüber.

Er tauchte die Hände in das wohlig warme Wasser und betrachtete erneut die Magd. Ihr Gesicht wirkte reif, aber dennoch weich und unerfahren.

»Wie alt bist du?«, fragte er.

»Fünfzehn.«

»Komm nachher in mein Gemach.«

Sie presste die Lippen zusammen. »Ja, Herr.«

Er rieb sich die Hände am Handtuch trocken. Die Magd schöpfte Lauchsuppe in eine Schüssel und stellte sie auf den Tisch. Er hob den Löffel und plötzlich rannte ein Huhn über den Boden.

Die Küche verschwand und vor ihm tauchte ein Marktplatz auf. Es war laut, Menschen riefen durcheinander, Leute liefen umher, Tiere brüllten. Töpfer priesen ihre Ware an, ein Viehhändler versteigerte einen Ochsen und Kirchenglocken läuteten zur vollen Stunde.

Eine Vision!

Und er kannte die Sprache. Es war Deutsch, genau wie hier in Speyer. Es war also nicht nur ein Ort, den er kannte, sondern er war sogar in der Nähe.

Ein Metzger packte das Huhn und hackte ihm mit großer Geste den Kopf ab. Daneben kniete eine Frau auf dem Marktplatz, die Hand um etwas auf dem Boden geschlossen. Ihr Haar war dunkelbraun und zu einem Zopf geflochten. Sie trug das schmutzige Kleid einer Bäuerin und ein fadenscheiniges Wolltuch über den Schultern.

Wo war der Splitter?

Da! Zwischen den Fingern der Frau glühte es perlweiß. Sie hat einen Splitter gefunden, irgendwo in den deutschsprachigen Landen.

Doch wo war sie genau? Neben ihr stand ein Esel, an dessen Seite ein Sack gebunden war. Hinter der Frau befand sich ein Haus aus Stein mit einem Hammer über der Tür und einem Wappen, aus dem gerade ein älterer Mann trat.

»Hedda, wie weit bist du!«, rief er und kam auf sie zu.

Hedda hob ihre Hand und betrachtete den Fund. Das Glühen wurde stärker.

Der Mann kippte um, wie ein Sack, den man nicht vernünftig hingestellt hatte. Mit ihm fielen alle anderen Menschen und auch die Tiere, der Esel, die Hühner und alles, was lebte.

Es war still. Hedda stand auf dem Marktplatz und starrte ihren Fund an.

»Herr?«, fragte jemand.

Der Markplatz verschwand, mit ihm Hedda und die Toten.

Der Baron befand sich wieder in der Küche.

»Ist etwas mit dem Essen?«, fragte die Magd besorgt. Der Baron schlug mit der Faust auf den Tisch und die Magd wich zurück, die Augen weit aufgerissen.

»Verschwinde!«, knurrte er.

Sie machte eine hastige Verbeugung und suchte das Weite.

Er hatte eine Vision gehabt. Ein weiterer Splitter war gefunden worden. Endlich! Die letzte Vision war Jahrhunderte her, den Finder des Splitters hatte er damals nicht aufspüren können. Er hatte in einem anderen Land gelebt und eine Sprache gesprochen, die er nicht gekannt hatte.

Doch diesmal war es anders. Diesmal war der Splitter ganz in seiner Nähe gefunden worden. Der Baron lehnte sich zurück und ging das eben Erlebte noch mal durch. Das Haus hinter Hedda könnte ein Zunfthaus gewesen sein. Das Wappen über der Tür, er hatte es erkannt, es war schon eine Weile her, dass er dort gewesen war, aber das konnte nur eine bestimmte Stadt in Baden sein.

»Diesmal werde ich dich finden!«, sagte er.

Der Baron kniete vor dem Kamin und stocherte mit dem Schürhaken in der Glut. Das Holz knackte. Ein Scheit fiel um und Funken stoben wie tausend Glühwürmchen auf. Er bereitete ein heißes Bett aus der Glut und legte zwei trockene Holzscheite hinein. Flammen loderten auf, hüllten sie ein.

Es war zwanzig Jahre her, dass er Heddas Heimatstadt aufgesucht hatte. Sie war natürlich längst verschwunden gewesen. Er konnte es ihr nicht verdenken. Sie war die einzige Überlebende der Stadt gewesen, nicht auszudenken, was die Kirche mit ihr angestellt hätte, wenn die sie in einem Ort voller Toter gefunden hätte.

Er hatte sein Anwesen in Speyer verkauft und ein Hofgut in der Nähe der Totenstadt erstanden, auf dem er nun lebte und wartete, dass Hedda einen Fehler machte und so ihren Aufenthaltsort verriet.

Er erhob sich. Es war noch Tag, das schwache Licht des Herbstes fiel durch das Fenster. Dahinter lag der Hof, der von vier Seiten ummauert war, was seine Stube noch dunkler machte. Es roch nach Regen, aber noch war der Himmel nur bewölkt.

Schatten umspielten die ausgestopften Vögel auf dem Kaminsims. Er sah einem der Raben in die leeren Augen.

»Nicht meine beste Arbeit.« Er streichelte ihm über die schwarzen Federn und ging dann zum Fenster. Die Scheibe war trüb und grünlich, aber das Beste, was das Handwerk zu bieten hatte. Er öffnete es, um in den Hof zu sehen. Bis auf den überdachten Brunnen war nichts los, nur zwei Raben stritten sich um ein Stück Brot.

»Komm!«, sagte der Baron.

Der kleinere Rabe sah zu ihm rauf, erhob sich in die Luft und landete auf dem Fenstersims.

Der Baron ließ sich am Tisch nieder und schloss die Augen. Er dachte an den Raben, zuerst war es dunkel, doch dann klärte sich sein Blick und er sah sich selbst, wie er vor dem Tisch auf seinem rustikalen Holzstuhl saß.

»Flieg!«, murmelte er.

Der Rabe hob ab. Einen Augenblick betrachtete der Baron die Felder jenseits des Hauses, auf denen die Knechte arbeiteten; an der Waschküche schrubbten einige Mägde, daneben standen Nussbäume, die demnächst abgeerntet werden würden. Durch die Augen des Raben war das Laub der herbstlichen Bäume intensiver und farbenfroher, als er es je durch menschliche Augen hätte wahrnehmen können.

Der Rabe sank nach unten, der Hof kam wieder in Sicht und mit ihm der größere Rabe, der noch immer nach dem Brot pickte.

»Lande!«, sagte der Baron und der Boden kam rasch näher. Kurz darauf berührten die Krallen den Lehmboden. Der Rabe stand vor seinem Artgenossen, der ihn neugierig betrachtete und dann schnell das Brot mit dem Schnabel aufnahm.

»Kämpfe und nimm, was dir gebührt!«

Der kleine Rabe sprang vor und hackte mit dem Schnabel in Richtung Kopf seines Artgenossen. Der wich zurück und krächzte, dabei fiel ihm das Brot aus dem Mund. Er breitete die Flügel aus, der kleinere sprang hinterher.

»Bleib an ihm dran«, sagte der Baron. Er freute sich schon zu sehen, wer den Kampf überleben würde.

»Herr!«, erschallte eine Stimme. Der Ruf kam aus dem Gang vor seinem Zimmer.

Der angegriffene Rabe flatterte hektisch, aber bevor er abheben konnte, hatte der kleinere ihn erreicht. Er hackte wieder nach ihm und diesmal traf er das Auge. Ein schmerzerfülltes Krächzen hallte durch den Hof.

Jemand hämmerte gegen die Tür. »Herr! Herr!«

»Was?«, rief der Baron und löste sich von dem Raben. Sein Zimmer erschien wieder, von der anderen Seite der Tür kamen undeutliche Geräusche. Er strecke den Rücken durch, dass die Wirbel knackten. Bei diesem Wetter waren die Schmerzen in den Gelenken besonders schlimm, aber das war der Preis der Macht.

Die Stimme aus dem Flur redete undeutlich.

»Sprich lauter!«, rief er.

»Darf ich eintreten?«, drang die Stimme matt durch das Holz. Es war einer seiner Leibeigenen.

»Wenn es denn sein muss!«

Durch das Fenster hörte er Krächzen und schlagende Flügel. Er musste lächeln. Nur ein einziges Wort von ihm hatte genügt, um einen Kampf auf Leben und Tod zu anzustoßen, den nun andere für ihn austrugen. Das war der Inbegriff wahrer Macht.

Die schwere Tür ging langsam auf, der Leibeigene hatte offenbar Probleme sie aufzustemmen. Der Baron nutzte die Zeit, um einen Faden in eine Präpariernadel zu fädeln. Vor ihm auf dem Tisch lag der Torso eines Adlers, die Flügel ordentlich zusammengefaltet daneben. Er hatte Kerzen aufgestellt, ohne die diese Arbeit trotz Tageslicht unmöglich gewesen wäre.

Die Tür war auf und der Leibeigene betrat den Raum. Er war lang und hager und für den Haushalt zuständig, seinen Namen hatte der Baron vergessen.

Er schob die Tür wieder zu, dazu stemmte er sich mit dem ganzen Körper dagegen. Der Baron stach derweil die Nadel am Rande des Torsos ein und zog den Faden durch, er würde den Flügel befestigen, während der Leibeigene vortrug, was auch immer er vorzutragen hatte.

Die Tür war zu, der Mann kam zum Tisch, verbeugte sich und richtete seinen Blick zu Boden. »Herr, ich habe von einer Frau gehört, die Verletzungen heilt. Sie soll eine Hexe sein. Ich sollte Euch informieren, wenn –«

Der Baron rammte die Nadel in die Tischplatte. »Du redest zu viel!«

Er nahm einen Walnusskern aus der Schale, die ihm die Küchenmagd am Morgen hingestellt hatte. Er schmeckte herb und leicht süß. Er hatte in den letzten Monaten zu viel von Hexerei gehört, besonders am Übergang zum Winter häuften sich die

Anschuldigungen. Die Bauern hatten weniger auf den Feldern zu tun und mehr Zeit zum Langweilen. Der Nachbar hatte immer die dickeren Rüben, die größeren Zwiebeln und das schönere Weib – er konnte es nicht mehr hören.

»Ich hoffe für dich, dass du mich nicht mit allgemeingültigen Scherereien belästigst.«

Der Leibeigene öffnete den Mund, der Baron schnitt ihm mit einer Handbewegung das Wort ab. »Du weißt, dass ich nur nach außergewöhnlichen Fähigkeiten suche. Keine gewöhnlichen Hexen!«

Der Mann nickte, ohne aufzusehen.

»Gut. Dann sprich!«

»Die Pest, werter Herr, die Frau hat ihre Sprösslinge von der Pest geheilt.« Eine Hexe, die Kleinigkeiten heilte, war nichts Außergewöhnliches, aber die Pest zu heilen, das war ihm bisher noch nicht untergekommen. War das mächtig genug für einen Splitter?

Aufregung machte sich in ihm breit. »Woher hast du diese Information?«

»Von einem Hausierer, der hat es von einem Bauern aus dem Fränkischen. Der hat die Sprösslinge gesehen. Das Mädchen hatte wohl eine schwarze Beule am Hals und sollte eigentlich tot sein, aber die Beule ist weg und das Mädchen lebt. Der Bauer meint, dass der Hof verhext sei. Die Familie hat immer mehr Ernte als alle anderen und niemals ist jemand krank.«

»Wann war das?«

»Vor zwei Tagen, Herr.«

Wenn das stimmte, dann hatte er vielleicht endlich eine Spur. Die Beulenpest war nicht unheilbar. Aber es war selten, dass jemand überlebte, und normalerweise waren keine einfachen Bauern an der Heilung beteiligt. So oder so konnte sich die Reise lohnen, entweder er fand endlich einen weiteren Splitter oder aber ein Heilmittel gegen die Pest.

»Lass die Pferde satteln«, sagte der Baron. »Nimm einen Raben und reite zu dem Bauern. Finde heraus, wo die Familie lebt!«

Der Leibeigene öffnete den Mund, aber der Baron machte eine wegwerfende Geste. »Verschwinde!«

Der Mann verbeugte sich hastig, ging einige Schritte rückwärts, zerrte die Tür einen Spalt weit auf, quetschte sich hindurch und rannte davon. Der Baron hörte ihn den Gang entlanglaufen und in Richtung Stall verschwinden.

Was war aus den Kämpfenden geworden? Er stand auf und ging zum Fenster. Im Hof lag der größere Rabe reglos vor dem Brunnen, die Flügel abgespreizt. Sie waren fast unversehrt, vielleicht würde er dieses Exemplar ebenfalls präparieren.

Der kleinere hatte Federn gelassen und schwankte bedrohlich, doch er lebte noch. Sein Schnabel war voller Blut, ebenso das Brot, das er nun mit schwachen Bewegungen aufpickte.

Der Baron verband sich mit dem Überlebenden, nicht zu stark, gerade genug, um ihm Befehle zu erteilen. »Flieg gegen die Wand!«

Der Rabe schwang kraftlos die Flügel und kam nur schwer in die Luft. Doch dann erhob er sich, flog einen schiefen Kreis und prallte gegen die Wand, direkt neben dem Baron.

Der Rabe fiel tot zu Boden.

»Ihr kämpft und sterbt für mich. Genauso funktioniert euer Leben.« Er hätte nicht gedacht, dass der kleinere Rabe überhaupt eine Chance gehabt hätte, aber am Ende spielte es keine Rolle mehr, denn tot waren nun beide. Aber ihr seid für einen guten Zweck gestorben, zu meiner Unterhaltung.

Der Baron lachte und zog einen goldenen Anhänger unter seinem Umhang hervor. Es war eine runde Scheibe mit Flügeln und in der Mitte war ein perlweißer Splitter eingearbeitet, der funkelte, als würde er von innen heraus glühen.

Niemand sollte im Besitz einer solchen Macht sein, nicht einmal die heilige Kirche. Sollten die Anschuldigungen stimmen, von denen sein Leibeigener ihm berichtet hatte, sollte es sich dieses Mal als wahr herausstellen, dann würde er den anderen Splitter an sich nehmen. Macht war nicht für jeden geeignet, man musste sie kontrollieren können.

Ich kann sie kontrollieren.

Er küsste den Splitter. »Ich weiß, was wahre Macht bedeutet und wie man sie bändigt.«

Der Baron lehnte sich in seinem Sessel zurück und schloss die Augen. Als er sie wieder öffnete, sah er ein heruntergekommenes Dorf im Nieselregen, gen Norden stieg das Land an und eine Burg stand auf dem Hügel. Einige Dächer ragten über die Mauern und Rauch stieg auf. In die andere Richtung lag Wald, der sich bis zum Horizont erstreckte.

Sein Leibeigener stapfte durch Matsch auf eine strohgedeckte Hütte zu, von deren Wänden Lehm bröckelte. Dahinter lag ein Stoppelfeld und eine halb zusammengesunkene Scheune. Das war eine besonders erbärmliche Hütte, kein Wunder, dass die ihrem Nachbarn jede Ernte missgönnten.

Der Leibeigene zögerte.

»Mach schon!«, sagte der Baron von seinem Sessel aus und der Rabe vor dem Haus des Bauern krächzte. Ängstlich sah der Leibeigene zurück, zum Raben, der auf dem Sattelknauf hockte, und klopfte dann gegen die Tür. Das Stroh ragte über den Dachrand und an der Kante hingen dicke Tropfen.

»Wer da?«, kam aus dem Inneren der Hütte.

»Bist du Erhardt?«, fragte der Leibeigene.

»Verschwinde!«

»Ich will wissen, wo die Hexe ist. Ich entlohne dich auch für die Information.«

Die Tür ging nach innen auf. Ein dürrer Mann mit krausem Haar erschien.

Misstrauisch musste er den Leibeigenen. »Wie viel?«

»Einen Pfennig«, sagte Erhardt.

»Zwei!«, sagte der Mann und Erhardt streckte ihm zwei Münzen hin. Der nahm sie und zeigte hinter sich, Richtung Wald. »Da.«

»Flieg!«, sagte der Baron und der Rabe flatterte.

Der Wald lag nicht weit entfernt, direkt am Rand stand ein langes, breites Holzhaus, daneben eine Scheune. Beide waren ordentlich und gepflegt, es gab einen Gemüsegarten und eine Obstwiese.

Der Baron flog über die Äcker. Ein Knabe kam aus dem Haus gerannt, er konnte nicht mehr als zehn Jahre alt sein, und rannte mit gespreizten Armen Richtung Wald. Ein kleines Mädchen folgte, holte ihn ein und verpasste ihm einen Schlag auf die Schulter. »Du bist!«

Sie rannte wie der Teufel zum Waldrand, der Junge hinterher. Der Baron zog einen großen Kreis und setzte sich auf einen Baum neben dem Eingang.

»Geht nicht zu tief in den Wald!«, rief ein Mann mit Oberlippenbart den Kindern zu. Er war eben aus der Hütte gekommen. Er hatte eine Schaufel bei sich und war auf dem Weg in den Gemüsegarten.

Die Kinder hörten nicht auf ihren Vater, schon einen Moment später waren sie zwischen den Bäumen verschwunden. Eine Frau kam aus der Scheune. Sie trug einen Milcheimer und hatte die Haare zu einem Zopf geflochten. Sie rieb sich mit dem Handrücken über die Stirn.

Der Baron hob wieder ab und flog näher heran: Es war die Frau vom Marktplatz, Hedda. Sie war um keinen Tag gealtert.

»Endlich!«, sagte der Baron laut.

Er betrachtete sie eingehend, konnte aber den Splitter nirgends finden. Sie musste ihn bei sich haben, aber sie trug einen Wollumhang mit zahllosen Taschen über ihrem Kittel, er konnte überall sein.

Sie stellte die Kanne ab und beobachtete den Raben verträumt dabei, wie er seine Runden drehte.

»Hedda«, sagte der Mann vom Garten aus. »Siehst du nach den Kindern? Sie sind in den Wald gelaufen.«

»Mach ich.« Hedda lief zum Waldrand. »Ulrich! Veronika! Kommt zurück!« Nichts tat sich und sie ging ihren Kindern hinterher.

»Folge ihr!«, sagte der Baron. Er spürte, wie der Rabe den Befehl in sich aufnahm, bevor er die Kontrolle an das Tier zurückgab.

Der Baron öffnete die Augen und sah auf den Kamin. Zahllose tote Augenpaare starrten zurück.

Er sprang auf, ihm wurde schwindelig. Er knickte ein und landete auf den Knien. Die Gelenke knackten, ein Schmerz flammte auf, als hätte er Sand darin.

Er kam immer schlechter mit den Auswirkungen seiner Fähigkeiten zurecht. Er richtete sich langsam auf, der Boden unter ihm blieb wacklig. Eine beruhigende Ohrfeige später, schleppte er sich zur Tür.

Seine Lider waren schwer, aber er konnte sich jetzt keine Pause erlauben und rannte zu den Ställen.

Stalljungen kratzten Pferdemist vom Boden. Mit brennenden Lungen stützte sich der Baron am Türrahmen ab.

»Holt euch Messer und Schwerter!«, wollte er brüllen, bekam aber nicht mehr als ein heißeres Krachen heraus.

Seine Leibeigenen starrten ihn an.

»Auf die Pferde!« Dieses Mal klang er laut und deutlich.

1

Die Straßenlaternen warfen nur ein schwaches Licht auf die Gehwege. Der Mittelstreifen raste diffus unter ihm hinweg, die Häuser an ihm vorbei.

Hatte er das Licht an? Nein! Er betätigte den Schalter. Die Scheinwerfer sprangen an, im Lichtkegel warf sich ein Marder herum. Er riss das Lenkrad zur Seite, das Auto scherte aus und polterte über den Gehsteig.

Er trat in die Eisen. Vor ihm tauchte ein Junge auf, dessen blonde Haare im Scheinwerferlicht glänzten. In seiner Hand hielt er eine rote Hundeleine. Eugen riss das Lenkrad herum. Etwas schlug von vorn gegen das Auto und polterte gegen den Radkasten.

Der Wagen kam zum Stehen. Sein Herz schlug wie wahnsinnig. Er stand in einem Vorgarten, im Licht der Scheinwerfer war ein Rasen und ein Stück der Hauswand zu erkennen.

Die Gangschaltung klackte, als er hektisch den Rückwärtsgang einlegte. Er gab Gas. Der Motor heulte auf. Er kam nicht vom Fleck. Er trat das Pedal weiter durch und das Auto machte einen Satz nach hinten.

Warum hast du das getan?, fragte jemand direkt neben ihm. Das Auto schoss auf den Asphalt und er schlug die Augen auf.

Er saß in seinem Bett. Durch das Dachfenster schien die Sonne herein. Er hatte geträumt.

»Dem Jungen geht es gut«, sagte er laut.

Ein Rabe landete auf dem Fenster, die Krallen klickten auf dem Glas, dann flog er wieder davon.

»Eugen?«, rief seine Frau von unten herauf.

»Ja?«

»Gut, du bist wach. Wir haben fast neun.«

Eugen stand hastig auf und rief: »Danke!« Er musste packen, sein Flieger würde in dreiundzwanzig Stunden abheben. Er schlüpfte aus dem nass geschwitzten Shirt, ihm fiel der Traum wieder ein. Schuldgefühle überkamen ihn.

»Dem Jungen geht es gut«, murmelte er. Er hätte jetzt einen Schluck vertragen können, aber seit dem letzten waren zwei Jahre vergangen und er wollte kurz nach seinem Vierunddreißigsten nicht wieder damit anfangen.

Er ging ins Bad, warf sich Wasser ins Gesicht, schmierte Zahnpasta auf die Bürste und putzte sich im Türrahmen die Zähne. Die Schlafzimmertür war angelehnt, vom Nachttisch lachten ihm von einem Familienfoto Susanne und seine Tochter Mary entgegen. Er ging zurück ans Waschbecken, spülte sich den Mund aus und holte den alten Lederkoffer aus dem Kleiderschrank. Er schlug ihn wie ein Buch auf dem Ehebett auf.

Was brauchte er alles für zwei Monate Kanada? Es war April und Pullover waren sicher angebracht. Er holte den Stapel Pullis, auf den er am Abend die Tickets gelegt hatte – damit er sie garantiert nicht vergessen würde –, eilte zurück zum Bett und blieb dabei mit dem kleinen Zeh an der Bettkante hängen.

»Scheiße«, raunte er, hielt die Luft an und warf die Pullis weg. Er ließ sich vor dem Bett nieder und wartete darauf, dass der Schmerz abklang.

Als sich der Zeh wieder normal anfühlte, schielte er auf die Tickets zu seinen Füßen. Sie würden ihn von Frankfurt nach Seattle im Westen der USA und von dort mit einer Privatmaschine nach Wrigley, in den Ausläufern der Rocky Mountains, bringen. Wie er von dort zur Ausgrabung gelangen würde, wusste er noch nicht, aber Callahan hatte ihm geschrieben, dass in Wrigley jemand auf ihn warten würde. Alles in allem war das eine Reise von mehr als 24 Stunden.

Das Familienfoto kippte vom Nachttisch neben ihm auf den Dielenboden. Eugen sprang auf. Hinter seiner Brust polterte sein Herz, er hatte das deutliche Gefühl, dass noch jemand im Raum war.

Er sah sich um, aber er war allein. Er knipste das Deckenlicht an, doch der Raum wurde nicht heller, solange das Licht der Sonne durch das Fenster fiel. Er sah ins Bad und unters Bett. Da war niemand.

»Dem Jungen geht es gut«, flüsterte er sein persönliches Mantra und hob das umgefallene Bild auf. Er betrachtete Mary, die ihn durch das zersprungene Glas anlächelte. Seine Augen begannen zu brennen. Was habe ich mir nur gedacht? Zwei Monate werden wir uns nicht sehen, und alles nur, damit ich in der tiefsten Einöde Kanadas nach uralten Eidechsen graben kann.

Er seufzte.

Susanne tauchte in der Tür auf. Sie betrachtete das Krisengebiet, als wäre das Gepäckstück explodiert. »Die Klamotten gehören *in* den Koffer, nicht drumherum.«

»Ich kann nicht fliegen, Susanne«, sagte er nach längerem Schweigen.

Susanne nahm ihm den Bilderrahmen aus den Händen. »Mach dir keine Sorgen.«

»Du und Mary, ich kann doch nicht und …« Das alles hatten sie in den letzten Monaten bereits mehrmals durchgesprochen. Mary und Susanne würden auch ohne ihn zurechtkommen. Susanne hatte im letzten Jahr extra keinen Urlaub genommen, um die vollen zwei Monate, die er fort war, zu Hause bleiben zu können. Außerdem ging Mary bereits in die zweite Klasse.

»Du kannst«, sagte sie. »Wir warten hier auf dich. Die brauchen dich doch. Woher sollen die sonst wissen, wo sie graben sollen, wenn du es ihnen nicht sagst?«

»Ha-ha.«

Sie stellte das Bild auf den Nachttisch, dabei fiel der zerbrochene Rahmen heraus. »Außerdem sind dein Eimerchen und Schippchen schon gelandet. Du siehst also, du musst.«

Der Finanzier der größten Ausgrabung seit zehn Jahren, ein amerikanischer Milliardär namens Jeremia Callahan, bereitete die Ausgrabungsstätte bereits seit Monaten vor und hatte klar gemacht, dass er keine Verzögerungen dulden würde.

Er hob den Kopf. Sie grinste ihn an. Es war so herzlich, dass er nicht anders konnte, als ebenfalls zu lächeln. Sie trat zu ihm, drückte ihm einen Kuss auf die Nase und den nächsten auf den Mund, den er erwiderte.

»Ich wüsste auch nicht, wie ich meinem Liebhaber jetzt noch –«

»Oh, das hast du nicht gesagt!«, unterbrach er Susanne. Eugen fuhr ihr mit den Händen unter die Achseln und kitzelte sie. Susanne kreischte überrascht auf und lief rot an.

»Gnade! Gnade! Gnade!«, schrie sie, immer wieder von Lachen unterbrochen.

»Sag schon, wer ist es? Enrico? Julio? Oder der dicke Metzger neben der Bücherei? Der mit dir in einer Klasse war?«

Sie hielt abrupt inne, er hörte auf, sie zu kitzeln, eine Träne kullerte ihr über die Wange. Sie zog die Brauen zusammen. »Du meinst Karlo?«

Er nickte.

»Du –« Doch weiter kam sie nicht. Er kitzelte sie wieder. Sie kippte auf die Seite, er kletterte über sie und kitzelte im Wechsel Bauch und Achseln. Sie schrie und lachte gleichzeitig.

Eugen brachte sie mit einem ausgedehnten Zungenkuss zum Schweigen. Mary war noch in der Schule und würde in den nächsten drei Stunden Textaufgaben lösen und die Zehn Gebote lernen, er und Susanne hatten also Zeit, sich mit Erwachsenenkram zu vergnügen.

Susanne lag auf dem Boden, ihren Kopf auf die zusammengeknäulte Jeans gebettet, die sie vor zwanzig Minuten noch getragen hatte, ihr Blick ging zur Decke. Das Kondom lag hinter ihr auf dem Nachttisch, in ein Taschentuch gewickelt.

Eugen saß im Schneidersitz vor ihr. Sie war so heiß wie am ersten Tag. Ihre Brustwarzen drückten durch das grüne Oberteil. Er wollte sie gleich noch mal und sie im Anschluss niemals wieder loslassen.

»Ich werde dich ganz schön vermissen«, sagte er.

»Ich dich auch.« Sie lächelte schief und warf einen Blick zwischen seine Schenkel. Sein bestes Stück war wieder einsatzbereit.

»Was ist mit Enrico? Dachte, du freust dich schon auf seinen Besuch«, sagte Eugen, beugte sich vor und streichelte ihren Oberarm.

»Der ist nicht so gut, und ich versteh ihn auch nicht immer. Da müsste man doch meinen, dass so ein ausgedachter Immigrant nach zwanzig Jahren imaginärer Poolreinigung unsere Sprache können müsste. Aber, was soll ich dir sagen? Kein Wort.«

Sie streckte die Zunge raus und biss verführerisch darauf. Ihre Hand wanderte zwischen seine Beine. Sie würden sich zwei Monate nicht sehen, keine Küsse, keine Umarmungen, kein Sex. Er beugte sich vor, liebkoste ihren Hals und drang wenig später wieder in sie ein.

Keuchend ließen sie voneinander ab.

»Ich sag Enrico ab«, prustete Susanne. Ihre Haut schimmerte rötlich von der Anstrengung, ebenso ihre Wangen. Schweißperlen hatten sich an der Stelle gesammelt, an der die Schlüsselbeine zusammenliefen.

Eugen holte eine Schachtel Taschentücher vom Nachttisch und achtete darauf, den zerbrochenen Rahmen nicht zu berühren. Susanne zupfte zwei Tücher heraus und drückte sie sich zwischen die Beine. Er knotete das Kondom zu und legte es zu dem anderen.

»Noch eine Runde schaff ich aber nicht«, sagte er. Susanne lächelte so breit, dass ihre Backenzähne hervorblitzten. Eugen stieg in seine Boxershorts und legte sich neben sie.

»Ich bin mir wirklich nicht sicher.« Er holte Luft, aber bevor er weitersprechen konnte, übernahm Susanne das Wort.

»Seit wir uns kennen, träumst du davon, deinen Teil zum Wissen der Menschheit beizutragen, eine Entdeckung zu machen, etwas wirklich Wichtiges zu tun. Ich meine, du sprichst quasi von nichts anderem. Das ist deine Chance!«

Es hatte vielversprechend geklungen, was Eugens Chef am Senckenberg Museum ihm vor zwölf Monaten erzählt hatte. In den kanadischen Nordwest-Territorien hatten sie das vollständige Skelett eines Patagotitan mayorum gefunden, das eines Jungtiers, oder wie Susanne ihn nannte: einen großen Langhalsdinosaurier. Der Fund hatte unter Paläontologen für großes Aufsehen gesorgt. Und nun würden sie dort weitergraben, die Hoffnung war, dass sie noch mehr fanden.

»Vielleicht stehst du mal in einem Geschichtsbuch. Als Entdecker eines wichtigen Knochens, wegen dem alles hinterfragt wurde, und all so was.«

Eugen gefiel die Vorstellung, seinen Namen in einem der Lehrbücher zu lesen, mit denen er selbst so viel Zeit verbracht hatte, auch wenn ihm klar war, dass das unwahrscheinlicher war, als auf dem Mars einen lebenden Ichthyosaurus zu finden.

In seiner Fantasie stand er auf einem vergilbten Schwarzweißbild vor einer Ausgrabungsstätte, so wie seine Helden: Professor Edward Drinker Cope, der mehr als tausend verschiedene Arten verstorbener Wirbeltiere beschrieben hatte, und Mary Anning, die das erste vollständige Skelett eines Ichthyosaurus gefunden hatte. Im 19. Jahrhundert waren Paläontologen Rockstars gewesen. Heute wurden sie eher mit unliebsamen Nerds gleichgesetzt, wobei Ross Geller aus der Serie Friends wohl noch der sympathischste unter ihnen war.

Er rollte sich auf die Seite und stützte seinen Kopf auf die Hand. Susanne lächelte ihn an, dieser Blick ging ihm durch Mark und Bein. In diesen tiefen braunen Augen lag so viel Freude und Leben. Er war glücklich gewesen, als er dieselben Augen bei seiner Tochter wiedergefunden hatte.

»Ich liebe dich.« Er wollte nicht gehen, das spürte er jetzt deutlicher denn je. Was er zurücklassen würde, sie und seine Tochter, waren ihm um so vieles wichtiger als der Erfolg.

»Ich liebe dich auch«, flüsterte sie und blinzelte die Tränen weg. »Du wirst mir fehlen.«

»Du mir auch.« Sie umarmten einander.

Sie setzte sich auf und machte eine ausladende Bewegung, die den ganzen Raum einschloss. »Jetzt aber genug! Ich geh duschen, du packst zusammen. Mal ehrlich, wie konnte das passieren?« Sie zeigte auf den Nachttisch. »Und was ist mit dem Bild da passiert?«

»Ist runtergefallen«, sagte Eugen.

Susanne rollte mit den Augen. »Egal. Ich kauf einen neuen Rahmen, bis du wieder da bist.« Sie drückte ihm einen Kuss auf die Stirn und verschwand ins Bad. Eugen holte tief Luft und öffnete das Dachfenster über dem Bett. Eine Brise Frühlingsluft strich ihm über das Gesicht.

Eine Stunde später, Susanne war bereits unten, um das Mittagessen zu kochen, trug er den gepackten Koffer und eine Reisetasche die Steinstufen herunter. Er blieb auf der letzten stehen und beobachtete Susanne in der Küche. Sie stand an der Kochinsel und rührte mit dem Holzlöffel im Topf. Der Duft von Tomatensoße und Basilikum stieg ihm in die Nase. Sie drehte sich weg, nahm aus den Hängeschränken ein paar Teller und stellte sie auf den runden Holztisch vor dem Fenster.

Sein Magen knurrte. Zwei Monate würde er auf die selbstgemachte Pasta seiner Frau verzichten müssen, eine unlösbare Aufgabe, wie ihm schien. Allerdings warteten auf der anderen Seite des dunklen Tunnels der Abstinenz selbstgemachte Pasta, Sex und vielleicht Erfolg auf ihn. Außerdem brachte die Forschungsreise ein nettes Sümmchen, von dem sie sich ein neues Auto kaufen konnten.

Er stellte Koffer und Reisetasche in den Flur. Es war elf Uhr dreißig, Mary sollte bereits auf dem Heimweg sein. Er würde ihr entgegengehen.

Er ging ins Wohnzimmer, um seinen Geldbeutel zu holen. Hinter einer großen Glasfront war der kleine Garten, der nur aus Wiese bestand, weil keiner von beiden einen grünen Daumen hatte.

Der Geldbeutel lag auf dem klappigen Couchtisch, den sie genauso wie das dunkelbraune Ledersofa und die zwei Sessel von Susannes Eltern geerbt hatten. Beim Rausgehen warf er einen Blick auf das Bücherregal, es war voller Konsaliks – Susanne war ein Riesenfan – und Lehrbücher über geologische Kartierung und phylogenetische Analyse. Bei einem der Regale hatte Susanne zwei Böden rausgenommen und in die freie Stelle den Fernseher installiert. Er seufzte. Er würde alles vermissen, seine Frau, sein Kind und sein Zuhause.

Er steckte den Geldbeutel ein und ging in die Küche. Dort legte er Susanne seine Hände von hinten auf die Hüften. Sie lehnte ihren Kopf gegen seine Brust, ohne damit aufzuhören, in der Soße zu rühren. Ihr Haar duftete nach Pfirsich und Sommer.

»Weißt du, welcher Tag heute ist?«, fragte sie.

Eugen dachte darüber nach. »Nein, welcher?«

»Heute vor sieben Jahren hast du mich gefragt, ob ich deine Frau werden will.«

»Worauf du mit: ›Scheiße! Ja!‹ geantwortet hast.«

»Damals hast du noch getrunken.«

Er schluckte trocken.

»Aber ich hab dich so sehr geliebt wie heute und ich wusste, dass du eines Tages den Absprung schaffst.« Sie klopfte den Holzlöffel ab, legte ihn auf den Topfrand und umarmte ihn. »Komm bitte heil wieder.« Sie vergrub ihr Gesicht in seinem Pullover. »Bitte«, murmelte sie.

Er küsste ihren Scheitel. »Natürlich. Mir passiert schon nichts.«

Sie nickte, als wäre alles damit gesagt. »Gut.« Dann widmete sie sich wieder dem Kochtopf.

»Das duftet herrlich«, sagte Eugen.

»Seit fünf Tagen essen wir Nudeln mit Tomatensoße und –"

»Ich könnte sie noch fünf weitere vertragen.«

Sie seufzte und stellte einen Topf mit Wasser auf.

»Ich geh Mary entgegen.« Er ging in den Flur und nahm den Haustürschlüssel vom Schlüsselbrett.

»Aber trödelt nicht so, die Nudeln sind gleich fertig.«

»Aye, aye.« Er schlüpfte in die Turnschuhe und zog die Haustür hinter sich zu. Die letzten Tage waren für einen Frühling besonders kalt gewesen, aber heute war es mild. Am Himmel zogen dunkle Wolken vorüber, verdunkelten die Sonne und verschwanden wieder.

Er stieg die eine Stufe hinab. Die älteren Nachbarn standen wie gewöhnlich seit dem Morgen in ihren Vorgärten. Susanne witzelte manchmal, dass die Ausgedienten immer noch von der Stechuhr kontrolliert wurden. »Rente hin oder her, wenn man sein Leben lang um sechs Uhr aufgestanden ist, um zur Arbeit zu trotten, legt man das nicht so einfach ab.«

Jetzt standen die Damen und Herren des älteren Semesters eben um sechs Uhr vor ihrer Haustür und warteten darauf, dass ein Unkraut aus der Erde wuchs, um es gleich im Ansatz ausreißen zu können. Bis das geschah, kehrten sie die Straße und unterhielten sich, bis sie zum Mittagessen reingingen – man konnte die Uhr danach stellen. Knapp drei Stunden später kamen die ersten der arbeitenden Gesellschaft heim, um die eigenen Vorgärten zu prüfen.

»Morgen, Herr Breier«, rief der Nachbar von gegenüber. Er kniete zwischen weißen Blüten. »Tolles Wetter, oder?«

Eugen hob die Hand zum Gruß und wollte schnell weiter, ehe ihm die Labertasche noch ein Gespräch aufzwingen konnte. »Tolle Blumen, Herr Baldig. Ich muss leider gleich weiter.«

»Convallaria majalis, Herr Breier, das gemeine Maiglöckchen.«

Aha, ganz toll, dachte Eugen und wollte weitergehen, als ihn die Nachbarin von der anderen Straßenseite begrüßte.

»Morgen«, rief sie mit einer dampfenden Tasse in der Hand und stieg die Stufen herab. »Fantastisches Wetter zum Jäten, was?« Mit der Aussage sicherte sie sich die allgemeine Zustimmung der Straße, überall wurde genickt.

Sie schlenderte zu ihrer Garage und kam mit dem Besen wieder heraus.

»Das würde Ihrem Gehsteig auch guttun«, rief ein anderer Eugen zu.

»Da haben Sie recht.« Wenn er nur jedes Mal einen Cent bekam, wenn ihn einer der Nachbarn auf seinen Vorgarten oder den Gehweg ansprach, dann hätte er statt seiner Schrottkarre einen Rolls-Royce in der Einfahrt stehen. »Aber ich muss los«, sagte er und wandte sich schnell ab. »Mary holen. Bis dann.«

Er eilte am Haus der Nachbarin vorbei, sie war inzwischen herausgekommen und kehrte hinter ihm her, als hätte er Dreck hinterlassen. Eigentlich musste er weiter geradeaus, aber da warteten noch mehr Rentner. Und irgendeiner würde sicher auf die Idee kommen, ihn zu fragen, ob er sich schon gewaschen hatte. Das war der Humor hier.

Also bog er links in einen Kiesweg ab. Die Steinchen knirschten unter seinen Schuhen. Eine Taube gurrte von einem der Dächer. Die Worte seiner Frau klangen in ihm nach. »Damals hast du noch getrunken.« Er dachte nicht gerne an die Zeit und wurde auch nicht gerne an sie erinnert.

An dem Abend, als er das letzte Mal betrunken gewesen war, hatte Susanne die Nachtschicht bei ihrem frisch operierten Vater übernommen. Eugen machte es sich derweil vor dem Fernseher auf dem Sofa gemütlich, aber gegen Mitternacht ging ihm das Bier aus. Die nächste Tankstelle, die rund um die Uhr geöffnet hatte, war zehn Minuten Fußweg entfernt. Ein Weg, den er in seinem Zustand nicht mehr bewältigen wollte, also legte er sich ins Bett.

Doch sein Kopf hatte ihn gefoltert. Seine Gedanken kreisten um eine Dose eiskaltes Königsbräu, ein regionales Bier, das nicht für Qualität, sondern für Quantität bekannt war. Ein Liter kostete gerade mal so viel wie ein halber von anderen Herstellern. Er versuchte, sich abzulenken, aber je mehr er an etwas anderes denken wollte, desto lauter schrie das Bier nach ihm. Bis er wieder aufstand, eine Hose überzog und den Autoschlüssel nahm. Er setzte sich hinter das Steuer und zog die Tür zu. Der letzte Rest Vernunft schlug mit der Faust auf den Tisch: Wenn er schon besoffen Auto fahren müsse – und das musste er, er brauchte dringend ein Bier –, dann solle er wenigstens den Gurt anlegen.

Er hatte sich angeschnallt.

Jetzt überquerte Eugen die Straße Richtung Grundschule. Die Vögel zwitscherten, auf beiden Straßenseiten blühten Pflaumenbäume zartrosa und weiß. Er hätte damals im Bett bleiben, den verdammten Schlüssel liegen lassen sollen und vor allem hätte er nie in das Auto steigen dürfen.

Ein kleiner Junge mit Schulranzen kam freudestrahlend auf ihn zu. »Hallo, Herr Breier.«

»Hey Tim! Hast du Mary gesehen?«

»Ja, die ist noch weiter hinter mir, bin gerannt, weil ich doch heute mit meinem Papa in den Zoo fahre. Da gibt es Elefanten und Trinozerposse.«

Eugen dachte kurz darüber nach, was wohl ein Trinozerposs war, verwarf die Frage aber, weil Tim schon an ihm vorbeigelaufen war. »Tschüss, Herr Breier, ich muss jetzt in den Zoo!«

»Mach's gut. Grüß mir deine Eltern.«

Tim sah zu ihm, ohne stehen zu bleiben und hob den Daumen. Beinahe wäre er gegen eine Straßenlaterne gerannt, er wich im letzten Moment aus und legte noch einen Zahn zu.

Eugen hörte bereits die ersten Autos, die zu schnell über die Hauptstraße donnerten. Plötzlich brüllte jemand, es klang aggressiv und unverständlich. Er erreichte das Ende der Straße und bog auf die Hauptstraße ein.

Die Straße rauf war der Marktplatz mit seinen alten, schilfgedeckten Häusern. Hundert Meter weiter lag eine Bäckerei, davor stand ein Mann und keifte seine Tochter Mary an. Hinter ihm stand ein blauer Sportwagen, die Beifahrertür war geöffnet. Der Mann hatte sich vorgebeugt und die Faust erhoben, so als wollte er zuschlagen.

Eugen rannte. Ihm rauschte das Blut in den Ohren. Mary weinte.

»Hey, Sie da!«, brüllte Eugen, so laut er konnte.

Der Mann sah zu ihm, ohne sich von seiner Tochter zu entfernen. Er hatte eine Glatze.

»Gehen Sie von meiner Tochter weg!« Gleich würde er da sein. Ein älterer Herr mit Schiebermütze schob sich hinter den beiden vorbei und betrat unbeteiligt den Bäckerladen, als würde nicht gerade ein kleines Mädchen auf offener Straße von einem Glatzkopf bedroht werden.

»Die Schlampe gehört zu dir?«, keifte der Glatzkopf zurück. Schlitternd kam Eugen neben Mary zum Stehen. Dem Glatzkopf traten die Adern aus der Stirn, die Nackenmuskeln reichten ihm bis zum Kinn. Erst aus der Nähe bemerkte Eugen das Hakenkreuztattoo an seinem Hals.

Das war der *Entbeiner*. So nannten ihn hier alle. Angeblich sollte er früher im Schlachthaus die Knochen aus den Rindern geschnitten haben. Er trug eine gewaltige Kugel vor sich her, die aber keineswegs nur aus Fett bestand, ganz im Gegenteil, der Mann war bekannt dafür, dass er seinen Straßenjungs selbst das Kämpfen beibrachte.

»Lassen Sie meine Tochter in Ruhe!« Der Entbeiner hob eine Braue und richtete sich nun doch auf.

»Was hast du gesagt?«, fragte er fast im Plauderton und musterte ihn von Kopf bis Fuß. »Wiederhol das noch mal!«

Eugen schob Mary hinter sich, die vor Schreck aufgehört hatte zu weinen. Er starrte dem Entbeiner in die Augen, etwas in ihm zwang ihn dazu, nicht zu blinzeln oder wegzusehen.

»Nigger, wiederhol das noch mal!«

Eugens Hände waren schweißnass.

»W-was ist de-denn passiert?«, stammelte er. Ihm wummerte das Herz bis zum Hals.

Der Entbeiner schob seine Faust hinter den Rücken und holte sie wieder hervor. Er bewegte den Daumen. Eine polierte Klinge sprang hervor, daran klebte Blut, nasses Blut.

Er deutete mit dem Messer auf seinen Bauch.

»Mary«, sagte er, ohne wegzusehen. »Du rennst jetzt nach Hause. Hast du verstanden? Los jetzt!«

Sie blieb wie festgeschraubt hinter ihm stehen.

»Mary! Sofort!« Er spürte, wie sie sich loseiste, dann entfernte sich das Geräusch ihrer Schritte.

Über ihm befand sich ein Flugzeug im Sinkflug auf Frankfurt. Der blaue Sportwagen des Entbeiners glänzte frisch poliert, auf der Straße dahinter rauschten die Autos entlang.

»Was hast du gesagt?«, wiederholte der Entbeiner.

»Es tu–"

Er hob die Lefzen und Eugen trat einen halben Schritt zurück. Der Entbeiner folgte ihm. In der Autoscheibe spiegelte sich, wie sich die Omis und Opis hinter dem Schaufenster der Bäckerei sammelten. Ein Auto bremste, die Fahrerin nahm Blickkontakt zu ihm auf. Dann erkannte sie den Entbeiner. Das Klacken einer abschließenden Zentralverriegelung drang zu ihm, die Frau gab Gas und fuhr davon. Ein Teenager wechselte die Straßenseite.

Keiner von ihnen würde die Polizei rufen oder eingreifen.

Er war auf sich gestellt.

»Hat der Nigger Schiss? Ja, der Nigger hat Schiss! Pass mal auf.« Der Entbeiner zerschnitt mit dem Messer die Luft vor seiner Nase, Eugens Blick folgte seinen Bewegungen. Er fragte sich, woher das Blut kam. »Nigger, damit schäl ich dich, dann mach ich eine Lampe aus deiner Haut, wie in den guten alten Zeiten!«

Die Klinge sauste auf ihn zu. Eugen wich aus, doch von der anderen Seite erwischte ihn die Faust des Entbeiners.

Eugens Kopf schleuderte zur Seite, sein Körper folgte. Er fiel, streckte den Arm aus, um sich abzufangen, und landete auf der Schulter. Im Unterarm knackte es. Die Stelle wurde kalt. Er zog automatisch den Arm und die Beine an, doch es nützte nichts. Der Entbeiner trat ihm in den Bauch, gegen die schützenden Knie. Eugen spürte nur die Erschütterung, aber keinen Schmerz.

Jemand packte ihn am Handgelenk, riss seinen Arm hoch und plötzlich prallte eine Faust so hart wie Stein gegen seinen Kopf. Es fühlte sich an, als sei sein Schädel explodiert. Er bekam sofort Kopfschmerzen.

Der Boden unter ihm war auf einmal weich, es fühlte sich an, als würde er darauf herumrollen. Er wollte um Hilfe schreien, doch der Schrei erstickte, als ihm jemand in den Bauch trat. Er sah Springerstiefel mit weißen Schnürsenkeln auf sich zurasen, dann begann der Schmerz.

Er würgte.

Das Gesicht des Entbeiners erschien vor ihm und er sagte in freundlichem Plauderton: »Wenn ich deine Tochter finde, dann vergewaltige ich sie.«

Eugen sah auf. Der Entbeiner stieg in den Sportwagen, warf die Beifahrertür zu und fuhr davon. Gleich darauf bog er in die Straße mit den Pflaumenbäumen ein.

Die ältere Generation stand noch immer im Schaufenster. Eine faltige Frau mit Kopftuch umklammerte mit ihrer weißen Hand das Kruzifix um ihren Hals. Sie alle starrten ihn an, rührten sich aber nicht. Erst als er sich aufrichtete, drehten sie sich zur Theke um.

Das war Moorbach. Hier kochte jeder sein eigenes Süppchen und niemand mischte sich in die Angelegenheiten anderer ein, ganz besonders nicht in seine. Sie behandelten ihn wie Luft und fuhren mit ihrem Alltag fort, als wäre nichts geschehen.

Eugens Arm pochte, sein Bauch brannte, sicher würde er sich gleich übergeben. Vor seinem linken Auge zuckten Blitze entlang und sein Kopf schmerzte, als hätte ihn jemand gespalten.

Sein Pullover war an der Seite aufgerissen und am Unterarm bildete sich eine Schwellung. Gebrochen, na toll, das hatte ihm gerade noch gefehlt. Er griff an die Stelle, doch sofort raste ein Schmerz den Arm rauf und er zog zischend die Luft ein.

Nicht weit von ihm saß ein Rabe auf dem Bürgersteig und betrachtete ihn neugierig. Eugen machte ein paar unsichere Schritte, der Rabe schwang sich in die Luft und verschwand.

Eugen stand auf. Er musste zu Mary. Der Entbeiner war in die Straße abgebogen, die zu seinem Haus führte, dort, wohin Mary geflüchtet war.

Der wolkenverhangene Himmel blendete so sehr, dass er seine Augen zu schmalen Schlitzen zusammenpressen musste. Er schob einen Fuß über die Pflastersteine. Der feine Sand darauf schabte an der Schuhsohle. Der Schmerz in seinem Bauch flammte auf, als er das Gewicht auf die Ferse verlagerte. Doch er musste weiter.

Der Gehweg unter seinen zittrigen Füßen blieb weich wie nasses Moos. Es kostete ihn viel Mühe, nicht zur Seite zu kippen. Er schleppte sich bis zur Kreuzung und bog ab. Da kam ihm Susanne entgegen.

»Oh Gott«, flüsterte sie. Sie machte Anstalten ihn zu stützen. Er wich ihr aus.

»Wo ist Mary?«, fragte er, obwohl die Antwort offensichtlich war. »Geht's ihr gut?«

»Im Haus. Was ist passiert?« Susanne reichte ihm ein Taschentuch. »Deine Nase.«

Er griff sich an die Nase. Seine Hände, sie waren voller Blut. Jetzt spürte er, wie es über seinem Mund pulsierte.

»Brauchst du einen Arzt?«

Eugen nickte. Er drückte sich das Taschentuch auf die Nase. Schmerz schoss ihm ins Gehirn. »Mein Arm ist gebrochen. Und ich brauch was gegen Kopfschmerzen.«

Sie liefen gemeinsam zurück und er erzählte ihr, was passiert war. Als sie in ihre Straße kamen, schlichen die Nachbarn in ihre Häuser.

»Papa!« Mary kam aus dem Haus, sie wäre beinahe die Stufe runter gestolpert. Sie schlang ihre Arme um Eugens Hüfte und drückte den Kopf an die Stelle, wo ihn der Springerstiefel erwischt hatte. Er rang nach Atem und hätte sich beinahe neben ihr auf den Gartenweg übergeben. Susanne lief ins Haus. Mary und Eugen folgten ihr langsam.

»Warum hat der Mann dich ›Nigger‹ genannt?«, fragte Mary. Er zog die Tür hinter sich zu und kniete sich vor ihr hin. Das Taschentuch war vollgeblutet, sein Bauch fühlte sich an, als würde darin Kohle brennen.

»Hat er dich geschlagen?«, fragte er.

Sie schüttelte vehement den Kopf. »Ich wollte schnell heim und bin gerannt und hab die Arme ausgestreckt, weiß du? Wie ein Flugzeug. Dabei hab ich das Auto gehauen, und weil ich gucken wollte, ob da was kaputt ist, bin ich drum rumgegangen, aber da war alles heil, und ich wollte gehen und da war der dann und hat ganz böse Wörter gesagt.«

Sie starrte ihn an, Tränen rannen ihr aus den Augen. »Papa, du blutest!«

Er richtete das durchweichte Taschentuch und verstopfte die Nasenlöcher wieder. »Hört gleich auf.«

»Hat er dir wehgetan? Das wollte ich nicht. Der darf doch nicht jemanden wehtun, das ist wie die bösen Wörter, das darf man nicht.«

»Mach dir keine Sorgen«, sagte Eugen. »Das ist nicht deine Schuld.«

Susanne erschien hinter ihr, der Autoschlüssel baumelte in ihrer Hand. »Wir fahren Papa ins Krankenhaus!«

Eugen schüttelte den Kopf. »Gehst du bitte in dein Zimmer?«, sagte er zu Mary.

Sie rührte sich nicht.

»Mama und Papa müssen kurz etwas besprechen, und später holen wir uns ein Eis.«

Mary wägte ab, was wichtiger war: bei Papa bleiben oder ein Eis. »Na gut«, sagte sie schließlich und trottete nach oben.

»Du musst in ein Krankenhaus«, flüsterte Susanne, als Mary in ihrem Zimmer verschwunden war.

»Nein. Geht schon.« Vor seinem Auge blitzte es wieder.

»Ich ruf einen Krankenwagen!«

»Aber ... Nein! Du bist doch Krankenschwester. Kannst du nicht?«

»Dann eben Doktor Derham.« Sie hatte längst ihr Handy gezückt und wählte. Sonnenstrahlen fielen durch die Haustür hinter ihm, brachten ihre braunen Haare zum Schimmern, das sich zu einem Gleißen ausdehnte und sein Sichtfeld einnahm.

»Hi. Eugen wurde zusammengeschlagen und ... Ja, Ja! Der Arm ist gebrochen. Du weißt doch, er geht nicht ins Krankenhaus, ja genau, er ist ... Danke.« Sie legte auf.

»Er macht sich auf den Weg. Komm.« Sie half ihm hoch und dann ins Wohnzimmer.

2

Raffael folgte dem Gehweg durch die Plattenbausiedlung, links lagen sauber gemähte Wiesenstreifen und rechts war alles mit Autos vollgeparkt. Der Beton war wasserfleckig, die Bewohner mürrisch und menschenscheu.

»Warum kann es nicht einfach sein?«, murmelte er. Der verdammte Koffer war sauschwer. Er schob eine Hand in die Hosentasche und fühlte nach dem Taschentuch. Mit dem Daumen tastete er nach dem, was er darin eingewickelt hatte. Es fühlte sich gut an, die gewohnte Form war hart und fest unter seinen Fingerspitzen.

Einer der Väter hatte ihn am Rande von Berlin aus dem Auto geworfen – wobei Raffael die Eierkiste nicht als Auto bezeichnen würde –, und er hatte den Rest laufen müssen. So ein mieses Arschloch, dachte er. Da musste ich schon nach Frankfurt reisen, nur um die Meisterin dort zu beschwören und nicht hier in Berlin, und dann kann der nicht noch ein Stück weiterfahren und mich nach Hause bringen?

Er bog um die Ecke und erblickte das Quartier des Ordens auf der anderen Straßenseite. Es war ein altes Sandsteingebäude mit Säulen neben den Fenstern und einer Balustrade auf dem Dach. Es stand vermutlich schon seit Jahrhunderten hier, die Plattenbausiedlung war drum herumgewachsen und inzwischen fiel es nur noch auf, wenn man direkt davorstand.

Hier war Raffael aufgewachsen und lebte bis heute mit seinen Brüdern und Schwestern unter der Aufsicht der Väter. Geleitet wurde der Orden von den Dschinn, die den Takt vorgaben, sogar die Väter mussten machen, was sie ihnen sagten.

Er ging über die Straße, aber neumodische Eierkisten blockierten den Weg zum Gehsteig. Er quetschte sich zwischen Stoß- und Heckstange von zwei lächerlichen Kombis durch und stieg dann die sieben Stufen zum Eingang des Quartiers rauf.

Die Doppelflügeltür war geschlossen. An der Wand hing ein Nummernfeld, in das er den Zugangscode eingab. Er drückte auf Bestätigen, das Schloss summte und er trat ein. Hinter ihm glitt die Tür automatisch wieder zu.

Es gab einen Rums, dann klackte das Schloss. Es klang, als hätte jemand in einer Kathedrale ein Brett fallengelassen.

In der Halle standen die Statuen der heiligen Dschinn. Sie reichten bis zur Decke und waren in ihrer menschlichen Gestalt in Stein geschlagen, die sie nur annahmen, wenn sie beschworen worden waren.

Jemand betrat die Halle und nickte Raffael im Vorbeigehen zu. Es war einer der Brüder, er trug eine grüne Kutte und hatte das glatte Gesicht eines Neulings.

Raffael schüttelte den Kopf. Diese Schafe, alles Versager. Keiner von denen konnte ihm das Wasser reichen. Er ging an den ach so tollen Statuen vorbei und stieg die Treppe in den Keller hinab.

Sie führte in eine Halle, in der volle Weinfässer lagerten. Weiter vorne, im schummrigen Licht der Kerzen war ein Bruder, der Kerzen austauschte.

Raffael folgte den Fassreihen, gelegentlich führte ein Durchgang zwischen den Holzfässern zu einem weiteren Gang. Der Keller war ein Labyrinth, das er seit frühester Kindheit kannte.

Der Bruder blieb vor einer der Kerzen an der Wand stehen, machte sich lang, erstickte den Stummel mit einer Kerzenglocke und steckte eine frische Kerze in das heiße Wachs.

Was für ein Versager, dachte Raffael. Und so dumm wie alle anderen. Er durfte nur Kerzen austauschen, die anderen Brüder und Schwestern hatten ebensolche erniedrigenden Aufgaben, wie Essen kochen oder Wäsche waschen. Es gab sogar welche, die an der Waffe ausgebildet wurden, um den Orden zu verteidigen. Das war noch erbärmlicher als Kerzen auszutauschen, denn Soldaten riskierten ihren Arsch für Leute, die nicht mal ihren Namen kannten. Diese Dummköpfe!

Wie schön wäre es, wenn er jetzt einen Bruder auf seinem Tisch liegen hätte, aber Brüder und Schwestern durften nicht einfach so auf seinen Tisch. Um bei ihm zu landen, mussten sie schon mächtig in die Scheiße gegriffen haben.

Er öffnete ein Eisentor, um hindurchzugehen, als der Bruder hinter ihm rief: »Hau ab!«

Raffael konnte den Bruder nirgends sehen.

»Verpiss dich!«, hörte er ihn erneut brüllen. Es klang wütend, aber auch ängstlich.

Raffael schob seine Hand an den Rücken, der Eisengriff seines Messers war warm. Er konnte die Klinge am unteren Rücken spüren.

Er ging einige Schritte in Richtung der Stimme. Da stolperte der Bruder hinter einem Fass hervor, dicht gefolgt von einem Raben. Der Vogel flatterte und attackierte ihn mit den Krallen.

Raffael lachte und ging zurück zum Eisentor, während der Bruder noch immer mit dem Raben kämpfte. Sollte der sich doch allein darum kümmern, er konnte ja mit Kerzen werfen.

Es folgte ein langer Flur mit lilafarbenem Teppich. Neonröhren lösten hier die Romantik der Kerzen ab und am Ende des Flurs lag ein Großraumbüro.

Es war vollbesetzt, Telefone klingelten und Leute sprachen durcheinander. Sie waren auf der jahrhundertealten Suche nach Relikten für die Dschinn.

»Was für Versager.«

Raffael bog noch vor dem Büro ab und gelangte zu einer Glastür, die er hinter sich schloss. Dahinter lag ein kleiner Raum, die Wände und der Boden waren aus geschliffenem Standstein. Es gab keine Bilder und die Einrichtung bestand nur aus einem Sitzkissen und Teelichtern, die im Kreis um das Kissen aufgestellt waren.

Das war der Gebetsraum, hier beschwor er die Meisterin. Sie war ein Dschinn und konnte nur erscheinen, wenn er auf den Knien das Gebet sprach. Das sollte ihm erst mal jemand nachmachen, von all diesen Versagern!

Auf dem Steinboden lag ein Kissen, um das brennende Teelichter in einem Kreis aufgestellt waren. Er stellte den Koffer davor ab und nahm die Abyss heraus, eine zwanzig Zentimeter große Tonflasche mit dickem Bauch und einem langen, dünnen Hals. Der Bauch war mit einem purpurnen Opal verziert, um den herum Smaragde und Diamanten eingelassen waren.

Raffael band sich die langen Haare zu einem Zopf, kniete sich auf das Kissen und legte die Hände aufeinander. »Ich hasse dich«, sagte er zu der Abyss. »Aber jaja, bla, bla, ich gehe meiner Aufgabe nach.« Sie waren alle Versager, nur er konnte die Meisterin rufen. Er brauchte keine halbe Minute, während es die anderen nicht mal in einer Stunde schufen, wenn überhaupt. Aber er hasste diese Aufgabe, im Gegensatz zum Tisch. Leute auf seinem Tisch waren Entspannung.

Er schloss die Augen und verdrängte den schwachen Gedankenfluss aus seinem Bewusstsein. Das war sein Talent. Er konnte die stetig fließenden Erinnerungen und Fragen unterdrücken, die die innere Stimme am laufenden Band aufwarf, auch weil sie bei ihm weniger ein reißender Fluss als ein seichtes Dahintröpfeln waren. Von allen im Orden konnte er am schnellsten die höchste Phase der Meditation erreichen, die es zwingend benötigte, um einen der Dschinn zu rufen.

»Kari …«, begann er, in dem Moment krächzte ein Vogel.

Raffael öffnete die Augen. Draußen, vor der Glastür, hockte der Rabe.

»Scheiße!«, plärrte er. »Was macht das dumme Vieh hier? Wenn man nicht alles selbst macht! Erst musste ich laufen und jetzt muss ich mich auch noch um die Mistviecher kümmern!«

Er ging zur Tür. Der Rabe hüpfte ein Stück zurück.

Raffael hatte bereits nach der Klinke gegriffen, da tauchte jemand am Ende des Ganges auf. Er trug eine lilane Kutte und kam aus dem Büro.

Es war einer der Väter.

»Scheiße«, sagte Raffael. Er setzte sich rasch in den Kreis zurück. Der Rabe krächzte, Raffael schielte zur Tür, der Vater trat nach dem schwarzen Vogel. Schnell schloss er die Augen.

»Kari. Kar–«, begann er, da schwang die Tür auf. Raffael blieb mit geschlossenen Augen sitzen. Jetzt nur nicht bewegen.

»Sohn Raffael«, sagte der Mann.

Raffael öffnete die Augen und wandte sich ihm zu. »Vater.«

Der Vater streckte den Arm vor und eine Hand erschien. Raffael stand auf, nahm sie und küsste die Handinnenfläche.

»Ich habe einen Auftrag für dich. Pack deine Sachen, du gehst nach Kanada. Du wirst die Meisterin mitnehmen. Stärke sie zuerst, vor Ort wirst du sie weiter stärken und tun, was sie dir befiehlt.«

»Ja, Vater.«

»Bleib im Hintergrund und fall nicht auf. Ist das klar?«

»Ja, Vater.«

Der Mann wandte sich ab und verließ den Raum.

Raffael seufzte. Kanada! So eine Scheiße! Warum kann ich die Meisterin nicht von hier aus bei Laune halten? Ich mach doch so wieso den ganzen Tag nichts anderes, warum muss ich dann jetzt nach Kanada? Warum kann es nicht ein einziges Mal einfach sein? Scheiße!

3

Ein Motor summte. Lichtkegel schnitten durch die Dunkelheit, sie fielen auf Asphalt, auf Rasen und plötzlich starrte ihn ein Junge mit offenem Mund an. Er hatte einen blonden Topfhaarschnitt. Er klammerte sich erschrocken an eine rote Hundeleine, unter seiner Nase glänzte Rotz. Der Junge sprang zur Seite. Etwas schlug dumpf gegen den Radkasten.

Eugen riss die Augen auf und schoss senkrecht hoch. Es war dunkel. In seinem Bauch brannte es und vor dem linken Auge explodierten Blitze.

»Dem Jungen geht es –«, begann er, brach dann aber ab. Im schwachen Licht des Mondes, das links neben ihm durch das Fenster fiel, erkannte er die Konturen der Bücherregale. Er lag auf dem Sofa im Wohnzimmer, jemand hatte eine Bettdecke über ihn ausgebreitet.

Er wollte die Decke zur Seite schieben, aber irgendetwas blockierte seinen Arm. Ein Blick darauf verriet, er hatte einen Gips.

»Susanne?«, fragte er, bekam aber keine Antwort.

Sie hatte Doktor Derham gebeten, sich um ihn zu kümmern, und er war gekommen. Derham hatte ihn abgetastet, bis auf einen angebrochenen Arm und einige Blutergüsse am Bauch aber nichts gefunden. Zum Glück war auch die Nase nicht gebrochen. Susanne hatte ihm den Gips angelegt, Derham hatte ihm Schmerztabletten gegeben und die Leviten gelesen, gemeint, dass er über seinen Schatten springen und ins Krankenhaus gehen solle.

Aber keine zehn Pferde würden ihn je in ein Krankenhaus bringen. Sein Vater hatte schon immer gesagt, dass die Menschen nur ins Krankenhaus gingen, um zu sterben, und genau das hatte er dann auch getan: Er war mit einem Nierenstein ins Krankenhaus gegangen, und als er wieder rausgekommen war, hatte Eugen in einen Anzug neben seinem Sarg gestanden und Erde darauf geworfen.

Für einen Moment sah er Stiefel mit weißen Schnürsenkeln auf sich zurasen. Ihm war wieder schlecht. Was war passiert?

Mary war bedroht worden und der Entbeiner hatte ihn verprügelt.

Keine Lücken. Das war gut.

Er grub in seiner Hosentasche nach dem Handy, tippte auf das Display und es leuchtete auf. Vor ihm bewegte sich ein Schemen. Er sah auf und blickte in ein Paar aufgerissene Augen. Im Lichtkegel schimmerte das bleiche Gesicht eines Jungen.

Eugen wollte schreien, konnte aber nicht.

Wieso hast du das getan?, fragte der Junge.

Das Handy glitt Eugen aus der Hand, das Licht ging aus. Er wollte es aufheben, aber wieder blockierte ihn sein linker Arm. Schmerz schoss ihm bis in die Fingerspitzen. Er stöhnte auf, sein Schädel begann zu hämmern. Er tastete mit der rechten Hand nach dem Handy, fand es und tippte hektisch auf das Display.

Der Sperrbildschirm leuchtete auf. Die Bettdecke vor ihm war leer. Er schaltete die Taschenlampe ein und leuchtete im Wohnzimmer umher. Der Junge war verschwunden.

»Dem Jungen geht es gut«, flüsterte er. »Dem Jungen geht es gut.« Sein Herz polterte. Er zwang sich ruhig zu atmen. Das hast du dir nur eingebildet. Nur eingebildet. Dem Jungen geht es gut. Dem Jungen geht es gut.

Er schob die Beine über die Sofakante und rieb sich die Schläfen. Vor seinem linken Auge blitzte es grell auf. Diesen Punkt hatte er Derham verschwiegen. Sonst hätte der ihn tatsächlich ins Krankenhaus eingeliefert. Nur weil man ihn geschlagen hatte, wollte er seine Forschungsreise nicht aufgeben. Damit hätte er die einzige Chance seines Lebens vertan, selbst einen Teil über die Vergangenheit der Erde herauszufinden. Er ließ sich sein Leben nicht verbauen, schon gar nicht von einem Nazi.

Eine heiße Nadel stach ihm ins Gehirn. Er brauchte eine Kopfschmerztablette, dringend. Die würde sicher auch das mit dem Auge wieder richten.

Das Deckenlicht sprang an. »Schatz?«

Er kniff die Augen zusammen, das Hämmern in seinem Kopf wurde zu einem Stechen.

»Das Licht«, stöhnte er. Susanne schaltete es wieder aus. Vorsichtig öffnete er die Augen. Die Tür stand offen, im Flurlicht zeichneten sich Susannes Umrisse ab.

»Eugen …« Sie kam näher, setzte sich neben ihn und drückte ihm ein Glas Wasser und eine Tablette in die Hand. Er atmete dankbar auf. »Doktor Derham meinte schon, dass du Schmerzmittel brauchen würdest.«

Er spülte die Tablette mit einem winzigen Schluck Wasser herunter. Sein Magen nahm sie auf, ohne zu murren.

»Wie lang hab ich geschlafen?«

»Lang. Wir haben nach neun.«

Er nickte schwach. »Okay.«

»Wie geht's deinem Kopf?«

»Geht«, sagte er. »Was ist mit Mary?«

»Sie schläft.«

»Aber das Eis ...«

»Bekommt sie ein anderes Mal. Sie war nicht traurig, hat sich aber Sorgen gemacht. So wie ich. Kannst du nicht doch in ein Krankenhau–«

»Nein, auf gar keinen Fall. Callahan duldet keine Verspätung.«

»Vielleicht gehst du bei dem Flug drauf, weil du was am Kopf hast. Und du musst was am Kopf haben, kein vernünftiger Mensch würde in deinem Zustand in einen Flieger steigen.«

Er nahm ihre Hand und öffnete den Mund, aber sie redete einfach weiter. »Spar's dir. Ich weiß doch, wie wichtig dir die Reise ist, aber wenn dir etwas passiert ...«

»Schatz!« Ihre Augen waren voller Sorge. Sein Kopf fühlte sich an wie ein Nadelkissen, das mit Nägeln malträtiert wurde, vor seinem linken Auge flackerten Blitze. »Mir geht es gut.«

Sie musterte ihn, machte ein zweifelndes Gesicht.

»Wirklich«, sagte er und beugte sich vor, um sie zu küssen. Die Nägel wurden zu dicken Bolzen, aber er machte weiter. Ihre Lippen lösten sich von seinen, und als er wieder aufrecht saß, nahmen die Schmerzen ab.

»Ich habe die Reisetasche in einen Rucksack umgepackt. Weil du ja mit dem Gipsarm nur einen tragen kannst.«

»Danke«, sagte er und betrachtete den blauen Gips.

»Und glaub ja nicht, dass du mich aufs Kreuz legen kannst. Wie gut wird es dir schon gehen, wenn du Schmerztabletten brauchst?«

»Glaub ich nicht, aber mir geht's wirklich gut.« Er überlegte, wo sie die Tabletten hingelegt haben könnte, denn sobald er die Gelegenheit hatte, wollte er sich noch eine Handvoll einwerfen.

»Ja, ja. Ich liebe dich auch«, sagte sie in einem Tonfall, der zeigte, dass sie ihm kein Wort glaubte. »Gehen wir ins Bett?«

»Ja.«

4

Eugen saß neben Susanne auf dem Beifahrersitz, sie waren auf dem Weg zum Flughafen. Mary saß hinter ihm. Vor seinem linken Auge blitzte es leicht, aber die Kopfschmerzen waren zum Aushalten. Die Schmerztabletten vom Frühstück wirkten.

Er holte sein Smartphone heraus und öffnete die E-Mails, um noch mal die Flugdaten durchzugehen. Er suchte nach der letzten Nachricht, in der Callahan ihm einen guten Flug gewünscht hatte. Da war sie. Gleich ganz oben war Callahans Zeichen, ein Kreis in einem Quadrat.

Es war verrückt, wie die Dinge liefen. Vor einem Jahr hatte er nur mal schnell auf die Toilette gehen wollen, bevor er sich mit Susanne zum Essen traf. Und weil er schon zu weit weg von den Mitarbeitertoiletten im Museum war und es eilig hatte, suchte er kurzentschlossen die Besuchertoiletten auf.

An diesem Tag hatte er eine der großen Wahrheiten im Leben kennengelernt, nämlich, dass jeder seine Notdurft verrichten musste, egal wie groß sein Konto war.

Die Pissoirs waren nach den üblichen Regeln belegt, jedes zweite blieb frei und Eugen reihte sich am Ende ein. Mit einer Schüssel Abstand stand neben ihm ein Mann mit dunkler Haut, Sonnenbrille und Anzug. Während Eugen so dastand und tat, was an solchen Orten getan wurde, brach der Brillenmann eines der goldenen Pinkelgesetze: Quatsch niemals deinen Nachbarn an.

»Arbeiten Sie hier?«

Eugen hatte nicht reagiert, nicht, weil er unfreundlich war oder den Quatscher an die gottgegebenen Gesetze erinnern wollte. Er war einfach davon ausgegangen, dass er nicht mit ihm gesprochen hatte. Er schüttelte ab und dachte an das Sprichwort: Da hilft kein Schütteln und auch kein Klopfen, in die Hose geht der letzte Tropfen. Er hasste den Spruch, er war wie ein schlechter Ohrwurm, der ihn immer beim Pinkeln heimsuchte.

»Entschuldigen Sie?«, hatte der Mann neben ihm erneut gesagt.

Eugen schielte rüber. Der Mann hatte sich ihm zugewandt, womit er das zweite Gesetz gebrochen hatte: Sieh niemals zum Pinkelnachbarn.

»Was?«, fragte Eugen, ohne ganz rüberzusehen.

»Verzeihen Sie, arbeiten Sie hier?«

»Ja, wieso?« Er zurrte den Reißverschluss zu und wandte sich dem Mann zu. Der Anzug musste ein Vermögen gekostet haben. Der oberste Knopf des weißen Hemds war offen, er trug eine schmale Goldkette um den Hals, an der ein unbearbeiteter Klumpen Gold hing. Die Wangen waren glattrasiert, er hatte krauses Haar, die Seiten waren ausrasiert und der Scheitel perfekt gelegt.

Trotz der Perfektion lächelte der Mann hilflos. »Mein Name ist Callahan. Können Sie mir zeigen, wie ich in die Mitarbeiterräume gelange?«

»Wie der Name schon sagt, die sind für Mitarbeiter.«

»Ich habe einen Termin mit Herrn Doktor Dengler.« Dengler war der Leiter des Museums und Eugens Vorgesetzter. Als wolle Callahan beweisen, dass er nicht log, fügte er hinzu: »Es geht um die Ausgrabung in Kanada.«

»Ah das«, sagte Eugen. Er hatte nicht gewusst, dass das Senckenberg Museum in diese Ausgrabungen involviert war. »Kommen Sie, ich zeige Ihnen den Weg.« Er würde zu spät zu seiner Verabredung kommen, aber wenn er dafür mehr über den Fund erfuhr, war es das wert.

Sie liefen durch die Eingangshalle, am Skelett des Tyrannosaurus vorbei. Callahan schritt ziemlich flott daher.

»Ich bin Jeremia Callahan. Die meisten nennen mich aber Jay oder Jesse. Ich darf auf keinen Fall zu spät bei meinem Termin mit Herrn Dengler erscheinen.«

»Eugen Breier. Keine Sorge, es ist nicht weit. Ich möchte nicht aufdringlich erscheinen, aber ich wusste gar nicht, dass das Museum in diese Ausgrabungen involviert ist.«

Sie wichen einem Kind mit Fotoapparat aus, das vor einem Schild stand und las.

»Das liegt daran, dass das Museum noch nicht Teil der Ausgrabung ist. Ich suche noch nach Personal. Die ersten Grabungen waren nur testweise und wir hatten Glück. Jetzt will ich die Ausgrabung vergrößern.«

»Warten Sie. *Sie* leiten das Projekt?«, fragte er. Den Namen Jeremia Callahan hatte er noch nie zuvor gehört, auch nicht in den Artikeln über den Fund, die in einigen Fachzeitschriften erschienen waren.

Callahan lächelte spitz. »Ja, richtig. Wieso?«

Eugen wusste nicht so genau, was er dazu sagen sollte. Sie erreichten den Zugang zum Mitarbeiterbereich. Eugen zog seine Karte über den Scanner und öffnete Callahan die Tür. Dabei beugte der sich vor und die Kette rutschte unter dem Hemd hervor. Der Goldnugget glänzte, am unteren Ende leuchtete es perlweiß, wie eine kleine Sonne. Im nächsten Moment war das Licht wieder verschwunden.

Eugen hätte beinahe hingefasst, um zu prüfen, ob alles in Ordnung war, aber Callahan schob den Anhänger rasch unter das Hemd und ging schnell den Gang entlang, der direkt zu Denglers Büro führte.

Er beeilte sich, ihm zu folgen.

»Kennen Sie fähige Paläontologen, die Wert auf Zuverlässigkeit legen?«, fragte er.

»Ja, natürlich. Ich bin einer.«

»Super. Eugen Breier ist ihr Name?«

Sie hatten Denglers Büro erreicht. »Ja, genau. Hier sind wir.«

Callahan reichte ihm die Hand. »Danke. Und einen schönen Tag.« Callahan verschwand, ohne anzuklopfen, im Büro des Direktors.

Eugen war nicht davon ausgegangen, dass er Callahan je wiedersehen würde. Der Mann war schwer reich – wer sonst würde einen Goldklumpen um den Hals tragen? Er gehörte zu einer Schicht, die sich nicht mit Leuten wie ihm vermischte und ausnahmsweise hatte das mal nichts mit der Hautfarbe zu tun. So war die Welt, so funktionierte sie.

Deswegen hatte er nicht schlecht gestaunt, als Doktor Dengler wenige Wochen später vor versammelter Mannschaft verkündet hatte, dass ihr Museum die Ausgrabung in Kanada begleiten dürfe, unter der Voraussetzung, dass Eugen Breier die Ausgräber anleiten würde. Callahan habe darauf bestanden.

Wäre er an diesem Tag im Restaurant aufs Klo gegangen, hätte Callahan ihn nicht angesprochen– es war beeindruckend, wie eine kleine, unbedeutende Entscheidung zu so einer großen Veränderung führen konnte.

Was hatte da am unteren Ende des Goldnuggets so geleuchtet? Erst hatte er vermutet, dass es eine Reflektion gewesen war, aber dafür war es eigentlich zu hell. Das Licht war aus dem Inneren des Goldklumpen gekommen.

In der Flughafeneinfahrt herrschte reges Treiben. Menschen lagen sich in den Armen, riefen Taxen und winkten einander zu. Eine Frau in oranger Weste kehrte mit einem Reisigbesen den Parkplatz. Susanne parkte vor ihr.

»Mary, du bleibst sitzen.« Susanne stellte den Motor ab und stieg aus.

»Aber ich muss doch Papa Tschüss sagen!«, protestierte sie.

»Ich komm gleich zu dir«

»Aber vergiss mich nicht!«

»Das könnte ich nie.«

Er schlug die Beifahrertür zu und ging zum Kofferraum. Susanne half ihm in den Rucksack und hob dann seinen Koffer heraus.

Die Sonne glitt über den Rand der Leinwand und warf Öltöpfe mit Rot und Gelb um, die ineinander verliefen. Ein Autocorso aus Taxis brach durch die Einfahrt hinter ihnen, überall brummten Motoren. Gleichzeitig stürzten Wagenladungen Reisender aus dem Flughafen, alle auf der Suche nach einem Taxi oder ihrem Auto. Ein schwacher Windhauch wehte ihm den Duft seiner Frau um die Nase.

Er legte seine Hand auf ihre Schulter und zog sie ein Stück heran, betrachtete sie wie ein Künstler ein Motiv, das er aus der Erinnerung zeichnen wollte.

»Was ist?« Ihre Wangen färbten sich rot.

»Du hast keine Ahnung, wie sehr ich dich vermissen werde«, sagte Eugen. Sie löste sich aus seinem Griff, schlang ihre Arme unter seinem Rucksack hindurch und drückte ihn an sich. Er spürte ihre Berührung und versuchte, sie sich genau einzuprägen.

»Ich will nicht, dass du gehst«, sagte sie leise.

Er wollte das auch nicht. Oh nein, er wollte bleiben. »Ich liebe dich. Wir schaffen das«, sagte er.

Sie drückte ihr Gesicht gegen seinen Hals.

»Ich …«, begann Susanne und brach ab. Sie weinte, und er strich ihr durch das weiche Haar. »Ich liebe dich auch.«

Sie zog ein Taschentuch aus ihrer Tasche und wischte sich über die Augen. Um sie herum telefonierten Geschäftsleute. Urlauber verabschiedeten sich und stiegen in Taxis. Susanne zog ihn noch einmal zu sich, drückte ihre Lippen auf seine. Der Kuss bitzelte noch für eine ganze Weile nach, als sie ihn schon losgelassen hatte.

»Ich geh mal zu Mary.«

Susanne putzte sich die Nase.

Eugen hatte kaum die Tür aufgemacht, da sprang Mary ihm schon entgegen und brachte ihn beinahe zu Fall. Die Kopfschmerzen drückten gegen die Schädeldecke und sanken wieder herab.

»Ichhabedichsooooolieb.« Mary hing an seinem Hals wie eine Kette. »Du musst mir was mitbringen. Tim bekommt auch immer was von seinem Papa mitgebracht und gibt damit voll an.«

»Wird gemacht. Sei lieb zu deiner Mama.«

»Bin ich doch sowieso und immer und wann bist du wieder da?«

»Ich beeil mich. Du musst nur acht Wochen schaffen. Wenn es draußen warm wird, bin ich wieder da.«

»Dann soll es schnell warm werden.«

Er küsste sie auf die Stirn. »Mach's gut, meine Kleine.«

»Mach's du auch, Papa.« Sie wuschelte ihm durchs kurze Haar und setzte sich dann zurück auf die Sitzerhöhung. Er schloss die Tür.

»Ich weiß nicht, ob sie sich angeschnallt hat«, sagte er zu Susanne.

»Mach dir keine Sorgen, wir schaffen das.«

Nach einem weiteren Kuss stieg sie ein und er winkte der Rostlaube hinterher, die seine zwei Liebsten beherbergte. Er wartete, bis sie nicht mehr in Sichtweite waren, dann schluckte er sicherheitshalber noch eine Schmerztablette. Die Packung war fast leer, aber im Flughafen gab es sicher eine Apotheke.

Er griff nach seinem Koffer und prompt erinnerte ihn der Gips an seine eingeschränkte Bewegungsfreiheit. Er wechselte die Hand und machte sich auf Richtung Terminal.

Überall wuselten Leute wie in einem Ameisenhaufen. Er betrat das Gebäude, zwängte sich durch die Menschen, stand ewig an, gab seinen Koffer und den Rucksack bei einer Dame mit gebleichten Zähnen ab, ließ sich eine Apotheke empfehlen und folgte danach der Beschilderung, bis er sich in der Schlange zur Sicherheitskontrolle wiederfand.

Über die Lautsprecher plärrte jemand Unverständliches in drei Sprachen. Die Pillen wirkten, er war schmerzfrei. Auch sein Auge blitzte nicht mehr.

Nicht weit vor ihm leckte sich ein Teenagerpaar gegenseitig die Mundhöhlen aus. Für Eugen hatte es in seiner Jugend nur Fossilien und Lehrbücher gegeben. Er wäre heute noch solo, wenn Susanne ihm nicht vor dem Supermarkt mit dem Einkaufswagen über die Füße gebrettert wäre.

Das Teenagermädchen hatte ein Bein um die Hüfte des Jungen geschlungen. Seine Hände kneteten ihren Po. Die Eltern des Mädchens standen neben ihnen und versuchten überall hinzusehen, nur nicht auf den Nachwuchs, bei dem man nur hoffen konnte, dass er bei der ein oder anderen Schulstunde zu Verhütungsmitteln aufgepasst hatte.

Die Schlange hinter ihm war deutlich kürzer als die vor ihm. Was für ein seltsames Verhalten, da warten wir hier, um uns von genervten Männern und Frauen abtasten zu lassen.

Die undeutliche Durchsage plärrte wieder in einer Geheimsprache, eine Kombination aus Mundfaulheit und schlechter Technik. Er verstand kein Wort.

Weiter hinten klingelte ein Handy. Er drehte sich um, da war ein Mann in seinem Alter, der sich ein Handy ans Ohr hielt. Der Mann trug einen zweireihigen Nadelstreifenanzug, auf dem Kopf hatte er einen schwarzen Bowler und in der rechten Hand einen Aktenkoffer. Sein Schnauzbart hing tief herab, alles in allem wirkte er, als wäre er frisch aus den Siebzigern ausgegraben und auf die moderne Zivilisation losgelassen worden.

Die Schlange vor ihm hatte die Prozedur inzwischen hinter sich und war in alle Himmelsrichtungen geflohen. Er war an der Reihe, er sah sich einem älteren Wachmann mit Akne gegenüber. »Bitte leg'n Sie alles Metallene aufs Band und strecken Sie die Arme aus.«

Er legte sein Handy und die Geldbörse in einen grauen Plastikkasten, um dann mit gespreizten Armen durch den Detektor zu schreiten. Ein rotes Warnsignal leuchtete auf.

»Hab'n Sie nen Metallgürtel oder andres Metall'nes in Ihren Hosentasch'n? Dann leg'n Sie bitte alles ab«, sagte der Wachmann gelangweilt. Ein Pickel glänzte zwischen seinen Brauen und war so drall, dass Eugen befürchtete, dass er jeden Moment platzen würde.

Er legte den Gürtel in eine leere Box und schritt erneut durch den Detektor, der noch immer keine Entwarnung gab.

Der Wachmann seufzte. »Geh'n Sie bitte noch mal durch die Taschen.«

Eugen kam sich albern vor. Warum sollte er noch mal die Taschen durchschauen? Wenn einer wusste, was er bei sich trug, dann ja wohl er!

Vorne nichts. Hinten ... da war eine flache, runde Scheibe mit einer Prägung. Er zog sie heraus. Es war eine Zwei-Mark-Münze aus Edelstahl, so eine, wie er sie seiner Tochter am ersten Schultag geschenkt hatte, weil sie Angst vor den vielen fremden Kindern gehabt hatte. Er wog die Münze in seiner Hand, konzentrierte sich auf das Gewicht. Sie hatte ihm ihren Glücksbringer eingepackt.

»Würd'n Sie bitte durch'n Detektor geh'n? Sie sind nicht der Einzigste«, sagte der Wachmann, inzwischen klang er genervt.

Eugen nickte und ging erneut durch den Detektor. Dieses Mal meldete sich das Signal nicht.

Er wartete auf seine Kisten, die Münze kam ganz zum Schluss. Er nahm sie auf, streichelte mit dem Daumen über das Muster und wünschte sich nichts sehnlicher, als nach Hause zu fahren. Wenn er schon jetzt seine Tochter so sehr vermisste, dass es weh tat, wie sollte er den Schmerz dann zwei Monate lang ertragen?

5

Es klopfte an der Tür. »Wehe, du kommst rein!«, rief Raffael.

Er stand vom Bett auf, das gleichzeitig sein einziges Möbelstück war.

»Mach ich nicht. Versprochen«, sagte die Person vor der Tür. Das konnte nur Fritz sein.

Raffael schob schnell das Taschentuch in die Hosentasche. Niemand durfte wissen, was darin eingewickelt war. Das ging niemand auch nur einen feuchten Kehricht an! Es gehörte ihm, ihm allein. Und Fritz war eine Petze, wenn der wusste, was Raffael versteckt hielt, dann würde es nicht länger dauern, als eine Kuh scheißt, und ein Vater stünde vor seiner Tür, mit einem Sack voller Strafen. Und er würde es ihm wegnehmen.

Er öffnete die Tür.

»Hallo Raffael«, sagte Fritz. Er hatte zwei Koffer für ihn dabei, einen größeren, in dem sein Gepäck war, und einen kleineren, in dem die Abyss ruhte. Darauf hatte er gewartet, jetzt konnte er in den Keller gehen, endlich. Der Auftrag war erst vor ein paar Stunden reingekommen und er musste ihn noch erledigen, bevor er nach Kanada flog.

»Hm. Stell's rein.« Raffael schob sich an Fritz vorbei und versetzte ihm dabei einen Schlag auf die Schulter.

»Au!«, beschwerte der sich und brachte die Koffer in das Zimmerchen.

»Wie oft hab ich dir gesagt, dass du duschen sollst? Du stinkst nach Scheiße!«

»Entschuldigung.«

»Jetzt komm da raus.« Raffael konnte es kaum erwarten, in den Folterkeller zu kommen. Das war jedenfalls einfach, nicht wie diese dumme Reise, die sie ihm aufgebrummt hatten.

Fritz zog die Tür hinter sich zu und fummelte einen Umschlag aus seiner Hosentasche.

»Das ist das Ticket für später.«

Raffael riss es ihm aus den Fingern und wandte sich ab. Sie folgten dem schmucklosen Flur, der an ein altes Hotel erinnerte. Die Wände waren weiß gestrichen und an den Türen hingen Täfelchen mit den Zimmernummern. Achtzig Leute schliefen hier, davon waren zehn Väter, der Rest Schwestern und Brüder wie Fritz und Raffael.

»Ist im Keller alles vorbereitet?«, fragte Raffael.

Fritz hielt abstand, damit Raffael ihn nicht riechen musste. »Ja, alles vorbereitet«, sagte er.

Mireille, eine Schwester zwei Dienstgrade über ihnen, kam direkt auf sie zu, machte aber keine Anstalten ihnen auszuweichen. Der Gang war nicht breit genug für alle drei, also machten Raffael und Fritz ihr Platz. Im Vorbeigehen stieß sie Fritz an der Schulter an.

»Arschloch«, sagte Fritz.

Sie fuhr herum. »Was hast du gesagt?«

Fritz duckte sich, als würde er einen Schlag auf den Hinterkopf erwarten. Raffael boxte ihm in die Seite.

»Nichts, äh, tut mir leid«, stammelte Fritz, halb nach hinten gewandt.

Die Schwester kam auf sie zu. »Ich glaube, du hast schon etwas gesagt, etwas nicht Nettes, und für einen wie dich ist das nicht gerade gesund.« Sie hob die Hand.

Fritz wich wie ein ängstlicher Hund zurück und wimmerte.

»Ist doch gut jetzt«, sagte Raffael.

Die Schwester wandte sich ihm zu. Er steckte die Hand in die Hosentasche und klammerte sich am Taschentuch fest.

Die Schwester holte aus und schlug ihm auf die Wange.

Raffael hätte ihr gern sein Messer in den Bauch gerammt. Aber das durfte er nicht, das durften nur Väter. Und dass Mireille auf seinem Tisch landete, war nicht sehr wahrscheinlich. Dafür nutzte sie ihr Fickloch zu gut. Wenn sie Ärger bekam, fickte sie, alles und jeden.

»Willst du noch eine?«, fragte die Schwester.

Fritz streckte die Brust durch. »Nein, will er sicher nicht.« Daraufhin fing er sich eine und heulte. »Ich wollte auch keine. Mensch ...«

Raffael packte Fritz am Arm und zog ihn hinter sich her. Dabei stellte er sich vor, wie er der Schwester das Messer in den Bauch rammte. Er würde die Klinge drehen, bevor er sie ganz langsam wieder herauszöge. Sie würde schreien. Allein die Vorstellung verursachte ihm eine wohlige Gänsehaut.

Sie hatten das Ende des Flurs erreicht und gingen in den Keller hinab. Fritz jammerte immer noch.

»Halt's Maul! Sonst verpass ich dir eine, dass der Gestank von dir abfällt, sag ich dir.«

Fritz verstummte und hielt Abstand, während sie den Weinkeller durchquerten. Sie liefen Richtung Büro und bogen vorher in eine Abteilung ab, die vollständig braun gekachelt war. In den Boden waren silberne Kanaldeckel eingelassen, um schnell sauber machen zu können. Es roch nach Blut.

Raffael atmete tief ein.

Jede Ordenszentrale hatte so eine Abteilung und jede hatte ihren eigenen Charme. In Frankfurt mochte er die weiß gestrichenen Wände, die wirkten nicht so einengend wie die vielen kleinen Kacheln in Berlin, dafür war hier der Duft kräftiger.

Ein alter Mann mit kurzgeschorenen Haaren und blondem Bart stand im Flur. Er trug eine dunkelgrüne Kutte, wie sie die Anwärter tragen mussten, und blockierte mit seinen breiten Schultern den Durchgang zu Zimmer 49.

»Und du bist?«, fragte Raffael und dachte an sein Messer.

»Kliment Egorov, ich soll dir heute helfen.«

»Aha. Dann mach mal die Tür auf.«

Kliment betrachtete ihn, als hätte er kein Wort verstanden.

Sind heute alle bescheuert, oder was? Raffael zog sein Messer, aber Kliment bewegte sich immer noch nicht. »Los, Fritz!«, sagte er und Fritz gehorchte.

Sie betraten den weißen Raum, in dessen Zentrum ein Edelstahltisch stand, auf dem eine Frau festgebunden war. Sie war nackt und hob bei ihrem Eintreten den Kopf. Ihre Augen waren weit aufgerissen, die Haut blass, in ihrem Mund steckte ein Tuch.

Raffael wurde schlecht. »Wer hat die ausgezogen?«, schrie er und Fritz schloss hinter ihm die Tür.

»Ich dachte, wär doch nett«, sagte Kliment. »Sieh sie dir an. Nette Titten, dünn und fickbar, was?« Er lachte laut.

Raffael starrte ihn an. Am liebsten hätte er ihm das Messer irgendwo reingestochen, aber die Väter mochten es nicht, wenn er die Beherrschung verlor. Also stach er der Frau das Messer in einer fließenden Bewegung in den Oberarm.

Sie zuckte zusammen, ihr Kreischen wurde halb vom Tuch erstickt. Als sie sich beruhigte, nur mehr wimmerte, zog Raffael das Messer wieder raus.

Sie schrie erneut. Raffael beruhigte der Klang.

»Ich dachte, wir hätten ein bisschen Spaß mit ihr«, sagte Kliment mit einem Unterton, den Raffael kannte. Er hasste diesen Unterton. Er bewies, dass Kliment seinen Pimmel in ein Fickloch stecken wollte.

Beherrschung hin oder her, er hatte genug. Raffael richtete das Messer auf Kliment.

Doch der musterte ihn unbeeindruckt.

Hinter ihm nieste Fritz und Raffael prügelte ihm den Messergriff auf den Kopf, und ehe er sich beschweren konnte, lag er schon am Boden. Raffael trat auf ihn ein, bis er sich nicht mehr bewegte.

Schnaufend legte er die Hand auf seine Hosentasche und fühlte nach dem Inhalt des Taschentuchs. Es war noch da. Er steckte das Messer weg und atmete mehrmals durch. Allmählich ging es besser.

»Unter dem Tisch sind Werkzeuge und Nähnadel«, sagte Raffael zu Kliment, ohne sich umzudrehen. »Näh sie zu!«

Kliment bewegte sich hinter ihm, er konnte ihn schnaufen hören, während Raffael Fritz unter den Achseln packte und in den Flur zog. Er stankt wirklich wie ein Eimer Scheiße. Als er wieder reinkam, war Kliment über die Schnittwunde gebeugt und nähte sie zu. Bei jedem Stich durch die Haut zuckte die Frau zusammen, rührte sich aber sonst kaum.

Die Stiche wirkten professionell. »Du hast das schon mal gemacht?«

»Auf der Straße kommt es öfter mal zu Raufereien und ich kümmere mich um meine Leute.«

»Warum willst du in den Orden?«, fragte Raffael.

»Ich hab die Schnauze voll, wird immer härter seine Brötchen zu verdienen und die Bullen kleben mir auch am Arsch. Der Orden bietet mir die Möglichkeit von der Straße zu kommen.« Während er redete, nähte er konzentriert weiter.

Kliment hob den Kopf. »Was hat die Kleine eigentlich angestellt, dass sie hier liegt?«

»Was weiß ich? Ist mir auch egal. Ich spiel mit ihr und dann übernimmt sie ein Vater. Muss sie nur leben lassen.«

Kliment nickte und zog den Faden straff.

Raffael nahm sein Messer. Das Blut an der Klinge gerann bereits. Er roch daran, Metall und Eiweiß. Er kratzte mit dem Daumennagel darüber und wollte ihn ablecken, bemerkte dann aber den Blick der Frau.

Ihre Brüste lagen wie Wasserballons auf ihrem Brustkorb. Es war widerlich.

»Fertig.« Kliment legte die Nadel unter den Tisch zurück.

»Gib mir eine Zange.«

Kliment reichte sie ihm.

Raffael wollte ihr den Nagel am kleinen Finger ziehen, aber die Frau machte eine Faust. Kliment kam ihm zu Hilfe und drückte ihre Hand auf.

Dumpfe Schreie, Raffael packte den Nagel, jetzt kreischte sie und er ließ sich Zeit, er wollte ihren Schmerz genießen, wie immer.

Sie bäumte sich auf, soweit es in den Gurten ging, dadurch wackelten ihre Brüste wie halb gefüllte Wasserballons. Es war ekelhaft.

Er zog, aber das wohltuende Gefühl wollte sich nicht einstellen. Der Nagel war draußen. Er schlug ihr die Faust aufs Auge. Sie schluchzte, Tränen flossen seitlich von ihren Wangen. Noch immer nichts.

»Warum hast du die ausgezogen? Das macht alles kaputt. Scheiße!«, herrschte Raffael Kliment an. Doch der verschränkte nur die Arme, hatte nicht mal ein bisschen Angst.

Raffael beugte sich unter den Tisch und holte ein weißes Handtuch hervor, mit dem er die Brüste abdeckte. Schon besser. Er beugte sich noch mal runter und holte den Hammer mit dem Eisenkopf hervor.

Die Frau schrie und zerrte an ihren Fesseln, aber Raffael holte aus und hämmerte ihr auf die Schulter.

Er hörte den Knochen brechen. Sie brüllte nun so laut, dass es auch durch das Tuch gut zu hören war. Gut. Raffaels Laune hob sich.

»Machst du nur das hier oder hast du noch andere Aufgaben?«, fragte Kliment im Plauderton, die Schmerzensschreie der Frau übertönten ihn fast.

»Ich beschwöre auch noch die Meisterin.«

»Was?«

»Die Meisterin, sie ist ein Dschinn und ich beschwöre sie.«

»Okay«, sagte Kliment zögerlich. »Ein Dschinn? Wie bei Aladin?«

Raffael seufzte. »Nein, egal.«

Er holte wieder mit dem Hammer aus. Die Frau verkrampfte. Raffael bremste über dem Bauch ab, der Eisenkopf schwebte über ihrem Magen. Sie sah ihn an, als wäre er der Teufel persönlich. Die Frau entspannte sich nicht. Er holte erneut aus und zertrümmerte ihr das Handgelenk.

Sie schrie, er nahm es kaum wahr. Es war heute nicht in Form. Foltern war keines der Opfer, die er für den Orden erbrachte – im Gegenteil. Normalerweise durchströmten ihn Glücksgefühle, wenn er seinem Hobby nachging. Aber normalerweise war er auch allein und zog die Frauen niemals aus. Niemals!

Er brach ihr noch ein paar Rippen, die Nase und den linken Fuß, bevor er den Hammer frustriert hinter sich warf.

Sie war bewusstlos. Das passierte ihm sonst nie. Deswegen durfte er überhaupt foltern. Er war gut darin, die Leute bei Bewusstsein zu halten, damit sie alles miterlebten, aber heute war dieser Kliment im Weg gewesen, mit seinem Unterton.

»Hol einen Arzt!«

Kliment stand auf, blieb aber stehen.

»Den Flur runter, die erste rechts.«

Er eilte die Tür raus und war weg.

Raffael schüttelte den Kopf und ging auf den Flur. Fritz lag noch immer ohnmächtig am Boden. Raffael ging neben ihm in die Hocke und holte sein Taschentuch hervor. Er hob eine Stoffecke mit Daumen und Zeigefinger hoch, wollte nur einen Blick auf seinen wertvollsten Besitz werfen.

Doch in dem Moment kam Kliment zurück, den Arzt im Schlepptau, und Raffael stopfte das Taschentuch schnell in die Hosentasche zurück. Er erklärte dem Arzt, was passiert war, und eilte den Flur runter. Er wollte nur noch weg, weg von dem Anwärter und weg von der Frau.

Er erreichte die Eingangshalle. Ein Bruder kam ihm entgegen. Er hob den Kopf, um Raffael zu grüßen, erblickte die blutbespritzte Kleidung und verzog das Gesicht.

Bevor er die Halle verließ, machte er einen großen Bogen um Raffael. Das war dem nur recht. Er hatte nie besonderen Wert auf andere Menschen gelegt. Wie sollte man auch unterscheiden zwischen Freund und Opfer? Sahen doch alle gleich aus.

Aber Versager erkannte er und davon hatte der Orden eine ganze Menge. Einer davon war der Anwärter und der steckte wahrscheinlich gerade sein Ding in ein Fickloch. Raffael wollte sich übergeben, schluckte aber alles brav wieder runter. Die Väter würden es nicht mögen, wenn er sich zwischen den heiligen Dschinn übergab.

Er holte die Tickets hervor. Sein Flug würde in wenigen Stunden gehen. Es war an der Zeit sich umzuziehen und dann aufzubrechen.

6

Vor Eugen in der Warteschlange stand das fummelnde Teenagerpaar, mit den Griffeln in den Hosentaschen des anderen. Immerhin hatten sie ihre Zungen wieder in ihren eigenen Mündern. Am liebsten hätte er ihnen ein Zimmer und eine Schachtel Kondome finanziert. Es roch förmlich nach Sex. Dabei wollte er doch nur einen Eiskaffee.

Er wurde von jemanden der in der Schlange hinter ihm stand, nach vorn, näher an das Teenagerpaar, herangeschoben.

»Also ehrlich«, murrte es hinter ihm.

Eugen drehte sich neugierig um. Der Mann hinter ihm trug eine schwarze Lederjacke, auf die mit Tipp-Ex ein weißes W gemalt war. Darunter trug er ein T-Shirt, unter dem seine Wampe hervorragte.

Er stierte Eugen mit zusammengekniffenen Augen an. Wollte der ihn jetzt bitten, weiter vorzugehen, damit sein Bauch nicht ständig an seinem Rücken rieb, oder was? Doch statt sich zu beschweren, drehte er sich zurück und ging einen halben Schritt vor.

Keine Minute später klebte der Fettbauch wieder an seinem Rücken. Bis zur Kasse waren es noch acht Kunden. Der Wikinger knurrte so tief, dass Eugens Brustkorb vibrierte: »Weitergehen!« Er klang wie ein wütender Frosch.

Eugen schüttelte den Kopf und ging noch einen halben Schritt vor, berührte dabei aber aus Versehen den Teenagerjungen, so dass das fummelnde Pärchen ebenfalls einen halben Schritt vor machte.

Prompt hing ihm der Wikinger wieder im Rücken. »Na hör mal!«, brummte er.

Was fällt dem eigentlich ein? Baut ständig Körperkontakt auf und beschwert sich dann auch noch darüber?

»Bist du blind? Vorn ist frei!«, kam es von hinten.

Der musste den Zentimeter meinen, den die Teenager geräumt hatten.

»Los!« Der gewaltige Bass des Wikingers hallte durch die Halle.

Eugen ging, so weit er konnte, also weniger als einen halben Schritt. Sein Herz schlug schneller.

Am Kopf der Schlange bezahlte jemand und ging. Die Leute rückten einer nach dem anderen auf. Bevor das Pärchen vor ihm losgehen konnte, spürte er schon wieder, wie sich das weiche Kissen aus Körperfett an seinen Rücken schmiegte. Das aggressive Murren des Wikingers ließ ihn vibrieren. Vor seinem linken Auge zuckte ein schwacher Blitz.

Die Teenager rückten nach und hinterließen eine Lücke vor Eugen. Er spielte für den Bruchteil einer Sekunde mit dem Gedanken stehen zu bleiben, doch da schob ihn der massige Bauch bereits weiter. Ihm klopfte das Herz bis zum Hals. Einen Moment sah er den Springerstiefel vor sich, der in seinen Bauch trat.

»Gleich fängst du eine.«

Er wollte etwas sagen, aber sein Kopf war leer. Der Bauch drückte weiter gegen seinen Rücken. So wie die Dinge standen, hatte Eugen zwei Optionen: Angriff oder Flucht.

Er wandte sich zu dem Unruhestifter zu, sah hinauf in die untersetzte Fratze, ballte die Faust im Gips – und verzichtete auf den Eiskaffee. Ein zweiter gebrochener Arm, wegen eines kalten Kaffees mit zu viel Zucker, das war keine Auseinandersetzung wert.

Er verließ die Reihe der Wartenden.

»Genau, verpiss dich, du Wichslurch!«, rief der Wikinger ihm hinterher.

Vor seinem linken Auge erschien ein helles Licht, das ihm die Sicht nahm, und seine Kopfschmerzen tauchten ebenfalls aus der Versenkung auf. Der Stress hatte die Wirkung der Schmerzmittel beendet.

Eugen drückte mit dem Handballen gegen den Augapfel und ging weiter, Richtung Gate. Mitten im Gang stand eine Bank, der Strom der Passagiere bewegte sich gleichmäßig links und rechts daran vorbei. In der Mitte saß ein älterer Mann, der einen Flachmann umklammerte.

»Geht's Ihnen nisch gut?«, fragte der ältere Mann.

Eugen konnte nicht antworten, er krachte mit dem Po auf den Boden vor der Bank und kramte die Tabletten aus der Hosentasche.

»Schmerzen, was?«, fragte der Mann. »Isch bin Klaus, aber nisch der Weihnachtsmann, versteht sisch von selbst.«

Vom Regen in die Traufe. Er beobachtete mit dem verbliebenen fünfzig Prozent Sehfähigkeit, wie der Wikinger brav Abstand zu den Teenagern hielt – zu den weißen Teenagern. Dieses miese Rassistenschwein hatte nur ein Problem mit ihm gehabt. War das zu glauben?

»Weil der Weihnachtsmann doch nisch zum Flughafen muss. Der hat doch Renntiere«, sagte Klaus und trank aus einem Flachmann.

»Ren-tiere«, sagte Eugen mühsam. Er warf zwei Tabletten ein und schluckte sie trocken runter.

»Ach!«, sagte Klaus, als ob er einen Sachverhalt verstanden hätte, der ihn schon öfters nachts den Schlaf gestohlen hatte. »So einer sind Sie also. Des heißt Renntiere, weil die doch so schnell renne tun, dass sie dursch die Luft sause könne.«

»Was Sie nicht sagen.« Er wollte sich auf keine Diskussion mit einem betrunkenen Nicht-Weihnachtsmann einlassen.

»Ich hab was gegen Schmerzen.«

»Ach ja?« Er konnte sich gut vorstellen, was der für ein Mittel empfehlen würde.

»Schnappes. Heilmittel Nummer eins! Früher hatte isch so Schmerzen im Bein.« Er hob die Röhre seiner Jeans, darunter kam ein Stahlrohr mit einer cremefarbenen Gumminoppe zum Vorschein. »Obwohl's ab ist.«

Er hielt ihm dem Flachmann hin, Eugen schnupperte unfreiwillig den Duft von Rum, es war kein billiger. Der edle Brand kratzte nicht in der Nase und hatte eine süßliche Note. Er wehrte die Flasche vorsichtig mit der Hand ab, aber in seinem Bauch blieb ein Kribbeln zurück, ein Gefühl, das nach Alkohol verlangte.

»Nein, danke. Bin trocken.«

»Trocken und Rentiere, was?«, zählte Klaus auf, als würde er eine Liste von Eugens Verfehlungen anfertigen. »Schmerzen sind kein Spaß, mein Freund.«

Freund, dachte Eugen. Das war aber schnell gegangen.

»Ich sag dir was. Ich bin es doch«, erklärte Klaus theatralisch.

»Was? Der Weihnachtsmann?«

Klaus presste den Zeigefinger auf die Lippen. »Pssst! Die Kinder.«

Das reichte. »Viel Erfolg im Dezember«, sagte Eugen und zog sich an der Bank hoch.

»Danke Mann. Aber noch ist Urlaub.«

»Ja, ja.«

Er machte, dass er loskam. Er konnte auch am Gate auf die Wirkung der Tabletten warten.

Eugen saß auf der Couch vor Gate A56 und wartete auf das Boarding. Er war nicht der einzige Passagier, die Sitze füllten sich immer mehr. Er rieb sich die Schläfen und nahm noch eine Schmerztablette. Es ging ihm wieder besser, der Kopf war fast gut und auf dem Auge erkannte er wieder alles. Hauptsächlich war er müde.

Das Teenagerpaar kam den Gang entlanggelaufen, dicht gefolgt von den Eltern. Allerdings hielt der Junge diesmal großen Abstand zu seiner Flamme und setzte sich neben Eugen und nicht zu seiner Freundin einige Stuhlreihen weiter.

»Du mieses Schwein!«, rief sie aus sicherer Entfernung. Der Junge ließ den Kopf hängen, sagte aber nichts.

Der Rest des Gates reckte die Hälse, um das Schauspiel besser beobachten zu können.

»Einfach auf den Arsch geglotzt!«, rief das Mädchen. Ihr liefen Tränen über die Wangen. Als der Junge erneut nicht reagierte, warf sie sich in die Arme ihrer Mutter.

Dem Vater huschte ein Grinsen über das Gesicht. Seine Frau kniff ihm in die Schulter.

Der Lautsprecher plärrte im aggressiven Tonfall, Eugen verstand trotz zweisprachiger Ansage nichts. Um ihn herum sahen sich die Leute fragend an, wie um sich zu versichern, dass sie nicht die einzigen waren, die kein Wort verstanden.

Da kamen schon die Stewardessen den Flur entlang geschritten, die eine war groß und hatte schwarze Haare, die andere war kleiner und hatte welliges rotes Haar. Sie trugen blaue Röcke, die bis über die Knie reichten, und rote Tücher um den Hals, und stolzierten mit ihren Rollköfferchen bis zum Tresen.

Die Uhr zeigte noch vier Minuten bis zum Boarding. Bisher sah alles nach einem pünktlichen Start aus. Die aufgebrezelten Damen bauten sich hinter dem Tresen auf und hackten auf die Tastaturen ein. Die ersten Nervösen sprangen auf, eilten vor und wurden wieder weggeschickt. Die beiden Damen wirkten sehr geschäftig und verschwanden anschließend in der Tür hinter ihnen.

Der Mann mit dem Bowler tauchte auf, er hielt sich noch immer das Handy ans Ohr und brabbelte vor sich hin. Da war die alte Crew wieder vereint. Eugen war dankbar, dass der Wikinger nicht auch noch dazugehörte.

Der Teenagerjunge rieb sich seinen Flaum und schlich vorsichtig an seine hysterische Flamme heran. Die saß neben ihrer Mutter und spielte am Handy. Das Mädchen beachtete ihn nicht. Die Augen der Wartenden waren auf ihn gerichtet, nicht nur Eugen bangte mit ihm. Doch seine große Liebe ignorierte ihn und reagierte erst, als er ihren Arm berührte.

»Du hast ihr auf den Arsch geglotzt! Reich ich dir nicht?«, plärrte sie in einer Lautstärke, dass selbst die Leute auf den Parkplätzen sie noch gehört haben konnten.

»Aber Issi, ich lie–«

»Untersteh dich! Du willst doch nur andere Weiber ficken! Du Penner!«

»Aber Issi –"

»Geh mir aus den Augen!«

Wie ein verletzter Hund schlich er davon. Das musste er ihr lassen, sie hatte Selbstbewusstsein.

Die Stewardessen waren erneut hinter dem Tresen erschienen, aber außer Eugen schien das kaum einer bemerkt zu haben. Eine von ihnen beugte sich vor und drückte auf einen Knopf.

Glocken läuteten, dann begann sie zu sprechen, erst auf Englisch und dann noch mal auf Deutsch: »Sehr geehrte Damen und Herren, das Boarding für Flug AC793 Air Canada nach Seattle beginnt nun, bitte halten Sie ihre Tickets bereit und treten Sie nacheinander vor.«

Es war so weit. Die Fluggäste standen beinahe gesammelt auf und torkelten vor. Bis jetzt war er ruhig gewesen. Doch nun begann es langsam ernst zu werden. Er griff nach Marys Münze und hielt sich daran fest.

»Was mache ich hier?«, murmelte er.

Die Menschen gingen nacheinander durch die Drehkreuze. Die Tür dahinter stand offen und eine Treppe führte nach unten. Das Gedrängel wurde weniger, aber Eugen blieb trotzdem sitzen. Und wer schlappte da aus dem hellerleuchteten Flur an und gesellte sich zu den Menschen vor dem Einlass?

Der Wikinger wedelte mit seinem Ticket und quetschte sich durch das Drehkreuz. Eugen rieb sich die Stirn. Das konnte nicht wahr sein. Jetzt waren sie wirklich alle wiedervereint.

»Ich muss auflegen«, sagte der Mann mit dem Bowler und blieb neben Eugen stehen. »Ja, genau. Ich will halt wissen ... Makana, ich ... will halt nicht auffallen und der Orden ... ja, deswegen, klar, halt ich dich raus.«

Er legte auf und ging mit seinem Aktenkoffer Richtung Drehkreuz. Im Gehen schob er sich den altmodischen Bowler aus der Stirn. Die Stewardessen begrüßten ihn, er grüßte zurück und verließ das Gate durch die Tür.

Eugen nahm sein Handy und drückte auf Aufnehmen. »Hey, ihr zwei. Ich steig jetzt in den Flieger. Ich liebe euch beide.«

Er schickte die Nachricht ab.

Die Stewardess mit den schwarzen Haaren lächelte ihn an. Ihm stellten sich die Nackenhaare auf. Sein Hintern war bleischwer und wollte nicht aus dem Sessel kommen. Aber der Wartebereich war leer und er der letzte.

Sie winkte ihn mit ihren gepflegten Händen heran. Eugen quälte sich aus dem Sitz, Richtung Tresen. Ihr Gesicht war durch das Make-up makellos. Ihre Haare waren kurz geschnitten, die vorderen Haare absichtlich unordentlich aufgestellt. Die Rothaarige stand daneben und tippte auf der Tastatur herum.

»Guten Tag, könnten Sie bitte Ihr Ticket zeigen?«, fragte die Schwarzhaarige auf Englisch. Sie lächelte ihn verständnisvoll an.

Ihm war eng um die Brust, er schnaufte, während er das plattgesessene und weich geschwitzte Ticket aus der Hosentasche fummelte. Er reichte es ihr mit dem Reisepass.

»Entschuldigen Sie, dass ich so offenherzig frage, aber haben Sie Flugangst?« Sie scannte seinen Reisepass. Ihre Augen waren hellbraun.

»Nein, nein, nur Heimweh«, antwortete er auf Deutsch.

»Ah, okay.« Sie klang freundlich und es lag echte Fürsorge in ihrer Stimme. Ihr Deutsch hatte einen starken kanadischen Akzent. »Legen Sie den QR-Code vorne auf und gehen Sie durch. Ihre Sitzplatznummer ist 23C. Der Fenstersitz am Flügel. Laut Statistik der sicherste Sitzplatz. Bis gleich.«

Sie reichte ihm den Reisepass. Er versuchte, ihr Namenschildchen zu lesen, aber die Schrift war sehr klein.

»Lara Bondecker«, sagte sie und griff zum Telefon.

»Danke, Frau Bondecker.« Er legte das Ticket auf das Lesegerät, ging durch das Drehkreuz und die Tür und folgte dann einer Treppe runter auf die Landebahn. Es war mitten am Tag, aber durch den Regen fast dunkel. Er rannte zum Bus, der ihn und die restlichen Passagiere zum Flugzeug bringen sollte. Die Stufen waren rutschig, alle Sitze waren besetzt und der freie Platz in der Mitte von einer Horde weiterer Flugbegleiter und einem Haufen Koffer besetzt.

Er wand sich zwischen den Menschen hindurch, griff die Haltestange weiter hinten, da setzte sich der Bus auch schon in Bewegung.

Sie kurvten endlos über den Flugplatz. Als sie endlich anhielten, stieß der Wikinger ihn beim Aussteigen beinahe um. Die Menge strömte raus, auf eine lange Treppe zu, die zu einem riesigen Flugzeug führte. Es hatte zwei Reihen Fenster und war höher als sein Haus. Eugen setzte sich als letzter in Bewegung und stieg die Treppe hoch.

»Guten Tag!«, sagte ein glattrasierter Herr im blauen Anzug mit roter Krawatte und demselben kanadischen Akzent wie Laura Bondecker. Er stand direkt neben dem Eingang. Hinter ihm führte eine Treppe in das obere Stockwerk, auf der Gardine vor den Stufen stand FIRST CLASS.

»Sie sind Passagier 23C, oder?«

»Wie bitte?«

»Ihr Sitzplatz. Ich weiß es von meiner Kollegin. Sie meinte, Sie hätten Flugangst, wir kümmern uns um Sie. Mein Name ist Bondecker.«

»Dabei habe ich Ihrer Frau gesagt, dass ich keine habe.«

Herr Bondecker lächelte freundlich. »Fast. Sie ist meine Zwillingsschwester. Und sie macht sich wie immer zu viele Sorgen. Gehen Sie den Gang runter. Auf der rechten Seite. Ihr Sitznachbar hat sich bereits eingefunden.«

»Danke.« Eugen schob sich durch den engen Gang in den Passagierbereich. Es gab drei Reihen, er folgte dem rechten der beiden Gänge. Das Flugzeug war ziemlich voll, nur in der mittleren Sitzreihe waren vereinzelt Plätze frei.

Eine Dame mit grauem Dutt versperrte ihm den Durchgang. Sie stopfte ihre Handtasche in die übervolle Gepäckbox über den Sitzen. Da sie ihn nicht bemerkte, schob er sich an ihr vorbei, als sich die Gelegenheit dazu bot. Er kam an Issi vorbei, die weinend an der Schulter ihres Vaters lehnte. Drei Reihen weiter saßen ihr Freund und ihre Mutter im Mittelgang.

Zehn Reihen weiter hinten war 23C.

Und wer wartete da auf ihn? Ihm wurde übel. Der Wikinger saß auf dem Sitz am Gang und leckte einen Popel vom Daumen. Eugen näherte sich langsam. Eine Welle aus Panik schlug über ihm zusammen.

»Dem Jungen geht es gut«, murmelte er und blieb überrascht stehen. Hatte er das laut ausgesprochen? Er atmete durch.

Ein Kleinkind vor ihm stieß seinem Vater in die Seite. »Duhu? Warum ist der Mann so braun?«

Der Vater legte seinem Sohn einen Arm um die Schulter und sagte: »Der kommt eben aus einem anderen Land.«

Eugen blieb vor dem Wikinger stehen. »Dürfte ich bitte an Ihnen vorbei?« Funken zischten vor seinem linken Auge vorbei und sein Herz raste. Aber immerhin hielten sich die Kopfschmerzen zurück.

Der Wikinger rührte sich nicht.

»Meine Nummer ist 23C. Ich möchte auf meinen Platz.« Er kam sich wie ein armseliger Pimpf vor, der sich nicht gegen den Schulraudi durchsetzen konnte.

Der Typ ignorierte ihn.

»Entschuldigen Sie?«

Doch Eugens Worte prallten vom Wikinger ab. Die meisten Passagiere hatten mittlerweile ihren Kram verstaut und studierten die Duty-free-Karten. Eugens kalte Hände zitterten. Er schob sie schnell in die Hosentaschen. Die Fingerspitzen stießen gegen einen festen Gegenstadt, die Münze. Mary. Er fragte sich, wie er reagieren würde, wenn seine Tochter neben ihm stünde und ihn mit ihren großen Augen anfunkeln würde.

»Entschuldigen Sie! Ich verstehe, dass Sie nicht aufstehen möchten, aber ich will auf meinen Platz!«

Der Wikinger räusperte und drehte sich zum Fenster. Das weiße W auf seiner Jacke verhöhnte ihn. Es reichte. Aber was sollte er machen? Ihm eine mit dem Gips verpassen? Keine schlechte Idee, wenn der Arm darunter nicht angebrochen gewesen wäre.

Vor ihm kontrollierten zwei Stewardessen die Gepäckboxen und warfen die Klappen nacheinander zu.

»Könnte ich –", begann er, da drehte der Wikinger den Kopf ihm zu, das Doppelkinn hing bis zur Brust. »Verpiss dich!«

Er hatte leise gesprochen, dennoch kam es Eugen so vor, als vibriere die Bassstimme in seinem Bauch nach. Der Wikinger hob die Faust. »Ich sag's nur einmal.«

Die Gespräche um sie herum verstummten. Vor Eugens Auge tobte ein Blitzgewitter. Und Kopfschmerzen hatte er nun auch.

»Ist bei Ihnen alles in Ordnung«, fragte Herr Bondecker direkt hinter Eugen.

Der Wikinger kümmerte sich wieder um das, was vor dem Fenster lag.

»Ja, ich habe mich vertan. Ich sitze hier nicht«, sagte Eugen.

Bondecker hob eine Braue. »Dann gehört Ihnen wohl die 11B. Der mittlere Sitz da vorn.« Er zeigte hinter sich, mehr als zehn Reihen weiter vorn.

»Genau, der ist es.«

Eugen folgte seiner schmalen Gestalt an den Platz.

»Machen Sie sich keine Sorgen und lehnen Sie sich zurück. Wir starten demnächst.« Der Steward huschte durch den Gang davon und schleuderte dabei die letzten Gepäckboxen zu.

Er zog den Bauch ein und rutschte an den Rückenlehnen der Vordersitze entlang zu seinem neuen Sitzplatz, der zwischen einer nervösen Frau im sonnengelben Kleid, die an ihren Fingernägeln knibbelte, und einem tieftraurig aussehenden Jungen lag.

Eugen schnallte sich an.

»Verzeihung?«, fragte die Frau neben ihm.

Vor ihm war ein Monitor angebracht, in dem sich seine starren Gesichtszüge spiegelten.

»Entschuldigen Sie?«, fragte die Frau wieder.

Konnte die nicht still sein? Er nestelte mit den Fingern am Gurt. Zwei Monate Kanada und zwei Monate keine Mary und kein –

»Geht es Ihnen nicht gut?«, fragte die Frau.

Was hatten die denn alle mit ihm? Wirkte er so bestürzt? Er sah sie kurz an: Sie kam ihm bekannt vor. Der Groschen fiel, als er sich dem Jungen zuwandte. Eugen saß zwischen Issis Mutter und ihrem Freund – oder Ex-Freund.

»Doch … doch. Ja. Alles okay.«

»Wissen Sie, das ist nicht schlimm.« Issis Mutter rutschte nervös auf ihrem Sitz herum, beugte sich vor und holte ihre Handtasche hoch. »Ich hab so einen Therdeuten besucht. Therapeuten meine ich. Der hat wahre Wunder bei mir bewirkt, wenn Sie verstehen.« Sie wühlte in der billigen Ledertasche, deren Ecken bereits abblätterten, grunzte, und als sie fand, wonach sie gesucht hatte, reichte sie ihm eine Visitenkarte.

MEDIZINER FÜR ALTERNATIVE MEDIZIN. KEIN WIRKSTOFF – KEINE NEBENWIRKUNGEN.

Eugen überspielte seine Verwirrung. »Äh, danke.« Die Frau hatte es sicher gut gemeint.

»Das hilft Ihnen vielleicht im Moment nicht, aber später.«

»Okay, nochmals danke.« Er steckte die Karte ein.

Ein helles Licht drang durch die Fenster und war sofort wieder verschwunden. Über ihnen donnerte es.

War das ein Blitz gewesen? Er spähte über den Gang zum Fenster. Regen prasselte gegen die Scheibe. Verschwommen erkannte er die Lichter der Start- und Landebahn. Nicht weit entfernt zuckte erneut ein Blitz, wenig später folgte der Donner. Er war ähnlich laut wie zuvor.

Der Lautsprecher schepperte, verstummte und schepperte erneut. Eine näselnde Männerstimme stellte sich auf Englisch als der Kapitän vor: »Sehr geehrte Damen und Herren, das Unwetter wird gleich vorüber sein. Wir starten planmäßig in zehn Minuten. Bitte schnallen Sie sich an und achten Sie auf die Sicherheitsanweisungen, die nun auf den Bildschirmen vor Ihnen gezeigt werden. Ich wünsche einen schönen Flug.«

Eugen betrachtete die schwarze Mattscheibe. Sie erwachte zum Leben und eine schlecht animierte Frau in den Farben der Airline zeigte ihm, wie er einen Absturz überleben konnte.

Er zog das Handy hervor. Susanne hatte ihm geschrieben. »Guten Flug. Ich liebe dich auch.« Dahinter waren ein Herz und ein Kuss. Er schaute eine Weile auf das Display.

»Stecken Sie das Teil da weg. Haben Sie das Zeichen nicht gesehen, oder wie?«, sagte Issis Mutter und zeigte auf das Symbol über ihnen. Neben der durchgestrichenen Zigarette war ein durchgestrichenes Handy. Eugen schaltete den Flugmodus ein und friemelte es in die Hosentasche zurück.

Die Minuten vergingen. Der Pilot behielt nur teilweise recht, das Unwetter zog zwar nicht weiter, aber der Regen ebbte ab.

»Sehr geehrte Damen und Herren, wir fahren nun zur Startposition«, dröhnte nach einer Weile aus den Lautsprechern.

Das Flugzeug bewegte sich. Die Mutter neben ihm atmete stockend aus. Ihr Gesicht färbte sich weiß. So viel zu dem fantastischen Therapeuten.

Bondecker kam mit zwei Plastikbechern durch den Gang. »Hier.« Er hielt Eugen einen der Becher direkt unter die Nase. »Sie sind ganz verspannt, das wird Ihnen guttun.«

Whiskeydämpfe stiegen ihm in die Nase und verursachten ein aufgeregtes Kribbeln. »Ehrlich, mir geht's gut.«

Bondecker wackelte auffordernd mit dem Becher und er nahm ihn. Er wollte diesen Schluck. Sie stießen an. Es gab ein mattes Klacken, als Plastikbecher auf Plastikbecher traf. Sie tranken aus. Der Alkohol entfaltete sofort seine Wirkung, es war, als lege sich ein weiches Seidentuch über ihn.

»Danke«, keuchte Eugen. Im Lautsprecher schepperte es erneut, diesmal kam die Durchsage von einer Frau. Sie klang heißer. »Sehr geehrte Damen und Herren, wir warten nur noch auf die Freigabe, dann geht es los.«

Bondecker lächelte besorgt. »Muss zu meiner Schwester. Guten Flug!« Er ging schnell den Gang runter und war kurz darauf verschwunden.

»Sollte das Wetter nicht besser werden?«, fragte die Frau neben ihm. Es war immer noch dunkel, als wäre es nicht Mittag, sondern Mitternacht.

»Freigabe«, verkündeten die Lautsprecher.

In der Kabine wurde es plötzlich ruhig. Das Flugzeug beschleunigte, die Welt zog schneller und schneller am Fenster vorbei. Um ihn herum wackelte alles, dann verließen die Reifen den Asphalt und Eugen wurde in den Sitz gepresst.

Das Flugzeug sackte nach unten.

Eugen warf einen Blick auf das Fenster, sein Magen verkrampfte und das leckere Pfirsichmarmeladenbrötchen vom Frühstück kam ihm samt Whiskey wieder hoch.

Er erbrach einen orangen Schwall auf den Schoß der Frau neben ihm.

Sie schrie angewidert auf, während Eugen noch nach dem Papierbeutel im Vordersitz tastete. Er fand ihn nicht und eine weitere Ladung stieg aus seinem Magen auf.

»Iiih, Mann!«, rief der Junge neben ihm. Die Kabine ruckelte, was seinen Magen zu einer weiteren Verkrampfung anregte. Er beugte sich vor, weil er noch immer keine Tüte hatte.

Das Flugzeug sackte wieder ab. Metall ächzte. Masken fielen aus der Decke. Kinder schrien, fingen an zu weinen, angespanntes Gemurmel ging durch die Reihen.

Jemand sagte: »Das überleben wir nicht.« Ein Mann hinter ihm betete hektisch das Vaterunser.

Eugen war nass geschwitzt und rang mit der Übelkeit. Der Motor röhrte. Da fiel helles Sonnenlicht in die Kabine.

Verwirrt blinzelte er zur Seite, das Licht brach sich in der orangenen Soße im Schoß der Frau neben ihm.

Sie hatten die Wolkendecke durchbrochen. Das Flugzeug war nicht abgestürzt. Es flog höher und höher. Und zwischen seinen Füßen hatte sich eine Pfütze gebildet.

7

Die Boing 747 glitt in elf Kilometern Höhe durch die Luft.

Eugen hing in der engen Kabine über dem Waschbecken. Er hatte sich mit tauben Beinen ins vordere Bad geschleppt und wusch sich nun Hände und Mund. Er spuckte und ließ kühles Wasser über die Handgelenke laufen.

Seine Herzfrequenz lag noch immer jenseits von Gut und Böse, ihm war schwindelig, sein Auge blitzte leicht und die Kopfschmerzen wollten nicht verschwinden. Er hatte noch mal ein paar Schmerztabletten eingeworfen, es würde bestimmt bald besser werden. Er kam sich langsam vor, als futtere er die Pillen wie Schokolinsen.

Er hatte Issis Mutter auf den Schoß gekotzt und der Junge hatte vermutlich ebenfalls einiges abbekommen. Er würde für immer auf diesem Quadratmeter bleiben und sich einfach die Zeit mit Handyspielen vertreiben. So ein Langstreckenflugzeug hatte doch bestimmt mindestens zwei Toiletten, sollten die Gäste doch die andere benutzen.

»Herr Breier?«, kam es von draußen. Es war Herr Bondecker. »Geht es Ihnen gut?«

»Mhm«, machte er gequält.

»Kommen Sie raus, ich hab etwas für Sie.« Geheimnisvoll fügte er hinzu: »Es wird Ihnen gefallen.«

Vielleicht hatten sie der Frau ein frisches Kleid übergestülpt und es gab eine Notfalldusche an Bord. Oder – und das hielt er für wahrscheinlicher – sie hatten ein tolles Putzmittel und einen Wassereimer aufgetrieben, mit dem er die Sitze nun schrubben durfte, statt ihm die Reinigung in Rechnung zu stellen. Wenigstens hatte er sich nicht selbst eingesaut. Man musste auch für die kleinen Dinge dankbar sein.

»Kommen Sie? Ich möchte Sie begleiten«, rief Herr Bondecker.

»Ich kann hier nicht raus«, murmelte Eugen und zupfte Papiertücher aus dem Spender, mit denen er sich die Hände abtrocknete.

»Ich warte«, sagte Bondecker.

Eugen war fest entschlossen das Bad nicht zu verlassen, aber seine Hand bewegte sich automatisch zum Schloss und öffnete es. Ein bestens gelaunter Bondecker lächelte ihn aufmunternd an.

»Da sind Sie ja in die Vollen gegangen, was?«, sagte er und reichte ihm einen Plastikbecher. Er war mit einer bernsteinfarbenen Flüssigkeit gefüllt, die nach Alkohol roch. Eugen musterte den Whiskey und überlegte, ob er ihm erklären sollte, dass er trocken war. Aber Bondecker kam ihm zuvor.

»Nehmen Sie ruhig, die letzte Runde haben Sie, na, wie soll ich sagen, ja wieder verteilt?« Er lachte beherzt, ohne den Becher loszulassen. Der Whiskey schwankte leicht.

»Die Frau –«, begann Eugen.

»Machen Sie sich um die keine Gedanken. Sie hatte ein Kleid zum Wechseln in ihrer Tasche, das haben viele, falls ihre Koffer in einem anderen Land einchecken als sie. Passiert öfter, als man denkt. Jetzt nehmen Sie schon.«

Eugen dachte daran, dass er nur sein Handy, den Geldbeutel und das Ticket bei sich trug. »Und der Junge?«

»Den haben wir zu seiner Freundin … Ach, wissen Sie was, schauen Sie.« Er löste den Zeigefinger vom Becher und zeigte den Gang entlang. Auf einem Sitz in Reihe 11 lag sich das junge Pärchen in den Armen. Der Junge knabberte seiner Freundin zufrieden am Ohrläppchen. Die Mutter saß weiter vorn neben ihrem Mann. Sie trug nun ein dunkelblaues Kleid.

»Ich überlege noch, ob ich sie vom Klo hole, wenn sie es endlich zum Abschluss bringen … Ach was, ich werde die Tür bewachen und dem Knaben ein Gummi zuschieben. So hätte ich das auch gewollt!« Er sah wieder zu ihm. »Jetzt nehmen Sie endlich. Wir müssen gleich die Treppe raufsteigen.«

Eugen schielte auf den Plastikbecher. Er hatte nach dem Becher davor nicht unentwegt ans nächste Glas denken müssen – was eindeutig für Besserung sprach. Außerdem wäre es unhöflich gewesen, den Steward abzuweisen. Immerhin musste er dank ihm nicht zu den Leuten zurück, die mit seinem Mageninhalt Bekanntschaft gemacht hatten.

Er nahm den Becher. Sie prosteten sich zu und kippten, was es zu kippen gab.

»Benni! Spinnst du«, zischte Frau Bondecker, die aus dem Nichts aufgetaucht war. Sie sprach Englisch. »Du kannst doch nicht saufen, hier! Du, wenn du den Job versaust, dann …« Sie bemerkte Eugen und unterbrach sich. »Hast du ihm den neuen Platz zugewiesen?«

»Ich wollte ihn eben bringen!«

»Dann los und anschließend verteilst du das Essen.«

Herr Bondecker nickte. »Kommen Sie?«, fragte er. Eugen nickte.

Sie gingen Richtung Eingang und bogen zu der Treppe ab, an der FIRST CLASS stand. Das musste ein Fehler sein.

»Sind Sie sich sicher?«, fragte Eugen, aber Bondecker stieg kommentarlos die schmalen Stufen rauf. Also folgte er ihm.

Oben lag eine andere Welt. Statt enger Sitzreihen hatten die großen Geldbeutel eigene Abteile, allein die Sessel waren so ausladend wie zwei Sitzplätze im unteren Bereich und konnten zu Betten umfunktioniert werden. Jedes Abteil hatte einen Bildschirm, der mindestens dreimal so groß war wie die in der Holzklasse.

Die Hälfte der Abteile war unbelegt. Sie gingen an schlafenden Geschäftsleuten und einer Mutter mit Kind vorbei, die mit ihrer Tochter die Aufgaben in einem Schulbuch machte. Das Mädchen legte ihre Stirn genauso in Falten, wenn sie nachdachte, wie Mary.

Eugen tastete nach der Münze. Er war froh, dass Mary ihn vorhin nicht so hilflos erlebt hatte.

Sie kamen an dem Mann mit dem dunklen Bowler vorbei. Er lag entspannt im Sitz und hatte sich den Hut aufs Gesicht gelegt. Das Bild erinnerte ihn an Terence Hill, wenn er vor der großen Schießerei seinen Rausch ausschlief.

»Da wären wir.« Bondecker deutete einladend auf einen Ledersessel, in dessen Armlehnen Knöpfe eingelassen waren. Die Fußstütze war eingefahren, auf der Sitzfläche lag eine weiße Decke mit einem gestickten roten Ahornblatt. Der Fernseher hing an der Wand zum nächsten Abteil und war, sobald er saß, direkt auf Augenhöhe.

»Ich hab Ihnen den Hauptgang geordert. Ich dachte mir, nachdem Sie so viel, na, Sie wissen schon ... Da möchten Sie bestimmt was Warmes im Bauch haben.« Bondecker zwinkerte ihm zu.

»Danke.« Mehr fiel ihm nicht ein, obwohl er den Eindruck hatte, noch mehr sagen zu müssen.

»Gerne doch und meine Kollegen hier oben wissen wegen Ihrer Flugangst Bescheid.«

Eugen öffnete den Mund, wollte sagen, dass er keine Flugangst habe, dachte dann aber – was soll's. Bondecker verabschiedete sich und wünschte ihm einen guten Flug.

Die Kolter war weich. Er faltete sie auf und versank im kühlen Ledersessel. Er war müde, er hatte in der letzten Nacht kaum geschlafen, die Schmerztabletten lullten ihn ein. Dennoch hatte er immer noch diese unterschwelligen Kopfschmerzen und immer wieder tauchten Blitze vor seinem linken Auge auf.

»Sie sind bestimmt Herr Breier. Mein Name ist Ava Hill«, sagte eine Frau in beinahe akzentfreiem Deutsch.

Er öffnete die Augen. Die Frau war zierlich und hatte rot lackierte Fingernägel. Sie beugte sich herab und klappte einen Tisch aus der Verschalung an der Seite.

»Ich bring Ihnen gleich Ihre Mahlzeit. Vorher aber wollte ich mich Ihnen vorstellen. Wenn Sie etwas brauchen, ich bin hinten an der Theke. Sie können mich aber jederzeit über die Taste in Ihrer Armlehne rufen.« Sie deutete auf die eingelassenen Knöpfe. »Noch Fragen? Wenn nicht, bringe ich Ihnen Ihr Menü.«

»Danke, keine Fragen.« Er überlegte kurz. »Aber Hunger.«

Sie lächelte und kam wenig später mit einem vollgepackten Tablett zurück. Sie schielte auf seinen eingegipsten Arm. »Ich hab mir erlaubt, das Fleisch vorzuschneiden.«

»Super, danke!«

Sie strahlte. »Gerne und guten Appetit.«

Es gab Bratkartoffeln mit grüner Soße und Steak. Er war baff. Während eine Etage tiefer die Passagiere ihre geschmacksneutralen Nudelgerichte wie Tiere aus einer Aluschale mit Wegwerfbesteck in sich hineinschaufeln mussten, hatte er wahrhaftiges Essen auf einem richtigen Teller. Die Kartoffeln dampften und rochen fantastisch. Sein Magen meldete sich so laut zu Wort, dass der Mann hinter ihm das Knurren bestimmt hören konnte.

Er zerdrückte die gelben Kartoffeln und pickte ein Stück Steak auf die Gabel. Er kaute und schluckte, es schmeckte himmlisch. In seinem Bauch breitete sich Wärme aus.

Ava Hill tauchte erneut auf. »Herr Bondecker meinte, Sie mögen Whiskey, deshalb habe ich Ihnen einen Sour gemixt. Ich hoffe, er schmeckt Ihnen.« Sie stellte ihm das bis zum Rand volle Glas – ein echtes Glas, keines aus Kunststoff – neben den Teller.

»Danke.« Er hatte nicht vor, noch mehr Alkohol zu trinken, auch wenn er so viel Freundlichkeit erfahren hatte. Er wollte sein Glück nicht überstrapazieren, schließlich war er trocken, und um sich diesen Titel zu verdienen, hatte er heute bereits zu viel getrunken.

Aber den Teller aß er leer. Ava räumte ab und ließ den unangetasteten Cocktail stehen. Er lehnte sich zurück und schloss die Augen. In seinem linken Auge blitzte es. Er dachte an den Sour. Er wollte ihn nicht trinken, aber er stand da, direkt vor seiner Nase. Er konnte das Glas mit Zuckerrand genau sehen, auch ohne die Augen zu öffnen. Wie die Eiswürfel an der Oberfläche trieben, wie vom Orangenschnitz Saft die Wandung hinablief. So ein Cocktail, mit Liebe und Hingabe gemixt, er war außerstande, so unfreundlich zu sein und ihn nicht zu trinken.

Danach werde ich nie mehr einen Schluck trinken. Ich hab es schon mal geschafft aufzuhören, warum sollte ich es nicht wieder hinbekommen?

Er nahm das Glas. Es war kalt und feucht. Er hielt es sich unter die Nase. Der Whiskey in Verbindung mit dem Zitronensaft ließ ihm das Wasser im Mund zusammenlaufen. Wenn ihm jetzt jemand das Glas abnehmen würde, er würde es nicht wieder in die Hand nehmen.

Es kam niemand.

Dann trinke ich es eben. Er öffnete den Mund. Ein Gefühl stieg in ihm auf, wie eine Luftblase im Wasser, und als sie die Oberfläche erreichte, zerplatzte sie und hinterließ einen bitteren Geschmack. Als wolle ihn der Geschmack davon abhalten, das Glas zu leeren.

Eugen schüttelte den Kopf und hob das Glas zum Mund. Oder sollte er es doch lassen, Ava rufen, um sie darüber zu unterrichten, dass er trockener Alkoholiker war?

Nein, direkt nach der Landung würde er eins von diesen Anti-Alkoholikertreffen aufsuchen, denen er bisher nie nähergekommen war, als mit dem Zeigefinger beim Scrollen über ihre Webseite.

Er trank das Glas in drei Zügen aus.

Der Sour war lecker.

Hinter ihm schnalzte es, wie ein Fingerschnippen. Eugen stellte das Glas ab. Schlagartig war er müde, die Kopfschmerzen waren verschwunden und in seinem Auge blitzte es nicht mehr.

Er breitete die Kolter über sich aus und machte es sich im Sessel bequem.

Kurz vor der Landung weckte ihn Ava Hill, mit der Bitte die Jalousie zu öffnen und die Lehne aufrecht zu stellen. Er hätte nichts dagegen gehabt, die Landung zu verschlafen, aber nun war er wach und die Skyline von Seattle zog beim Landen an seinem Fenster vorbei. Wenigstens musste er sich dieses Mal nicht übergeben.

Nach der Landung blieb er noch sitzen.

Als er aufstand, war die Kabine leer, auch der Sitz hinter ihm war frei. Der Mann mit Anzug und Bowler war verschwunden.

Eugen grinste breit. Er hatte es geschafft. Er war in Seattle. Er konnte es kaum erwarten, amerikanischen Boden unter seinen Füßen zu spüren.

Zum ersten Mal, seit er unterwegs war, hatte er das Gefühl, dass die Reise gut verlaufen könnte. Er nahm immer zwei Stufen auf einmal und wäre am Ende der Treppe beinahe in den Wikinger gerannt, der aus dem Nichts vor ihm auftauchte.

Eugen klammerte sich am Handlauf fest, das bremste ihn noch rechtzeitig. Der Wikinger musterte ihn im Vorbeigehen, knurrte etwas Unverständliches und wankte zum Ausgang.

»Herr Breier, wie war der Flug?«, fragte Frau Bondecker überfreundlich und reichte ihm die Hand.

Er schüttelte sie. »Vielen Dank für Ihre Hilfe! Das war wirklich ganz wunderbar.«

»Gerne. Einen schönen Aufenthalt.«

8

»Aber *natürlich* flieg ich nach Kanada!« Raffael war auf dem Weg zur Autovermietung, er befand sich auf dem Flughafen von Fort McMurray, irgendwo in der Mitte von Kanada. »Und fahr dann drei Tage durch die Pampa. Klar mach ich das. *Kein Problem*!«

Wütend zerrte er seinen Koffer hinter sich her, der prompt irgendwo hängenblieb. Raffael zog stärker, dabei wäre ihm der Koffer beinahe aus der Hand gerutscht. Er fluchte, die Leute strömten um ihn herum und sahen dabei weg. Er zerrte weiter, der Koffer schaukelte und fiel und der Griff rutschte ihm aus den Fingern.

»Scheiße!«, schrie er.

Eine Gruppe Reisender machte einen großen Bogen um ihn. Raffael war es egal. Der Koffer war aufgeplatzt und seine Klamotten quollen heraus wie Gedärme aus einem Leib. »Scheiße! Scheiße! Scheiße!«

Er stellte den Aktenkoffer mit der Abyss vorsichtig ab und ließ sich auf die Klamotten plumpsen. Dann holte er das Taschentuch aus seiner Hosentasche.

Raffael hätte jetzt gerne einen Kakao, ein warmes Bett und eine Rennbahn gehabt. Stattdessen befand er sich auf einem Flughafen mitten im Nirgendwo und würde bald zwei Tage durchs Niemandsland gurken. Und das alles nur, weil er als Einziger schnell genug in Trance fallen konnte, um der Meisterin bei ihrer Mission zu helfen.

»Scheiße«, sagte er leise, aber er war nicht mehr wütend.

»Entschuldigung?«, fragte eine piepsige Stimme auf Englisch. Raffael hob den Kopf. Es war ein Mädchen mit Zöpfen, sie trug ein blaues Kleidchen.

»Geht es dir gut?«, fragte sie.

»Hm«, brummte Raffael und suchte die dazugehörigen Eltern, fand aber keine.

»Warum sitzt du hier?«

»Weil halt.«

Sie streckte ihm die Hand entgegen. »Ich bin Clara. Was hast du da?«

Raffael klappte die Ecken des Taschentuchs sorgsam auseinander.

»Das Auto ist ja kaputt! Papa sagt, wenn was kaputt ist, gehört es in den Müll. Dein Auto ist Müll.«

Raffael dachte an sein Messer, das er nicht hatte mitnehmen dürfen. Er hätte ihr jetzt gerne die Klinge in den Bauch gesteckt. Bei dem Gedanken musste er unweigerlich lächeln.

»Was ist denn so lustig?«, fragte das Mädchen.

»Es ist gar nicht kaputt!«, sagte er.

»Ist es wohl! Wie soll ein Auto mit nur drei Rädern fahren? Kannst du mir das erklären?«

Er hatte schon oft versucht, den gelben VW Käfer fahren zu lassen. Es funktionierte zwar, das Auto rollte, aber nicht mehr so wie früher. Er hätte es gerne reparieren lassen, aber wo ließ man ein Spielzeugauto reparieren?

Trotzdem war sein Käfer kein Müll. Es war sein einziger Besitz. Die Klamotten hatte ihm der Orden gekauft, wohnen musste er auch bei ihm, und obwohl er für ihn arbeitete, bekam er kein Taschengeld. Nur der VW Käfer gehörte ihm allein, ihm ganz allein.

Raffael streichelte die Frontscheibe. Der Wunsch das Mädchen zu schlagen verflog. Als er aufsah, war es verschwunden. Also betrachtete er wieder den Käfer, zeichnete die Stellen, an denen Lack fehlte, mit dem Daumen nach und seufzte. Er war in Kanada, auf einem scheiß Flughafen im Niemandsland und hier gab es keine Rennbahn für sein Auto.

Unter seinem Nagel war ein schwarzer Rand. Er schob den Daumen in den Mund und kratzte den Dreck mit dem Eckzahn heraus. Der Dreck schmeckte nach Blut.

Seine Laune hob sich, aber nicht sehr, denn er musste an die nackte Frau denken. Wieso hatte dieser Wichser sie nur ausgezogen?

Er wickelte den Käfer vorsichtig in das Taschentuch und steckte ihn wieder in die Hosentasche. Danach stopfte er die Kleidung zurück in den Koffer, erhob sich und marschierte weiter Richtung Autovermietung. Sie war nicht mehr weit entfernt. So verdammt groß war dieser scheiß Flughafen ja auch nicht.

Trotzdem war es voll. Er musste sich an Menschen vorbei schlängeln, ständig kreuzte jemand seinen Weg, eine Frau rempelte ihn an. Er griff nach dem Messer am Rücken und fasste ins Leere. »Scheiße!«, fluchte er.

Die Frau sah ihn erschrocken an und verschwand schnell in der Menge. Die Leute hielten Abstand, aber nicht genügend. Er stellte sich vor, dass er ein Soldat wäre. Um seine Schulter hinge ein Maschinengewehr und er hätte die Freigabe, jeden zu erschießen, der ihm zu nahe kam.

So war es besser.

Er marschierte los. Doch das war langweilig. Was passierte mit dem Boden? Er brach unter ihm auf, die schmalen Lücken zwischen den Bodenfließen waren voller Magma, und wenn er nicht mittig auf die Fliesen trat, würde er abstürzen und verbrennen.

Aber da waren die vielen Reisenden im Weg, ständig hinderte ihn einer daran, auf die richtige Stelle zu treten. Er schulterte sein Gewehr und schoss auf zwei Menschen. Dabei rief er: »Peng! Peng!«

Offenbar hatte er nicht getroffen, denn sie wichen nach hinten aus. Zumindest war der Weg frei, er eilte an ihnen vorbei, sprang vor, schubste eine Frau zur Seite, die ihm noch etwas hinterherschrie.

Die kann doch froh sein, dass ich sie nicht erledigt hab, dachte er und erreichte die Autovermietung. Aber der Eingang war ein auf der Seite liegendes Maul, das sich in kurzen Intervallen öffnete und schloss.

»Oh nein!« Er musste den perfekten Moment abwarten, um nicht zwischen den Kiefern zermalmt zu werden. »Kann ich das schaffen? Ja, ich denke schon.«

Er wartete, bis das Maul sich öffnete, dann rannte er hindurch. Hinter ihm schloss sich quietschend das Maul, aber er war durch. Er hatte es geschafft!

Auf der anderen Seite des Raumes war ein Tresen, dahinter saß ein Mann, der bei Raffaels Eintreten träge durch sein fettiges Haar strich.

»Herzlich willkommen bei der Autovermietung ›Vierundzwanzig Stunden‹. Was kann ich für Sie tun?«, sagte er gelangweilt auf Englisch.

Er hatte ein Schild auf der Brust, auf dem MARTIS stand. Neben ihm saßen zwei weitere Männer, die ebenso gelangweilt auf große graue Kästen starrten.

Raffaels Fantasie zerplatzte. Er war wieder in der realen Welt, in einem grauen, fensterlosen Raum mit langweiligen Menschen, die keine Ahnung hatten, wer er war. Alles war wie immer.

Raffael grub in der hinteren Hosentasche nach einem Zettel und knallte ihn auf den Tisch. Martis sah von ihm auf den Zettel und wieder zu ihm.

Raffael schob das Papier wortlos vor. Im Hintergrund tickte eine Uhr. Martis nahm den Zettel und musterte ihn.

»Hach, ich kann nicht lesen«, sagte er todernst und betrachtete Raffael erwartungsvoll.

Was wollte der von ihm?

Als Raffael nicht reagierte, schnaubte Martis, warf einen Blick auf den Zettel und hackte auf seine Tastatur ein.

»Natürlich, hier habe ich die Reservierung. Wenn Sie bitte mitkommen möchten.«

Raffael folgte ihm durch die Schiebetür hinaus in den Flughafen und von dort auf den Parkplatz. Martis steuerte direkt auf einen knallroten SUV Porsche zu.

»Was ist das?«, fragte Raffael.

»Ihr Wagen, Mister Ganz.«

»Scheiße, nein! Ich will einen Käfer!«

»Da müssen Sie in die Zoohandlung gehen.« Martis grinste, als ob er eine Reaktion erwarten würde.

Raffael stellte den Koffer mit der Abyss ab und griff nach hinten an den Hosenbund. Aber da war nichts. So eine gammelnde Scheiße. Warum nur musste ich das Messer zu Hause lassen?

Martis reichte ihm den Autoschlüssel und öffnete den Kofferraum, in dem fünf Benzinkanister nebeneinanderstanden. Darauf lag ein Schlafsack, daneben standen einige Dosen Ravioli und Klopapier.

Das würde er nicht brauchen. Ich scheiß doch nicht auf den Boden, dachte er.

Ein Rabe landete auf dem Porsche, bei jeder Bewegung klickten die Krallen auf dem Blech. Er krächzte laut und schloss dann seinen krummen Schnabel wieder.

»Verpiss dich!«, rief Raffael, aber das Federvieh rührte sich nicht. Es betrachtete ihn neugierig.

Raffael machte einen Schritt auf ihn zu, aber das interessierte den Vogel nicht. Er glotzte ihn weiter aus kleinen schwarzen Augen an. Raffael ließ seine Hand zum Rücken wandern, er hätte vor Wut toben können, als er erneut ins Leere griff.

Martis sah zum Flughafengebäude. »Wir haben alles besorgt, was Sie in Ihrer Bestellung angegeben haben. Darf ich noch etwas für Sie tun?«

Raffael zog am Kofferraumdeckel, aber der schloss sich nicht. Er versuchte es erneut, da drückte Martis auf einen Knopf am Kofferraumdeckel und er fuhr automatisch zu, bis er schließlich verriegelte.

Danach wollte Raffael die Koffer auf die Rückbank legen, aber die war mit Campingausrüstung belegt. Warum konnte nichts einfach sein? Er trabte zur Beifahrerseite. Natürlich passte nur der schwarze Koffer mit der Abyss auf den Sitz, sein eigener Koffer war zu groß. »Scheiße!«

Martis war verschwunden. Er fluchte erneut und begann den Innenraum neu zu organisieren. Er brauchte eine gefühlte Ewigkeit, bis er wieder alles eingeräumt hatte. Wenigstens fand er beim Hin- und Herräumen eine Stange Zigaretten.

Er zündete sich eine Kippe an, fuhr vom Parkplatz und hinein in die endlose, flache Landschaft. Links und rechts der Straße standen Kiefern, schon bald war er völlig allein unterwegs. Er klemmte den abgerauchten Filter zwischen Daumen und Zeigefinger und schnippte ihn aus dem Spalt im Fenster.

Seine Laune war nun richtig gut. Denn er hatte noch etwas gefunden, etwas, das ihn dazu veranlasste, das Radio einzuschalten und seine Playlist von Rolf Zuckowski voll aufzudrehen. Es war ein Jagdmesserset mit Holzgriffen, es war zwischen der Campingausrüstung versteckt gewesen. Er mochte zwar die mit den Eisengriffen lieber, aber er hatte endlich wieder ein Messer.

»In der Weihnachtsbäckerei gibt's so manche Leckerei«, grölte Raffael, während der rote Porsche durch die endlose kanadische Landschaft schoss.

9

Eugen hatte sich durch einen Strom Reisender geschlagen, sein Gepäck geholt und war durch den Zoll gegangen, um im Anschluss sein Gepäck wieder aufzugeben und erneut durch die Sicherheitskontrolle zu marschieren. Es war kurz nach fünf Uhr abends und draußen war es dunkel. Er hatte noch eine knappe Stunde, bis ein kleiner Shuttleflieger ihn zum Wrigley Airport in die hinterste Ecke des Ahornblattes bringen würde. Also ging er in ein Café und bestellte sich einen Eiskaffee.

»Viel Schokolade und Sahne bitte.« Der Mitarbeiter kassierte ihn im Anschluss ab. Auf seinem Eiskaffee thronte eine Sahnehaube mit Schokoladenraspeln und Kakao. Er sog am Strohhalm und Süße entfaltete sich in seinem Mund. Der Kaffee war gut, das musste er auch, so teuer wie er gewesen war.

Er zückte sein Handy, um sich mit einer Nachricht von Susanne abzulenken. Sie hatte ihm geantwortet: »Hey Schatz, uns geht's gut. Ich hoffe, du bist gut gelandet. Wir lieben dich.«

Er tippte: »Bin gut in Seattle gelandet und gleich geht's weiter. Ich vermisse euch. Melde mich, wenn ich in Kanada bin.« Und saugte am Strohhalm und stellte sich auf das Förderband, das ihn an sein Gate bringen sollte.

»Du Arschloch!«, plärrte jemand hinter ihm. Es war Issi, die ihren Freund anschrie, der jetzt einen anderen Pullover anhatte. Er musste den Jungen auch erwischt haben. »Eine Stunde lang auf dem Klo? Mit wem hast du's gemacht? Einer von den Saftschubsen?«

Eugen schmunzelte und fischte mit dem Strohhalm die Sahne aus dem Becher. Wenn man den Hormonüberschuss der jungen Frau bedachte, hatte der Junge wahrscheinlich höchstens zehn Minuten dort verbracht, konnte aber nicht zugeben, wieso er zehn Minuten dort verbracht hatte.

Ein Schokoladenstück verstopfte seinen Strohhalm. Er schüttelte ihn, tauchte ihn ein, schaffte es aber nicht, die Verstopfung zu lösen.

Das Förderband quietschte, es näherte sich seinem Ende. Er sah auf und dem Wikinger direkt in die Augen.

Er stand auf der anderen Seite, eine dampfende Schale vor dem Bauch, aus der er mit den Fingern matschige Pommes mit Soße löffelte. Die Pampe triefte ihm von den Fingern und klebte in seinem Bart.

Der Boden ruckte und Eugen verlor das Gleichgewicht. Er stolperte über die Anschlusskante, direkt auf den Wikinger zu und schlug ihm die Pappschale aus der Hand. Der Eiskaffee entglitt ihm, er streckte den Arm aus, um sich abzufangen, und fiel direkt auf den Gips. Schmerz schoss ihm bis in die Schulter, er wollte schreien, aber seine Kehle war wie zugeschnürt.

Mühsam setzte er sich auf. Direkt neben ihm stand der Wikinger, mit den Springerstiefeln in zermatschten Pommes und brauner Soße.

»Jetzt reicht's!« Die Stimme des Wikingers hallte von den Wänden wider. Er packte Eugen an der Jacke, hob ihn hoch und schleuderte ihn von sich, so dass er über den glatten Boden schlitterte und mit dem Kopf gegen eine Wand prallte.

Vor seinem Auge blitzte es. Drückende Kopfschmerzen breiteten sich aus, doch er hatte keine Zeit darüber nachzudenken. Der Dicke kam bereits auf ihn zugestapft, dabei fletschte er die Zähne wie ein wildes Tier.

Der bringt mich um!

Mühsam versuchte Eugen hochzukommen, aber sein Arm schmerzte so höllisch, dass er sich nur mit dem anderen abstützen konnte. Er war halb oben, da erreichte ihn der Wikinger.

Eugen wich zurück. »Was hab ich Ihnen getan?«

Der Wikinger hob sein Bein, überlegte es sich anders und stierte ihn an. Die Zeit reichte, dass Eugen sich aufrappeln konnte.

Der Wikinger rührte sich noch immer nicht und Eugen rannte. Er erreichte eine Apotheke und versteckte sich hinter einem Regal, an das er sich mit dem gesunden Arm klammerte.

Vorsichtig lugte er um die Ecke. »Dem Jungen geht es gut«, flüsterte er.

Der Wikinger verharrte noch an Ort und Stelle, dann stapfte er an der Apotheke vorbei, als wäre nichts gewesen.

»Kann ich Ihnen helfen?«, fragte ein Mann im weißen Kittel auf Englisch. Eugen kaufte eine Packung Schmerztabletten, bevor er vor die Apotheke trat. Der Wikinger war weg und er trauerte seinem Eiskaffee hinterher.

Er kam an der *goldenen Möwe* vorbei und bestellte sich eine Limonade. Mit dem Pappbecher in der einen Hand fummelte er mit der anderen drei Pillen aus dem Blister. Er spülte sie in der Hoffnung runter, dass das Blitzen und die Kopfschmerzen verschwinden würden.

Ein Mädchen in hellblauer Jeans rannte an ihm vorbei zur Theke, dicht gefolgt von ihren Eltern. Wie gerne er bei seiner Familie gewesen wäre. Das Mädchen drängte auf Englisch darauf, das Kindermenü mit dem Spielzeug zu bekommen.

»Aber Schatz«, sagte die Mutter. »Nach zehn Minuten hast du damit keinen Spaß mehr.«

»Aber ich hab doch jetzt Spaß damit!«

Schachmatt!

»Aber nur eins«, sagte der Vater.

Eugen trank die Limo aus. Es war an der Zeit in den nächsten Flieger zu steigen.

»Sieben Cheeseburger, mit Spielzeug«, sagte das Mädchen zu der Restaurantmitarbeiterin hinter der Theke. Der Vater reduzierte auf einen Cheeseburger und die Kleine stampfte mit dem Fuß auf.

Eugen reckte den Kopf aus der Glastür – kein Schläger. Auf dem Weg zum Gate drehte er sich immer wieder um. Aber der Wikinger war nirgends.

Der Wartebereich war übersichtlich, es gab nur ein paar Sessel. Unter einer Lampe an der Decke jagten sich längliche, schwarze Fliegen. Eugen war allein und ließ sich in einen Sessel fallen. Er fühlte sich wie gerädert, trotz des Schlafs in der ersten Klasse.

Seine Kopfschmerzen hatten nachgelassen und durch sein linkes Auge zuckten nur noch schwach leuchtende Flusen. Er atmete langsam ein und aus und entspannte sich.

Der Mann mit Anzug und Bowler tauchte am Schalter auf. Er hatte seinen Koffer dabei, sein Anzug war faltenfrei. Er wirkte wie frisch aus dem Ei gepellt.

»Herr Breier?«, fragte er auf Deutsch.

Woher kannte der seinen Namen?

»Sie sind doch Herr Breier, oder?«

»Ja?«

Der Mann kam mit ausgestreckter Hand auf Eugen zu und schüttelte seine. »Bleiben Sie ruhig sitzen. Wir haben noch ein wenig Zeit. Ich bin Roland Sideris, aber nennen Sie mich ruhig Roland. Ich bin Ihr Pilot.«

»Pi–was?« Eugens Gesichtsausdruck musste seine Überraschung gezeigt haben, denn Roland sagte: »Ich bring uns zum Wrigley Airport, von wo aus wir zur Ausgrabung fahren. Einigen wir uns aufs Du?«

Eugen nickte, denn zu mehr war er nicht in der Lage. Roland setzte sich in den Sessel neben ihm und legte sich den Koffer auf den Schoß.

»Callahan bat mich, uns zu fliegen. Es gibt keinen standardmäßigen Flug vor hier zum Wrigley Airport. Jedenfalls, ich hab das mit deiner Flugangst mitbekommen. Mach dir keine Sorgen. Ich fliege schon seit Ewigkeiten, quasi, seit es Flugzeuge gibt, wenn man so will. Ach, und ich bin Mediziner.«

Roland klickte die Verschlüsse auf. An den Rändern der Kofferschale waren Gummilippen, die den Inhalt vor eindringendem Regen schützten. Im Inneren waren Schachteln und zitrusfarbene Dosen in Reih und Glied festgemacht. So eine Ordnung hatte er noch nie in einem Koffer gesehen.

»Ich habe keine Flugangst, das haben mir nur die Stewardessen unterstellt«, sagte er.

Roland streckte den Arm vor, um eine der Schachteln herauszunehmen, dabei rutschte sein Ärmel übers Handgelenk und legten eine Uhr aus Gold frei.

Macht der sich keine Sorgen darüber, dass so eine protzige Uhr Begehrlichkeiten wecken könnte?

Roland zog seinen Arm wieder zurück und die Uhr verschwand. Er griff die Schachtel und zog sie aus der Gumminoppe. Daneben war ein silbernes Benzinfeuerzeug festgemacht.

Warum braucht ein Arzt ein Feuerzeug bei seinen Medikamenten?

»Ich hab immer ein paar Beruhigungstabletten dabei. Man weiß ja nie. Möchtest du ein Mittel gegen die Angst?«, fragte Roland.

Warum hört mir eigentlich niemand zu? »Danke, aber ich habe wirklich keine Flugangst. Mir geht es gut.«

»Was ist mit deinem Arm?«, fragte Roland.

»Gebrochen, gestern. Bin blöd gefallen.«

»Ich leg dir später einen neuen Gips an. Der sieht mir zu locker aus und ich möchte mir auch deinen Kopf ansehen. Wie lange hast du schon diese Kopfschmerzen?«

Eugen runzelte die Stirn.

»Du hast dir, seit wir hier sitzen, achtmal die Schläfe gerieben.«

»Seit dem Sturz gestern.«

»Wie ist das passiert? Bist du auf dem Kopf gelandet?«

»Ich weiß nicht genau. Ich glaub schon.« Eugen dachte daran, wie ihm der Entbeiner auf den Kopf geschlagen hatte. Er sah wieder den Stiefel mit den weißen Schnürsenkeln, der in seinen Bauch trat. Ihm wurde schlecht.

»Klingt nach einem Trauma. Warst du bei einem Arzt vorstellig?«

Eugen zog die Luft durch die Lippen ein. »Mein Hausarzt war da. Doktor Derham.« Warum hatte er ihm den Namen seines Arztes genannt? Er befand sich auf der anderen Seite der Welt, woher sollte Roland den befreundeten Arzt kennen?

»Derham?«, fragte Roland überrascht. »James Derham? Das würde mich aber überraschen.

»Was?«

»Doktor James Derham ist 1802 verstorben.« Roland zwinkerte ihm zu. »Nicht so fit in schwarzer Geschichte, was? James Derham war der erste Afroamerikaner, der als Arzt arbeiten durfte. Na ja, komm später in meine Praxis.«

Er fummelte eine Tablette aus einem Blister und hielt sie ihm hin. »Gegen die Kopfschmerzen.« Eugen streckte die Hand aus, aber Roland ließ die Tablette nicht hineinfallen. »Du hast doch keinen Alkohol getrunken, oder?« Er betrachtete ihn ernst. »Ach, wo denk ich hin. Du bist doch trocken, sicher hast du nicht.«

»Woher wissen Sie das? Ehm ... du ... Woher weißt du das?«

»Du hast doch mit der Verschwiegenheitserklärung einen ärztlichen Fragebogen bekommen und ausgefüllt zurückgeschickt. Erinnerst du dich? Du bist Alkoholiker, dein BMI liegt bei 22, du hast eine Tochter und bist verheiratet. Deine Krankengeschichte ist unauffällig.« Roland musterte ihn. »Wenn man vom Gips und den Kopfschmerzen absieht.«

Die Pille schwebte noch immer über seiner Hand. Eugen versuchte sie nicht allzu offensichtlich anzuglotzen. Er war sich nicht sicher, ob er sie einnehmen wollte. Der Alkohol war sicher längst abgebaut, aber er hatte Schmerztabletten intus – und davon nicht wenige.

»Du weißt aber gut Bescheid«, sagte er schließlich.

»Gutes Gedächtnis, hat mir durchs Studium geholfen. Du bist Paläontologe und sollst die Grabungshelfer anleiten – fiel mir eben noch ein. Und ich bin der Arzt für diese Ausgrabung.« Mit den Worten ließ er die Tablette fallen, die sanft auf Eugens Lebenslinie landete.

»Was wäre, wenn ich Alkohol getrunken hätte? Wegen dem Medikament, meine ich?«

»Ach, da gibt es unterschiedliche Reaktionen, ist vom Patienten abhängig. Die einen versacken im Trip ihres Lebens, die anderen werden paranoid und wieder andere bemerken nichts. Hast du denn getrunken?«

»Nein-nein.« Erlaubte sich Roland ein Scherz mit ihm?

»Dann ist's ja gut.« Roland blickte ihn auffordernd an. Eugen schlug sich die Hand auf den offenen Mund und schluckte die Tablette.

Roland lüftete seinen Jackettärmel, die Armbanduhr kam wieder zum Vorschein. »In fünf Minuten müssen wir los.« Er klappte den Koffer zu. »Schon Wahnsinn, was Callahan da auf die Beine gestellt hat. Ich meine, ein ganzes Camp. Weißt du, dass er zweihundert Leute angestellt hat, nur für diese Ausgrabung?«

»Echt?« Er hatte mit vielen Leuten gerechnet, aber zweihundert?

»Ja, und von jedem hat er sich einen ärztlichen Fragebogen ausfüllen lassen. Das ist das am besten versorgte Projekt seit eh und je. Hast du dich auch gefragt, warum er so viel Geld in die Hand nimmt? Will er die Exponate verkaufen?«

»Soweit ich weiß, kommen sie einigen Museen zugute, unter anderem dem Senckenberg Museum.«

»Senckenberg? Ach, was. Also eher ein altruistischer Typ?«, sagte Roland nachdenklich.

Sollte er Roland erzählen, dass er Callahans Namen gegoogelt und keinen Treffer gefunden hatte, keinen einzigen? Das war im Zeitalter des Internets eigentlich kaum möglich, vor allem nicht für jemanden, der so viel Geld hatte und eine derartig große Unternehmung organisierte, aber höchstwahrscheinlich nutzte Callahan einen winzigen Prozentsatz seines Vermögens, um seinen Namen vor der Öffentlichkeit zu verbergen.

Roland sprang auf. »Wir fliegen jetzt.«

Roland marschierte zum Ausgang, Eugen folgte ihm. Draußen war es kalt. Es wehte ein steifer Wind. Sie folgten einer gelben Linie über den Beton zu einem Hangar, in dem eine Propellermaschine auf sie wartete.

Roland stieß einen Pfiff aus. »Eine Cessna Citation X Plus«, sagte er begeistert und wandte sich Eugen zu. »Tausend Kilometer die Stunde, schöne Maschine und einfach zu fliegen.«

Eine Frau im Blaumann kam mit einem Klemmbrett in den öligen Händen auf sie zu. Sie streckte ihm den Ellenbogen hin, Roland klopfte mit seinem ab.

»Hey, Silvia Prince, mein Name«, sagte sie auf Englisch.

»Roland Sideris. Wie sieht's aus, Silvia?«

»Check ist durchgeführt, Tank voll und hier sind deine Unterlagen.«

Roland nahm das Klemmbrett entgegen und ging mit Silvia um den Flieger herum. Eugen blieb stehen und beobachtete sie dabei, wie sie jeden Zentimeter beäugten. Ihn beschäftigte die Frage, die der Arzt Schrägstrich Pilot gestellt hatte. Was bezweckte Callahan mit den Ausgrabungen? Warum gab er so viel Geld aus? Aufmerksamkeit und Anerkennung konnten es nicht sein, sonst wäre sein Name präsenter gewesen und würde auch mal genannt werden.

Zweihundert Arbeiter und Arbeiterinnen wollten zwei Monate bezahlt werden, dazu die Materialien, die An- und Abreise für alle, und das war nur die Spitze des Eisberges. Da würden noch viele Scheine über den Tisch wandern. Aber warum? Suchte Callahan nach etwas Bestimmten, etwas, was den ganzen Aufwand wert war? Aber warum waren die Knochen eines Patagotitan so interessant für ihn, wenn er noch nicht mal in den Fachartikeln als Sponsor auftauchte?

Die Frau im Blaumann verabschiedete sich und Roland lächelte ihm zu. »So, legen wir mal los. In etwa vier Stunden landen wir schon.«

Roland ging um das Flugzeug herum und lud Eugens Gepäckstücke ein, die neben dem Rad standen. Seinen Medikamentenkoffer klemmte er zwischen Eugens Rucksack und dem Koffer und schnürte alles fest.

Danach klopfte er gegen das Flugzeugblech.

10

»Mach dich bereit zur Landung«, rief Roland nach hinten.

Eugen zog den Gurt fest. Sie waren vier Stunden unterwegs gewesen, es war jetzt später Abend. Roland hatte seine Sache gut gemacht, aber Eugen wollte endlich wieder festen Boden unter den Füßen haben.

Hinter ihnen lagen die Rocky Mountains, deren gewaltige Masse im Mondlicht blauschwarz schimmerte. Zwischen den schneebedeckten Gipfeln erstreckten sich schwarze Löcher.

Sie sanken weiter und bald darauf tauchte ein schmaler Lichtstreifen auf. Ein paar wenige Lampen skizzierten die Umrisse des Flughafens, links lag ein heller Lichtfleck, vermutlich der Ort Wrigley. Der Rest verschmolz mit der Dunkelheit.

Groß ist es nicht, dachte Eugen. Um den Flughafen herum war es in alle Richtungen finster, der Wald verschmolz mit dem Horizont. Sie waren in der Wildnis. Hier gab es keine Zivilisation, nur Natur.

Die Lichtspur wurde größer und länger, bald konnte er etwas Dunkles, Glattes am Rande der Lichter erkennen: den Mackenzie River. Er war ziemlich breit und verschwand in der Dunkelheit jenseits des Ortes.

Wind zerrte am Gehäuse des Fliegers, sie wankten hin und her. Reflexartig klammerte sich Eugen am Sitz fest. Da klopfte es von unten gegen den Boden und er wurde ordentlich durchgerüttelt.

»Gelandet!«, rief Roland von vorne.

Die Cessna rollte aus und kam zum Stillstand. Eugen spürte noch deutlich die Vibrationen und Erschütterungen der Landung, obwohl sie sich nicht mehr bewegten.

Roland kam nach hinten und öffnete die Tür. »Komm, wir haben noch eine lange Fahrt vor uns.«

Eugen schnallte sich ab und kletterte aus dem Flugzeug. Sie waren in einem kleinen Unterstand am Rand des Flugfeldes.

»Endlich«, seufzte er. Bitterkalte Luft strich ihm über den Nacken, ein Schauer überlief ihn. Es war kalt, deutlich kälter als in Deutschland. Er war zu dünn angezogen.

Er zerrte einhändig den Rucksack aus dem Gepäckfach und hing ihn sich über die Schulter und holte dann den Koffer. Die Schmerztablette wirkte noch immer und er hatte weder Probleme mit dem Auge noch Kopfschmerzen.

Roland warf die Tür der Cessna zu. Sie verließen den Unterstand. Der Flughafen wirkte verlassen. Bis auf eine Hütte und zwei Scheunen, die weiter entfernt standen, gab es hier nichts – überhaupt nichts, weder andere Flugzeuge noch Menschen. In der Dunkelheit, jenseits der Landbahnen war Wald. Weiter entfernt plätscherte Wasser.

Über ihnen funkelten tausende kleine Lichtpunkte und zeugten von längst vergangenen Tagen. Eugen gähnte und blieb kurz stehen, um auf die Uhr zu sehen. Er tauschte Koffergriff gegen Handy und ein Blick darauf verriet, dass es nach einundzwanzig Uhr war. Wie spät war es in Deutschland? Schlief Susanne oder war sie wach? Er hatte absolut kein Zeitgefühl mehr und auch keinen Empfang, was wiederum bedeutete, dass das Handy noch nicht mal auf die aktuelle Zeitzone eingestellt war. Hatten sie noch Seattler Zeit? Wie viel musste er dazurechnen, damit er auf die deutsche käme?

Er gähnte. Wie spät es auch war, es fühlte sich an wie mitten in der Nacht. Er schrieb trotzdem, dass es ihm gut ginge und er eben gelandet sei, in der Hoffnung, dass die Nachricht von allein verschickt würde, wenn er in einen Empfangsbereich käme.

»Kommst du?« Roland war weiter gegangen und zeigte auf eine der Scheunen. »Da vorne wartet unser Auto.« Eugen steckte das Handy weg und schloss auf. Als sie das Gebäude erreichten, flammte eine Lampe auf: Da stand ein SUV, in den Felgen reflektierte sich das künstliche Licht.

Eugen ächzte: »Weißt du, wie spät es jetzt in Deutschland ist?«

Roland warf das Handgelenk vor. Das Ziffernblatt leuchtete, erst hielt Eugen es für fluoreszierende Ziffern, aber dann bemerkte er, dass das Leuchten so hell war, dass sich eine kleine Lichtkuppel über der Uhr gebildet hatte.

»Kurz nach vier Uhr morgens.« Roland ließ die Uhr verschwinden. Er verstaute ihre Habseligkeiten im Kofferraum des SUV und sie kratzten den Frost von den Scheiben, danach setzten sie sich ins Auto. Eugen stellte die Heizung auf maximal. Roland drückte den Zigarettenanzünder ein.

»Du rauchst?«, fragte Eugen erstaunt.

»Wieso? Weil ich Arzt bin?« Roland kniff die Augen zusammen. »Doch, doch, ich rauche, nicht viel, aber manchmal schon und ich würde dir eine anbieten, wenn ich nicht wüsste, dass du Nichtraucher bist.«

»Du hast diese Bögen auswendig gelernt, oder?«

Roland tippte sich mit dem Zeigefinger an die Schläfe. »Gutes Gedächtnis.« Er zückte eine Packung Kippen, schnickte von unten dagegen, steckte sich den Filter in den Mund und hielt den glühenden Anzünder dagegen. Qualm stieg auf.

»Dann fahren wir mal«, sagte Roland.

»Wohin?«

»Die Straße nach Süden bis zur Brücke. So lautet die Anfahrtsbeschreibung.«

»Gibt es keine Adresse?«

»Nein, die Ausgrabung ist am Fuße der Rocky Mountains, etliche Stunden von der Zivilisation entfernt. Wir fahren jetzt nach Süden, dann über eine Brücke und in drei Stunden kommen wir an. Mehr weiß ich auch nicht.«

Roland startete den Motor und öffnete das Fenster, so dass der Rauch abziehen konnte.

Sie fuhren an der Landebahn entlang Richtung Süden. Als sie endete, rollten die Reifen auf eine unbefestigte Straße, die schnurgrade durch den Wald führte. Steinchen prallten gegen den Unterboden, ab und zu rumpelte es, wenn sie über eine Unebenheit fuhren.

Eugen schaltete das Navi an, laut der Karte folgten sie dem Fluss. Nur gab es da nirgendwo eine Brücke. Die Scheinwerfer fraßen sich mit ihrem unstillbaren Hunger durch die Dunkelheit, links und rechts standen die Bäume wie eine dunkle Mauer. Es gab kaum Hinweise auf die Zivilisation, nur ab und zu eine weitere, unbefestigte Straße, die in den Wald hineinführte.

Ihm wurde bewusst, dass sie hier draußen allein waren. Auf dem Handy hatte er keinen Empfang, seine Nachricht an Susanne war nach wie vor nicht versendet worden. Wenn sie einen Unfall hätten, wären sie auf sich gestellt. Er schluckte.

Der Wald lichtete sich, am Straßenrand tauchten Flutleuchten auf. Roland fuhr langsamer. Die Leuchten führten von der Straße weg, in Richtung des Mackenzie Rivers. Aber auf der Karte existierte keine Straße, die zum Fluss führte.

Sie kamen an einem Bagger und einem zusammengefalteten Kran vorbei. Dahinter stand ein Schild mit der Aufschrift: HIER GEHT'S ZUR AUSGRABUNG. GUTE FAHRT!

Die Straße stieg leicht an, dann fuhren sie auf Holz. Das Auto sackte leicht ab, unter ihnen klapperte es. Eugen hatte das Gefühl, zur Seite abgetrieben zu werden, dann erkannte er im Licht die trüben Fluten des Flusses.

»Eine Pontonbrücke«, sagte Roland und klang beeindruckt. Auch Eugen war überrascht, ein schwimmende Brücke über den Mackenzie River!

Sie fuhren weiter, der Untergrund wackelte, aber ansonsten passierte nichts. Irgendwann fuhren sie wieder auf festen Asphalt, der sich in der Dunkelheit verlor.

»Mein Freund, die Straße und die Brücke, die waren doch neu, oder?«, fragte Roland.

Eugen nickte.

»Da hat sich unser Chef nicht lumpen lassen. Die Frage ist doch, welchen Nutzen bringt ihm das Vorhaben, dass es sich lohnt, eine Brücke und eine Straße buchstäblich durch das Nichts zu bauen?«

»Meintest du nicht, es seien altruistische Motive?«

»Altruistisch? Papperlapapp. Das meinte ich zwar, aber so eine Brücke und Straße kosten Geld, und ist im Grunde nicht jede Handlung mit mindestens einem egoistischen Motiv verknüpft? Nehmen wir das Rote Kreuz. Die Menschen spenden Blut im Glauben, altruistisch zu handeln, und gehen davon aus, das Rote Kreuz handle ebenso. Doch der halbe Liter Blut geht für hundertfünfzig Euro über den Ladentisch. Ich frage dich, ist das altruistisch?«

Eugen reagierte nicht. Es war spät und er wollte nicht über den schlechten Charakter der Menschheit diskutieren. Er wollte ins Bett.

»Du könntest einwenden, dass die Spender selbstlos gehandelt hätten, doch haben die dafür nicht Schokolade und ein gutes Gefühl bekommen? Zweifellos eine miese Bezahlung, weit unter Marktwert, dennoch eine Bezahlung. Der Punkt ist doch, dass im Endergebnis ein Mensch Blut bekommt, der ohne sterben würde, und das Rote Kreuz eine Menge Kohle verdient.«

»Worauf willst du hinaus?«

Roland zündete sich eine weitere Zigarette an, pustete den Rauch zum Fenster raus und wandte sich wieder nach vorn. »Meinst du, es ist das gute Gefühl, wonach unser lieber Callahan sich sehnt, das gute Gefühl, der Menschheit ein wertvolles Geschenk gemacht zu haben? Oder doch etwas anderes? Sucht er etwas Bestimmtes in der Erde?«

»Was soll schon in einer Erdschicht aus der Kreidezeit sein, außer Fossilen?«, fragte Eugen irritiert.

»Ein Gegenstand, ein Metall, ein Rohstoff, etwas von immensem Wert eben?«

»Du meinst, Callahan ist auf Schatzsuche?«

»Zum Beispiel.«

»Am Fuße der Rocky Mountains?«

»Wieso nicht? Er heuert Menschen an, die er nach Dinosaurierknochen graben lässt. Gut, ein vollständiges Skelett kann schon ein paar Millionen bei einer Auktion bringen, aber allein die Brücke, die Straße, die Anreise, die Unterbringung und Verpflegung des Personals fressen mindestens fünfzehn Millionen. Dazu kommen noch die Gehälter und die Kosten für die Ausrüstung, da bleibt von den paar Millionen nichts übrig. Also, was will er wirklich? Das ist doch die spannende Frage.«

»Warum soll es ihm nicht um die Fossilien gehen? Schließlich hat er schon ein vollständiges Skelett gefunden.«

»Das des Patagotitanjungen?«

»Genau.«

Roland nickte nachdenklich, wirkte aber nicht überzeugt.

»Vom geologischen Standpunkt aus graben wir in einer guten Region«, sagte Eugen. »Bei den Probegrabungen, bei denen der Patagotitan mayorum gefunden wurde, musste nur ein halber Meter Erdreich abgetragen werden. Und sie haben in der Erdschicht auch versteinerte Äste aus der Kreidezeit gefunden. Ich glaube, da verbirgt sich noch so einiges. Vielleicht haben wir Glück und finden ein Fossil, das bis heute unbekannt ist. Ein Wesen, von dem noch keiner ahnt.«

»Ich merke schon, du bist Feuer und Flamme. Aber das bringt uns seinen Motiven kein Stück näher.«

»Nein«, sagte Eugen verwirrt. Und eigentlich waren ihm Callahans Gründe egal.

»Wenn es ihm um das liebe Geld geht, dann verstehe ich nicht, warum er überhaupt ein Museum beauftragt hat. Das würde ihn ja am Verkauf hindern. Geld als Motiv lässt sich also ausschließen. Was ist es dann?«

Eugen beschlich der Verdacht, dass Roland auf etwas Bestimmtes hinauswollte, aber er hätte nicht sagen können, was.

Ein Schlagloch warf die Insassen zur Decke. Eugen stieß bei der reflexhaften Suche nach Halt mit dem Gips gegen den Schaltknüppel und jaulte auf.

Roland zog scharf die Luft ein. »Das hat sicher wehgetan.«

Eugen rieb sich den Arm und verfluchte im Stillen den Entbeiner. Sie rollten weiter durch die Dunkelheit. Links und rechts der Scheinwerfer war es finster.

Ihn beschlich ein mulmiges Gefühl, als würde er aus der Dunkelheit heraus beobachtet. Er hatte den Wunsch zu fliehen, Roland ins Lenkrad zu greifen und den Rückwärtsgang einzulegen, um die nächsten Tage gen Süden zu fahren.

Eine Schattengestalt, so groß wie ein Kind, kam aus dem Nichts und sprang vor das Auto.

»Achtung!«, schrie Eugen.

Roland bremste abrupt, Eugen wurde nach vorn geschleudert.

»Was ist los?«

Im Dunkeln funkelten Augen, als er genauer hinsah, waren sie verschwunden.

»Dem Jungen geht es gut«, murmelte er.

»Welchem Jungen?« Roland musterte ihn. »Geht's dir gut?«

»Ja … Nein. Nein, irgendwie nicht.«

»Komm ein Stück näher, ich will deine Stirn fühlen. Ich glaube, du hast Fieber, mein Freund.«

Eugen lehnte sich zurück. »Fahr lieber. Alles in Ordnung.«

Roland beugte sich vor und klappte den Beifahrerspiegel runter. »Sieht so jemand aus, bei dem alles in Ordnung ist?«

Er war kreidebleich. Eugen wischte sich den Schweiß von der Stirn und lehnte sich zu Roland. Der legte seine kühle Handfläche kurz auf die Stirn und sagte: »Starkes Fieber. Ist dir schwindelig?«

»Ein bisschen.«

»Hast du genug gegessen?«

»Das im, im …« Ihm wollte das passende Wort nicht einfallen. »Flugzeug, teure … teure, oben in der …«

»First Class? Das Steak, grüne Soße und so?«

»Genau.«

»Noch etwas?«

Ja, Alkohol und eine Menge Tabletten, schrie eine Stimme in ihm. »Nein. Nichts.« Vor seinem Auge blitzte es.

»Essen können wir also ausschließen. Ich hatte dasselbe. Laktose? Infektionen?«

»Mein Auge.« Eugen war bitterkalt. Das Autothermometer zeigte einundzwanzig Grad, aber er zitterte. Seine Muskeln verkrampften, er presste die Zähne zusammen, damit sie nicht aufeinanderschlugen. Er kreuzte die Arme vor der Brust, um sich warmzuhalten, aber es half nichts.

»Was ist mit deinem Auge?«

Obwohl das Auto stillstand, sauste die Landschaft in einem ungeheuren Tempo an ihm vorbei. Er klammerte sich an den Türgriff.

»Was hast du?«, fragte Roland.

Eugen spürte, wie sein Herz unter größten Anstrengungen arbeitete, als würde es zähes Pech durch eine dünnwandige Kapillare pressen. Er hörte Roland wie von weit her sagen: »Ich schätze, das ist der Kreislauf. Da kannst du jetzt nichts machen, außer es über dich ergehen zu lassen. Verstehst du mich?«

»Ja.«

»Was ist mit deinem Auge?«

»Lichter«, sagte Eugen. »Da blitzen Lichter.«

Die Umgebung zischte immer noch an ihm vorbei. Er glaubte, dass ihn Augen anstarrten. Ein Kopf tauchte aus der Nacht auf. Es war der Junge. Er hob eine rote Hundeleine hoch und hielt sie ihm hin.

Wieso hast du das getan?, fragte der Junge.

»Ich wollte das nicht«, hauchte Eugen.

»Wie bitte?« Roland drehte den Schlüssel, die Zündkerzen kreischten. Das Gesicht des Jungen verging wie verwehender Rauch, Funken stoben vor seinem linken Auge.

»Funken. Ganz grelle«, fügte Eugen hinzu.

Ein Geräusch war zu hören, ein Schnalzen, das ihm vage bekannt vorkam. Sein Herz schlug auf einmal langsamer. Er schwitzte nicht mehr und der Tunnel schrumpfte langsam.

Eugen fand sich auf dem Beifahrersitz wieder, sein Arm schmerzte, aber ansonsten war er in Ordnung. Die Welt stand wieder still.

»Besser?«, fragte Roland.

Eugen nickte. »Die Reise, ich glaub, ich muss schlafen.«

»Das ist ein Plan, dem ich mich gerne anschließe. Was ist mit deinem Auge? Siehst du besser?«

Er blinzelte. Das Blitzen war fast verschwunden. »Besser.« Ihm fiel wieder ein, wo er das Geräusch schon mal gehört hatte: im Flieger, nach dem Essen. Ohne darüber nachzudenken, fragte er: »Wie hast du das gemacht?«

Roland antwortete nicht. Stattdessen gab er Gas und der Wagen setzte sich in Bewegung. Die Bodenwellen schüttelten sie ordentlich durch.

»Ich kann zaubern«, sagte Roland ruhig, ohne den Blick von der Straße zu nehmen.

Eugen fand das für den Moment plausibel.

»Nenn mich Merlin, aber ich hab auch einen Besen, denn ich halte nichts von diesen sexistischen Vorurteilen, dass nur Frauen auf Besen reiten. Wir Männer können das auch!« Roland lächelte breit.

»Ha, ha.«

»Wer hat denn angefangen?« Roland lachte. »Aber mal im Ernst, ich schätze, du hast eine Gehirnerschütterung. Du sagtest, du seist auf den Kopf gefallen, ich denke, dass das die unbehandelten Auswirkungen sind, die dich in Schüben überwältigen. War dir im Laufe der Reise übel und hast du dich übergeben?«

»Ja«, gab er peinlich berührt zu.

»Dann warte ab, der nächste Schub kommt bestimmt. Ich hoffe nur, dass du bis dahin in deinem Bett liegst.«

Roland zupfte mit den Lippen einen jungfräulichen Stängel aus der Schachtel und hielt den Anzünder daran. »Hast du echt gedacht, ich hätte gezaubert?« Ein herzliches Grinsen zierte Rolands Gesicht. Kleine Falten rahmten seine Augen ein. Der Untergrund rüttelte am Auto. »Ich meine, als ich noch jünger war, da konnte ich Kuchen ratzfatz verschwinden lassen. Einfach so, ohne doppelten Boden und so, verstehst du? Aber an dem alten Hut-Hasen-Trick hab ich mich gar nicht erst versucht. Glaub mir, mein Freund, wenn ich zaubern könnte, dann träte ich in diesem Augenblick in Las Vegas auf und wäre nicht hier im ersten Kreis der Hölle, um noch tiefer hinabzusteigen.«

»Warum bist du hier?«, fragte Eugen und hielt sich am Handgriff über der Tür fest. Irgendwie gab ihm das Sicherheit.

»Mein Freund, das ist die entscheidende Frage. Es sind die sinnbildlichen goldenen Eier. Das liebe Geld. Ja, ja.« Roland lächelte erneut, aber dieses Mal wirkte es anders. Die Falten um seine Augen fehlten. Eugen konnte das Gefühl nicht abschütteln, dass Roland gelogen hatte.

Irgendwann tauchte in der Ferne Weißlicht auf. Es hing rund in der Luft wie ein weißer Ballon.

»Da vorne«, sagte Roland. »Wir haben es fast geschafft.« Zu beiden Seiten der Straße standen Straßenlaternen, die hell leuchteten. Bald darauf setzten die Reifen vom Asphalt auf planierten Erdboden über.

Sie folgten der ausgeleuchteten Hauptstraße, sie führte in einen unwirklichen Ort. Zu beiden Seiten standen Wohncontainer, immer zwei mit einer Veranda, die an amerikanische Landhäuser erinnerten. Am Ende stand ein großes Gebäude, das aus Schiffscontainern zusammengesetzt war.

Roland fuhr langsam an den Containereinheiten vorbei. Wenn sie an einer Laterne vorbeikamen, spähte Eugen zwischen den Containern hindurch. Bald wurde ihm klar, dass sich hinter der ersten Reihe noch weitere erstreckten, deren Container keine Veranden hatten. Es waren eine Menge Reihen.

Am Ende der Straße war ein großes Containerhaus, das hatten sie fast erreicht. Es bestand aus drei aufeinandergestapelten Containerschichten und war vielleicht dreißig Meter breit. Unten in der Mitte war statt einer Stahlwand Glas eingelassen, in dem sich die Scheinwerfer des Autos spiegelten. Oben am Dach waren Strahler verbaut, die so eingestellt waren, dass sie rund zwei Meter des Platzes davor erhellten.

»Ich schätze, das ist das Herz des Drachen, Siegfried«, sagte Roland.

»Sieht ganz so aus.«

»Mach das Handschuhfach auf«, sagte Roland. Eugen, dem es so gut ging wie zuletzt vor seinem Zusammentreffen mit dem Entbeiner, folgte der Anweisung und fand drei Schlüssel mit silbernen Anhängern, in die Zahlen eingeätzt waren.

»Zwanzig, zweiundzwanzig und vierhundersechzehn«, las Eugen vor.

»Das sind dann unsere, würd ich sagen. Hast du dazu passende Hausnummern gesehen?«

Eugen schüttelte den Kopf. »Ich hab gar keine Hausnummern gesehen.«

»Ich auch nicht, lass uns hoffen, dass wir in der ersten Reihe wohnen und nicht in den hinteren suchen müssen. Ich will ins Bett.« Roland fuhr langsam weiter, dabei beugte er sich vor und spähte durch die Windschutzscheibe nach draußen.

Etwas flog durch den Lichtkegel vor dem Containerhaus. Es war ein Adler, der die Schwingen ausgebreitet hatte, einmal durch das Licht segelte und dann auf der Kante des obersten Containers landete.

»Schau mal!« Eugen deutete auf den Adler, aber Roland beachtete ihn nicht.

Sie waren nun am Containerhaus angekommen, es war nicht nur breit, sondern auch hoch.

Roland bremste. »Da! Siehst du die Nummern? Wer macht so was?«

Eugen lehnte sich vor. Die Hausnummern waren in hellerem Grau auf die grauen Veranden gepinselt, der erste Container zur Linken Seite trug die Nummer eins.

Roland wendete, derweil warf Eugen einen Blick nach oben. Der Adler saß noch immer da und starrte ihn an.

Sie fuhren zurück und stiegen schließlich bei ihrer Nummer aus. Nummer zwanzig und zweiundzwanzig lagen im selben Container und teilten sich eine Veranda. Die Neunzehn und Einundzwanzig lagen auf der Straßenseite gegenüber.

»Also ehrlich. Immerhin Hauptstraße. Wirf mal einen Schlüssel rüber.«

Eugen warf ihm die Zweiundzwanzig zu, er selbst behielt die Zwanzig. »Was ist mit vierhundertsechzehn?«

»Ist meine Praxis, wirf ihn einfach in den Fußraum. So wie das hier aussieht, hat sich unser Gönner nicht lumpen lassen. Wenn es Strom gibt, haben wir bestimmt auch Wasser.«

Eugen hoffte auf eine Heizung. Sie liefen die Stufen zu den Veranden rauf. »Komm morgen früh als erstes zu mir, damit ich dich untersuchen kann«, sagte Roland.

»Alles klar.« Eugen steckte den Schlüssel ins Schloss. »Roland?«

Roland hielt in seiner Bewegung inne. »Ja, mein Freund?«

»Hast du ein Auto gesehen? Ich meine, hier. Also viele Lichter haben nicht gebrannt.«

»Ich weiß, worauf du hinauswillst, und ich denke, du hast recht.«

Eugen nickte schwach. »Eine Idee, wann die anderen kommen, oder schmeißen wir die Ausgrabung zu zweit?«

Roland lachte. »Bei Zeus, ich hoffe nicht. Gute Nacht.«

»Gute Nacht.«

Eugen betrat den Container, den er für die nächsten zwei Monate bewohnen sollte. Muffige, abgestandene Luft schlug ihm entgegen, aber es war zumindest wärmer als die minus zwei Grad vor der Tür.

Er tastete nach dem Lichtschalter und betätigte ihn. Das Wohnzimmer tauchte links von ihm auf, dann flackerte es auf der rechten Seite und die Küche erschien.

Das Häuschen war größer, als er von außen angenommen hatte. Die rudimentäre Küchenzeile war mit einem Wasserkocher, einem Kühlschrank und einer Mikrowelle ausgestattet. Zur Linken standen eine Couch und ein Flachbildfernseher, dazwischen ein Buchenholztisch mit vier Stühlen. Dahinter gingen zwei Türen ab, eine ins Bad, die andere ins Schlafzimmer.

Es war kalt. Nach einigem Suchen fand er über dem Eingang eine Klimaanlage, deren Fernbedienung auf dem Tisch lag. Eugen stellte zwanzig Grad ein, besann sich, dass nicht er die Heizkosten trug, und regelte auf dreiundzwanzig hoch.

Dann drehte er die Dusche auf. Wimmernde und stöhnende Laute stiegen aus der trockenen Leitung empor. Es krachte und röhrte und schließlich plätscherte etwas braunes Wasser heraus. Dann kam nichts mehr, in der Wanne blieb Sand zurück.

Er lauschte in die Stille und hörte in der Ferne ein Summen, vermutlich eine Pumpe, und schließlich sprudelte ein klarer Wasserstrahl aus dem Duschkopf. Er wusch den Sand aus der Wanne und stellte den Hahn auf heiß. Dampf stieg auf. Bei diesem Anblick schossen ihm Tränen in die Augen. Er brauchte die Dusche, diese rituelle Reinigung, um den Dreck der Reise von sich abzuwaschen.

Eugen zog sich aus. Als er das T-Shirt abstreifen wollte, blieb er am Gips hängen und verschob ihn dabei. Ein scharfer Schmerz schoss durch seinen Arm. Er stützte sich mit der anderen Hand am Waschbecken ab und atmete konzentriert ein paar Mal ein und aus, bis der Schmerz besser wurde. Danach wischte er den beschlagenen Spiegel ab und bemerkte eine Toilette, die im selben Weiß wie die restliche Einrichtung gehalten war, von den Fliesen bis zur faltbaren Duschwand.

Er stieg unter die heiße Dusche. Es war eine Wohltat, wenn auch nur eine kurze, denn er musste den Arm aus der Kabine halten, damit der Gips nicht nass wurde. Der Arm wurde ihm schnell zu schwer.

Er blieb so lang unter der Dusche, wie er konnte. Erst als er wieder im Bad stand und sich Gänsehaut auf ihm ausbreitete, stellte er fest, dass er sein Gepäck im Wagen gelassen hatte und dass es kein Badehandtuch gab. Nur eine Rolle Papiertücher stand in der Küche, die er zusammen mit der Klopapierrolle aufbrauchte, um sich halbwegs trocken zu bekommen.

Im Kleiderschrank im Schlafzimmer fand er eine gelbe Regenjacke und einen Bademantel, in den er schlüpfte. Auf beidem war Callahans Logo, der Kreis im Quadrat. Mit nackten Füßen schlappte er über den Holzboden in die Küche. Die Klimaanlage surrte kaum hörbar und hatte nicht nur die Temperatur auf dreiundzwanzig Grad erhöht, sondern bei der Gelegenheit auch gleich die verbrauchte Luft ausgewechselt.

Eugen öffnete den kleinen Kühlschrank unter der Arbeitsplatte, der ihn an die Minibar in Hotels erinnerte. Der kleine Helfer war gefüllt mit Getränken, darunter Bierdosen und Schnaps in winzigen Plastikflaschen.

Er griff nach dem stillen Wasser und schloss die Tür. Auf dem Weg ins Schlafzimmer trank er die Flasche aus und machte dann kehrt. Das Licht im Kühlschrank sprang erneut an, seine Hand griff nach zwei Fläschchen Whiskey, die er noch im Hocken vernichtete. Mit einem Bier setzte er sich auf die Couch.

Der Lärm in seinem Kopf gab die Geräusche der letzten achtundvierzig Stunden wieder: die Turbinen der Boing 747, der Trubel am Flughafen, bis hin zum Streit des Teenagerpaares und dem Motorensummen des SUVs.

Das kühle Bier rann ihm die Kehle hinab. Er trank es aus, bevor ihn die Schwere des Alkohols in den Schlaf zog.

11

Raffael war kalt. Es war dunkel und eisig im Niemandsland, so dunkel, dass er das Holz mit der Taschenlampe suchen musste. Wenigstens waren die Zweige trocken.

Er leerte Waschbenzin über die Ästchen, zog das Feuerzeug hervor und hielt es an einen dünnen Zweig.

Eine Flamme loderte auf und brachte Licht in die Dunkelheit. Den brennenden Stock hielt er an den mit Waschbenzin getränkten Haufen. Es dauerte ein wenig, aber schließlich brannte das Feuer. Er ließ sich auf einen zusammenfaltbaren Hocker fallen und lehnte sich gegen das Vorderrad seines Nicht-VW-Käfers.

»Hoppe, hoppe Reiter, wenn er fällt, dann schreit er«, sang er leise vor sich hin. Als ihm wieder wärmer war, holte er aus der Tasche eine Dose Ravioli, von der er den Deckel abriss. »Fällt er in den Graben, fressen ihn die Raben.«

Die Sterne klebten am Himmelszelt, um ihn war es dunkel, nur um das Lagerfeuer war ein kleiner Kreis erleuchtet.

Er lauschte. Irgendwo raschelte es.

»Wenn du hier bist, dann komm raus«, sagte er leise. Seit einiger Zeit verfolgten ihn Raben. Er war es leid, dass ständig und überall ein blöder Vogel auftauchte. Er verabscheute Raben.

Er stellte die Ravioli ins Feuer. »Was willst du?«, rief er und griff nach dem Messer am Rücken. Es war da, mit seinem Holzgriff, fest und beruhigend.

Das Rascheln verstummte.

»Was willst du von mir?«, brüllte er und glaubte zu hören, wie sich die Worte von ihm entfernten und durch die Nacht sausten. »Hallo?«, brüllte er so laut, dass sich seine Stimme überschlug.

Es kam keine Antwort.

Sein Darm rumorte. Er musste aufs Klo. Er würde in der Wildnis kein großes Geschäft erledigen, aber kleine waren okay, auch wenn es hier keine großen Büsche gab, hinter denen er sich verstecken konnte. Unter den endlosen Bäumen wuchs fast nichts.

Direkt neben seinem Lager wollte er aber auch nicht pinkeln. Er lief am Feuer vorbei in die Dunkelheit hinein, bis er den Porsche hinter dem Lagerfeuer nicht mehr erkennen konnte.

Er öffnete den Reißverschluss.

Eins, zwei, drei, dachte er und der Knoten, der den Urin im Inneren hielt, löste sich. Den Po kniff er so fest zusammen, wie er nur konnte. Seit zwei Tagen war er mit dem Auto unterwegs und seit zwei Tagen musste er kacken.

Eigentlich hätte er längst am Ziel sein sollen, aber er hatte sich gnadenlos verfahren. Die dämliche Karte war falsch. Er war sich sicher, dass er richtig gefahren war, nur Versager machten Fehler und er war kein Versager. Er war schlau. Er steckte seinen Pimmel ja auch nicht in Ficklöcher, niemals!

Er zog den Reißverschluss zu und blieb stehen, bis der Druck im Darm nachließ. Erst danach ging er zum Feuer zurück.

Die Dose mit den Ravioli war umgefallen und die Tomatensoße in den Dreck geflossen.

»Scheiße!«, brüllte er. Einige Nudeln lagen verteilt auf dem Boden, weiter vom Feuer entfernt. Sie waren aufgerissen und das Innere war leer, als hätte jemand das Fleisch rausgeholt. Ein Jemand, der keinen Mund, sondern einen Schnabel hatte, einen Schnabel, mit dem er dann auch die Ravioli aufgepickt hatte!

Mit einer Hand streichelte Raffael den Käfer in seiner Hosentasche, während er Ausschau hielt. Da! Er ließ sich auf die Knie fallen. In der Tomatensoße war ein Abdruck von drei Krallen: der Abdruck einer Vogelkralle, der eines Raben.

Er sprang auf und zog das Messer.

»Komm raus!«, brüllte er in die Dunkelheit.

Es flatterte auf der Rückseite des Porsches. Er rannte um den Wagen herum, seine Augen brauchten einen Moment, um sich an die Lichtverhältnisse zu gewöhnen, da segelte ein Schatten durch die Luft.

»Was willst du von mir?« Das Messer war leicht und fühlte sich billig an, aber es würde genügen, um dem Mistvieh den Kopf abzuschneiden.

Raffael rannte dem Vogel nach, sprang über einen Stein, blieb in einer Vertiefung hängen und stolperte.

Der flatternde Schatten war jetzt über ihm.

»Hey! Komm runter!« Ein Ruck am Bein, Raffael schrie auf und schlug längs auf dem Boden auf. Das Messer flog ihm aus der Hand.

Direkt hinter ihm lag ein Gestrüpp, über das er gestolpert war. Er tastete in der Dunkelheit nach dem und schnitt sich die rechte Hand an der Klinge auf.

»Scheiße!« Der Schnitt war nicht tief, aber das Blut strömte über seine Hand. Er rappelte sich auf und suchte in der Hosentasche nach dem Käfer. Er war da.

Er umklammerte ihn und spähte weiter nach dem verdammten Mistvieh. Der Vogel war in der Dunkelheit unsichtbar, aber von irgendwo krächzte es.

»Ich hasse dich!«, brüllte er. »Ich hasse dich!«

Raffael fiel geschlagen auf die Knie. Erst, als er vor Kälte zitterte, schleppte er sich zum Porsche zurück, wusch sich die Hand, verband sie und stieg in den Wagen.

Das Feuer ließ er zurück. »Hoffentlich fackelt hier alles ab, wenn ich weg bin.«

Die Sonne ging auf und es begann wie aus dem Nichts zu regnen. Es goss wie aus Eimern, die Scheibenwischer schoben Sturzbäche von einer Seite auf die andere. Er fuhr und fuhr, irgendwann erreichte er die Pontonbrücke, die in der Anfahrtsbeschreibung gestanden hatte. Er überquerte einen breiten Strom aus braunem Wasser, das vom Regen aufgewühlt war.

Auf der anderen Seite begann sofort Wald, durch den sich eine schnurgerade und asphaltierte Straße zog.

Der Vormittag schritt voran und der Druck in seinem Hintern stieg. Er musste dringend aufs Klo. Das Essen der letzten Tage wollte weggebracht werden.

Er zog an zwei SUVs vorbei, die in dieselbe Richtung fuhren wie er, aber derart langsam, dass sie nie ankommen würden. Ein Containerdorf tauchte vor ihm auf, die Straße führte gerade hinein. Zu beiden Seiten reihten sich die Unterkünfte aneinander, sie hatten Veranden und der Regen trommelte auf die Dächer. Dutzende Autos parkten überall, Menschen liefen umher und stürmten mit ihrem Gepäck in die Unterkünfte.

Raffael schoss an den Leuten vorbei, er musste nun wirklich dringend.

Eine Frau mit Pferdeschwanz rannte ihm vors Auto. Er trat auf die Bremse, der Porsche schlitterte durch Pfützen, Matsch spritzte.

Jemand zog die Frau direkt vor seiner Motorhaube weg. Raffael schoss vorbei und kam schließlich zum Stehen, dabei drehte sich das Auto leicht.

Neben ihm erhob sich ein Gebäude aus gestapelten Containern. Er gab Gas, raste an den Reihen entlang und blieb vor der Nummer vierhundertdreiundsechzig stehen. Der Container war winzig und lag ganz hinten.

Raffael stolperte aus dem Auto und rannte zur Haustür. Der Schlüssel steckte, er riss die Tür auf. Da stand ein Klo mitten im Raum.

Was zum Teufel!

Egal! Er schob sich die Hose über die Knie und erleichterte sich.

12

Eugen saß bei Mary und Susanne, sie aßen zu Mittag, es gab Erbseneintopf – nicht sein Lieblingsgericht, aber er befand sich zwischen den liebsten vier Wänden, mit seinen liebsten zwei Menschen.

Von irgendwoher machte es tok, tok, tok.

»Eugen!«, rief jemand. »Eugen! Wenn du nicht aufmachst, brech ich ein.« Tok, tok, tok.

Eugen runzelte die Stirn. Susanne sagte etwas zu Mary und sie lachte. Er wollte diese wundervolle Welt nicht verlassen.

»Eugen!« Regen trommelte gegen Blech.

»Ey, Mann! Zieh dir was an!«, sagte eine Stimme. Sie klang irritiert.

Eugen öffnete die Augen.

Vor ihm stand Roland. Seine Haare waren pitschnass, das Wasser tropfte ihm von den Ohren. Er hatte die Hände in die Hosentaschen geschoben und sah an ihm vorbei Richtung Bad. Seine Mundwinkel zuckten, als ob er nicht wüsste, ob er lachen oder weinen sollte.

Eugen war kalt. Er wollte sich aufrappeln, da wurden ihm zwei Dinge klar: Er lag auf der Couch, ein Bein auf der Rückenlehne, das andere auf der Sitzfläche. Und: Der Bademantel war aufgegangen.

Seine edelsten Teile lagen frei, kein Wunder, dass ihm kalt war und dass Rolands Mimik so seltsam war.

Eugen zog schnell den Bademantel zu.

Roland deutete Richtung Unterleib. »Dein, du weißt schon …«

Eugen sah an sich runter. Sein Freudenbringer hatte wohl noch nicht genug von der Welt gesehen, also zog er den Bademantel enger.

»Ich wollte dich nicht wecken.« Roland grinste. Eugen fand, dass er wie ein Teenager wirkte, der eben in die Mädchenumkleide gelinst und dabei etwas Unvorstellbares gesehen hatte.

»Schon gut. Ich wünschte nur, ich hätte mehr an.« Und wäre nicht betrunken auf der Couch eingeschlafen.

»Ich auch, mein Freund, ich auch. Aber ich hab mir Sorgen gemacht. Und ich will noch nach deinen Verletzungen gucken, bevor wir um 12 Uhr zum großen Häuptling aufbrechen.« Er schlüpfte aus der gelben Regenjacke und ging in die Küche. »Ich mach uns Kaffee.«

»Wie spät?«

Roland warf den linken Arm vor, so dass seine Uhr zum Vorschein kam. »Wenig vor elf.«

»Danke.« Eugen stand auf, dabei fiel sein Blick auf die Bierdose. Er schob sie unauffällig unter die Couch.

Roland hatte eine Filtermaschine aufgebaut und bestückte sie jetzt mit den nötigen Utensilien, die er aus den Schränken zusammensuchte. »Tolle Duschen, oder? Ich meine, wenn man das Brackwasser erstmal in den Ausguss gelassen hat. Hast du den Brief gelesen?«, fragte Roland.

»Brief?«

»Auf dem Tisch.«

Tatsächlich, da lag ein Brief. Eugen war nicht überrascht, dass er ihn am Abend nicht bemerkt hatte. Er hatte denselben Farbton wie die Tischplatte.

Er öffnete den Umschlag und fischte den Zettel heraus. Das Schriftstück war auf die Maße des Umschlags zugeschnitten und einseitig handschriftlich beschrieben.

LIEBER EUGEN, ICH FREUE MICH, DASS DU MEINEM RUF GEFOLGT BIST, UND DANKE DIR, DASS DU DEINE FÄHIGKEITEN FÜR MEIN PROJEKT EINSETZT. BITTE FINDE DICH FÜR UNSER ERSTES MEETING UM 12 UHR IN DER ZENTRALE EIN. LIEBE GRÜßE, JEREMIA CALLAHAN

»Zwölf Uhr also.«

»Sag ich doch.« Roland drückte den Knopf der Kaffeemaschine, wandte sich Eugen zu und lockerte seinen Hemdkragen. »Auf was hast du bitte die Heizung gestellt?« Ohne eine Antwort abzuwarten, schnappte er sich die Fernbedienung. »Dreiundzwanzig Grad?«

Eugen ignorierte ihn und öffnete die Tür zur Veranda, er wollte seine Sachen aus dem Auto holen. Kalte Luft strich ihm um die nackten Beine. Wenn er so zum SUV ging, würde er sich vermutlich den Tod holen. Er schloss die Tür und rieb sich den Oberarm warm.

»Wie geht's deinem Arm?«, fragte Roland.

»Im Moment tut er nicht weh. Also ganz gut, oder?«

Roland wiegte den Kopf. »Schauen wir mal. Magst du dich auf den Stuhl setzen?«

Eugen setzte sich und Roland stellte eine ausgebeulte Ledertasche auf den Tisch. »Wo hast du die denn her? Du hattest doch nur einen Medikamentenkoffer dabei.«

»Habe meine anderen Sachen vor zwei Wochen bei der Post aufgegeben. Hättest du auch machen können, ist stressfrei. Aber mit den Medikamenten musste ich durch den Zoll. So. Legst du bitte den Gips frei?«

Eugen krempelte den Ärmel rauf. »Kannst du mir später meine Sachen aus dem Auto holen? Halbnackt in der Kälte, bei dem Regen ...«

»Wird gemacht.« Roland holte zwei Rollen blaues Fiberglas aus der Tasche und kramte eine Nierenschale aus Edelstahl hervor, die er in der Küche mit Wasser füllte. Er legte die zwei Rollen hinein, zückte ein Gerät, das an einen Stabmixer erinnerte und an dessen Kopf ein Sägeblatt montiert war.

»Ist das dein erster Gips?«

»Richtig.«

»Mit der Säge kann ich dir nichts abschneiden, die vibriert nur, dennoch wird das Sägeblatt warm. Solltest du das spüren, melde dich.«

Roland schaltete die Säge ein. Sie klang hoch und dünn, wie ein Zahnarztbohrer. Vorsichtig durchtrennte er den Gips und bog ihn auseinander.

Eugens Arm war geschwollen und blau. Roland tastete die Stelle ab, es tat weh und Eugen stöhnte auf.

»Entschuldige.« Roland gab ein zweifelndes Geräusch von sich, wie es kein Patient je von seinem Arzt hören wollte. »Das wird dir jetzt nicht gefallen. Aber den müssen wir richten.«

Eugen schluckte. »Ich dachte, er sei nur angebrochen.«

»Nein, der ist durch, aber das sieht in Filmen schlimmer aus, als es in Wirklichkeit ist, und ich hab Tropfen gegen die Schmerzen.«

Er zählte einige Tropfen in einen Teelöffel ab und gab ihm die Medizin. »Während wir auf die Wirkung warten, möchte ich deinen Kopf abtasten.«

»Solange du da nichts richten willst.«

»Mal sehen.« Roland tastete den Kopf gründlich ab. »Du hast ein paar heftige Hämatome und eine große Beule. Was immer du getrieben hast, mach das nicht wieder. Auf jeden Fall erklären die Verletzungen, warum es dir gestern so schlecht ging. Ich schätze, du hast eine leichte Gehirnerschütterung. Mach heute langsam.«

Roland nahm seine Hand, als wolle er sie schütteln, und drehte die Handfläche nach oben. Dabei fiel Eugen auf, dass die Golduhr keine Schnalle hatte, sondern ein kleines Schlüsselloch. Offensichtlich war die Uhr dermaßen wertvoll, dass er sie sicherheitshalber an den Arm geschlossen hatte. »Ich zähle von drei rückwärts, bei eins lehnst du dich zurück. Okay?«

»Und was machst du?«

»Willst du das wirklich wissen?«

Eugen dachte kurz darüber nach. »Wie schlimm wird's?«

»Du wirst es überleben.« Roland hob die Mundwinkel. »Aber wenn es dir hilft, ich hab noch medizinisches Marihuana.«

Eugen war mulmig zumute, aber er schüttelte den Kopf.

»Setz dich bitte an den Stuhlrand und sieh rüber zur Wand.« Roland berührte die Stelle des Bruchs. »Hast du das gespürt?«

»Ja.«

»Aber da du nicht wie ein Bübchen geschrien hast, wirkt das Tramadol. Legen wir los. Ich zähle, du kippst nach hinten, aber nicht zögern, sonst muss ich noch mal ran, und dann tut es doppelt weh.«

»Okay.« Mehr wollte nicht aus seinem ausgedörrten Hals kommen.

Roland nahm Eugens Arm und zog ihn leicht zu sich. »Drei. Zwei. Eins.«

Eugen ließ sich nach hinten fallen, während Roland festhielt und mit der freien Hand auf den Arm drückte. Das tat weh, aber er war schnell. Eugen berührte die Rückenlehne und wollte den Mund öffnen, um zu sagen, dass es wirklich nicht so schlimm war, da wurde ihm speiübel. Es war, als hätte ihm jemand in den Magen geboxt.

»Mist«, hauchte er und schluckte. Nicht schon wieder kotzen. »Scheiße.«

»Gleich vorbei«, sagte Roland und drückte noch mal zu.

Eugen schmeckte Säure.

»Tief durchatmen!«, sagte Roland. »Werd mir nicht ohnmächtig.«

Eugen holte tief Luft. Die Übelkeit ließ nach, aber sein Arm tat höllisch weh. Er atmete konzentriert, bis der Schmerz nachließ.

Roland stand auf und kam mit einer blauen Rolle zurück. »In meiner Praxis biete ich auch pink an, aber du scheinst mir eher der Blautyp zu sein.«

Eugen war nicht zum Lachen zumute. Er streckte den Arm aus. Roland zog ihm erst einen Stoffschlauch über den Unterarm, den er anschließend mit Watte und dann mit den Fiberglasbinden umwickelte.

Die Behandlung war vorbei. Sie tranken Kaffee, Roland brachte ihm sein Gepäck und ging noch mal in seine Unterkunft, um die Tasche wegzubringen.

Eugen zog sich dick an und streifte die gelbe Regenjacke über. Auf der Brust war Callahans Zeichen eingeprägt, ein Quadrat im Kreis. War Callahans Logo ihm so wichtig? Was das wohl gekostet hatte, jede Regenjacke und jeden Bademantel bedrucken zu lassen? Sicher weniger als eine Brücke und Straße durch das Nirgendwo zu bauen.

Er zog den Reißverschluss hoch und stöpselte sein Handy an der Steckdose in der Küche an, der Akku war fast leer. Ein Blick in den Chatverlauf zeigte, dass die Nachricht an Susanne nicht versendet worden war, und hier draußen in der Wildnis hatte er natürlich keinen Empfang.

Er trat unter die Überdachung und holte nach, was er in der Nacht zuvor vergessen hatte: Er schloss hinter sich ab.

Der Regen hatte nicht nachgelassen, es goss wie aus Eimern, und er hatte gute Arbeit geleistet, die Straße bestand nur noch aus Pfützen und Matsch.

Vor den Unterkünften parkten inzwischen weitere Wagen, und es fuhren auch ständig welche die matschige Straße entlang. Leute stiegen aus und brachten ihre Habseligkeiten in die Container. Rufe waren zu hören und das regelmäßige Schlagen von Türen. Seine Kollegen und die Grabungshelfer bezogen ihre Häuser.

»Jim!«, brüllte ein Mann gegen das Prasseln des Regens und winkte quer über die Straße. Weiter vorne winkte Jim zurück. Gleich neben Eugens Unterkunft stellte eine Frau mit Pferdeschwanz einen Karton auf die trockene Veranda. Jemand in einer gelben Regenjacke stapfte vorbei, das Wasser floss in Rinnsalen an ihm runter. Er blieb vor Eugens Veranda stehen und sah sich mit großen Augen um.

»Ist das nicht verrückt, ja, oder?«, sagte er auf Englisch und ging weiter, ohne auf seine Reaktion zu warten.

»Marianne!«, rief eine Frauenstimme aus der Unterkunft neben ihm. Die Frau mit dem Pferdeschwanz, die Taschen aus dem Kofferraum eines Geländewagens gewuchtet hatte, drehte sich um: »Was?«

Beide sprachen Deutsch. Sie ging die Stufen rauf und legte die Taschen neben den Karton. Ihre Haare waren patschnass, halsabwärts trug sie ein schwarzes Cape. »Ich lade aus!«

Sie lief zum Auto zurück, dabei bemerkte sie Eugen und winkte ihm zu. Sie öffnete den Mund, aber die Ruferin kam dazwischen: »Marianne!«, brüllte sie, diesmal deutlich ungeduldiger.

»Was?«, brüllte Marianne zurück.

Eine Frau mit feuerroten Locken trat aus der Tür, grüßte Eugen und rief: »Der Akkuschrauber! Ist in der Fahrertür.«

Marianne ging um den Geländewagen herum, in dem Moment schoss ein Auto die Hauptstraße entlang. Es war ein roter Porsche Cayenne. Schlamm spritzte von den Reifen.

»Schatz!«, brüllte die rothaarige Frau.

Marianne reagierte nicht. Die Rothaarige rannte los, der Porsche schoss heran, da erreichte sie Marianne und riss sie von der Fahrertür weg.

Der Porsche schoss vorbei, bremste abrupt und kam schlitternd zum Stehen. Er stand einen Moment quer vor dem Hauptgebäude, beschleunigte wieder und verschwand zwischen den Containern.

»Blödes Arschloch!«, rief die Rothaarige ihm hinterher.

Roland trat aus der Tür und setzte seinen Bowler auf. »Was war denn das?«

»Der Idiot hätte sie beinahe überfahren«, sagte Eugen und zeigte in die Richtung, in die das rote Auto verschwunden war. Marianne und ihre Begleiterin sahen immer noch dem Auto hinterher.

»Hast du *ihn* gesehen?«, fragte Roland. Er schob die Hände in die Jackentasche und sie schlenderten von der Veranda.

»Wen gesehen? Das Auto?«, fragte Eugen.

»Den Fahrer.«

»Nein, nicht genau. Was soll das? Der hat doch gesehen, dass hier Leute unterwegs sind. Außerdem, warum kommt man mit einem roten Porsche zu einer Ausgrabung?«

»Dann weißt du nicht, ob es ein Mann war?«

»Und weiter?«, fragte Eugen verwirrt.

»Nichts. Ich mein ja nur, dass es auch eine Frau gewesen sein könnte, denn die Theorie, Frauen führen umsichtiger, halte ich für ausgemachten Unsinn. Sexistische Vorurteile. Genauso wie, dass Männer besser parken. Ich zum Beispiel bin nicht in der Lage vernünftig einzuparken. Also, ich schaffe es, die Parklücke zu treffen, aber es kostet mich mehr Energie als andere.«

Sie traten unter dem Vordach hervor. Eugen zog sich die Kapuze über den Kopf, während sie durch den Matsch auf das Hauptgebäude zustapften, auf dessen Dachkannte, genau wie gestern, ein Adler saß. Er hatte die Straße genau im Blick. Der Regen schien ihm nichts auszumachen.

»Schau mal!«, sagte Eugen und zeigte auf den Vogel. »Der saß da gestern schon.«

»Ah, ein Haliaeetus leucocephalu, im Volksmund auch Weißkopfseeadler genannt. Von dem will ich lieber nicht angefallen werden.« Roland musterte das Tier interessiert.

Eugen dachte an seinen Nachbarn von gegenüber, Herrn Baldig, der auch gern mit Fremdwörtern um sich warf, nur um zu zeigen, dass er schlauer war als alle anderen. Aber Roland war wenigstens sympathisch.

Roland warf einen Blick auf seine Armbanduhr: »Ah gut, es ist noch Zeit.« Eugen blinzelte. Die Uhr hatte silbern ausgesehen, das Armband nicht mehr schwarz, sondern braun. Aber einen zweiten Blick konnte er nicht darauf werfen, Roland hatte den Arm bereits zurückgezogen und die Uhr war unter dem Ärmel verschwunden.

»Welcher Mensch geht mit seiner Uhrensammlung auf eine Forschungsreise?«

»Was?«

»Gestern hattest du eine goldene Uhr an, heute ist es eine silberne.«

Roland musterte ihn einen Moment und lachte dann. »Erwischt. Ich kann halt nicht ohne, aber behalt das für dich. Wenn das die Runde macht, die Türen kommen mir nicht sonderlich einbruchsicher vor.«

Eugen schmunzelte. »Okay.«

Sie hatten das Hauptgebäude fast erreicht. Der Adler war immer noch da.

Eugen prallte gegen etwas Weiches und taumelte unbeholfen rückwärts. Jemand schrie erschrocken auf.

Es war die Frau mit dem Pferdeschwanz, vom Nachbarcontainer!

»Pass doch auf, wo du hingehst. Mensch!«, motzte Marianne auf Deutsch.

»Tut mir leid, hast du dir was getan?« Er reichte ihr die Hand, doch sie kehrte ihm impulsiv den Rücken zu – er hätte beinahe ihren Pferdeschwanz abbekommen – und lief eilig an ihm vorbei zum Hauptgebäude.

Roland hatte das Hauptgebäude bereits erreicht und marschierte schwadronierend auf die Glastür zu. Er hatte von all dem nichts mitbekommen.

»... somit die logarithmische Gleichung. Eugen? Hey!« Roland blieb stehen und drehte sich zu ihm, in dem Moment drängelte sich Marianne an ihm vorbei durch den Eingang.

Eugen beeilte sich, ihn einzuholen. »Hm?«

»Hörst du mir überhaupt zu?«

Er nickte und sah auf. Das Hauptgebäude war groß. Jetzt wo er direkt davor stand, wirkte es beinahe einschüchternd. Er zählte drei Fensterreihen, Erdgeschoss, erster und zweiter Stock, die Schiffscontainer dehnten sich nach beiden Seiten aus. Vor ihnen kam eine Gruppe durch die doppelflüglige Glastür, die in der Mitte eingelassen war.

»Was hast du gesagt?«, fragte Eugen.

Roland schüttelte den Kopf und hinderte eine der Türen daran zuzufallen. »Vielleicht hast du doch was am Schädel.«

»Ha-ha.«

Sie betraten die Eingangshalle. Es war brechend voll und laut. An den Seiten waren Essensausgaben, an denen das Mittagessen gereicht wurde, die Schlange reichte bis zum Ende der Halle. Es roch nach Fleisch und gekochtem Gemüse.

Auf dem freien Platz dazwischen standen sicher 200 Leute an Stehtischen und aßen, dabei unterhielten sie sich auf Englisch, Deutsch und Französisch. Es ging um die Anreise und die bevorstehenden Ausgrabungen, aber auch um den Luxus und das Geld, das hier reingeflossen war.

Es war eng, und sie mussten sich durchdrängeln, um zur Treppe zu gelangen, die weiter hinten lag. Unter dem Essensgeruch lag ein schwacher Hauch, den Eugen nach einiger Zeit als frisch verlegtes Linoleum identifizierte.

»Ganz schön laut, was?«, rief Roland, als sie die Treppe schließlich erreichten. Genervt verzog er den Mund. Sie stiegen nach oben, je höher sie kamen, desto ruhiger wurde es. Sie erreichten das erste Geschoss und traten durch eine Glastür in einen schmalen Gang.

Augenblicklich wurde es still. Es war schon fast unheimlich, dass man hier gar nichts mehr von dem Lärm in der Kantine mitbekam. Der Boden war mit einem schmucklosen Teppich ausgelegt und neu, sie mussten die ersten sein, die über ihn liefen.

Mehrere Flure führten zu geschlossenen Zimmern, am Ende des Ganges war ein Fahrtstuhl.

»Wo der wohl hinführt?«, fragte Eugen.

»Wahrscheinlich nach oben.«

»Was ist da?«

»Du wirst doch wohl nicht glauben, dass unser reicher Auftraggeber in einer der Hütten wohnt, in denen er uns untergebracht hat.«

Eugen sah vom Aufzug zur Decke und versuchte sich vorzustellen, wie viel Platz eine Etage bot.

»Da hätte er locker noch mal vierzig Leute untergebracht.«

Roland zeigte auf ein Büro mit geöffneter Tür. »Da vorne.«

Eugen wollte sich endlich ein Bild von der Ausgrabungsstätte machen, die er seit Monaten auf Karten studiert hatte. Er hoffte, dass das Treffen schnell vorüber war, es war Zeit, sich in die Arbeit zu stürzen.

Im Besprechungsraum stand eine Tafel aus grauen Tischen, auf denen Teller mit belegten Brötchen standen. Dazwischen standen hübsch zu Dreiecken aufgestellte Plastikflaschen mit Mineralwasser. Ein Beamer warf Callahans Zeichen auf eine Leinwand neben der Eingangstür.

Sie setzten sich. Roland reichte ihm eine Brause und trank selbst auch. Eugen biss in ein Brötchen mit Räuchertofu und Petersilie und sagte: »Echt gut.«

»Hmpf«, schnaubte Roland und musterte sein Brötchen. Es enthielt Butter und Tomate. »Geht so.« Er warf sein Handgelenk vor und blickte auf die silberne Uhr. »Noch zehn Minuten.«

Es klopfte.

»Ist hier das Meeting?« Marianne stand im Türrahmen und zwinkerte ihnen zu.

Natürlich, dachte Eugen. Wie hätte es auch anders sein können?

Sie reichte ihm die Hand: »Wir sind uns, glaube ich, schon mal begegnet.«

»Ich glaube auch.« Er schlug ein und beide grinsten.

»Was hab ich verpasst?«, fragte Roland und begrüßte die Frau. »Roland.«

»Marianne Krafft aus Deutschland. Ich bin Doktorin für Paläontologie und für die Präparation zuständig. Und ihr?«

»Super«, antwortete Roland. »Wir sind auch aus Deutschland. Ich bin Arzt und für alle mit Puls zuständig.«

»Ich kümmere mich um die Mitarbeiter bei der Ausgrabung«, sagte Eugen.

Roland vollführte eine einladende Handbewegung. »Setz dich und nimmt dir was, es ist reichlich aufgetischt.«

Marianne kam dem Angebot gerne nach. »Cool, Tofu. Ich liebe Tofu.« Sie biss herzhaft in eines der Brote.

»Wie bist du angereist? Ich hab dich nicht im Flugzeug gesehen«, fragte Roland.

Marianne kaute und schluckte. »Wir sind schon vor Wochen in Ontario gestartet, haben uns die Gegend angesehen, einen Roadtrip gemachen. Meine Frau ist heilfroh, wieder in einem Bett schlafen zu können. Zelten in der freien Natur, auf dem Boden, war ihr langsam zu blöd.«

Roland zog beide Brauen hoch. »War sicher kalt.«

Marianne grinste. »Du hast keine ja Ahnung. Und ihr?«

»Wir sind gestern gelandet«, sagte Eugen.

Zwei Herren, einer mit Vollbart und langen Haaren, der andere rasiert, betraten den Raum. Sie sagten irgendetwas auf Italienisch, und als keiner antwortete, wiederholten sie es auf Englisch: »Ist hier das Meeting?«

Von hinten schob sich ein Mann zwischen den beiden durch. Er trug eine blaue Latzhose und sagte: »Ja, hier seid ihr richtig. Mein Name ist Björn Ganzlin.«

»Danke«, sagte der Italiener mit Vollbart. »Ich bin Fabio Greco.«

»Und ich bin Albertico Montalti«, sagte der rasierte Italiener.

Nach und nach füllte sich der Raum mit weiteren Wissenschaftlern, die sich setzten und von den Broten nahmen. Man kam ins Gespräch und Eugen unterhielt sich eine Zeitlang mit Marianne.

»Meine Frau wird in der Technikerabteilung bei Mister Latzhose arbeiten«, sagte sie grinsend und wies mit dem Daumen auf Björn Ganzlin, der am Eingang stand und Fabio Greco in ein Gespräch verwickelt hatte.

Zum Schluss kam Jeremia Callahan. Als er den Raum betrat, waren sie zu neunt, und alle hatten es sich am Tisch bequem gemacht.

Callahan schloss die Tür und räusperte sich, sofort brachen alle Gespräche ab. Er war schnieke, mit den ausrasierten Haaren, seinem schwarzen Anzug, dem weißem Hemd und den goldenen Manschettenknöpfen. Sie hatten sogar grüne Opale eingelassen.

Er begrüßte jeden einzeln per Handschlag, danach stellte er sich ans Kopfende des Tisches und schaltete den Beamer aus. Callahans zog den weißen Stoff des Hemds, der an den Ärmeln herausragte, mit Daumen und Zeigefinger zurecht.

»Wir haben eine Menge vor. Zuerst einmal, ich freue mich, dass Sie alle da sind«, sagte er auf Englisch. Eugen hatte es vergessen, aber er hatte einen starken amerikanischen Akzent.

»Sie alle sind meine verlängerten Arme. Jeder von Ihnen leitet eine Abteilung und idealerweise spielen Sie einander die Bälle zu. Eugen Breier organisiert die Ausgrabung, er ist für euch alle der erste Ansprechpartner. Roland Sideris hier ist der Arzt. Björn Ganzlin kümmert sich um das Lager und die Materialien. Marianne Krafft präpariert mit ihrem Team die Funde, das heißt, sie machen die Fossilien sauber und die Feinarbeit. Fabio Greco und Albertico Montalti kümmern sich darum, dass die Wohneinheiten funktionieren, außerdem sind sie für die reibungslose Strom- und Wasserversorgung zuständig. Dann haben wir noch Frau Toma Kyou, Herrn Juan Viernes und Frau Kiral Saglik, die sich mit ihrem Team mit der Bestimmung der Funde auseinandersetzen, also welcher Knochen gehört zu welchem Lebewesen.«

Er machte eine Pause, sah die Leute an und sagte: »Und davon wird es einige geben. Wie Sie alle wissen, ist mein erstes Team bei den Testgrabungen nach einem halben Meter auf das vollständige Skelett eines Patagotitan mayorum gestoßen. Das haben wir in das Royal-Tyrrell-Museum in Alberta gebracht, wo das Team weitere Untersuchungen gemacht hat. Damals waren wir zu acht und der Winter stand vor der Tür. Wir waren einen Tag vor dem ersten Bodenfrost fertig.«

Die Hand des Mannes im Blaumann schoss hoch.

»Ja, Herr Ganzlin?«

»Ich hab mich nur gefragt, wie Sie die Stelle überhaupt gefunden haben.«

»Wie alle Fossilien gefunden werden, per Zufall. Eine Gruppe von Bergsteigern kam hier vorbei. Einer von ihnen stolperte über einen versteinerten Wirbelknochen. Den hat er eingepackt, und als er wieder zu Hause war, schickte er Bilder an einen guten Freund von mir. Und weil der wusste, wie selten eine Ausgrabung zustande kommt – meistens fehlt das nötige Kleingeld –, und ich ihm noch einen Gefallen schuldig war, bat er mich darum.«

»Das muss aber ein großer Gefallen gewesen sein«, sagte Ganzlin und hatte die Lacher auf seiner Seite.

»Ich erwarte noch weitere Funde, denn wir haben mit einem Bodenradar Hinweise auf einen weiteren Patagotitan gefunden. Es scheint sich um ein Jungtier zu handeln. Dafür habe ich von der Baufirma die Grube bereits einen Meter ausheben lassen. Keine Sorge, die Erde ist noch da und kann untersucht werden, falls wir bei unseren Messungen ein Fossil übersehen haben sollten.«

Sein Chef hatte eben lässig verkündet, dass er ein weiteres Fossil gefunden hatte und noch mehr erwartete.

Callahan flanierte am Tisch auf und ab und sprach dabei weiter. »Das heutige Meeting dient dazu, dass Sie sich kennenlernen, wir Fragen klären und die Personallisten durchgehen können. Da gibt es auch gleich eine Überraschung.« Er blieb stehen und drehte sich zu der Runde.

»Ich habe die Ausgrabungsstätte erweitert und personell aufgestockt, neben mehr Grabungshelfern habe ich weitere Paläontologen und Servicepersonal dazugeholt. Wir sind jetzt fast 500 Menschen auf dem Gelände. Um die Versorgung so vieler Arbeiter zu ermöglichen, habe ich den Weg hierher ebnen und asphaltieren lassen. Täglich landen Flugzeuge, die uns mit allem versorgen. Das größte Team geht an dich, Eugen.« Er sah ihm in die Augen. »Vierhundert Helfer, die meisten aus Kanada. Ich habe mich an die Universitäten gewandt.«

Eugen schluckte. Wie sollte er vierhundert Menschen anleiten? Er würde in Personalarbeiten versinken. Das war's dann wohl mit dem selbst Graben. Bei dem Gedanken wurde ihm schwindelig.

»Ich will, dass Sie so viel ausgraben, dass wir damit ein eigenes Museum füllen können. Wenn ich mal sterbe, dann will ich der Menschheit ein Erbe hinterlassen. Dafür habe ich Sie auch bestens ausgerüstet, mal abgesehen von der Kantine und Ihren privaten Kühlschränken, die täglich vom Reinigungspersonal aufgefüllt werden, sind die Lager voll mit Werkzeugen und Hilfsmitteln. Ich habe Ihnen alles besorgt, was Sie brauchen, und sollte doch etwas fehlen, sagen Sie Ganzlin Bescheid.«

Ganzlin deutete eine Verbeugung an.

»Dann an die Arbeit!«, sagte Callahan. »Schreiben wir Geschichte.«

13

»Eugen, bleibst du bitte noch?«, fragte Callahan, als die Versammlung vorbei war.

»Ja, klar«, sagte er. Roland warf ihm einen schadenfrohen Blick zu, als hätte er etwas ausgefressen und wäre dabei erwischt worden. »Wir sehen uns später.«

»Wie war der Flug?«, fragte Callahan, als der Raum leer war. Eugen dachte daran, wie er sich im Klo eingeschlossen hatte. »Wie Flüge eben sind, die einmal um die Welt gehen – lang. Wie war deine Anreise?«

»Gut«, sagte Callahan. »Ist aber schon zwei Monate her.« Callahan schloss die Tür und lehnte sich dagegen. »Der Boden war noch gefroren, als wir die Container aufgestellt haben. Ich hatte schon befürchtet, dass wir die Arbeiten verschieben müssen, aber es ist zum Glück wärmer geworden.«

Eugen zog einen Stuhl zurück, doch Callahan winkte ab. »Du brauchst dich nicht setzen, ich habe nur eine Bitte an dich.«

Warum hatte er dann die Tür geschlossen?

»Ich möchte dir noch mal einschärfen, wie wichtig es ist, dass die Grabungshelfer und auch die Wissenschaftler immer Handschuhe tragen. Nur damit ich mich klar ausdrücke: *immer*. Ich möchte, dass kein Fund ohne Handschuhe angefasst wird. Ich habe genügend Handschuhe bereitstellen lassen. Die Leute sollen Bescheid wissen, es steht in ihren Begrüßungsunterlagen und ich hab es heute mehrfach gesagt, aber ich möchte, dass du darauf achtest und alle dahingehend schulst!« Er klang dringlich, als erwarte er, dass demnächst jemand mit bloßen Händen in der Erde herumwühlen würde.

»Die meisten machen das sowieso«, sagte Eugen. »Es ist noch recht kalt draußen. Aber ich werde es ihnen noch mal sagen.«

»Sehr gut!« Callahan lächelte zwar freundlich, klang aber ernst. »Ich habe schlechte Erfahrungen mit Fettsäuren gemacht. Ich möchte nicht, dass sich wieder ein Fingerabdruck in ein Fossil ätzt.«

Damit hatte er grundsätzlich nicht Unrecht, auch wenn die Exponate ja noch mal gereinigt wurden und es daher keine Rolle spielte, ob sie vorher jemand angefasst hatte. Doch Callahan finanzierte die Ausgrabung, also war er der Chef.

»Machen wir. Immer Handschuhe.«

»Danke. Da ist noch eine Kleinigkeit. Ich möchte über jedes Fragment, das gefunden wird, egal wie klein es auch sein mag oder wie spät es gerade ist, informiert werden. Ist das klar?«

»Ja.«

Callahan griff in die Innentasche seines schwarzen Jacketts und holte ein Smartphone heraus. »Das ist für dich, behalte es ruhig. Es ist mit einem Satelliten verbunden, sonst hat man hier draußen kein Netz. Ruf damit auch gerne deine Familie an. Meine Nummer ist eingespeichert, aber falls du mich nicht erreichst ...« Er zeigte an die Decke. »Ich bin da oben. Der Code des Aufzugs sind die letzte vier Ziffern meiner Handynummer.«

Eugen nahm das Smartphone entgegen. »Mach ich. Und danke.«

»Und ein Foto von jedem Fundstück – bitte. Ach, und stört dich der Gips nicht beim Arbeiten?«

Er hob den Arm und wackelte mit den Fingern, die vorne aus der Verschalung schauten. »Mit denen kann ich super tippen.«

Callahan überlegte: »Gut, mehr gibt's nicht. Morgen geht's los. Schau dich solange ruhig um.«

Eugen trat aus dem Besprechungsraum. Leute in weißen Kitteln huschten über die Flure. Sie trugen Koffer, auf denen Mikroskope abgebildet waren, und verschwanden in den umliegenden Räumen. Dann befand sich hier also Mariannes Reich, die Laboratorien.

Er ging durch die Glastür und stieg die Treppe runter. Die Kantine war wie ausgestorben, zwei einsame Fachkräfte wischten den mit Matsch verschmierten Boden.

Draußen schob er sich die Kapuze über den Kopf. Es regnete immer noch wie aus Gießkannen und zwischen den Containerreihen liefen nur wenige Leute umher, aber die Arbeiten würden auch erst morgen beginnen.

Eugen wandte sich nach links, aus dem Containerdorf heraus in Richtung der Ausgrabung. Er hatte die Pläne der Gegend dutzende Male studiert und wusste, wohin er sich wenden musste. Er zog die Regenjacke fester und stapfte unweigerlich durch Pfützen. Was für ein Sauwetter!

Fünfhundert Menschen wohnten und arbeiteten hier. Wie viel das wohl kostete? Und das alles nur, um der Menschheit ein Erbe zu hinterlassen? Aber warum nicht? Andere bauten aus demselben Grund Hochhäuser oder ließen ihre Familie in Moorbach zurück.

Er nahm sein neues Handy. Es hatte Empfang. Auf dem Display stand 15:00 Uhr, also war es in Deutschland 22:00 Uhr. Er brauchte drei Anläufe, um den Bildschirm zu entsperren, weil er vom Regen nass war und kaum auf seine Finger reagierte. Noch länger brauchte er, um Susannes Nummer einzutippen.

Er hielt sich das Handy ans Ohr. Seine Hand war steif, ungeduldig wartete er auf den Verbindungsaufbau.

Es knackte, dann sagte Susanne »Hallo?«. Die Verbindung war nicht besonders gut, aber er konnte sie verstehen.

»Hey«, sagte Eugen.

»Endlich! Ich versuche dich schon die ganze Zeit zu erreichen. Wie geht's dir?«

»Ganz gut. Ich vermisse euch. Wie geht's euch?«

»Mir gut und Mary schläft tief und fest. Wie ist es so in Kanada?«

»Nass und kalt. Es regnet seit unserer Ankunft. Aber Schatz, du wirst es nicht glauben, hier arbeiten fünfhundert Leute. Callahan hat ein kleines Dorf aus so Wohncontainern errichtet und eine eigene Straße durch den Wald gezogen.«

Er kam an dutzenden kleineren Containern vorbei, zwischen denen schmale Wege in die hinteren Reihen führten.

»Echt? Da hat aber jemand Geld.«

Etwas Rotes erschien zwischen den Containern. Eugen sah genauer hin. Dort stand der rote Porsche, vor einem Container ohne Veranda. Ein Mann mit langen blonden Haaren und nacktem, trainiertem Oberkörper trat aus der Tür, öffnete die Heckklappe und hob einen schwarzen Koffer heraus. Er hatte ein Tattoo auf dem Rücken, eine mit Edelsteinen verzierte Flasche, aus der schwarzer Rauch über die Schulterblätter stieg.

Der Mann nickte Eugen ausdruckslos zu und er nickte zurück. Die Leitung knackte.

»Hallo?«, fragte Susanne. »Bist du noch da?«

»Ja, entschuldige.« Vor ihm tauchten parkende Bagger auf, daneben flatterten rot-weiße Plastikbänder im Wind. Die Kälte drang langsam durch seine Kleidung und immer wieder liefen ihm Regentropfen in den Nacken.

»Hallo?«, fragte Susanne erneut.

»Ja, war kurz abgelenkt. Ich habe die Ausgrabung erreicht.«

»Eugen?«

»Schatz?«

In dem Moment riss die Verbindung ab. Er wählte gleich noch mal, während er weiter auf die Ausgrabung zuging.

Es klingelte zweimal. »Eugen?«

»Hey, die Verbindung war weg. Ich bin aber auch zu sehr abgelenkt. Ist gerade so viel Neues. Können wir morgen noch mal telefonieren?«

»Ja, klar, deswegen bist du ja da. Genieß die Zeit. Ich liebe dich.«

»Ich dich auch. Ich wünschte ihr wärt hier.«

»Ich nicht, klingt mir nach zu viel Regen.« Er konnte sie grinsen hören. »Ich liebe dich. Mach's gut.« Sie legten auf. Eugen blieb stehen. Es hatte ihm gutgetan, Susannes Stimme zu hören. Aber jetzt schmerzte es erst recht, wie sehr ihm seine Familie fehlte. Er steckte das Handy ein.

Die Ausgrabung hatte die Ausmaße eines trockengelegten Sees. Es handelte sich nicht um eine kleine Freilegung, sondern um die größte Grube, die er je gesehen hatte. Er war sich nicht mal sicher, ob er je eine Dokumentation mit so einer Grube gesehen hatte.

Er folgte dem Rand. Die Ausgrabung war rechteckig angelegt, erstreckte sich auf zweihundert mal zweihundertfünfzig Metern. Verschiedene Schichten waren in den Wänden zu erkennen, die Bagger hatten das Erdreich stufenweise wegbefördert und am Rand der Grube terrassenförmige Stufen zurückgelassen. Gelbe Fähnchen markierten eine Fundstelle im vorderen Drittel.

Dort haben sie das Skelett gefunden, dachte er. Glücksgefühle überkamen ihn. Callahan hat gesagt, dass hier noch ein Jungtier liegt, und wer wusste, was sich noch alles im Erdreich versteckte?

Eine fußhohe Wasserschicht bedeckte den Boden. Er überschlug kurz und kam auf fünfzehntausend Liter Wasser, konnte aber nirgends Pumpen entdecken. Bisher standen hier nur Bagger am Rand, in deren Schaufeln sich ebenfalls Regen sammelte.

»Da ist er ja! Ich wusste doch, dass wir ihn hier finden«, rief Roland. Er hatte Marianne im Schlepptau und kam rasch näher.

»Siehst du das?«, fragte Eugen und deutete auf die Ausgrabung. Er fühlte sich überwältigt und elend zugleich.

Roland warf einen Blick in die Grube. »Oh je. Alles okay?«

»Ja, nur ... Habt ihr damit gerechnet?«

»Nein«, sagte Marianne. »Einfach wow, oder?«

Eugen überkam Schwindel, wenn er daran dachte, dass er morgen vierhundert Leute einweisen musste, die dort unten, in diesem riesigen Loch, nach Schätzen graben würden. Nach Schätzen, die vielleicht in die Geschichtsbücher eingehen würden.

»Ich möchte ja nicht drängen«, sagte Roland, »aber laut unserem freundlichen Lohnzahler bekommen wir unsere Laptops in einer Stunde, und wenn ich das richtig sehe, müssen wir uns dann erst mal in den Systemen zurechtfinden, was? Dann sollten wir doch vorher was essen, oder? Ich hab die Speisekarte schon mal ausgekundschaftet: Königsberger Klopse mit Petersilienkartoffeln.«

Marianne klopfte ihm freundlich auf den Rücken, als würden sie sich nicht erst seit wenigen Stunden kennen. »Haben dir die Brötchen nicht gereicht?«

»Meine Liebe, die Wirkung einer wärmenden Mahlzeit ist nicht zu unterschätzen, und ich möchte herausfinden, was unsere Köche in der nächsten Zeit fabrizieren werden – ob sie ihr Handwerk beherrschen.«

»Habt ihr das vorhin mitbekommen?«, fragte Marianne.

Roland und Eugen sahen sie fragend an.

»Die Kühlschränke, die sich von selbst füllen? Wahnsinn, oder? Und habt ihr das Waschhaus gesehen? Da kann man seine Klamotten abgeben, die werden gewaschen.«

»Vermutlich wegen des Wasserdrucks und der Effizienz. Stell dir vor, die müssten 500 einzelne Waschmaschinen betreiben«, warf Roland ein. Ihm tropfte der Regen vom Rand des Bowlers. »Los! Lasst uns die Kantine erkunden!«

Er wandte sich zum Gehen, Marianne ebenso.

»Eugen, kommst du?«, fragte Marianne. Sie und Roland deuteten Richtung Haupthaus.

»Ja. Ja, lasst uns gehen«, sagte er gedankenverloren und folgte ihnen. Wenig später saßen sie gemeinsam beim Essen. Roland befand die Klopse für ausgezeichnet. Bei Marianne fielen sie allerdings durch. Während sie aßen, unterhielten sich die zwei über ihre Lieblingsgerichte und es stellte sich schnell heraus: Was Roland mochte, verabscheute Marianne und umgekehrt.

»Magst du überhaupt leckeres Essen?«, fragte Roland nach einer Weile.

»Erdnussbutter, vor allem salzige«, sagte sie wie aus der Pistole geschossen.

»Igitt!«, riefen Roland und Eugen gleichzeitig. Die Reinigungskraft am Nachbartisch drehte sich erschrocken um und alle drei brachen in Gelächter aus.

»Du bist echt komisch«, sagte Roland.

»Ich mag Eis«, sagte Marianne beschwichtigend.

»Na ja, immerhin. Ich denke, wir können dich am Leben lassen.«

Eugen lag in die Personallisten vertieft auf der Couch, als es an der Tür klopfte. Ein Mann in gelber Regenjacke hielt ihm seine Dienstausrüstung in einem Plastikbeutel unter die Nase. Eugen quittierte und nahm die nasse Tasche entgegen.

Er hörte, wie der Bote auch nebenan bei Roland klopfte, aber es machte niemand aus. Vermutlich war der in seiner Praxis. Am Himmel zuckte ein Blitz. Eugen zählte, drei Sekunden. Das Wetter wollte nicht besser werden.

Er schloss die Tür und ging zum Tisch. In der Tasche waren ein Laptop und ein Funkgerät. Er baute den Laptop auf dem Wohnzimmertisch auf und machte sich an die Arbeit. Im Postfach warteten bereits vierunddreißig E-Mails.

Die erste war eine Liste mit Aufgaben, die vor Arbeitsantritt zwingend erledigt werden mussten. Dazu gehörte, die Dienstpläne für sein Team zu schreiben. Dabei mussten die kanadischen Gesetze eingehalten werden, der Gesetzestext war als Datei angefügt. Aber Eugen hatte sich schon vor Monaten darauf vorberietet und die wichtigsten Gesetze mit einem Anwalt durchgesprochen.

Er öffnete eine Tabelle mit den Daten der Mitarbeiter und vergrub sich in die Arbeit.

Seit drei Stunden saß er an dem runden Tisch und tippte. Er war zwischendurch nur zweimal aufgestanden, einmal, um auf die Toilette zu gehen, und das andere Mal, um das Licht einzuschalten. Der trübe Regentag war nahtlos in die Dämmerung übergegangen, irgendwann war es dunkel geworden.

Es klopfte an der Tür. »Mach auf, mein Freund! Ich hab Essen dabei. Hähnchen süßsauer.«

Eugen stand auf, er fühlte sich träge. Er ging zur Tür und öffnete Roland, der ihm freudestrahlend eine Tüte entgegenhielt. Sie war von oben bis unten nass, genauso wie ihr Träger. Er hatte den Regen bis eben ausgeblendet, aber jetzt hörte er ihn wieder, wie er auf das Blech seiner Behausung trommelte.

»Na, wie war dein erster Arbeitstag?«, fragte Roland und schob sich an ihm vorbei in die Küche. Er hinterließ eine braune Wasserspur auf dem Boden.

»Er wird noch eine Weile andauern«, sagte Eugen und rieb sich den verspannten Nacken. Roland kramte bereits nach Besteck und klapperte geschäftig mit Tellern und Tassen.

»Macht dir doch nichts aus, wenn wir uns auf die Couch setzen?«

Eugen klappte den Laptop zu. »Nein, schon gut. Aber zieh Jacke und Schuhe aus, du machst ja alles nass.«

»Verzeihung.« Roland zog sich aus und wischte den Boden mit einem Handtuch trocken, das er aus einem der Schränke geholt hatte. »Hast du die Arbeitsbedingungen gelesen?« Roland ließ sich auf dem Sessel vor der Couch nieder und stellte Essen, Geschirr und Besteck auf den Tisch.

»Ja, klar. Ich muss die Leute morgen einweisen. Ich bin aber noch nicht mit den Schichtplänen fertig. Aber immerhin habe ich mich schon für das Acht-Stunden-System entschieden.«

»Also, acht früh, acht spät und acht in der Nacht? Soweit ich weiß, ist das die gesündeste Art. Gute Entscheidung«, sagte Roland.

Eugen ließ sich auf die Couch fallen. »Ich hatte nicht gedacht, dass wir Tag und Nacht graben müssen.«

Roland portionierte Reis auf die Teller. »Unser Mäzen ist eben doch nicht nur spendabel, sondern es soll am Ende wohl was Handfestes bei rumkommen, was? Aber hast du gelesen, was mit jemandem passiert, der sich ernsthaft verletzt? Das ist schockierend.« Roland nahm ein Messer. »Wenn ich sie nicht wieder einsatzbereit bekomme, werden sie entlassen, also kein Lohn mehr und ab nach Hause. Weißt du, woran ich da denken muss? An den zweiten Weltkrieg. Als hielte ich ein verdammtes Lazarett zusammen, während du die Männer auf dem Schlachtfeld verheizt.«

Er schnitt das frittierte Hähnchen klein und goss die Soße über den Reis.

»Dann lass uns zusehen, dass wir alle bei guter Gesundheit halten.«

»Guter Plan, mein Freund.« Roland schob die Brille mit dem Handgelenk auf der Nase zurück und reichte Eugen einen Teller. Roland hatte ihm das Fleisch klein geschnitten, sodass er es bequem mit der Gabel aufpicken konnte.

»Danke.«

»Keine Ursache.« Roland holte aus dem Kühlschrank zwei Dosen Eistee und stellte sie auf den Couchtisch. »Wie kommst du voran?«

»Ich werde die Nacht durcharbeiten, aber mir graust es vor der Ansprache morgen. Vierhundert Leute, das sind echt viele.« Eugen stellte den Teller neben der Dose ab.

»Ach, vierhundert oder zwei, ein großer Redner unserer Zeit sagte einmal ... ich weiß nicht mehr, wer es war.« Er wippte mit dem linken Bein. »Nein, ich komm nicht drauf. Jedenfalls hat der in einem Interview gesagt, dass es schwerer wäre, vor zwei Leuten zu sprechen als vor zweitausend.«

»Also ist es etwas Gutes, dass es vierhundert sind?«

Roland nickte. »Konzentrier dich auf das, was du sagen willst, und bring es hinter dich.«

Eugen kaute und schluckte. Das Hähnchen schmeckte ziemlich gut. »Ich weiß nicht, was ich sagen soll.«

»Sag nur das, was gesagt werden muss. Alles andere ist unwichtig.« Roland grinste.

»Ha-ha. Toller Tipp! Als Nächstes sagst du noch, ich soll am Anfang beginnen und am Schluss enden.«

»Das klingt so banal, aber ernsthaft, warum kapieren das die meisten nicht? Also, sag, was du sagen musst, und lass den Rest weg. Wer deine Lieblingsfarbe erfahren will, der soll dich in ein schickes Restaurant ausführen.«

Roland schob sich Hähnchen in den Mund und redete weiter. »Weift, du waf iff meinfe? Du bift der Ffef, nifft derfn Freunf.« Er schluckte. »Also, Mann, das Essen, das haben die drauf. Wenn die so weiter machen, nehm ich von hier gut und gerne zehn Pfund mit nach Hause.«

»Wie kommst du denn so voran?«, fragte Eugen.

»Hat mich ehrlich umgehauen, dass wir so viele sind. Ich habe nicht einmal die Hälfte der benötigten Medikamente vor Ort. Die ersten Bestellungen sind zur Prüfung an Ganzlin raus, mit viel Glück kommen wir durch, bis die da sind. Ich meine, Blutdruckmedikamente, Schmerzmittel, Grippemedikamente, Verbandszeug, Pflaster und alles andere, ich hatte für weniger als die Hälfte an Belegschaft geplant.«

Sie stießen an und tranken aus.

Roland stand auf und räumte das Geschirr in die Spüle. Er warf sich seine Regenjacke über.

»So, ich hau mich aufs Ohr und du solltest arbeiten. Morgen ist ein wichtiger Tag. Ich komm zum Frühstück mit Kaffee rüber. Schlaf gut.« Noch bevor sich er verabschieden konnte, hatte Roland die Tür zugezogen.

»Wenn ich die Nacht überhaupt schlafe«, murmelte Eugen in die Stille. Er schlug sich auf den Oberschenkel. Ihm fiel die Bierdose von gestern wieder ein, die er unter die Couch geschoben hatte. Er ging auf die Knie, um sie wegzuräumen, aber da lag keine mehr. Erst jetzt fiel ihm auf, dass auch die benutzten Kaffeetassen von heute früh weg waren.

Er ging zum Kühlschrank: Das Bier war wieder aufgefüllt. Das musste alles heute Mittag passiert sein, als er im Hauptgebäude und bei der Ausgrabung gewesen war. Die Reinigungskräftig waren nicht nur fleißig, sondern auch unsichtbar.

Er setzte sich wieder vor seinen Laptop und stürzte sich in den Datenwust. »Hilft ja alles nichts.«

14

Raffael ging vor dem Bett in die Knie und zog den Koffer darunter hervor. Er klickte die Verschlüsse auf und betrachtete die Abyss der Meisterin. Sie war nicht sehr groß, aber sicher gelagert. In der Mitte trug sie einen großen, purpurnen Opal.

»Hässliches, scheißdummes Drecksteil«, flüsterte er. Für dich muss ich Opfer suchen. Dabei wäre er viel lieber im Container geblieben und hätte mit seinem Käfer gespielt. Er holte sein Auto aus der Hosentasche.

»Du bist besser, ja, viel besser.« Er stecke es wieder ein und hob die Abyss aus dem Koffer, klappte den Deckel zu und setzte sie darauf ab. Die Teelichter hatte er bereits in einem Halbkreis vor dem Bett aufgestellt. Damit war für das Ritual später alles vorbereitet.

Raffael erhob sich und holte die gelbe Regenjacke aus dem Kleiderschrank. Als er sich die kleine schwarze Ledertasche vom Tisch schnappte und sie in die Jackentasche steckte, fiel sein Blick auf das Klo, das fast direkt neben dem Bett stand.

Der Orden hatte ihm nicht die beste Hütte organisiert, sondern eine in der hintersten Reihe, ohne Terrasse und ohne richtiges Bad. Er war sich sicher, dass sie in den Containern weiter vorn, denen mit Terrasse, nicht direkt neben dem Bett scheißen mussten. Aber nach mir geht es ja nicht! Ich soll nur Opfer suchen, aber wann ist mal Zeit für mich? Wann ist Raffael mal dran? Nie bin ich dran. Nie! Nie! Nie!

»Scheiße«, murmelte er und verließ die Hütte.

Es war dunkel und es schüttete. An den Containern waren Laternen, die Lichtkreise auf den Boden warfen. Er hatte den Tag damit verbracht, eine Liste von Versagern zu erstellen. Dazu war er durch die Straßen geschlichen und hatte die anderen Arbeiter beobachtet. Je schwächer, desto besser, am Ende entkam ihm noch einer und informierte die Polizei. Dann war die Kacke aber am Dampfen!

Er zog die Kapuze über den Kopf. Regen prasselte darauf, er konnte kaum noch etwas anderes hören. Gut, dass es regnet, dachte er, da bleiben die Menschen drinnen und streunen nicht auf der Straße herum. Dann werde ich wenigstens nicht mit dem Opfer zusammen gesehen.

Unterwegs war niemand, die Gänge zwischen den Containern lagen leer vor ihm. Raffael war ein Schatten in der Nacht. Ich bin ein Ninja, dachte er. Ich bin ein Ninja auf der Suche nach den Schwachen.

Er bog ab und stand vor einem Container mit der Nummer siebenhundertdreiunddreißig. Er lag außerhalb des Lichtkegels der Laternen. Darin wohnte sein erstes Opfer.

Er holte eine Spritze aus der Ledertasche, die er mit einem Heroingemisch aufgezogen hatte. Es war dasselbe Heroin, das sie seiner Mutter gegeben hatten, im Tausch gegen ihren Sohn. Es würde das Opfer betäuben, aber nicht töten.

Er klopfte dreimal gegen die Tür.

»Ja, Moment«, sagte drinnen jemand auf Deutsch.

Er musste das Opfer irgendwie zu seinem Haus bringen, nachdem er es betäubt hatte. Er hatte ihm die Spritze in den Hals rammen wollen, um es dann in seine Unterkunft zu zerren, aber sein Container war ziemlich weit weg.

Und was, wenn er mit der linken Hand zu ungeschickt war? Mit der rechten konnte er nicht spritzen, weil der Verband um die Schnittwunde seine Bewegungsfreiheit einschränkte.

Er steckte die Spritze in die Jackentasche, da schwang die Tür auf und eine kleine Frau tauchte auf. »Ja?«

Sie hatte eine Kippe im Mundwinkel und ein Bier in der Hand. Raffael atmete auf. Er hatte die richtige Entscheidung getroffen. Er hatte ein Näschen für Menschen mit Suchtproblemen, die waren für gewöhnlich am leichtesten zu überzeugen.

»Magst du was trinken? Ich hab deutsches Bier«, sagte er, ebenfalls auf Deutsch.

Sie musterte ihn verständnislos. »Was?«

Raffael rieb sich den Nacken. »Ach, du weißt es nicht? Dachte es hätte sich rumgesprochen. Ich geh von Tür zu Tür und lad die Nachbarn zu einer kleinen Kennlernfeier ein.«

Sie reagierte nicht.

Ob ich es doch mit der Spritze versuchen soll? Da lächelte sie, setzte das Bier an, trank es in einem Zug aus und rülpste.

»Klingt nach nem Plan. Mir ist das Bier eben ausgegangen. Moment.« Sie verschwand in ihrer Unterkunft. »Ich hol nur meine Jacke.«

Sehr gut.

»Ich bin Helen«, sagte die Frau, als sie mit zugezogener Regenjacke aus dem Haus kam.

»Raffael«, sagte er und trat in eine Pfütze, als sie sich auf den Weg zu ihm machten.

»Welches Bier hast du?«

»Lager.«

Sie machte ein zögerndes Gesicht, als wolle sie zurück ins Haus gehen. Am liebsten hätte er ihr auf offener Straße das Messer in den Bauch gerammt, aber sie war nicht für ihn, sondern für die Meisterin. Er durfte sie nicht töten.

»Hm«, sagte Helen. »Bin nicht der Freund von Lager, hast du Export?«

Raffael presste die Kiefer aufeinander. »Klar«, sagte er und griff nach der Spritze in seiner Jackentasche.

Sie bogen um die Ecke und erreichten seine Unterkunft. »Hier ist es schon.«

Sie sah sich um. »Hast du nicht gesagt, du hättest mehr Nachbarn eingeladen?«

»Ja, die sind drinnen. Komm, lass uns reingehen.«

Helen rührte sich nicht. »Verarsch mich nicht. Da brennt kein Licht. Was soll der Scheiß?«

Er stürzte auf sie zu, dabei zog er die Spritze aus der Tasche. Sie schwang zwei Fäuste nach ihm, er wehrte sie mit der Linken ab, aber sie prügelte weiter und traf seine verletzte Hand.

Er warf den Oberkörper zurück und trat ihr zwischen die Beine. Sie stürzte nach vorn, prallte gegen ihn und riss ihn mit sich.

Raffael verlor das Gleichgewicht und fiel. Wasser spritzte ihm ins Gesicht und er schlug mit dem Kopf gegen etwas Hartes, aber er schaffte es, die Spritze hochzuhalten.

Keuchend blieb er liegen, Helen lag auf ihm. Er stach zu. Zum Glück war ihr Regenmantel hochgerutscht, er erwischte sie am Bauch und drückte durch. Sie schlug nach ihm, erschlaffte aber fast sofort wieder.

Ihr warmer, weicher Körper lag schwer auf ihm.

Ekel überkam ihn, er schob Helen schnell von sich runter. Reglos lag sie im Matsch. Regen trommelte auf die Dächer und prasselte auf die Jacken.

Er eilte zu seiner Tür, schloss auf und zerrte sie so weit in den Container, dass er die Tür zubekam. Ihr Brustkorb hob sich nur wenig. Sie hatte eine Überdosis und war dabei zu sterben. »Scheiße!«

Wenn er sich nicht beeilte, wäre sie nicht nur nutzlos, sondern er hätte auch noch eine Leiche, die er entsorgen musste.

Er zündete nur eines der vielen Teelichter an und kniete sich vor dem Bett auf den Boden. Helen lag ausgestreckt in Richtung Tür.

»Kari. Karu. Karam!«, betete er den Gesang, der die Meisterin beschwören würde. »Kari. Karu. Karam!«

Er verdrängte die Sorge darüber, dass die Frau vielleicht schon tot war und dachte an das ausgeblichene Gelb seines VW Käfers.

»Kari. Karu. Karam!« Er dachte an das fehlende Hinterrad.

»Kari. Karu. Karam!« Und wie sich die Windschutzscheibe anfühlte, glatt und fest.

»Kari. Karu. Karam!« Die wenigen anderen Gedanken, die er hatte, verschwanden.

»Kari. Karu. Karam!« Sein Atem beruhigte sich.

»Kari. Karu. Karam!« Sein Puls verlangsamte.

»Kari. Karu. Karam!« Er tauchte ab in ein tieferes Sein, war abgeschnitten von der echten Welt, spürte nicht mehr, wie die Zeit verging. Sein Mund formte Worte, die er nicht hören konnte: »Kari. Karu. Karam! Kari. Karu. Karam!«

»Kari. Karu. Karam!«

»Kari. Karu. Karam!«

»Kari. Karu. Karam!«

Die Meisterin gebot ihm, dass es für heute genug war. Das war sein Zeichen, wieder zurückzukommen.

»Kari. Karu. Karam!«, hauchte er ein letztes Mal.

Danach öffnete Raffael die Augen.

Er war in einem Container in Kanada, vor ihm stand die Abyss auf dem Boden. Ein purpurner Nebel schlängelte sich über Helens Körper. Sie lag ruhig da, als würde sie schlafen, nur die Haut im Gesicht und an den Händen war brüchig und porös wie bei einem in der Sonne vergessenen Tafelschwamm.

»Gott sei Dank! Hast du noch gelebt«, murmelte er.

Der Nebel zog sich langsam zurück und verschwand in der Öffnung der Abyss.

Raffael bettete die Abyss in den Koffer, schloss ihn ab und schob ihn unter das Bett. Er zündete eine Zigarette an und betrachtete die Leiche. Das Leben war vollständig aus ihr verschwunden, die Meisterin hatte alles herausgesaugt, wie immer.

Er ging vorsichtig um sie herum und öffnete das Fenster neben der Tür. Er inhalierte in tiefen Zügen. Ein Lufthauch strömte an ihm vorbei, über den Körper hinter ihm und hinterließ eine Furche im Gesicht.

Alles rund um die Furche stürzte ein, wie verbrannter Marmor. Ihre Wangenknochen brachen unter der Last des Luftdrucks, knickten nach innen, bröckelten in den Hohlraum der Hülle, die sie nun war. Dann folgten der Brustkorb, die Arme und Beine. Sie fiel unter der Kleidung zusammen und die gelbe Regenjacke sackte hinterher, dabei wurde ein Schwung Asche nach oben geschleudert.

»Scheiße, das muss ... Ach, Kacke!«

Er hatte vergessen eine Plane unterzulegen. Weil Helen sich hatte wehren müssen und niemals irgendetwas einfach sein konnte.

Auf dem Boden lag ein zusammengefallenes Häufchen Kleidung, umgeben von aufgewirbelter Asche, die sich langsam mit dem Regenwasser vermischte. Und als ob die schmierige Pampe nicht schon genug gewesen wäre, war alles voller Matsch, inklusive Raffael selbst.

Warum hatte sie sich wehren müssen?

»Ach Menno, so viel schrubben!« Und duschen. Er stieß den Rauch seufzend in die Nacht.

»Ja-ja, beschwör die Meisterin und gib ihr Opfer!« Er tat so, als müsse er würgen.

Er zog ein letztes Mal an der Kippe und hielt den Rauch in den Lungen. Mir muss man ja nicht sagen, was das alles hier soll. Was die Meisterin in dieser gottverlassenen Gegend will. Seine Lungen brannten und er entließ den Rauch.

»Bin ja nur ein Bruder und zufällig der beste im Beschwören!«

Er schnippte die Kippe raus und machte sich seufzend an die Arbeit. Immerhin hatte er seine Aufgabe für diesen Abend erledigt.

15

Es war fünf Uhr morgens, Eugen hatte die Dienstpläne abgeschickt und kämpfte seit einer Viertelstunde mit der Versuchung. Eigentlich musste er dringend schlafen. Er brauchte die Erholung für den nächsten Tag, der mit Sicherheit die Hölle werden würde, wenn er nicht wenigstens drei Stunden die Augen schloss.

Vor ihm standen eine Dose Bier und zwei Kurze, die er im Kühlschrank gefunden hatte – irgendein Brandy, von dem er noch nie gehört hatte.

Da standen sie und lachten ihn aus, weil er nicht einfach zulangen durfte. Sie verhöhnten ihn: Andere hatten es im Griff, konnten einfach trinken, vielleicht sogar ohne Kater und ohne am nächsten Tag die ganze Zeit an Alkohol denken zu müssen.

Aber ich habe heute nicht einmal an Alkohol gedacht, den ganzen Tag nicht. Und einen Kater hatte ich auch nicht.

Er richtete sich auf. Susanne und Mary waren im Augenblick so weit entfernt, sie waren auf einem anderen Kontinent, es war, als wären sie in einer anderen Welt.

Vielleicht konnte er inzwischen damit umgehen, wie jeder andere auch, und das Bier nur bis zur Hälfte trinken – auch wenn das Verschwendung war.

Es war deutsches Bier, auf dem Etikett stand KÖNIGSBRÄU AUS DEM HERZEN DES SCHWARZBACHTALS. Er spürte schon das Prickeln und schmeckte die herbe Frische, griff nach der Dose und drückte den Hebel hoch. Es zischte.

Er wollte nur einmal daran schnuppern, und wenn das Bier fürchterlich roch, würde ihm sicher die Lust darauf vergehen und er konnte endlich schlafen.

Er schmiss den Deckel auf den Boden, legte die Nase auf die Öffnung und sog den herben Duft von Hopfen und Malz ein. Die Dose wanderte automatisch zum Mund. Seine Lippen legten sich an den kühlen Auslauf, da ließ ihn das letzte Fünkchen Vernunft die Dose wieder wegstellen.

Er tippte das neue Handy an. Das Display zeigte fünf Uhr morgens. Er musste schlafen. Er musste das Bier entsorgen. Das hatte er früher immer gemacht, wenn er mal wieder einen Bock geschossen hatte und deswegen nie wieder hatte trinken wollen.

Aber Eugen erinnerte sich noch zu gut dran, was danach immer geschehen war: Der Alkohol war weg, seine Sucht quälte ihn mit diesem Verlangen, bis er schließlich aufbrach, um bei der nächsten Tankstelle Alkohol zu kaufen. Und dann war die Sache mit dem Jungen passiert.

Er setzte die Dose an die Lippen, holte tief Luft, aber er konnte nichts trinken – er war doch trocken. Er sammelte den Schnaps und das Bier ein, brachte sie zum Waschbecken und wollte alles auskippen. Doch stattdessen trank er das Bier aus und schämte sich, also kippte er schließlich auch noch die Brandys. Dann ging er ins Schlafzimmer, nahm sich Decke und Kissen und legte sich auf die Couch. Denn er hatte es nicht verdient in einem Bett zu schlafen.

Der Alkohol war ihm zu Kopf gestiegen. Seine Arme und Beine waren schwer, er sank in die Polster. Sein Kopf fühlte sich an, als würde er zur Decke schweben.

»Dem Jungen geht es gut«, sagte er und warf die Decke von sich. Er holte sich noch ein kühles Bier, das er in wenigen Zügen leerte, während er zur Couch schlenderte. Sein Magen zog sich zusammen. Das Bier gluckerte in seinem Inneren, als er sich erneut hinlegte.

»Dem Jungen geht es gut«, sagte er eindringlich.

Der Junge hatte am nächsten Tag im Garten vor dem Haus gesessen. Eugen hatte ihn gesehen, wie er die rote Hundeleine in der Hand gehalten und dort gesessen und traurig auf den Rasen geschaut hatte.

»Dem Jungen geht es gut«, wiederholte er. Dass der Vierbeiner nie mehr bellen würde, da war er sich absolut sicher gewesen, denn er hatte in der Nacht sein Blut mit einem schwachen Wasserstrahl vom Reifen gespült. Aber das war auch alles. »Dem Jungen geht es gut.«

Das Geräusch seiner Stimme hallte von der Zimmerdecke wider. Manchmal half es, diesen Punkt auszusprechen, manchmal nicht. Unter dem Strich war es nicht wichtig, wie es dem Jungen gegangen war oder wie es ihm heute ging. Eugen hätte ihn beinahe umgebracht. Das hatte ihn so erschreckt, dass er es endlich geschafft hatte, wirklich auf Alkohol zu verzichten.

Er hatte noch am selben Tag angefangen zu joggen, denn wer Sport machte, hatte keine Zeit zu saufen, und wer am Tag darauf Sport machen wollte, durfte keinen Kater haben. Er hatte seine Abendroutine geändert, statt fernzusehen hatte er ein Buch gelesen. Er war früher ins Bett gegangen – alles, um nicht auf falsche Gedanken zu kommen.

Er hatte nie wieder Alkohol trinken wollen.

Niemals, dachte er.

Danach schlief er ein.

»Weckdienst!« Roland polterte wie versprochen gegen die Tür.

Eugen setzte sich auf. Durch das kleine Fenster neben der Tür sickerte Tageslicht.

»Komm schon, lass dich nicht so bitten. Es ist ein halbes Grad über dem Gefrierpunkt und es schneit. Und ich hab meine Thermounterwäsche nicht an. Eugen!«

Er hatte Kopfschmerzen, vor seinem linken Auge zuckten Blitze. Mühsam schleppte er sich zur Tür und öffnete sie. Roland stand da mit einer dampfenden Kanne Kaffee in der Hand.

»Wie siehst du denn aus? Warte! Wie gestorben und wieder auferstanden. Hast du nicht geschlafen?«

»Dir auch einen guten Morgen. Wie spät ist es?« Eugen hatte einen sauren Geschmack im Mund, wie immer, wenn er nach dem Trinken eingeschlafen war.

Roland kam rein und schloss die Tür. »Zwanzig nach neun. In vierzig Minuten geht es rund. Ich schließ meine Praxis auf und du wirst deine Gefolgschaft anleiten, Steine zu schleppen, damit wir dem großen Pharao das Denkmal erbauen können, welches ihm gebührt.«

Es klopfte. Eugen, der nur ein Shirt und eine Unterhose anhatte, sah zur Tür.

»Schon gut, ich geh.« Roland stellte die Kaffeekanne auf den Tisch und öffnete.

»Morgen!«, rief eine Frau glücklich und drückte ihm eine braune, fettig glänzende Tüte in die Hand. Er bedankte sich und schloss die Tür wieder.

»Hast du gewusst, dass wir uns Essen liefern lassen können? Hab ich heute Morgen beim Laufen von Marianne erfahren.«

»Moment, du warst laufen?«

Roland warf ihm einen strafenden Blick zu. »Ja, joggen. Bewegung hält fit. Was dir offenbar fremd ist.« Er warf einen Blick auf die Dosen neben der Couch.

Eugen setzte zu einer Ausrede an, schluckte sie aber runter und holte stattdessen zwei Tassen aus dem Küchenschrank. Er wollte seinen Bauch mit warmem Kaffee füllen, bevor er unter die Dusche sprang.

Sie setzten sich an den runden Tisch, Roland holte ein Croissant aus der Tüte und schmierte sich Erdbeermarmelade drauf. Eugen goss ihnen Kaffee ein.

»Haben die Reinigungskräfte auch dein Bett gemacht?« Roland riss ein Stück vom Croissant ab und schob es sich in den Mund.

»Warte, werden unsere Häuser jeden Tag sauber gemacht?«

Roland nickte. »Der Pharao kümmert sich um seine Sklaven. Ich weiß nicht, wie ich wieder in mein normales Leben finden soll, wenn das hier vorbei ist.« Er lachte, dabei versprühte er Speichel.

Der Kaffee war nicht zu bitter und tat gut. Eugens Kopf wummerte unterschwellig, aber noch war es auszuhalten, ebenso wie die Blitze im linken Auge. Sie blieben schwach und blendeten nicht.

»Alles okay?«, fragte Roland.

»Es ist nur … die vielen Leute.«

»Du machst das schon. Außerdem, was soll schon schief gehen? Du bist ihr Chef, und solange du dich nicht einnässt, kann es nicht so schlimm werden.« Roland lachte und schob sich den Rest des Croissants in den Mund.

»Hast du Kopfschmerztabletten?«

»Dieselben Symptome wie vorgestern? Licht im Auge, Übelkeit, Kopfschmerzen und Schwindelgefühl?«, fragte Roland.

Der ist ein Lexikon, dachte Eugen und nickte.

»Ich bring dir gleich eine Schachtel Ibuprofen, aber bist du dir sicher, dass es kein Kater ist?«

Es war, als hätte Roland ihm ein Kissen ins Gesicht geschleudert, nur ohne das Kissen, aber mit den gleichen Auswirkungen.

»Nein, kein Kater«, stammelte Eugen und machte sich auf eine Standpauke gefasst.

»Also gut.« Roland griff nach der Kanne, schnippte mit der freien Hand und machte kurz ein Gesicht, als hätte er sich auf die Wange gebissen. Dann schenkte er Kaffee nach.

»Ich wünschte, ich hätte mehr Croissants bestellt. Willst du deins? Machst mir nicht so den Eindruck, als wolltest du frühstücken.«

»Nimm nur.« Eugen sah vor seinem geistigen Auge, wie der Junge der Motorhaube auswich, und spürte den Aufprall des Hundes. Er schüttelte den Kopf, um die Erinnerungen zu vertreiben.

Roland nahm das zweite Croissant aus der Tüte. Eugen bemerkte seine goldene Uhr. »Ist das dieselbe wie vorgestern?«

»Hm?« Roland wischte sich Krümel aus den Mundwinkeln. Sie rieselten auf den Teller. Er folgte den Augen seines Freundes zu seinem Handgelenk. »Ach, du meinst die? Ja, genau, dieselbe wie vom Flug. Ohne fühle ich mich ganz nackt.« Er schüttelte den Ärmel von der Uhr und las die Zeit ab. Eugen bemerkte wieder das Schlüsselloch am Armband. »Du solltest duschen, in zehn Minuten musst du los.«

»Was ist das für ein Schloss?«

»Was für –« Roland sah kurz auf. »Ach das, na, damit mir keiner die Uhr wegnehmen kann. Was sonst? Komm, du musst dich ranhalten.«

»Noch einen letzten Tipp?«

»Wie das letzte Wort vor der Hinrichtung?«

»So in etwa.«

Roland grinste. »Hals und Beinbruch.«

»Danke, vielen Dank. Du bist mir ein Freund.«

Das heiße Wasser hatte ihm gutgetan. Eugen fühlte sich fast wie ein neuer Mensch. Er zog den Gürtel fest, nahm Callahans Handy vom Esstisch und wählte Susannes Nummer. Er musste ihre Stimme hören.

Es klingelte. Mit dem Handy am Ohr, schlüpfte er in die gelbe Regenjacke. Susanne nahm nicht ab, auch nach dem zehnten Klingeln nicht, also legte er auf, steckte den Laptop in einen Plastikbeutel und verließ seine Unterkunft. Dabei wäre er beinahe auf eine Tablettenschachtel getreten, die Roland ihm auf die Fußmatte gelegt hatte.

Er hob sie auf und stellte fest, dass er keine Kopfschmerzen mehr hatte. Seinem Auge ging es ebenfalls gut. Nur zur Sicherheit, schluckte er zwei Pillen und schob die Schachtel in die Tasche der Regenjacke. Er ging über die Veranda und machte sich auf den Weg zur Ausgrabung.

Noch am heutigen Tag schaufeln wir Erde aus dem Boden und vielleicht finden wir darin schon das erste Fragment. Der Gedanke zauberte ihm ein Lächeln auf die Lippen. Der Schnee knirschte unter seinen Sohlen. Die frische, kalte Luft tat ihm gut.

Es schneite mindestens so stark, wie es am Tag zuvor geregnet hatte, durch das Gestöber waren nicht mal die Berge zu erkennen. Alles war weiß, die Straßen, die parkenden Autos und die Dächer. Eugen hoffte, dass der Schnee bis zum Mittag wieder geschmolzen war und es nicht noch kälter würde. Bei Bodenfrost hätten sie ein mächtiges Problem.

Der Adler saß auf dem Dach des Hauptgebäudes und sah auf das Dorf herunter, als gehöre es ihm. Er bewegte sich nicht und war von einer dünnen Schneeschicht bedeckt.

Eugen bog ab Richtung Ausgrabung und marschierte stramm drauflos. In der Ferne erkannte er schon seine Arbeiter, die in Grüppchen vor dem Erdloch standen. Sie trugen alle die gelben Regenjacken mit Callahans Zeichen und darunter so dicke Klamotten, dass die Jacken spannten. Es wirkte nicht nach viel, aber er erinnerte sich daran, dass da vierhundert Menschen auf ihn warteten.

Er schluckte trocken.

Er erreichte sie und ging an ihnen vorbei zu einem der Bagger, die am Rande der Ausgrabung standen. Einige hielten sich an Tassen fest, aus denen Dampf aufstieg. Sie tauschten sich darüber aus, dass die Ausgrabungsstätte voll Wasser stand und der Schnee die Arbeit sicher nicht leichter machen würde.

»Hello«, begrüßten ihn vereinzelte Männer und Frauen aus unterschiedlichen Ländern. Eugen grüßte zurück und kletterte die Stufen des Baggers rauf. Oben angekommen drehte er sich zu der Schar um. Er fragte sich, für was er die Technik mitgenommen hatte, und legte den Laptop auf den Sitz hinter sich.

»Herzlich willkommen!«, brüllte er über ihre Köpfe hinweg und blieb vorerst beim Englischen. »Könnten Sie bitte die Gespräche einstellen? Danke!«

Er fühlte sich wie ein Hochstapler, hier oben. Nach und nach wurde es still, nur ein Mann mit blauer Mütze quatschte munter weiter, bis seine Kollegen ihn aufforderten, ruhig zu sein. Der Mann brach ab und drehte sich verlegen zu Eugen um. Man konnte das Knirschen des Schnees hören, wenn sich jemand bewegte.

»Mein Name ist Eugen Breier und ich bin der Ausgrabungsleiter.« Er glaubte sich nicht eine Silbe und konnte nur hoffen, dass sie ihm das abkauften.

»Sie haben heute Morgen Ihre Schichtpläne erhalten. Ich habe Sie in vier Gruppen eingeteilt, mit je zwei Paläontologen als Gruppenleiter: Gruppe A, B, C und D. Gruppe A übernimmt für zwei Tage die Frühschicht von null Uhr bis acht Uhr morgens. B übernimmt von acht bis sechzehn Uhr und C hat die erste Nachtschicht, von sechzehn bis vierundzwanzig Uhr. Das geht zwei Tage, dann wechselt früh zu spät, und spät zur Nacht, während die Nacht anschließend zwei Tage frei hat. Team D, Sie können sich also freuen, Sie haben heute und morgen frei. Alles Weitere hab ich Ihnen per Mail zugeschickt. Wenn Sie Fragen haben, melden Sie sich bei mir!«

Ein Murmeln ging durch die Reihen.

»Wir arbeiten nach der Wheeler-Kenyon-Methode, einfacher nach dem Rastersystem. Alle ungelernten Helfer fragen bitte ihre Gruppenleiter. Von den Gruppenleitern erwarte ich täglich schriftlichen Bericht, außerdem eine sofortige Meldung bei Funden.«

Die Leute hörten ihm zu, niemand beschuldigte ihn, hier nicht herzugehören. Ihm begann seine neue Rolle zu gefallen.

»Ich erwarte des Weiteren, dass Sie alle Handschuhe tragen, wenn Sie sich in der Nähe der Ausgrabung befinden. Kein Exponat wird ohne angefasst. Schicht B, Sie sind dran. Als Erstes pumpen Sie das Wasser ab, das unten im Becken steht, und spannen Planen über die Ausgrabung.«

Sie standen da, als warteten sie auf etwas, das er anscheinend vergessen hatte.

»Auf geht's!«, rief jemand aus der Mitte. Marianne strahlte ihn an. Die Leute stoben auseinander.

Eugen kletterte von der schweren Maschine herunter. Er war zufrieden mit sich. Den letzten amtlichen Vortrag hatte er im Studium gehalten, und da war weniger Durchsetzungsvermögen gefordert gewesen.

»Marianne, hey.« Sie umarmten einander, dabei raschelten ihre Jacken.

»Gute Rede. Kurz und knackig.«

»Hat Roland mir empfohlen. Warum bist du hier?«

»Ich wollte bloß nach dir sehen.« Sie rollte mit den Augen und machte ein Gesicht, als hätte er sie dabei erwischt, wie sie Kuchen von der Fensterbank stibitzte.

»Roland hat mich geschickt. Er meinte, du wärst aufgeregt und könntest ein freundliches Gesicht gebrauchen. Tadaaa!« Sie deutete mit den Zeigefingern auf ihr Lächeln, das bis zu den Ohren reichte. »Aber abgesehen davon, wir arbeiten ab heute eng zusammen. Wir müssen uns abstimmen. Ich hab zwanzig Leute, die was zum Präparieren brauchen, die scharren schon mit den Hufen.«

»Die Ausgrabungen gehen sofort los, aber bis wir was haben, könnte es noch dauern«, sagte Eugen und sah zu dem Wust aus Arbeitern, die sich um ihre Gruppenleiter eingefunden hatten.

Marianne sah ebenfalls hin und zuckte mit den Schultern. »Macht nichts. Die Laboratorien sind noch nicht fertig eingerichtet. Damit sind meine Leute noch eine Weile beschäftigt.«

»Ich komm dich mal besuchen.«

»Früher oder später sowieso. Ich hoffe, ihr bergt bald das Jungtier.« Eine Welle aus Arbeitern marschierten an ihnen vorbei zu ihren Unterkünften, eine andere stieg in die Ausgrabung hinab. Die beiden Gruppenleiter von Schicht B lösten sich aus der Menschtraube und bewegten sich langsam auf ihn und Marianne zu.

Eugen seufzte. »Du, ich geh mal zu meinen Leuten. Verrückt, ich kenn so gut wie niemanden. Wenn ich nicht gestern die Bilder von meinen Teamleitern gesehen hätte, ich wüsste nicht, wer wer ist.«

Sie klopfte ihm lachend auf die Schulter. »Ich weiß genau, was du meinst. Mach's gut.« Damit schickte sie sich zum Gehen an.

»Bis dann. Ach, magst du heute Abend vorbeikommen?« Weil er fand, dass das irgendwie falsch klang – er hatte doch Frau und Tochter – fügte er hinzu. »Bring deine Frau ruhig mit, und Roland lade ich auch ein.«

Sie nickte. »Bis später!«

Er wandte sich den beiden Gruppenleitern zu. »Was kann ich für Sie tun?«

Ein Mann mit schütterem Haar und Pausbacken reichte ihm die Hand. »Ramano, Franco. Schichtleiter von B«, stellte er sich vor. Franco hatte einen festen Griff. Der andere hatte eine große Nase, auf der sich rote Adern entlangzogen. Er stellte sich als Oliver Smith vor.

»Was kann ich für Sie tun?«, fragte Eugen erneut.

»Na ja, also, fangen wir mit dem Lager an: Wo ist das?«, fragte Ramano.

»Haben die da Pumpen? Und wenn ja, wo bekommen wir Strom her?«, fragte Smith.

Eugen hatte auf keine der Fragen eine Antwort, aber er hatte eine Telefonnummer. Also rief er Björn Ganzlin an.

Der Tag neigte sich dem Ende zu. Eugen stand in der Kantine, an einem Tisch in der Ecke, und las den Bericht der ersten Schicht. Er war froh, dass das Funkgerät neben ihm endlich schwieg, denn er hatte den ganzen Tag damit verbracht, zwischen Ganzlin und der Ausgrabung hin und her zu laufen. Es war ihm schließlich gelungen, die Dieselaggregate und Baustrahler für die Nachtschicht aufzutreiben, ein Gestell aus Traversen um die Ausgrabung aufzubauen und daran Planen zur Überdachung zu spannen. Aber dafür hatte Eugen all seine Geduld und Überzeugungskraft gebraucht, denn ständig hatte jemand etwas anderes gewollt und Ganzlin hatte jedes Mal einen Riesenaufstand gemacht.

Eugens Magen knurrte. Zwar hatte er die Kantine zu seinem Büro auserkoren, dennoch war er nicht zum Essen gekommen. Er bereute es, am Morgen Rolands Croissant verschmäht zu haben.

»Breier?«, dröhnte aus dem Funkgerät. »Herr Breier, Sie werden ...« Die Person brüllte jemanden an: »Sei still, ich telefoniere.« Eugen nahm das Funkgerät und ging vor die Kantine.

»Was gibt's?«, fragte Eugen.

»Der Diesel, wir haben keinen. Und die Verlängerungskabel, die fehlen immer noch. Dafür steht das Dach, aber die Pumpen brauchen Strom.«

»Waren Sie im Lager?«

»Aber natürlich, was glauben Sie, mit wem Sie bitte sprechen?« Das war eine gute Frage. Er hatte absolut keine Ahnung.

»Der Mann im Lager, Björn Ganzlin, der hat das Zeug.«

»Aber Herr –"

»Kein Aber! Gehen Sie zu ihm, wenn er sich weigert, sagen sie ihm, er soll sich bei mir melden.« Eugen ließ vom Sprechknopf ab und wartete auf eine Antwort.

Er hatte ein schlechtes Gewissen, den Mann so angefahren zu haben. Den ganzen Tag hatte er mit solchen Lappalien zu tun gehabt und ausnahmslos alle waren entstanden, weil irgendwer unwillig oder unfähig gewesen war, seine Arbeit zu tun. Dabei hätte man meinen sollen, dass am ersten Tag noch alle motiviert waren.

Sein Funkgerät knarzte und klackte. Er wusste, wer gleich mit ihm reden wollte. Bevor der aber loslegen konnte, drückte Eugen den Sprechknopf. »Herr Ganzlin, da sind Sie ja wieder, was gibt's?«

»So hat mich noch keiner genannt, mein Freund«, sagte Roland.

»Hey! Schön zur Abwechslung mal jemanden zu hören, der nichts von mir haben oder mit mir herumdiskutieren will.«

»Du, ich steh vor deinem Haus, Marianne und Susi haben abgesagt, aber ich halte eine warme Lasagne in Händen, die ich frisch aus der Kantine hab. Wo bist du?«

»In der Kantine.«

»Was?« Rolands lachte. »Im Ernst?«

»Warte, ich bin gleich da.« Er steckte das Funkgerät ein, klemmte seine Sachen unter den Gipsarm und stolperte durch die Dunkelheit und das Schneegestöber zu seiner Unterkunft.

Der Schnee reichte am Wegesrand mittlerweile bis zu den Knien und es hörte nicht auf zu schneien. Unterwegs funkte Ganzlin ihn an, weil er eigentlich schon Feierabend hatte machen wollen. Eugen fand ein paar klare Sätze und Ganzlin versprach, die Sachen rauszurücken.

Roland stand auf der Veranda und hielt eine in Aluminium eingeschlagene Auflaufform fest.

»Da hast du aber Glück, ich wollte eben ohne dich anfangen«, sagte Roland und schob mit dem Handgelenk seine Brille auf der Nase zurück.

Eugen schloss auf. »Du hast ja keine Ahnung, der Magen hängt mir in den Kniekehlen. Hab den ganzen Tag noch nichts gegessen. Isst du die Lasagne, ess ich dich.«

Roland blickte ihn über den oberen Brillenrand hinweg an. Auf seinem Bowler lag Schnee. »Du warst in der Kantine. Ist dir da nicht in den Sinn zu kommen, dass es dort Speis und Trank geben könnte?«

»Ha-ha. Ich war bis eben beschäftigt, Leuten zu sagen, wie sie ihren Job zu machen haben. Zum Essenbestellen bin ich gar nicht gekommen.«

»Eine Sache der falschen Prioritäten.«

»Was?«

»Sieh mal, ich habe hier eine Lasagne, sie ist warm, frisch und wahrscheinlich zum Hinknien lecker, und du ziehst es vor, mir auf der Veranda dein Leid zu klagen, statt dich über das Bankett herzumachen.«

Eugen schob die Tür auf und warf Jacke und Tasche auf die Arbeitsplatte in der Küche. Er machte sich daran Teller und Gabel bereitzustellen.

»Warum haben sie abgesagt? Übrigens nett von dir, Marianne zu meiner Aufsicht abzustellen.«

Roland nahm am Tisch Platz. »Ja, oder? Dachte, du könntest Rückdeckung gebrauchen. Aber ich weiß nicht, warum sie abgesagt haben.« Er wischte sich mit einem Taschentuch über die feuchte Nase und setzte die Brille wieder auf. »Aber hast du mitbekommen, wie die Hilfskräfte hausen?«

»Nur am Rand, wieso?«

»Offenbar hat unser Chef nur für uns seinen Geldbeutel geöffnet. Ich hatte heute drei Patienten, die sich bei der Behandlung über fehlende Wände beschwert haben. Offenbar haben sie keine Bäder, und wenn man seine Notdurft verrichtet, na ja, du kannst es dir vielleicht vorstellen, dass man danach die Wohnung verlassen möchte.«

Eugen suchte einen geeigneten Löffel, um die Lasagne aus der Form zu holen, und ging zum Tisch. Roland zerknüllte die Alufolie und warf sie in das Waschbecken.

»Versteh mich nicht falsch, ich mag unseren Luxus, wir sind ohne Zweifel privilegiert. Ob uns das zusteht oder nicht, sei mal dahingestellt. Ich finde es nur schade für die anderen, die sollten auch mehr Luxus genießen dürfen.«

Eugen teilte das Essen auf und schob sich gleich einen vollen Löffel in den Mund. Er reichte Roland seinen Teller, bevor er sich ihm gegenübersetzte.

Roland musterte ihn erstaunt. »Sachte, das waren locker vier Kilo Nudeln da auf deinem Löffel. Und jetzt sag schon, wie war die Rede?«

Eugen schüttelte den Kopf, er hatte den Mund voll. Roland beugte sich zur Seite und holte ein orangenes Pillendöschen aus seiner Jacke. Daneben legte er eine kleine Pfeife aus Metall.

Eugen betrachtete ihn, dann die Pfeife und wieder ihn. Er schluckte viel zu schnell, musste husten, zog eine Grimasse, zwängte aber alles runter. »Ist das Gras? Also Drogengras? Marihuana?«

Roland lachte. »Drogengras? Würdest du mir bitte verraten, wieso jemand Rollrasen rauchen sollte?« Er betrachtete Eugen nachdenklich. »Weißt du, wenn ich so drüber nachdenke, ich hatte tatsächlich mal jemanden bei mir in der Praxis, der Witzbold hatte Rollrasen geraucht und das Rattengift darin übersehen. Der Ärmste hat drei Tage durchgehend gekotzt. Und ja, das ist Drogengras. Wir genießen jetzt unsere Nudeln, danach rauchen wir schön eine zur Entspannung. Ich habe dir welches verschrieben, nur falls jemand fragt.«

»Ver… du hast was?«

Er zwinkerte ihm zu. »Hätte ich es mir verschrieben, wäre es illegal. So hat ein Patient nur seine Medizin bekommen. Das war die einzige Möglichkeit, sonst kommen wir hier draußen an nichts.«

Eugen stand der Mund offen. Aber wenn er so darüber nachdachte, war das eine gute Gelegenheit, den Alkohol auszulassen. »Okay, machen wir.«

»Na also, so lob ich mir das.« Sie aßen die Lasagne auf, anschließend setzten sie sich mit Cola und Wasser auf die Couch. Roland holte eine vertrocknete Blüte aus der Pillendose, und stopfte sie in den Pfeifenkopf. »Dimm doch bitte das Licht.«

Eugen schaltete im Bad die Deckenlampe ein, lehnte die Tür an und löschte die anderen Lichter. Anschließend ließ er sich neben Roland auf der Couch nieder. Der hatte die Pfeife angezündet und inhalierte nun genüsslich.

16

Eugen lag ausgestreckt auf der Couch, Roland saß vor dem Couchtisch auf dem Boden. Er zog an der Pfeife, es war die dritte an diesem Abend. Er hielt den Rauch in der Lunge und stieß ihn aus.

»Ich sag doch auch nur, dass der Staat die Aufwendungen, die er für die Ermittlung von Konsumenten aufbringt, in Prävention investieren könnte, und dass dadurch mehr Ermittler ihre Zeit in die Aufklärung wirklich wichtiger Straftaten stecken könnten. Wahrlich eine Win-Win-Situation.«

Roland hielt ihm die Haschpfeife hin. Eugen fühlte sich bereits so leicht, als würde er ein Stück über der Couch schweben. Er schüttelte den Kopf, noch eine brauchte er nicht.

»Magst du Eistee?«, fragte Roland und legte die Pfeife auf den Couchtisch.

Lieber ein Bier, dachte Eugen, sagte aber: »Pfirsich.«

Roland erhob sich mühsam vom Boden, um dann zum Kühlschrank zu wanken. Auf dem Rückweg machte er einen Stopp an seiner Jacke und hielt kurz darauf triumphierend zwei Schokoriegel in die Luft.

»Ich bin für jede Droge, die die Menschen langsam und friedlich macht«, sagte Eugen leicht verspätet. »Erlaubt den Leuten in Deutschland, was sie sowieso schon nehmen. Hier in Kanada klappt's doch auch.«

»Deine Worte in den Ohren der Regierung, die das Volk mit Zepter und Krone regiert, obwohl sie es nicht kennt.« Roland reichte ihm einen Schokoriegel und die Eisteedose. »Direkt aus dem Froster. Heißt nicht um sonst Eis-tee.«

»Hört, hört«, murmelte Eugen. Die Dose war eiskalt und mit Raureif bedeckt. Roland war im Begriff sich zu setzen, doch dann hielt er inne.

»Ich zitiere hier meinen geliebten Dozenten …« Er schwieg, rieb sich den Hinterkopf. »Vergessen. Ich geh ins Bett. Gute Nacht.« Er warf sich die Jacke über und war kurz darauf verschwunden.

Eugen lag allein im Halbdunkel des Wohnzimmers. In einer Hand hatte er die kalte Dose, in der mit dem Gips hielt er den Schokoriegel.

Wann war Roland gegangen?

Jemand entfernte sich von der Veranda (oder kam darauf zu?). Das war er bestimmt, also konnte es noch nicht so lange her sein. Er betrachtete den Eistee. Warum hatte er kein Bier bestellt? Denn er hatte Bier und Schnaps. Er brauchte lediglich aufzustehen und sich zu holen, was er wollte.

Er schaukelte wie ein Käfer auf dem Rücken hin und her, rutschte weg und landete mit dem Hintern auf dem harten Laminatboden. Es tat nicht weh, und der Eistee schwappte in der Dose hin und her, aber nicht über. Wann hatte er die Dose aufgemacht?

Eugen ließ den Riegel fallen, stellte die Dose auf den Couchtisch und beugte sich vor. Ehe er darüber nachdenken konnte, was er vorhatte, stützte er sich bereits mit dem gebrochenen Arm am Boden ab, bemerkte seinen Fehler, warf sich zurück und wartete auf den Schmerz.

Er wartete. Aber sein Arm schmerzte nicht.

Ungläubig betrachtete er den blauen Gips, der im Halbdunkel grauschwarz war und schon als Schatten durchging. Es geht mir gut. Was immer der Doktor ihm da für ein Kraut verschrieben hatte, es war gut, nein, ausgezeichnet.

Auf dem Couchtisch lag das Funkgerät. Wann habe ich das da hingelegt? Und hatte er den Schalter auf An gestellt, damit seine Arbeiter ihn jederzeit erreichen konnten?

Er sah den Jungen, wie die Scheinwerfer über ihn glitten, und spürte das Lenkrad in seinen Händen.

Eugen gab sich eine Ohrfeige. »Dem Jungen geht es gut.« In seinen Ohren fiepte es, er stand auf und schleppte sich zum Kühlschrank. Er fühlte sich schwer und trübsinnig. Im obersten Fach lagen Schnapsflaschen und verschiedene Biere.

Er hatte den Jungen beinahe umgebracht und das erste, was er danach getan hatte, war eine Wodkaflasche bei der Tankstelle zu kaufen und sie sich reinzulöten. Das war seine abstruse Art der Bestrafung gewesen: den billigsten Fusel saufen. Hätte der Schuppen Waschbenzin geführt, hätte er den getrunken. Denn er war es nicht wert gewesen, gutes Zeug zu trinken, wenn er nicht mal anhielt, um nach dem Jungen zu sehen.

»Ich hab nach ihm gesehen«, sagte er. »Am Tag darauf.«

Aber nur, weil er die Versicherung gebraucht hatte, nicht der größte Mistkerl auf diesem Planeten zu sein. Aber er hätte von Anfang an bleiben und sich um das Kind und den Hund kümmern sollen.

Eugen schraubte die kleinen Schnapsflaschen auf und trank alle sechs aus. Er nahm drei Bier, setzte das erste an die Lippen, trank es in einem Zug aus, rülpste und unterdrückte den Brechreiz. Die zweite Dose folgte sogleich und mit der dritten plumpste er auf die Couch. Aus der Dose schwappte Schaum und floss an der Hand herab in seinen Schoß. Es war ihm egal.

Er hatte den Hund getötet und er hatte den Jungen umgebracht. So fühlte er sich zumindest. Er hätte ihn getötet haben können, das war gleichbedeutend mit, er hatte ihn getötet.

Er erhob sich, um nachzusehen, doch dann fiel ihm ein, dass er in Kanada war. In Deutschland lebte der Junge vielleicht, da könnte er hinfahren, nach ihm sehen, was er weiß Gott schon oft genug getan hatte, aber hier in Kanada, da existierte kein Junge und kein Vorgarten, in dem der Junge manchmal einen Handball vor sich her kickte.

Die Schuldgefühle bohrten sich wie Krallen in sein Fleisch, packten seine Hand und führten zum Mund, was zum Mund gehörte. Das kalte Malz lief die Kehle hinab, es schmeckte bitter. Nachdem er auch die dritte Dose geleert hatte, sank er zurück.

Er starrte zur Decke. Er hatte nicht vor zu schlafen, sondern wollte wach bleiben. Kaum hatte er den Entschluss gefasst, fiel die Müdigkeit über ihn her, verstärkt vom Alkohol und Marihuana.

Ihm fielen die Lider zu.

Als er sie das nächste Mal öffnete, blendete ihn Licht, das durch die Fenster fiel. Vor seinen Augen blitzte es grell auf, woraufhin er sie schnell wieder schloss.

Es klopfte an der Tür. Jeder Schlag war ein Messerstich in seinem Kopf.

»Eugen! Wach auf!«, rief jemand durch die Tür. War das Roland? Sein Kopf wummerte. Er hatte einen ausgewachsenen Kater.

»Roland?«, fragte er vorsichtig. Hatte er etwas vergessen? »Was ist?«

»Eugen, komm! Mach auf.« Eugen setzte sich auf, er fühlte sich steif wie Dracula, der nach langem Schlaf erwacht war. Das Licht war noch genauso grell wie vorhin.

»Was ist passiert?«

»Meine Güte.« Der Knauf wackelte und Roland kam rein. »Hat dir keiner Bescheid gesagt?«

»Was ist denn passiert?« Eugen massierte sich die Nasenwurzel.

»Die haben einen Knochen gefunden. Direkt neben der Stelle mit dem Jungtier.«

»Dem Patagotitan?«

»Dem Patagotitan! In der Nachtschicht. Angeblich hatten sie dich nicht erreicht, weder per Funk noch per Klopfen.«

»Wer?«

»Die Schicht, was weiß ich? Jedenfalls haben die Callahan informiert, weil du dich nicht geregt hast, und der Göttervater ist mächtig erzürnt. Er verlangt nach dir.«

»Götter, was?«

»Callahan! Eugen, er will dich sprechen.« Roland musterte ihn und ging in die Küche. Die leeren Dosen und Schnapsflaschen standen aufgereiht neben dem Waschbecken.

»Mann! Hast du bis eben geschlafen? Es ist elf. Geh duschen. Los! Ich mach dir Kaffee.«

Auf dem Weg ins Bad verarbeitete Eugen, was Roland gesagt hatte: Seine Leute hatten Fossilien gefunden. Das war nicht unerwartet, im Meeting hatte Callahan ja von entsprechenden Befunden gesprochen.

Das waren gute Nachrichten und die führten eigentlich nicht zu mieser Laune. Aber nicht Eugen hatte Callahan über den Fund informiert. Er hatte besoffen und bekifft auf der Couch gelegen und verpasst, wie seine Arbeiter ihn in Kenntnis hatten setzen wollen. Er konnte nur hoffen, dass seine Leute die Handschuhregel eingehalten hatten.

Er schälte sich aus den Klamotten und stieg mit der Zahnbürste unter die Dusche. Wasserdampf stieg zur Decke, kondensierte dort und regnete wieder herab.

Egal, was ihm Callahan gleich an den Kopf werfen würde, er würde damit klarkommen. Immerhin hatte er gute Nachrichten erhalten. Sie hatten Versteinerungen gefunden, Millionen Jahre alte Versteinerungen. Er konnte es kaum erwarten, sie in Augenschein zu nehmen.

Danach zog er sich an und flitzte ins Wohnzimmer. Roland drückte ihm eine Tasse Kaffee in die Hand. »Beeil dich!«

»Mach ich.«

Mit der Tasse lief er nach draußen. Es schneite, aber der Himmel war stellenweise aufgerissen und Sonne kam durch die Wolken. Auf der Hauptstraße war der Schnee geräumt worden, an den Seiten türmte er sich fast zwei Meter. Es waren nur wenige Menschen unterwegs. Die Leute arbeiteten oder erholten sich im Bett von ihrer Nachtschicht.

An der Dachkante des Hauptgebäudes saß kein Adler. Eugen suchte den Himmel ab. Eine Flocke flog ihm ins Auge und er beschloss, nicht mehr raufzusehen. Marianne kam aus dem Hauptgebäude, bemerkte Eugen und eilte auf ihn zu.

»Der Fund, er ist 280 Millionen Jahre alt.« Alles an ihr strahlte vor Freude. »280 Millionen Jahre und wir sind die ersten, die ihn sehen, nach der langen Zeit. Wir, Eugen!«

Eugen wollte den Fund dringlicher begutachten als alles andere. »Ist er bei dir im Labor?«

»Ein kleines Fragment, dass meiste liegt noch in der Ausgrabung.«

»Das meiste?«

»Ja, ja. Du weißt es nicht? Oh, dann halt dich fest. Es sieht nach einem Flügel aus, direkt neben dem Jungtier.«

»Ein Flügel?« Um ein Haar hätte er die Tasse fallen lassen. Es ging nicht um einen weiteren Patagotitan, es ging um einen gänzlich anderen Fund.

»Offenbar sind die Fossilien zu klein für das Bodenradar und konnten nicht –«

»Du, ich muss los«, sagte er kleinlaut, auch wenn er ihr lieber weiter zugehört hätte.

Marianne schien überrascht. Sie hatte offenbar etwas mehr Enthusiasmus erwartet.

»Entschuldige«, sagte er und rannte an ihr vorbei Richtung Hauptgebäude. Die Kantine war gespenstisch leer, seine Schritte hallten unnatürlich laut. Er hatte noch keinen Schluck aus seiner Tasse getrunken und stellte sie auf einem der Tische ab.

Die Treppe nach oben war endlos.

Wenn Callahan ihn wie ein Arbeiter, den Roland nicht mehr flicken konnte, ohne Bezahlung nach Hause schickte, würde er nie erfahren, was sie da genau gefunden hatten.

Oben angekommen ging er zum Konferenzraum, in dem sie ihre Einweisung erhalten hatten. Und da stand er, perfekt gekleidet in einem schwarzen Anzug, der wahrscheinlich mehr gekostet hatte, als Eugen in einem Jahr verdiente.

»Eugen«, sagte Callahan. »Gut. Du bist hier. Komm rein.«

Eugen ging an ihm vorbei, wie ein Schuljunge am Direktor, und bekam dieses schlechte Gewissen, das sich schon in Kindertagen immer eingestellt hatte, wenn er einer Respektsperson hatte gegenübertreten müssen, egal, ob er sich einen Fehltritt geleistet hatte oder nicht. Callahan machte hinter ihm die Tür zu und blieb davor stehen.

»Wir sind in der ersten Woche, Eugen! Die Regeln waren klar. Du findest Relikte, dann meldest *du* dich bei mir. Ich wollte ganz sicher nicht mitten in der Nacht von einem dahergelaufenen Studenten aus dem Bett geklingelt werden!«

»Nein, Jeremia, das –«

Callahan unterbrach ihn mit einer Handbewegung. »Ich will keine Ausreden, Erklärungen oder eine andere Form der Entschuldigung. Das nächste Mal erwarte ich *deinen* Anruf! Ich will nicht, dass mich einer der dir unterstellten Leute aus dem Bett klingelt. Ist das klar?«

Er hatte ruhig gesprochen, aber ihm trat eine pochende Ader am Hals hervor. »Ich bezahle dir nicht so viel Geld, damit du, mein Angestellter, einen anderen von mir bezahlten Hilfsarbeiter beauftragst.«

»Verzeihen Sie bitte. Kommt nicht wieder vor«, sagte Eugen reumütig.

Callahan schüttelte den Kopf. »Keine Entschuldigungen und wir hatten uns schon vor einiger Zeit auf das *Du* geeinigt. Hat dein Handy was, oder warum hast du nicht angerufen?«

»Nein. Ich ... es tut mir leid.«

Callahan seufzte.

»Aber wir haben ein Fossil gefunden.«

»Ich erwarte noch heute die Bilder.« Er klang weder freudig noch zufrieden, sondern beherrscht. Da hatte Callahan nach so kurzer Zeit ein weiteres Fossil gefunden und war nicht glücklich darüber?

»Ich kümmere mich gleich darum.«

»Okay.« Callahan öffnete ihm die Tür und Eugen eilte hinaus, die Stufen runter und durch die Kantine nach draußen. Er wollte erst die Lage an der Ausgrabung begutachten und bog daher Richtung Ausgrabungsstätte ab. Jetzt ist der gleich bei der kleinsten Verfehlung so an die Decke gegangen. Wie soll ich das nur hinbekommen?

»Breier!«, rief Franco Ramano. Er kam aus einer Seitenstraße gerannt und schloss sich Eugen an. »Es geht um Folgendes«, schnaufte er. »Können wir kurz stehen bleiben.«

Eugen hielt an.

»Danke.« Ramano holte Luft. »Helen Bröcke ist nicht zu ihrer Schicht erschienen. In ihrer Hütte ist sie auch nicht.«

Helen Bröcke, das kam ihm bekannt vor. Er hatte den Namen mehrmals beim Erstellen der Schichtpläne gelesen.

»Sie ist in deiner Schicht, oder?«

»Genau, und nie erschienen. Ihre Unterkunft sieht aber bezogen aus.«

»Hast du bei Roland nachgefragt, ob sie bei ihm war?« Wie konnte es sein, dass noch keine zwei Tage vergangen waren und schon die ersten schwänzten?

»Wem?«, fragte Franco.

»Dem Arzt.«

»Nein, habe ich nicht, aber ich mache mir Sorgen. Das Haus beziehen und dann abhauen? Was ist, wenn sie einen Unfall hatte oder sich verlaufen hat?«

»Am besten, wir hören uns erst mal bei den anderen Schichten um, bevor wir wahllos die Gegend absuchen. Vielleicht hat sie wer gesehen. Wenn wir wissen, wann sie zuletzt gesehen wurde, können wir schätzen, wie weit sie gekommen ist, bevor wir eine Truppe zusammenstellen.« Eugen streckte die Hand nach Ramanos Funkgerät aus, sein eigenes lag in der Unterkunft.

Er stellte den Sammelkanal ein, unter dem er alle erreichte: »An alle. Wir haben eine vermisste Person. Helen Bröcke wird vermisst. Bitte befragt eure Gruppen, ob sie jemand gesehen hat, und wenn ja, wann. Wir stellen ein Suchteam zusammen. Alle, die keine Schicht haben, sollen sich bitte bei Franco Ramano melden, er befindet sich in der Kantine.«

Eugen wiederholte die Durchsage noch zweimal und gab Ramano das Funkgerät zurück. »Wenn ihr mehr wisst, fahrt alles ab und gebt mir Bescheid. Ich spreche mit Callahan.«

Ramano nickte. »Okay, ich melde mich!«

Eugen nahm seinen Weg Richtung Ausgrabung wieder auf und unterrichtete dabei Callahan über die vermisste Helen Bröcke. Als er auflegte, stand er vor der Ausgrabung. Um ihn herum summten Aggregate, Scheinwerfer strahlten nach unten zu den Arbeitern und am Rand der Grube stand eine größere Gruppe.

Die Planen hatten sich seit gestern mit Schnee gefüllt und hingen tief durch. Mensch, daran hätten wir denken müssen. Warum hatte keiner den Schnee da runtergeholt?

Und die Ränder der Grube waren ungesichert und es ging steil nach unten, da gab es kein Auffangnetz.

»Hey«, rief Eugen, »gehen Sie vom Rand weg!« Die Leute ignorierten ihn. Er kletterte in den Bagger, von dem aus er die Rede gehalten hatte, und drückte die Hupe. Sie blieb stumm. Er drehte den Zündschlüssel und drückte erneut.

»Mööp«, plärrte das Horn und die Leute fuhren herum.

»Gehen Sie von dem ungesicherten Abgrund weg, am besten zu Ihrer Arbeit zurück! Los jetzt!«

Einige motzten, aber sie bewegten sich vom Abgrund weg. »Am besten Sie schließen sich der Suche nach Helen Bröcke an! Im Hauptgebäude wartet Franco Ramano.« Die meisten gingen daraufhin zum Hauptgebäude. »Und wer bleibt, kann mal anfangen, den Schnee von den Planen zu holen. Lassen Sie sich was einfallen!«

Die restlichen Helfer gingen um die Grube herum und berieten sich. Eugen sah ihnen hinter, da bemerkte er die Rocky Mountains. Der Schnee hatte nachgelassen und die Berge erinnerten ihn an eine alte Säge, die Spitzen des Sägeblatts ragten krumm und schief über die Welt hinaus. Sie waren weiß und darüber hingen dicke Wolken. Sollte es nicht endlich mal wärmer werden?

Eugen wandte sich wieder der Ausgrabung zu. Die meisten Gaffer waren weg, aber einer der Grabungshelfer spazierte weiterhin viel zu dicht am Abgrund entlang.

»Sag mal!«, brüllte Eugen. »Haben Sie eben nicht gehört, was ich gesagt habe?« Der Mann schnickte seine Kippe in die Grube und nickte ihm zu. Es war der Kerl mit den langen Haaren und dem roten Porsche. Er kehrte seinem Chef den Rücken zu und spazierte die Stufen in die Ausgrabung hinunter.

Eugen folgte ihm, er wollte ihn zurechtweisen. Die terrassenförmigen Stufen waren glatt, trotz der Heizstrahler, mit denen sie die obere Erdschicht vor Frost schützten.

Seine Leute hatten mit Schnüren ein Karomuster über den Boden gespannt. Jedes Quadrat zeigte einen Ausgrabungsort. Im Licht der Scheinwerfer glänzten orangene Fähnchen, die kleinere Funde markierten. An vielen dieser Positionen knieten Leute mit Schippe, Spatel und Pinsel und legten Fragmente frei.

Vor ihm knieten mindestens zwei Dutzend Leute. Aufregung verdrängte seine Wut. Das Fossil, da liegt das Fossil. Er stieg über die Schnüre, vorbei an den Arbeitern, die ihn nicht weiter beachteten. Alle trugen Handschuhe, was bei dem Wetter allerdings auch nicht anders zu erwarten war.

Er erreichte den Fundort, um den sich die Leute scharten. Zentral ragte ein versteinerter Gelenkkopf aus dem Boden. Die Arbeiter legten ihn mit Hammer und Meißel vorsichtig Millimeter für Millimeter frei. Sollte das Fossil intakt sein, hatten sie noch keine zehn Prozent von ihm geborgen.

Daneben war der Abdruck einer Feder im Gestein. Ob es eine Flug- oder Flaumfeder war und zu welchem Tier sie gehörte, würde sich erst herausstellen, wenn mehr von dem Fund im Gestein freigelegt wurde.

»Beeindruckend, nicht?«, sagte jemand hinter ihm.

Eugen drehte sich um, erblickte eine große Nase mit roten Äderchen, dann das Gesicht von Oliver Smith, der die Augen zu schmalen Schlitzen verengte.

»Ja, beeindruckend.« Er wandte sich wieder dem Fund zu. Eine Frau wischte Matsch von ihrem Spatel. Smith trat neben ihn und steckte sich eine Zigarette an.

»Warum wurde ich nicht über den Fund informiert?«, fragte Eugen.

»Wir haben Sie per Funk nicht erreicht, also haben wir geklopft, aber Sie haben nicht aufgemacht.«

»Die nächsten Funde gehen direkt an mich. Nicht an unseren Chef, sondern an mich. Und wenn Sie mich nicht erreichen, dann warten Sie eben, bis ich mich melde. Ist das klar?«

»Ja«, sagte Smith.

»Geben Sie das auch den anderen Schichten weiter.«

Oliver nickte.

»Und mir ist egal, wann Sie etwas entdecken oder wie klein es ist. Sie kommen zu mir. Nur. Zu. Mir!«

»Verstanden, Chef.«

»Und behalten Sie die Handschuhe an, das ist Callahan wichtig.«

»Wird gemacht, Chef.«

Eugen machte mit dem Handy Fotos und schickte die Bilder an Callahan, bevor er sich zu Roland aufmachte, um ihn nach der vermissten Helen Bröcke zu befragen.

Er stieg die Grube rauf, lief zurück zum Hauptgebäude und folgte dann der Hauptstraße. Rolands Praxis lag nahe am Ortseingang, in einer der Seitenstraßen.

Es schneite noch immer. Sachte, aber dafür wehte ein eisiger Wind und durch die wenigen freien Stellen am Himmel schien eine trübe Sonne.

Eine schwarze Limousine rollte gemächlich auf ihn zu. Die Räder hinterließen Wellenmuster im Neuschnee. Was hat so ein Wagen mitten im Nirgendwo zu suchen?

Die noble Karosse hielt neben ihm. Wind kam auf.

Das Fahrerfenster glitt herunter und der Geruch von faulen Eiern breitete sich aus. Eugen hielt die Luft an.

Ein Mann mit grauer Haut und spitzen Wangenknochen streckte sich vor, das Gesicht war klein und wie von oben zusammengedrückt. Er sah aus wie ein Goblin, selbst seine Chauffeursmütze war ihm zu groß.

Er schob die Mütze hoch. »Herr, wissen Sie, wo sich Herr Callahan aufhält?« Die Stimme des Goblins klang wie ein ungeöltes Scharnier.

Eugen beugte sich vor, um zu sehen, woher der Gestank kam, und sah einen sehr alten Mann mit Hakennase auf der Rückbank sitzen. Er hing schlaff im Gurt, als wäre er bewusstlos – oder tot. Eugen richtete sich schnell wieder auf.

Die Scheibenwischer schoben beständig Schnee von der Frontscheibe. Sollte er ihn auf die Leiche auf seiner Rückbank aufmerksam zu machen? Aber wer fuhr schon eine Leiche herum? Der Alte schlief bestimmt nur.

Eugen deutete hinter sich. »Geradeaus. Im Hauptgebäude. Sie fahren direkt darauf zu.«

»Danke sehr«, schnarrte der Goblin. Ein Hund bellte im Inneren des Autos, das weiterglitt und ihn zurückließ. Konnte der Alte vor Reiseantritt noch gelebt haben und während der Fahrt verstorben sein? Er würde es wohl nie erfahren.

Abseits der Hauptstraße wirkte das Containerdorf wie ein Slum, eng, dunkel und bedrohlich. Die Container standen dicht beieinander und waren nicht mal ein Drittel so groß wie seiner. Die Eingangstüren reihten sich nebeneinander, der Schnee war zu einer rutschigen Schicht getrampelt.

Rolands Praxis, ein Begriff, der für den Container mit Fenster und Tür zu hochgegriffen war, befand in der hintersten Reihe. Da der Eingang verschlossen war, riskierte Eugen einen Blick durch das Fenster. Dahinter verbarg sich eine Liege, ein Sichtschutz und ein Schreibtisch. An der gegenüberliegenden Wand standen ein abschließbares Regal und aufgestapelte Kartons. Er hätte jetzt gern ein Bier getrunken.

»Hey, mein Freund!«, erklang es direkt hinter ihm.

Da stand Roland, zwischen den Containern kaum zu erkennen.

Roland zwinkerte ihm zu. »Was gesucht?«

»Du hast mich zu Tode erschreckt.«

»Schnüffelst du mir nach?«, fragte Roland und grinste breit.

»Ach wo, ich hab dich gesucht.«

»Klingt für mich nach Schnüffeln.«

»Ach Quatsch. Die Tür war zu und –«

Roland lachte. »Da hast du dir gedacht, du spannst mal? Was, wenn ich in dem Moment eine Prostata untersucht hätte?«

»Oh Mann, du solltest echt Vorhänge anbringen.«

»Wie ich sehe, hast du den Angriff des Göttervaters überlebt.«

»Na, der war echt sauer.«

Roland rieb sich die kalten Hände. »Lass uns reingehen, die Heizung ist an. Warum war er sauer?«

Er schloss auf und sie traten ein. Die Heizkörper mussten voll aufgedreht sein, denn es war brütend heiß. Eugen öffnete gleich den Reißverschluss seiner Jacke, bevor er zerfließen würde.

»Callahan war sauer, weil ihn ein Mitarbeiter mitten in der Nacht aus dem Bett geklingelt hat.«

»Okay, kann ich nachvollziehen.« Roland schlüpfte aus der gelben Jacke und ließ sich hinter dem Schreibtisch nieder.

»Na ja, er hätte nicht gleich so einen Aufstand machen müssen. Was ich aber wirklich merkwürdig finde, ist seine Reaktion auf den Fund.«

»Was meinst du?«

»Der ist ihm egal.«

»Wie egal?«

»Na ja, egal halt. Als würde er nicht die Ausgrabung finanzieren. Er hat nicht gefragt, was genau wir gefunden haben. Als ob ihn die Fossilien nicht interessieren.«

Roland rieb sich über die Stoppeln am Kinn. »Komisch. Dann sucht er vielleicht wirklich etwas ganz Bestimmtes.« Er warf das Handgelenk vor und sah auf seine goldene Uhr. »Du, ich hab gleich einen Patienten: Kann ich dir sonst noch irgendwie helfen?«

»Sagt dir der Name Helen Bröcke etwas?«

»Nein, sollte er?«

»Sie ist nicht zur Arbeit erschienen und ich dachte, vielleicht war sie bei dir.«

»Der Name sagt mir nichts.«

»Hm …«

»Taucht bestimmt wieder auf. Heute Abend wieder bei dir? Ich besorg was zu beißen. Es soll Parmigiana di Melanzane geben.«

»Was ist das?«

»Das, mein Freund, werden wir rausfinden.«

17

Raffael trug einen Eimer Erde die Grube rauf. Er schwitzte. Am Morgen war ihm noch kalt gewesen, das hatte sich aber nach ein paar Stunden Eimerschleppen gegeben, inzwischen hatte er sogar den Schal ausgezogen.

»Jungs und Mädels!«, rief der Schichtleiter von oben. »Feierabend!«

Endlich! Raffael stellte den Eimer an Ort und Stelle ab. Er wollte sich noch mal hinlegen, bevor er das nächste Opfer für die Meisterin suchen musste. Als hätte er nicht schon genug zu tun, wollte die nun auch noch mehr davon.

Seine Kollegen zogen an ihm vorbei, jemand sagte, dass es heute irgend so einen italienischen Quatsch in der Kantine gäbe. Schon wieder Lasagne? Raffael knurrte der Magen.

»Wir brauchen Freiwillige!«, rief der Schichtleiter. Raffael hielt den Kopf unten, als er an ihm vorbeiging, wie die meisten anderen auch.

»Wie ihr alle mitbekommen habt, wird Helen Bröcke vermisst. Es haben sich Teams gebildet und die Leute, die jetzt unsere Schicht übernehmen, reißen eine Lücke in den Suchtrupp. Stellt euch nicht so an und helft mit. Wir treffen uns am Ortsausgang.«

Raffael schüttelte den Kopf. Wenn die nur wüssten, wie sinnlos ihre Suche war. Sie mussten nur hinter das Hauptgebäude in den Mülleimer gucken, da lag sie. Aber wiedererkennen werdet ihr sie nicht, so als Häufchen Asche.

Er steckte sich eine Zigarette an, ließ sie im Mundwinkel hängen und schob beide Hände in die Hosentaschen. Da war er, der VW Käfer, und er fühlte sich so gut an, so warm und weich gebettet.

Er lief langsam Richtung Hauptgebäude, unter seinen Füßen knirschte der Schnee. Den ganzen Tag schon hatte er drüber nachgedacht, wie gern er ihn früher gelb gefärbt hatte.

Sein Magen knurrte wieder. Es war Zeit für Futter. Ein paar Kollegen unterhielten sich noch auf der Straße, die meisten waren entweder in die Kantine geeilt oder seitlich in den Gängen zwischen den Containern verschwunden.

Er erreichte das Hauptgebäude, der angewehte Schnee türmte sich bis in den zweiten Stock. Auf der Dachkante saß ein Adler und beobachtete die Straße unter sich.

Eine schwarze Limousine rollte von links die Straße entlang, auf das Hauptgebäude zu. Er sah wieder zu dem Vogel. Beobachtete der die etwa? Er wirkte mitgenommen, das Gefieder war nass und dreckig. Wie lange saß der schon da?

Die Limousine kam zum Stehen und ein kleiner Mann im Anzug stieg aus. Er rückte seine Chauffeursmütze zurecht, ließ die Fahrertür offen und ging Richtung Hauptgebäude. Vor dem Eingangsbereich formte er seine Hände zu einem Sprachrohr.

»Callahan!«, rief der Alte. »Callahan!« Seine Stimme klang wie ein rostiges Eisentor.

Ein Schäferhund sprang aus der Fahrerseite, nahm seinen Platz neben dem Chauffeur ein und bellte.

»Gehst du wieder zurück!«, rief der erbost. Der Hund klemmte die Rute zwischen die Beine und klettere in die Limousine zurück.

»Callahan?«, brüllte der Kleine wieder. Raffael hatte ihn fast erreicht. Er war nicht nur klein, sondern auch grottenhässlich.

Im zweiten Stockwerk öffnete sich ein Fenster und Callahan streckte den Kopf raus.

»Herr Niemöller, was tun Sie denn hier?«, rief Callahan auf Englisch und klopfte auf den Fenstervorsprung. »Die Frage war rhetorisch. Sekunde.« Er schloss das Fenster. Raffael lehnte sich in Hörweite an einen Wohncontainer, um aufzurauchen. Die sollten sich verpissen, er hatte Hunger und das letzte, was Raffael wollte, war mit dem Geldsack in irgendeine Art von Kontakt zu kommen.

Kurze Zeit später kam Callahan aus dem Haupteingang. »Sie können hier doch nicht einfach auftauchen!«

»Steigen Sie ein«, sagte Niemöller. »Der Herr, er ist gegangen.«

»Nicht so laut.«

»Sie haben einen Vertrag, ich bin hier, damit Sie Ihren Teil erfüllen.«

»Aber ja doch«, sagte Callahan ungeduldig und nervös. »Nicht so laut.«

Raffael richtete seinen Blick zu Boden. Er war momentan der einzige hier vor der Kantine, die anderen befanden sich bereits drin oder waren auf der Suche nach Helen.

»Fahren Sie hinter das Gebäude«, flüsterte Callahan.

Sie stiegen ein und die Türen knallten. Der Motor startete. Die Limousine fuhr davon, die Rücklichter leuchteten rot. Warum machten die so ein Geschiss? Sein Magen knurrte und wenn er seine Kollegen richtig verstanden hatte, dann wartete in der Kantine eine Lasagne auf ihn. Er liebte Lasagne, fast so sehr wie Pommes.

Er schnickte die Kippe weg und versuchte nicht mehr an die Geheimnistuerei zu denken. Vor dem Haupteingang blieb er stehen. Er musste noch Opfer finden und hatte Hunger. Aber er wollte auch wissen, was da so geheim war.

»Scheiße«, murmelte er und folgte dem Gebäude bis zur Ecke, an der die Limousine abgebogen war. Dort waren Reifenspuren im Schnee, denen er hinterherging.

Auf der Rückseite des Hauptgebäudes, neben den Mülltonnen, in die er Helen Bröcke gekehrt hatte, stand die Limousine. Die hinteren Fenster waren heruntergelassen. Ein widerlicher Geruch drang zu ihm. Er machte einen Schritt zurück, damit er nicht gesehen werden konnte.

»Das ist ja kaum auszuhalten«, sagte Callahan aus dem Inneren des Autos. »Wann ist Ziberis gegangen?«

»Spielt das eine Rolle?«, fragte der Chauffeur. »Jetzt machen Sie schon.«

Callahan seufzte. »Ist das Ihr Ernst? Sie wissen aber, dass Sie mich nicht umbringen können? Also stecken Sie die Pistole weg.«

»Aber wehtun, Herr Callahan. Sie mögen den Schuss überleben, aber er wird Ihnen Schmerzen zufügen. Und um Ihre Frage zu beantworten, der Herr ist vor fast zwei Tagen überraschend von uns gegangen. Und ich bin mit ihm hier raus in die Pampa gereist, damit Sie ihrem Vertrag nachkommen. Übrigens tolle Straße, die Sie da von dem Geld meines Herren gebaut haben. Ohne die hätte ich nicht hierher gefunden.«

»Schon gut.«

Jemand hustete. Der Hund bellte. Raffael lugte um die Ecke. Callahan war aus dem Wagen gestiegen und schob ein Amulett unter sein Hemd, das er wieder zuknöpfte, um dann die Krawatte zurecht zu zurren.

Im Augenwinkel bewegte sich etwas und Raffael sprang zur Seite. Über ihm hatte sich ein Klumpen Schnee vom Dach gelöst und schlug neben ihm ein.

Der Adler saß an der Dachkannte und beobachtete gebannt die Limousine. Was war nur mit den Vögeln in Kanada? Raffael dachte an den dummen Raben, der seine Ravioli gefressen hatte, und betrachtete seine verbundene Hand. Wenn er dem Mistvieh doch nur den Kopf hätte abschneiden können.

»Und jetzt verschwinden Sie!«, sagte Callahan. Er wirkte ausgelaugt und schlapp.

Gute Idee, dachte Raffael und schob sich an der Wand entlang Richtung Straße.

»Die üblichen zehn Millionen ...«, sagte eine heisere Stimme, die bisher noch nichts gesagt hatte. »Als digitale Währung, fürs nächste Mal.«

Raffael hatte genug. Er stapfte zur Kantine, hinter sich hörte er Autotüren zuschlagen.

Wofür hat der zehn Millionen bekommen? Damit Callahan ihm sein Amulett zeigte? Und wohin war Ziberis *gegangen* und wieso waren die deswegen hier rausgefahren?

Raffael erreichte den Haupteingang, da fuhr die Limousine an ihm vorbei. Die Fenster standen immer noch offen. Auf der Rückbank saß ein alter, verbrauchter Mann und schnitt sich eine Zigarre an.

So ein Quatsch, das ergab doch alles keinen Sinn. Er hätte gleich essen gehen sollen, immerhin musste er heute noch ein Opfer suchen, wenn er Pech hatte, zwei.

Raffael betrat die Kantine, sein Magen knurrte schon wieder. Bis auf die Bedienungen hinter der Theke war kaum jemand da. Es waren doch mehr auf die Suche mitgegangen, als er gedacht hatte.

An einem Stehtisch stand eine Frau, die Raffael sofort erkannte. Sie stand auf seiner Liste, weil sie an Magersucht litt. Dann würde er mal was essen und im Anschluss seine Aufgabe zu Ende bringen, damit er sich endlich von dieser Schufterei erholen konnte.

Die Tür hinter ihm ging auf. Callahan kam rein und stieg, ohne sich umzusehen, die Treppe rauf.

Ein purpurner Rauchfaden zog sich in die Abyss zurück.

Er stand auf, knipste das Deckenlicht an und sammelte die leeren Teelichtschälchen auf, um neue aufzustellen und den Staub der Magersüchtigen aus der Kantine zusammenzufegen. Dann stopfte er ihre Klamotten in einen blauen Sack und kippte die Asche hinterher. Den Abfall würde er zu Helen Bröcke in den Kantinenmüll werfen.

Er streifte sich einen Pullover über, zog die gelbe Jacke an und nahm den Sack. Vor der Tür steckte er sich eine Kippe in den Mund. Es war kurz nach zwanzig Uhr und stockduster, als er durch die dunklen Gassen schlich.

Es schneite. Ihm war kalt. Er kickte in die lose obere Schicht und Schnee stob auf. Die winzigen Flocken stachen kalt auf der Haut.

Die Meisterin wollte die Abyss bald wieder verlassen und hatte ihm befohlen noch mehr Opfer zu holen. Noch mehr! Als hätte er nicht schon genug zu tun: den ganzen Tag Erde aus einer Grube schleppen, um nach dem Essen bis in die Nacht zu beten.

Ihm taten die Finger weh von den schweren Eimern und die Knie vom vielen Beten. Er wäre lieber ins Bett gegangen, aber danach fragte ja keiner. Und Lasagne hatte es auch nicht gegeben. Immerhin hatte er das letzte Opfer ohne großen Aufwand gefunden und mitnehmen können. Er hasste es, wenn die Opfer nicht freiwillig mitkamen. Die Dinge sollten einfach sein, am besten immer.

Er lief eine der vorderen Reihen entlang, parallel zur Hauptstraße. Die Magersüchtige war mit ihm gekommen, weil sie ihn gewollt hatte, dabei würde er niemals mit einer Frau Sex machen. Die Vorstellung allein ließ ihn würgen. Er hatte bei mehr als einer Gelegenheit das Fickloch gesehen. Ficken war für Schwächlinge und Maden. Maden fickten, aber er war keine Made.

Er erreichte das Hauptgebäude, auf der Dachkannte saß der Adler.

Raffael blieb stehen. Ihre Blicke trafen sich. »Was willst du?«, flüsterte er.

Der Adler antwortete nicht, sondern sah wieder weg, und Raffael ging hinter die Kantine, warf den Beutel hinein und grub ihn unter. Als er wieder vorne war, kam gerade eine Gruppe Männer aus der Kantine und ging die Hauptstraße entlang Richtung Ortsausgang.

Die waren nicht geeignet, zu stark und zu viele. Raffael blieb stehen. Er rieb sich die Hände, es war saukalt.

»Die werden sie nie finden«, sagte einer der Männer.

»In die Häuser sollten die gucken. Die liegt bestimmt bei so nem Psycho auf Eis.«

»Ach, halt's Maul, Mann!«

»Hast wohl nicht das Ding aus einer anderen Welt gesehen, was?«, erwiderte der andere, dann bogen sie in eine Seitenstraße ein und waren verschwunden.

Raffael spürte die Blicke des Adlers im Rücken. Er war immer noch da.

»Verpiss dich!«

Der Adler blieb unbeeindruckt sitzen.

»Dummer Vogel! Saudummer, dummer Vogel!«

Der Vogel reagierte nicht. In der Ferne erstrahlte die Ausgrabung, ansonsten waren die Straßen leer. Er schnickte die Kippe weg und grub mit kalten Fingern in der Zigarettenschachtel nach einer frischen. Die Feuerzeugflamme wärmte seine Nase, bevor sie wieder in der Finsternis versank.

Er beschloss, zwei Runden durch das Containerdorf zu drehen. Vielleicht fände er eine einsame Seele. Vielleicht lief ihm eine schwache Frau über den Weg, eine ohne Arme und Beine. Die könnte sich nicht wehren.

Er bog rechts ein, ließ das Hauptgebäude hinter sich und folgte einer der dunklen Gassen. Die Fenster, an denen er vorbeischlich, waren dunkel.

Warum konnte es nicht einfach sein? Wenn er niemanden fand, musste er in einen der Container einbrechen. Auch wenn er keine Lust hatte, darauf vorbereitet war er: Immer, wenn er jemand schwaches bemerkt hatte, war er ihm bis zu seiner Unterkunft gefolgt. So hatte er im Kopf eine Karte mit vier Frauen und Männern angelegt.

Er beendete die zweite Runde, ohne jemanden getroffen zu haben. Inzwischen fror er so sehr, dass er beschloss, in seine Unterkunft zurückzukehren und sein Werkzeug zu holen. Er würde sich das nächste Opfer holen müssen.

Es war wieder nicht einfach.

Bis er ins Bett käme, würde die verflixte Himmelsscheibe längst aufgegangen sein. Er zog seine Tasche unter dem Bett hervor und suchte den Handbohrer und das Spritzenset heraus, steckte alles in einen Rucksack und schloss ab.

Anschließend schlängelte er sich durch die Gassen weitab von der Hauptstraße und blieb vor Hausnummer 389 stehen. Er hätte geklingelt oder geklopft, wenn die Häuser nicht so dicht beieinander gestanden hätten, dass die Nachbarn beim kleinsten Geräusch sofort aus ihren Kojen gefallen wären.

Das Leben war leider viel zu selten einfach. Er seufzte und schwenkte den Rucksack vor, wollte gerade das Schloss knacken, da kam ihm ein Gedanke: Was, wenn gar nicht abgeschlossen war?

Er drückte die Klinke runter und die Tür ging auf. Wie konnte man nur so nachlässig sein?

Mit einem Mal rückte die Möglichkeit in greifbare Nähe, in der Nacht doch noch ins Bett zu kommen. Er schob sich durch den schmalen Spalt und lehnte das Türblatt in die Zarge. Er hasste das alles, die Arbeit, leise sein zu müssen, nicht auffallen zu dürfen.

Bierdosen lagen auf dem Boden. Das Opfer lag auf dem Bett, alle Glieder von sich gestreckt und schnaufte. Es roch nach abgestandenem Bier und Schweiß, der Geruch des Versagens und der Schwäche.

Es war ekelhaft. Raffael holte die Spritze aus dem Rucksack. Sie war mit einer klaren Heroinlösung gefüllt. Er empfand kein Mitleid, als er dem Mann die Spritze in den Arm stach, und war nicht überrascht, als der sich nicht regte.

Er warf sich den schlaffen Leib über die Schultern und schloss die Tür.

Stimmen näherten sich.

»... reichts. Warum sollen wir weitersuchen? Die müssen die Bergwacht, oder wie auch immer die hier heißen, rufen.«

Müsst ihr ausgerechnet hier langlaufen?

Raffael bog ab und huschte durch die nächste Gasse. Der Mann auf seiner Schulter stank, als wäre er seit Wochen nicht unter der Dusche gewesen. Die Stimmen wurden leiser, verschwanden aber nicht.

Raffael schob am Ende der Gasse seinen Kopf um die Ecke. Der Durchgang zwischen den Containern war frei, aber beleuchtet. Gegenüber lag die Gasse, die zu seiner Unterkunft führte.

Ein Motor summte in der Nähe, er konnte hören, wie er sich näherte.

»Scheiße«, flüsterte er.

»Niemand muss mehr nach der suchen. Die Alte ist tot, so einfach ist das und die Natur ...« Die Stimmen waren wieder näher, hinter ihm. Raffael musste die Straßenseite wechseln, bevor ihn jemand bemerkte. Aber der brummende Motor konnte auch jede Sekunde erscheinen. Raffael beschloss das Risiko einzugehen und rannte los.

Ein SUV kam die Straße heraufgefahren, er war noch ein ganzes Stückchen weg, aber die Hauptstraße war breit. Raffael rannte. Die schlaffe Gestalt auf seinem Rücken war schwer, ständig schlugen ihm die Arme in den Bauch. Aber er konnte jetzt nicht warten.

Der SUV kam näher. Raffael kämpfte gegen die rutschende Last auf seiner Schulter, dann tauchte er in die Dunkelheit der Gasse ein.

Der Motor wurde lauter, der SUV war fast bei ihm.

Er schmiss sich mit dem Mann auf den Boden und griff nach seinem Messer.

Das Auto fuhr vorbei.

Raffael schnaufte. So eine Dackelscheiße! Er wuchtete den Mann zurück auf seine Schulter und stapfte, so schnell er konnte, zurück. Er war jetzt voller Schnee und fror schrecklich.

In seiner Unterkunft warf er den Mann achtlos auf den Boden. Dann setzte er sich vor das Gefäß, legte beide Hände vor der Brust flach aufeinander und sprang fluchend wieder auf. Er hatte die Teelichter vergessen.

Als alle Teelichter brannten, nahm er wieder seine Gebetshaltung ein. »Kari. Karu. Karam!«

»Kari. Karu. Karam!« An nichts denken.

Das Opfer schmatzte, regte sich aber nicht.

»Kari. Karu. Karam!« Raffael tauchte in die Trance ein. Er spürte die Meisterin.

Sie war stärker geworden. Er fühlte, dass sie etwas von ihm wollte ... und zwar ... Ja, sie wollte sich in dieser Nacht selbst um weitere Opfer kümmern.

Das war gut.

Eine Aufgabe weniger.

18

Eugens Arbeit bestand bis zum Abend hauptsächlich darin, die Suchteams für die verschollene Helen Bröcke zu koordinieren. Sie fuhren mit Wagen in die Wildnis und kehrten nach ein paar Stunden Suche zurück. Es wurde immer kälter, inzwischen lag die Temperatur schon bei minus sechs Grad.

Callahan hatte darauf bestanden, dass die Suche nicht die eigentliche Ausgrabung behindern dürfe, und melden durfte sich nur, wer keinen Dienst hatte. Als gegen Abend immer noch kein Lebenszeichen von der Vermissten gefunden worden war, übernahm Callahan selbst die Koordination und reduzierte die Trupps. Die Leute müssten sich auch mal ausruhen und in der Nacht wäre ohnehin die Sichtweite beschränkt.

Wenn es nach Eugen gegangen wäre, hätte er alle verfügbaren Leute losgeschickt, und zwar schon tagsüber, doch da konnte er nichts machen. Es ärgerte ihn, auch weil inzwischen kaum noch Chancen bestanden, sie lebend zu finden, angesichts des Wetters. Niemand hatte mit derartigen Temperaturen gerechnet und die meisten waren nicht warm genug angezogen.

Die Heizstrahler kamen noch gegen die Temperaturen an, aber das würde sich in der Nacht vermutlich ändern. Er hatte dazu mehrere Streitgespräche mit Kollegen geführt, die die Helfer ab minus zehn Grad nicht mehr arbeiten lassen wollten, obwohl die Temperatur in der Ausgrabung deutlich höher lag.

Hinzu kamen noch die üblichen Streitigkeiten seiner Schichtleiter. Einmal konnten sie sich nicht einigen, wer die Planen vom Schnee befreien sollte, ein andermal beschwerten sie sich darüber, dass nicht genügend Diesel bei den Aggregaten stand.

Zum Abend blieb Eugen in seiner Unterkunft und genehmigte sich Chips und Gummibärchen. Sehnsüchtig schielte er auf das Bier, riss sich aber zusammen. Später, wenn Roland wieder verschwunden war, würde er sich eines gönnen, aber nur eins, um so einen langsamen Entzug einzuleiten.

Sein E-Mail-Postfach dingte. Roland sagte per Mail ab, dabei wohnte er nebenan. ICH MUSS DRINGEND ZUM FLUGHAFEN. BIN ABER BALD ZURÜCK.

Was wollte Roland um diese Zeit beim Flughafen? Eugen wollte nicht weiter darüber grübeln und klappte den PC zu. Er machte es sich mit zwei Dosen Bier auf der Couch gemütlich. Die erste war für den Durst, die zweite für den Genuss. Er dachte über die vermisste Frau nach. Zwischen der fünften und sechsten Dose holte er sich die Decke und das Kissen vom Bett. Nach der achten Dose, als das Bier im Kühlschrank endlich alle war, fielen ihm die Augen zu.

Ein Geräusch an der Haustür ließ ihn aufschrecken. Das war das Schloss, jemand hatte die Tür geöffnet. Hatte er nicht abgeschlossen?

Eugen öffnete die Augen. Es war dunkel, nur das Licht der Straßenlaternen fiel in Streifen durch die Jalousien. Wer kam mitten in der Nacht bei ihm vorbei? Viel wichtiger aber noch: Was wollte er?

Die Tür schob sich einen Spalt weit auf, ein Schatten huschte hindurch. Er war klein und zierlich. Wer war das?

Die Tür glitt lautlos zu. Eugen fuhr hoch. Es roch nach nasser Erde. Der Schatten kam näher, war plötzlich direkt vor ihm und schwebte in einen der Lichtstreifen, darin zeigte sich blasse Haut und ein blonder Wuschelkopf.

Es war der Junge.

Eugen schrie.

Der Junge starrte ihn durch weißgraue Augen an. Warum blinzelte er nicht?

Aber er kannte die Antwort: Warum sollten Tote blinzeln? Dem Jungen geht es gut, wollte er sagen, aber er brachte kein Wort heraus.

Dem Jungen ging es nicht gut, überhaupt nicht gut. Die Nase war mehrfach gebrochen, darüber klaffte ein tiefer Spalt. In der Öffnung staute sich geronnenes Blut und verdeckte den Schädelknochen.

Eugen kniff die Lider zu und sagte laut: »Dem Jungen geht es gut. Dem Jungen geht es gut.«

Doch als er die Augen wieder öffnete, war der Junge immer noch da. Er bewegte die Lippen und seine Stimme klang, wie wenn Fingernägel über Schiefer kratzten: *Dem Jungen geht es tot.*

Eugen wich zurück, aber hinter ihm war die Couch zu Ende. Das konnte nicht sein! Der Junge hatte im Gras gesessen und geweint. Tote weinten nicht. Tote saßen nicht auf Wiesen und weinten. Tote öffneten auch keine Türen und erwürgten jemanden.

Der Junge kam näher, streckte die Arme aus, gleich darauf schmiegten sich seine Finger um Eugens Hals. Sie waren eisig kalt.

Tot … der Junge ist … ist tot …, krächzte er, und drückte dann zu.

Eugen bekam keine Luft mehr. Er wollte ihn abschütteln, aber er konnte sich nicht rühren. Er rang nach Atem, langsam wurde ihm schwarz vor Augen.

Wieso?, jaulte der Junge mit zittriger Stimme. Eugen griff nach den Händen, die ihn würgten, bekam sie aber nicht zu fassen.

»Ich … nicht … sterben«, krächzte er.

Von draußen kam ein Donnerschlag.

»Du träumst!«, erschallte eine Stimme von weit her.

Der Junge wich zurück, seine Hände lösten sich von Eugens Hals.

Er holte tief Luft und schob sich mit den Beinen auf der Couch von ihm weg. Vor ihm löste sich der Junge auf. Schwarzer Rauch floss über den Boden, ein purpurner Funke zuckte und verpuffte. Der Rauch zwängte sich unter der Tür hindurch und verschwand.

Eugen blieb erstarrt zurück.

»Wach auf!«, rief jemand. Wieder rumste es. Die Tür schlug auf. Vor ihm stand ein Schatten mit hängenden Armen und hochgeschlagener Kapuze. Der Geruch von Schwefel schlug ihm entgegen. Sein Herz setzte einen Augenblick aus. Das war der Tod, der ihn holen würde, um ihm in der Hölle ausgleichende Gerechtigkeit zuteilwerden zu lassen.

»Bist du betrunken?«, fragte der Tod mit Rolands Stimme. Ein schattiger Arm erhob sich. Er verweilte auf Hüfthöhe, tastete nach ... Bis Eugen verstand, war es zu spät. Der Lichtschalter klickte und die Deckenlampe tauchte das Zimmer in grelles Licht.

Geblendet schloss er die Augen. »Ro-Roland?«, sagte er in die Helligkeit.

»Für einen trockenen Alkoholiker trinkst du echt viel. Immerhin lebst du noch, was man nicht von allen behaupten kann. Echt, du musst das in den Griff bekommen.«

Eugen dachte an die Dosen, die in der Küche und neben ihm auf dem Boden standen. Aber auch wenn er am Abend betrunken gewesen war, der Traum hatte ihn ausgenüchtert. Er öffnete vorsichtig die Augen. Roland schloss die Tür und kam näher. Hinter den Fenstern war es dunkel.

»Du hattest einen Albtraum«, sagte Roland ernst.

»Was? Woher –«

»Ich das weiß? Alle haben in dieser Nacht Albträume und viele sind tot. Wenn wir uns nicht ranhalten, geht's uns auch noch an den Kragen.«

»Was?«

»Oh Mann! Während wir hier quatschen, verleibt sich ein Dschinn Seelen ein – deswegen der Albtraum.«

»Ein Dschinn, was? ... Was ist hier los? Spinnst du?«

Roland half ihm auf. »Du brauchst gleich beide Arme, wir müssen deinen Gips abmachen.«

Eugen sah auf seinen Gips. »Was bitte willst du machen?«

Roland atmete tief ein und langsam aus. An seiner Regenjacke klebten Ascheflocken, bei jeder Bewegung bröselten sie herunter. Von der Tür bis zur Couch hatte er bereits eine schwarze Spur hinterlassen.

»Du solltest einen Blick raus werfen, aber Vorsicht! Dann erkläre ich dir alles.«

»Meinst du das ernst?«

Roland nickte.

Eugen setzte sich in Bewegung. Was war mit Roland? Dschinn, die Seelen fraßen und Alpträume machten? Roland war ihm nie wie einer vorgekommen, der an Fabelwesen glaubte. Aber an wen wandte man sich, wenn der einzige Mediziner verrückt geworden war?

Was würde er draußen finden?

Hinter den Jalousien erwartete er, dass es stockfinster war, aber die Straßenlaternen reihten sich eine neben der anderen auf und warfen schwaches Licht auf den Boden, in dem Schneeflocken tänzelten. Doch die Flocken waren ungleichmäßig und sanken auch nicht direkt zur Erde. Sie tanzten durch die Luft.

Roland trat neben ihn und öffnete die Haustür. »Geh raus und sie es dir an.«

Eugen schlüpfte in seine Schuhe und wagte sich bis an die Schwelle vor, dann trat er in die Nacht. Es war eiskalt, und noch bevor er das Verandageländer erreichte, war er völlig durchgefroren.

»Geh weiter und sieh es dir an«, wiederholte Roland hinter ihm.

Eugen beugte sich vor und streckte die Hand unter dem Dach heraus. Eine Flocke landete darin. Sie war schwarz. Sie war nicht kalt. Sie war leicht und schmierig.

Es war Asche.

Vom Himmel regnete Asche.

Der gesamte Boden war damit bedeckt, das Geländer, die Stufen der Veranda, die Autos, alles.

»Sieh nach oben«, sagte Roland von hinten.

Eugen beugte sich vor, und sah nach oben. Der Himmel war pechschwarz. Es gab weder Mond noch Sterne.

»Was ... was ist ...«, begann er, doch da entlud sich direkt über ihm ein purpurner Blitz. Über dem Containerdorf hing eine Wolke, so tief, dass ihre Ausläufer die Dächer berührten. Schattenarme schlängelten sich daraus hervor und verschwanden zwischen den Containern. Immer wieder blitzte es, und jedes Mal leuchtete ein purpurner Blitz im Inneren auf, dem ohrenbetäubender Donner folgte.

Roland machte eine ernste Miene. Als Eugen wieder zur Straße sah, kam ein Mann aus einem der Container gerannt, er hatte die Augen weit aufgerissen und brüllte etwas Unverständliches. Ein Schattenarm schoss aus der Wolke und umfing ihn.

Er schrie ein letztes Mal, dann leuchtete ein Blitz purpurn auf und der Mann war verschwunden. Stattdessen erhob sich eine Aschewolke und wurde vom Wind zu Eugen getragen.

Er stolperte zurück ins Haus. Roland schloss die Tür.

»Wa-wa-was is-st das?«

Roland trat auf ihn zu. »Ich erklär es dir gleich. Wir müssen den Gips abmachen.«

»D-d-du wei-wei-weißt da-davon?«

»Ja.« Roland griff in die Jackentasche und holte eine große Schere heraus, aber als er nach Eugens Arm greifen wollte, wich der zurück.

»Was ist mit dem da eben passiert?« Eugen zitterte am ganzen Leib.

»Die Wolke ist ein Dschinn. Wenn sie die Seelen aus dem Körper zieht, bleibt nur Asche über.«

»Der Dschinn zieht Seelen aus dem Körper?«

Roland packte Eugens Arm. »Es ist eine sie. Sie heißt Hedda.« Er setzte die Schere an und fing an zu schneiden.

»Lass das!« Eugen zog an seinem Arm, aber Roland ließ nicht locker. Er schnitt einfach weiter, bis der Gips sich löste. Er zog ihn ab und warf in fort.

Eugen bewegte vorsichtig den Arm. Es tat nicht weh. Die Schwellungen waren abgeklungen und die Blutergüsse verschwunden.

»Du hast auf der Autofahrt hierher gefragt, ob ich zaubern kann. Ganz so ist es nicht, aber ich habe dich geheilt. Dazu benutze ich einen Splitter.«

»Was für einen Splitter?«

Eugens Funkgerät rauschte. Es lag zwischen den Bierdosen auf dem Boden.

»Herr Breier?« Es war der Schichtleiter von Gruppe B, Franco Ramano. Er klang aufgeregt.

»Verdammt, wir müssen uns beeilen.« Roland flitzte in die Küche und durchwühlte die Schubladen. »Los, zieh dich an!«

Eugen nahm das Funkgerät. »Ja? Am Apparat.«

»Wir sollten Sie über jeden Fund benachrichtigen. Wir haben einen.«

»Ja, okay, gut. Ich komme später und seh es mir an.«

»Herr Breier?«

Er wartete darauf, dass Franco weitersprach. Unterdessen rief Roland wieder: »Los, zieh dich an!«

»Kommen Sie *jetzt*!«, kam es aus dem Funkgerät. »Hier sind Leute gestorben.« Die Leitung summte und die Verbindung brach ab.

»Hallo?«, fragte Eugen und drückte auf den Knopf. Kein Summen, keine Antwort. Leute sind gestorben?

»Hörst du schlecht?«, rief Roland. »Du musst dich beeilen! Zieh dich endlich an! Du hast wirklich einen Hang zum Trödeln, wenn es brenzlig wird.«

»Ich mach ni–«

»Anziehen!« Roland schrie beinahe. Er warf eine Schublade zu und riss die nächste auf. »Du musst dich fertig machen. Scheiße, ich hatte gehofft, wir hätten mehr Zeit.«

Eugen war verwirrt, zog sich aber Hose und Pullover über. »Für was?«

»Was sie da gefunden haben, ist einer der Splitter. Du musst ihn holen. Fass ihn bei Gott nicht mit bloßen Fingern an.«

»Den Splitter? Welchen Splitter? So einen, wie du zum Heilen hast?«

»Ja! Er ist weiß und recht klein! Du wirst es wissen, wenn du ihn siehst.«

»Du veräppelst mich doch.«

»Hör zu!« Roland kam zu ihm, Eugen zog den Reißverschluss der Jacke hoch. Er klang so gar nicht, als würde er scherzen. »Du nimmst die Handschuhe und tust den Splitter hier rein. Verstanden?« Er drückte ihm eine runde Frühstücksdose und ein paar gelbe Putzhandschuhe in die Hand. Die Handschuhe waren umgestülpt und dreckig. »Ich würde es selber machen, aber ich kann nicht. Du musst mir hier helfen, okay? Callahan darf ihn auf gar keinen Fall bekommen.«

Mit der Box in der einen Hand und den Handschuhen in der anderen stolperte Eugen die Veranda runter und kam sich dämlich vor. Er fragte sich, was er da machte und vor allem, warum?

»Geh!«, rief Roland direkt hinter ihm. Eugen setzte sich in Bewegung.

Es hatte zu regnen begonnen, und zwar sintflutartig. Die Laternen am Straßenrand flackerten. Schnee und Asche verband sich zu schwarzem Matsch. Er klebte ihm an den Füßen und machte die Straße rutschig.

Einer der Schattenarme schlängelte aus einer Gasse auf ihn zu. Eugen wich ihm aus und rannte weiter, so schnell er konnte. Immer wieder rutschten ihm die Füße weg. Der Regen schlug ihm ins Gesicht, bereits am Hauptgebäude war er bis auf die Unterhosen durchnässt. Was war hier los? Er hatte das Gefühl, gegen eine Wand aus Wasser anzurennen.

Er bog ab, in der Ferne lag die Ausgrabung. Er schluckte gläserweise Wasser beim Rennen, der Regen schmeckte sauer und nach Asche. Da! Bei den Baggern stand Franco Ramano. Zwei seiner Mitarbeiter drückten sich hinter ihn, als wollten sie sich verstecken. Ein purpurner Blitz schoss durch die Wolke. Es roch auf der Stelle nach Ozon.

»Breier!«, rief Franco Ramano erleichtert gegen den Lärm des Donners an. Seine Augen lagen in tiefen Höhlen, seine Wangen waren eingefallen. »Die meisten sind weg.«

»Was? Wieso?«

»Einer der Helfer hat ihn angefasst und ist daraufhin einfach umgefallen. Er ist tot.« Seine zwei Schützlinge schienen sich mit derselben Krankheit wie Ramano angesteckt zu haben, so käsig wie sie waren. Sie brauchten ein Bett, eine klare Brühe und viel Zeit.

Einer der Männer sah zu der Wolke und dann zu Ramano. »Lasst uns gehen!«

»Was habt ihr gefunden?«, fragte Eugen.

»Ich weiß nicht, was das ist. Sieht aus wie ein kleiner Stein, der leuchtet. Ist auch egal. Sie sollten das Loch zuschütten, so wie sie damals bei Tutanchamun das Loch wieder hätten zuschütten sollen. Manches will nicht gefunden werden. Sehen Sie sich doch um!« Er machte eine weitläufige Handbewegung, dann drehte er sich zu seinen Leuten um und nickte.

Sie marschierten an Eugen vorbei Richtung Container.

Eugen klammerte sich an der Brotdose und den benutzten Handschuhen fest, als wären sie Siegfrieds Schwert. Er verstand gar nichts mehr. Warum zum Geier ist Roland nicht selbst gekommen? Warum hat er mich geschickt?

Das Prasseln des Regens wurde lauter. Die Tropfen schlugen schwer auf Kopf und Schultern, als wollten sie ihn daran hindern weiterzugehen. Die schmierige Ascheschicht hatte sich aufgelöst und die Straße stand voll Wasser.

Er bewege sich langsam auf die Ausgrabung zu, die von Flutlichtern erhellt wurde, die Lichtkegel waren in der Luft sichtbar. Die Planen beulten sich tief ein.

Eine unsichtbare Kraft zog an ihm, er folgte ihr bis zum Rand der Grube.

Dort unten war etwas.

Es donnerte dicht über seinem Kopf, so dicht, dass er sich duckte. Wasser strömte an seinen Schuhen vorbei, über den Rand und die Stufen hinunter. Die Grube war eine große Pfütze. Die orangenen Fahnen waren zum Teil abgesoffen.

Der obere Teil des Patagotitan-Skeletts ragte aus dem Gestein: der Kopf, die Wirbel des langen Halses und die Rippenbögen waren bis zur Schwanzspitze freigelegt.

In einer der Rippen glühte es. Eugen war noch weit von dem Fossil entfernt, aber er war sich sicher, dass der Ursprung des Glühens nicht größer als ein Zentimeter war.

Das war unmöglich! Wie hätte er es von hier aus sehen sollen? Er kletterte die Stufen hinab. Das Gefühl, in die Mitte der Grube gezogen zu werden, verstärkte sich. Etwas wollte ihn dort haben.

Er erreichte die Stelle, halb taumelnd, weil die Anziehung immer stärker wurde. Seine Arme streckten sich ohne sein Zutun aus, er hielt noch immer die Dose und die Handschuhe umklammert.

In der fünften Rippe steckte ein kleiner, weißer Splitter wie ein Knochenfragment, nur viel heller. Er war perlweiß und makellos. Und er glühte von innen.

Er hatte so einen Splitter schon einmal gesehen. Das hier sah genauso aus wie das Fragment, das Callahan um den Hals getragen hatte, eingeschlossen in ein Goldnugget.

Sein Körper neigte sich nach vorn, seine Hände näherten sich dem Splitter. Dose und Handschuhe entglitten seinen Fingern.

Er wollten ihn berühren. Er wollte ihn haben.

Ein purpurner Blitz schlug neben ihm ein, keine zehn Meter von ihm entfernt. Er war so hell, dass seine Augen einen Moment brauchten, bis er wieder sehen konnte.

Wasserdampf wallte rauf. An der Einschlagsstelle bewegte sich ein Schatten. Das war schwarzer Rauch, der jedoch nicht im Wind zerstob, sondern sich zusammenballte und einen menschlichen Körper mit Armen und Beinen bildete.

Es war eine Frau und sie kam auf ihn zu und das recht schnell.

»Nein!«, rief die Frau. Sie war schwarz wie die Nacht und klang grauenerregend. »Fass den Splitter nicht an!«

Sie war fast bei ihm.

Der Splitter, Eugen konnte seine Hand nicht mehr aufhalten. Sie berührte das winzige Leuchten.

Die Welt um ihn herum explodierte.

Das Licht in Eugens Hand barst in tausend Stücke. Die Scherben zerfielen in die Farben des Regenbogens und flogen in alle Richtungen auseinander. Dann prallten sie gegen eine unsichtbare Barriere und erloschen.

Um ihn war es schwarz, es gab weder die Ausgrabung noch Kanada, selbst die Erde war verschwunden. Er war allein in der Dunkelheit.

Bis darin ein Stein auftauchte. Er war so groß wie eine Perle, seine Oberfläche war mattweiß und glänzte wie geschliffener Speckstein. Er begann zu vibrieren. Aus dem Inneren trat Licht, das ihn wie eine Hülle umgab. Die Schwärze legte sich darum, versuchte das Licht zu ersticken und hüllte den Stein schließlich vollständig ein.

Der Stein vibrierte stärker, Löcher erschienen in der Schwärze, Licht trat hindurch und Lichtsäulen schossen in die Dunkelheit. Die Hülle um ihn brach und der Stein glühte auf wie ein kleiner Stern. Ein Riss erschien auf seiner Oberfläche und breitete sich aus. Er wurde größer und teilte den Stein schließlich in zwei Teile. Aus dem Inneren schoss ein Blitz hervor und der Stein brach in acht gleich große Splitter, jeder so groß wie ein Fingernagel.

Sie schossen davon, rasten in die Dunkelheit hinaus. Ein Lichtkreis breitete sich hinter ihnen aus und verging, zurück blieben Staub und glühende Atome.

Die Atome prallten auf andere Atome, bildeten Wasserstoff, der miteinander verschmolz und so die erste Sonne entzündete. Die Sonne verging und zerfiel zu Staub. Staubkörnchen prallten gegen andere, bildeten Klumpen, bis Planeten entstanden, die um neue Sonnen kreisten.

All das ließen die Splitter hinter sich. Doch sie flogen nicht geradeaus, sondern in einem Bogen, der sie nach Äonen wieder zurück zu ihrem Startpunkt führte.

Ungebremst rasten sie ineinander, verschmolzen zu der Perle, die sie einst gewesen waren und lösten dabei eine gewaltige Explosion aus, die alles, Atome, Staub, Planeten und Sonnensysteme in einem grellen Blitz vernichtete.

Das Licht fiel senkrecht in einer Linie in sich zusammen, wie bei einem alten Röhrenfernseher, dem man den Stecker gezogen hatte. Nichts war geblieben, keine Atome, keine Planeten, keine Sonnen, kein Universum. Alles war vergangen und zurück geblieben waren nur Schwärze und Dunkelheit.

Es war das Nichts.

Ein weißer Stein tauchte auf. Die Schwärze spannte sich wie eine Hülle um die glatte Oberfläche, drückte sie zusammen, bis das Licht des Steins verschwand. Er vibrierte, das Licht schoss hervor, brach und acht kleine Splitter rasten durch die Schwärze. Sie erschufen das Universum. Sie kehrten in einem großen Bogen zurück, verschmolzen und explodierten.

Der nächste Zyklus begann.

Und der nächste und der nächste. Es ging endlos weiter, ein ewiger Kreislauf aus Entstehen und Vergehen, aus Erschaffen und Vernichten. Der Stein entstand, der Stein brach, die Splitter flogen auseinander, kehrten zurück und explodierten, der nächste, der nächste, der nächste …

19

Schreiend kam Eugen zu sich. Er befand sich in der Grube, in Kanada, die Faust um den Splitter geschlossen. Er spürte ihn in seiner Hand zittern. Die Frau aus Rauch war verschwunden und mit ihr die schwarze Wolke.

Er öffnete die Faust. Der Splitter lag auf seiner Handfläche und leuchtete so hell wie eine kleine Sonne. Er war nicht warm und er war winzig, doch er spürte die Macht, die von ihm ausging.

Der Splitter machte einen Satz und wäre beinahe von Eugens Hand gefallen. Er machte eine Faust und schob die Hand in die gelbe Regenjacke. Er hatte keine Ahnung, was es damit auf sich hatte, aber eines wusste er: Callahan war deswegen hergekommen. Wegen dieses Splitters hatte er die Ausgrabung organisiert, all die Leute hergekarrt und dieses Loch gegraben. Es war ihm nie um Dinosaurierskelette gegangen.

Eugen fuhr herum, um aus der Grube zu klettern.

Am Rand, hell erleuchtet von den Strahlern, stand Callahan. Er trug einen Anzug, der vom Regen komplett durchnässt war und ihm am Oberkörper klebte.

In Eugens Hand zuckte es. Der Splitter wollte dorthin, zu Callahan, zu dem anderen Splitter, den Callahan um den Hals trug.

Was hatte Roland gesagt? Dass er ihn nicht bekommen durfte.

Callahan kletterte bereits die Terrassen herunter. »Eugen?«, rief er.

»Hallo, Jeremia«, rief Eugen zurück, seine Stimme zitterte wie der Splitter in seiner Hand.

»Was gefunden?« Das klang nicht freundlich, das klang tückisch.

»Nein.« Er wollte schnell weg von ihm. Hinter ihm führte eine Treppe nach oben, doch dazwischen lagen die Rippen des Patagotitan.

»Was machst du dann hier unten?« Callahan war falsch und grässlich. Warum hatte er das zuvor nie gesehen? Oder hatte Callahan sich verändert?

»Ich gucke mir den Patagotitan an.«

»Und?«, fragte Callahan ein wenig zu locker, während er sich über eine Stufe schwang.

»Beeindruckend.« Eugen zitterte. Das Wasser reichte ihm inzwischen bis über die Knöchel.

Callahan passierte die letzte Stufe. Er war konzentriert, ließ ihn nicht aus den Augen, wie ein Gepard, der darauf wartete zuzuschlagen.

Eugen machte einen unsicheren Schritt zurück, in Richtung der Treppe. Callahans Lackschuhe versanken im Wasser, doch er kümmerte sich nicht weiter darum, sondern kam in großen Schritten auf ihn zu.

Gleich wäre er bei Eugen und das Einzige, was der zu seiner Verteidigung hatte, waren diese verdammte Frühstücksbox und benutzte Putzhandschuhe. Callahan kam weiter auf ihn zu, mit diesem falschen Lächeln im Gesicht. Er war keine zehn Meter mehr entfernt.

»Als ich dich auf der Herrentoilette gesehen habe, war mir sofort klar, dass du ein kluger Mann bist«, sagte Callahan.

Eugen schlich rückwärts und stieß mit der Achillessehne gegen eine der gespannten Schnüre.

»Danke.« Er klang panisch, aber was sollte er machen: Er war panisch! Callahan musste nur einen Satz nach vorn machen und er hätte ihn erreicht. Es würde ihm sicher nicht schwerfallen, Eugen zu Boden zu ringen.

Eugen schob erst sein linkes Bein, dann das andere über die Schnüre. Wie weit ist die Treppe noch weg? Als er wieder aufsah, hatte Callahan ihn erreicht. Keine Armlänge trennte sie nun voneinander, Eugen roch sein Eau de Toilette, trotz der Nässe: Callahan roch nach Leder und teurem Whiskey.

Er lächelte. »Gib ihn mir!«

Eugens Herz raste. Regen plätscherte auf die Plane, sein Atem kondensierte in der Luft, aber ihm war heiß vor Angst. Callahan griff hinter seinen Rücken. Er ahnte, dass Callahan eine Waffe ziehen und ihm in den Kopf schießen würde.

Ich will nicht sterben.

»Nun gib schon!« Callahan streckte seine andere Hand aus. Eugen hielt seine Faust darüber, als wolle er den Splitter hineinfallen lassen. »Jetzt mach schon!«

Statt die Hand zu öffnen, stieß er ihm die Faust in den Magen und dann gegen den Unterkiefer.

Callahan taumelte zurück und Eugen trat ihm gegen das Schienbein. Callahan stolperte zur Seite, streckte den Arm Halt suchend aus und ließ dabei die Pistole fallen, die er hinter dem Rücken gehalten hatte.

Sie platschte in eine der Pfützen und Callahan griff ihr erschrocken hinterher. Eugen nutzte die Gelegenheit, verpasste ihm einen Schlag auf Wange und Ohr. Das gab ihm den Rest. Callahan stürzte und Eugen rannte an ihm vorbei, sprang über die gespannten Schnüre und erreichte die Terrassen, spurtete rauf und unter der Plane hervor.

Der Regen traf ihn wie eine Wucht.

Das Containerdorf war unendlich weit weg, der Boden glitschig, er musste höllisch aufpassen, sich nicht hinzulegen.

»Roland! Roland! Roland!«, brüllte er, während er rannte. Hinter ihm ertönte ein wütender Schrei.

Callahan kletterte aus der Ausgrabung. Er hatte die Pistole in der Hand. Eugen rutschte weg und wäre beinahe gefallen.

Schneller! Er musste schneller rennen!

»Roland, wo bist du?«, schrie er, als er das Containerdorf erreichte. Er rannte an den äußeren Reihen vorbei. Aus dem Augenwinkel sah er den roten Porsche und er wünschte sich nichts sehnlicher, als ihn kurzschließen zu können. Aber selbst wenn er das könnte, würde er die Karre bestimmt nicht zum Laufen bringen, bevor Callahan ihn einholte und ihm eine Kugel in den Kopf jagte.

Da! Da! Da! Das Hauptgebäude war fast erreicht. Drei Leute in gelben Jacken lagen davor.

»Hey! Ihr!«, brüllte Eugen beim Rennen.

Keine Reaktion. Konnte es sein, dass er zu leise war? »Hey! Sie da!«, brüllte er noch lauter.

Nichts. Sie bewegten sich nicht.

Eugen sah zurück, Callahan war ihm dicht auf den Fersen.

Er erreichte die drei Männer auf dem Boden. Zwei lagen auf dem Bauch, mit dem Gesicht in einer Pfütze. Der dritte war Franco Ramano, seine Augen standen offen. Sein Blick ging starr nach oben. Regen tropfte ihm ins Gesicht und rann an der Seite herunter.

Er war tot.

Callahan hat sie umgebracht und jetzt ist er hinter mir her. Hinter ihm knallte es, etwas pfiff durch die Dunkelheit.

Callahan war stehengeblieben und hatte auf ihn geschossen, jetzt ließ er die Pistole sinken und rannte weiter.

Eugen bog um die Ecke, vor ihm lag die Hauptstraße. Die Wassermassen hatten die Straße in ein Schlammloch verwandelt. In der Ferne kam Roland aus der Tür geprescht, seinen Medikamentenkoffer an sich gepresst. Vor dem Haus stand der SUV, mit laufendem Motor.

Roland rannte über die Veranda, warf den Koffer auf den Rücksitz des Autos und setzte sich hinter das Steuer.

»Roland! Der schießt!«, schrie Eugen.

»Achtung!«, brüllte er. »Hinter dir!«

Etwas Großes traf Eugen mit voller Wucht zwischen den Schultern. Er verlor das Gleichgewicht und stolperte. Es zerrte von hinten an seiner Jacke, ein scharfer Schmerz breitete sich auf seinem Rücken aus. Flügel peitschten ihm ins Gesicht.

Er bekam einen zu fassen und riss ihn über seine Schulter nach vorn. Ein Knochen knackte und der Flügel gab nach. Der Vogel kreischte wild auf und schlug dann noch wilder um sich.

Eugen zerrte an dem gebrochenen Flügel, aber der Vogel hackte und biss ihm in den Arm. Die Kleidung schützte ihn zwar, aber es tat trotzdem weh.

Er ließ los, der Vogel schoss nach hinten und Eugen wurde halb mitgezerrt. Er stolperte, konnte sich aber abfangen, der Vogel war auf den Boden geknallt.

Es war der Weißkopfseeadler.

Er wurde von den Wassermassen fast zu Boden gedrückt, der Flügel hing schräg herunter. Plötzlich stand Roland neben ihm. »Einsteigen!«, herrschte er. »Mach schon!«

Eugen humpelte zum SUV, Roland ihm nach. Der Adler kreischte wild auf und folgte ihnen, konnte aber nicht mehr fliegen.

Sie warfen sich in den Wagen und knallten die Türen zu. Augenblicklich fiel ihm das Atmen leichter, weil ihm kein Wasser mehr in die Nase lief. Roland gab Gas, die Reifen schleuderten Schneematsch in die Luft und griffen schließlich. Der Wagen schoss davon, Eugen wurde in den Sitz gepresst.

»Anschnallen! Ich kann nur heilen, nicht wiederbeleben!«

»Was war mit dem Adler?«, kreischte Eugen. »Was ist hier los! Hast du das gese–«

»Koffer! Aufmachen! Splitter rein in die Schachtel! Mach schon!«, unterbrach ihn Roland.

Im Fußraum lag ein kleiner Lederkoffer, dessen Ecken mit Blech ummantelt waren. Eugen legte ihn auf seine Knie und klickte die Verschlüsse einen nach dem anderen auf. Blut lief über den Handrücken und ihm fiel wieder ein, dass der Adler ihn am Arm erwischt hatte. Auch sein Rücken brannte, er lehnte sich zurück und der Schmerz wurde schlimmer.

»Was ist?«, rief Roland, während er weiter nach vorn starrte. Der SUV wackelte heftig, als er auf die asphaltierte Straße auffuhr. Die Scheibenwischer waren mit den Wassermassen überfordert und schoben sie nur von einer auf die andere Seite. Die Straße war kaum zu sehen, links und rechts schoben sich dunkle Mauern vorbei, vermutlich der Wald.

»Verletzt«, murmelte Eugen. »Vogel.«

Roland schnippte und stöhnte auf.

»Was hast du?«, fragte Eugen. Gleichzeitig bemerkte er, wie die Schmerzen nachließen. Er schob seinen Ärmel hoch, die Wunde hatte sich geschlossen. Einen Moment später war sie verschwunden. Auf seinem Rücken ließ das Brennen nach, bis es verschwunden war.

»Die Fähigkeiten werden einem nicht geschenkt. Los, mach schon! Koffer öffnen!«

Der Koffer war bis oben hin mit dunkelgrauem Schaumstoff ausgekleidet, in der Mitte lag eine kleine goldene Kiste, etwa von der Größe einer Streichholzschachtel.

»Tu den Splitter da rein! Sofort!«, sagte Roland.

»Warum?«

»Ich habe auch einen. Wenn sie zusammenfinden, ist es aus! Spürst du das nicht? Wie sie sich anziehen?«

Eugen konzentrierte sich auf seine Hand. Der Splitter bewegte sich ganz leicht, er zog in Richtung Fahrersitz. In der Grube war es genauso gewesen, der Splitter und Callahan hatten sich angezogen.

Roland warf das Lenkrad herum, sie schlitterten an einem Elch vorbei und Eugens Kopf prallte gegen die Seitentür.

»Tu ihn da rein, bevor du ihn verlierst!«, schrie Roland.

Eugen klaubte die Schachtel aus dem Koffer.

»Nicht zögern! Schieb das Gefäß auf, Splitter rein und gleich zuschieben. Wenn du das verbockst, saust dir dein Splitter ab, zu meiner Uhr, und wir haben den Salat.«

»Was passiert dann?«

»Dann sterben wir!«

»Wie ... Abe–«

»Kein Aber! Rein damit!«

Eugen schob die goldene Streichholzschachtel auf und presste seine Faust auf die Öffnung. Der Splitter drückte von unten gegen die Handinnenseite. So würde er ihn nie in die Schachtel kriegen.

Er wandte sich von Roland ab, hob die Hand vorsichtig, streifte den Splitter in die Schachtel und schob sie schnell zu. Beide Händen fest um die Schachtel geklammert, wartete er darauf, dass der Splitter durch den Deckel brach, aber nichts passierte.

»Gut. Behalte sie bei dir und öffne sie niemals, wenn ich in deiner Nähe bin. Leg sie niemals weg.«

»Ja. Und jetzt?« Eugen steckte die Schachtel in die Hose, schloss den Koffer und schob ihn zwischen den Sitzen hindurch auf die Rückbank.

»Jetzt schau nach hinten!«

Eugen drehte im Sitz herum. Der Tag war angebrochen, aber die Sonne hatte es nicht durch die Wolkenwand geschafft. Trotzdem erkannte er im Regen einen verwaschenen gelben Fleck.

»Und?«, rief Roland.

»Da ist jemand hinter uns. In … in dem Lamborghini.«

»Wie weit weg?«

»Kann ich nicht sagen. Ein paar hundert Meter. Ist das Callahan?«

»Ja. Die anderen sind tot.«

»Was? Die sind –«

»Das ist jetzt nicht wichtig. Wir müssen zur Maschine.«

»Was für eine Maschine?«

»Ich hab einen Flieger hier in der Nähe geparkt.«

»Du willst nach Wrigley?«

»Nein. Hör mir doch zu. Gestern habe ich einen Flieger in Wrigley geklaut und ein paar Kilometer von hier geparkt.«

»Geklaut? Wieso?«

»Hatte befürchtet, wir könnten ihn brauchen. Dreh dich rum! Wie viel Abstand noch?«

»Hundert Meter.«

»Wir müssen den irgendwie loswerden.«

»Fahr schneller!«

»Ich gebe schon alles, was die Karre hergibt!«

Es war nicht zu sagen, wie schnell sie fuhren, sie rasten durch ein Nichts aus Wasser und Schatten. Da schoss der Porsche aus dem Regen heran und rammte sie mit voller Geschwindigkeit.

Eugen flog vor und prallte mit dem Kopf gegen das Armaturenbrett. Der Wagen schlingerte über die Straße, auf die dunkle Mauer aus Bäumen zu. Roland klammerte sich an das Lenkrad, lenkte gegen und brachte das Auto auf die Straße zurück.

Sie schossen wieder geradeaus.

»Was ist hier los?«, stieß Eugen aus.

»Er will den Splitter!«

»Du hast gesagt, dann stirbt man!«

»Du stirbst. Nein, schlimmer sogar. Wir müssen ihn loswerden!« Zum ersten Mal, seit er ihn kannte, klang Roland panisch.

»Ich werfe dein Gepäck nach ihm«!

»Du machst was?«

»Hast mich schon verstanden, oder hast du eine bessere Idee?«

»Ja.« Roland bremste. Eugen flog vor, der Gurt verhinderte, dass er durch die Windschutzscheibe flog, sein Nacken knackte und ihm war schwindlig.

Roland trat härter auf die Bremse und lenkte ein. Der Wagen schlitterte quer über die Straße. Callahan schoss heran, und als ihre Hinterräder auf der Höhe seiner Motorhaube waren, zog Roland das Lenkrad in Richtung Porsche.

Sie rammten den Kotflügel. Etwas schepperte, ihre Motorhaube bog sich hoch, krachte in die Frontscheibe und verwandelte sie in Milchglas. Der Motor heulte auf.

Eugen wurde herumgerissen, knallte gegen das Seitenfenster, dann gegen die Kopfstütze, und spürte das Bier vom Abend hochkommen.

Die Motorhaube fiel wieder runter, löste sich und krachte erneut gegen die Windschutzscheibe, dann aufs Dach und war verschwunden. Vor ihm rotierte der Porsche. Sie wären beinahe mit ihm kollidiert, aber Roland zog im letzten Moment zur Seite und gab Vollgas.

Mühsam drehte Eugen sich nach hinten. Ihm war speiübel. Der Porsche schrumpfte zusammen, bis er hinter dem Schleier aus Regen verschwand.

»Treffer!«, rief Eugen.

Die Motorhaube hatte keinen Deckel mehr, über kurz oder lang würde der Regen das Auto zum Stehen bringen. In der Windschutzscheibe war ein Loch, durch das Regenwasser lief und in die Lüftungsschlitze floss.

»Was jetzt?«, fragte Eugen

Roland deutete nach vorn und bremste. »Da steht die Kleine.«

Ein unebener Pfad verschwand im Wald. Sie bogen ab und holperten zwischen den Bäumen dahin. Irgendwann hörten die Bäume auf und hinter einer Reihe aus Büschen tauchte ein Propellerflugzeug auf.

Es war ein kleines Doppeldeckerflugzeug mit zwei Sitzen. Es stand am Ende einer baumfreien Zone, die mit trockenem Gras und Resten von Schnee bedeckt war.

Roland ließ den Wagen langsamer werden. Kaum war der SUV zum Stehen gekommen, stieg er aus, schnappte sich seinen Koffer von der Rückbank und rannte zum Flieger.

»Kommst du?«, rief er zurück.

Eugen stieg aus und eine Wand aus Regen traf ihn. Das Wasser war eisig, fast glaubte er, dass es demnächst in Schnee übergehen würde. Roland startete den Motor und das Flugzeug fing an zu rattern.

Ich hätte den Splitter mit den Handschuhen zusammen in die Dose stopfen und alles Roland überlassen sollen. Ich hätte auf Roland hören sollen! Dann wäre ein wahnsinniger Millionär nicht mit einem Porsche hinter mir her, um mich umzubringen! Er wünschte sich, weiter Fossilien auszugraben, nein, er wünschte sich, er wäre nie hergekommen. Dann könnte er jetzt mit Susanne und Mary Spagetti mit Tomatensoße essen.

»Eugen!«, brüllte Roland. Die Rotoren knatterten, die Propeller sausten im Kreis und verschmolzen zu einem durchscheinenden grauen Teller. »Eugen!«

Hinter ihm röhrte es. Der Porsche kam durch den Wald geschossen. Panik flackerte in ihm auf. Er rannte zum Flieger, stieg hinten ein und schnallte sich an.

Der Porsche näherte sich viel zu schnell.

»Er ist fast da!«

Roland reagierte nicht, er war in die Instrumente vertieft. Der Regen trommelte auf das Dach. Vor Eugen hing eine Lederkappe mit Headset, die er sich über den Kopf zog. Dabei schlug er sich mehrmals die Ellenbogen in der engen Kabine an.

»Roland! Beeil dich.«

»Aber ja doch.« Der Motor brummte lauter. Der Porsche war keine zweihundert Meter mehr entfernt.

»Bring uns endlich in die Luft!«, rief Eugen. Als hätte Roland nur auf dieses Stichwort gewartet, setzte sich der Flieger in Bewegung. Die Kabine ruckelte und es fühlte sich an, als würde sie gleich entzweireißen. Die Bäume an den Seiten zogen schneller und schneller an ihnen vorbei, das Ende der baumfreien Zone kam rasend schnell näher.

»Mist«, krachte durch die Kopfhörer. »Das wird knapp.«

Eugen klammerte sich am Sitz fest, der wild ruckelte. Er glaubte zu ersticken und lehnte sich zur Seite. Er wollte schreien. Da gab es einen Schlag von unten, das Flugzeug machte einen Satz, der ihn an die Kabinendecke beförderte.

Im nächsten Moment beruhigte sich die Kabine, der Boden sackte weg und eine Reihe Bäume zischte unten ihnen entlang.

Sie hatten abgehoben.

Der Flieger schwankte wie ein Boot, von links nach rechts und zurück, so dass Eugen abwechselnd Bäume und grauen Himmel sah.

Wir stürzen ab, dachte er. Das war's. Mary, Susanne, ich liebe euch. Das Flugzeug kippte erneut zur Seite. Baumspitzen kamen auf sie zu und verschwanden wieder.

Danach beruhigte sich der Flieger.

Eugen erkannte am Waldrand gerade noch Callahan, der aus dem umgekippten Porsche kletterte. Zwei kleine schwarze Räder lagen neben dem Fahrzeug. Waren das ...

»Oh Mann!«, schrie Eugen. »Unsere Räder!« Callahan musste ihnen die Räder abgefahren haben.

»Knapp, sagte ich ja«, kam Rolands Stimme durch die Kopfhörer. Er lenkte das Flugzeug in die Waagrechte. »Viel zu knapp. Das brauch ich nicht noch mal.«

Eugen zitterte. Er war nass bis auf die Haut und unter dem Headset klebten ihm die Haare am Kopf. »Wie sollen wir nur landen?«

»Viel wichtiger ist: Wo?«, sagte Roland. Unter ihnen glitt der Wald dahin, dessen Baumspitzen immer weiter zusammenschrumpften.

Kurze Zeit später erreichten sie das Containerdorf und Roland senkte den Flieger. Es nieselte nur noch, der Himmel war grau, als sie über die Hauptstraße flogen. Alles war nach wie vor mit Asche bedeckt, aber die merkwürdige schwarze Wolke über dem Dorf war verschwunden. Gelbe Regenjacken lagen in den Seitengassen und entlang der Straßen, schwarz verschmiert, aber sie waren nicht leer.

»Was ist mit ihnen?«, fragte Eugen. Keiner der Menschen da unten rührte sich, obwohl sie im Schneematsch und halbhohen Pfützen lagen.

»Sie sind tot«, sagte Roland. »Auch Marianne und ihre Frau. Ich war bei ihnen.«

»Aber warum? Was ist passiert?«

»Die Wolke – der Dschinn, – hat viele umgebracht. Sie saugt den Menschen die Seelen aus dem Leib und alles, was bleibt, ist Asche. Die, die den Dschinn überlebt haben, sind gestorben, als du den Splitter aufgehoben hast. Ich und Callahan leben noch, weil wir selbst einen Splitter haben.«

Eugen warf sich in den Sitz zurück und bemühte sich, nicht zu weinen. Er massierte sich die Nasenwurzel und starrte durch die Plexiglasscheibe auf Rolands Hinterkopf. Er trug wie Eugen einen Lederkappe.

Roland zog das Flugzeug wieder hoch und sie ließen die Ausgrabungsstätte hinter sich zurück.

20

»Kari. Karu. Karam!«, sagte Raffael ein letztes Mal, dann öffnete er die Augen. Seine Beine waren eingeschlafen und kribbelten, der untere Rücken schmerzte.

Im Zimmer war es hell, obwohl er die Deckenlampe nicht eingeschaltet hatte. Die Teelichter waren bis auf den letzten Tropfen verbrannt.

Er hatte die ganze Nacht dagesessen. Die Meisterin hatte sich länger in der Welt aufgehalten als sonst. Doch nun war sie wieder in ihrem Gefäß.

Raffael schob sich einen Glimmstängel in den Mund, nahm die wertvolle Abyss seiner Meisterin, räumte sie vorsichtig in den Koffer und schob ihn unter das Bett. Danach verließ er das Haus.

Der Himmel war grau und es nieselte leicht. Der meiste Schnee war geschmolzen, die Temperaturen waren fast normal.

Er paffte den ersten Zug in der Tür. Sein Hals war rau vom vielen Beten. Das war das Opfer, das er für den Orden bringen musste, seine Väter wollten es so.

Der zweite Lungenzug schmeckte. Das Brennen in den Lungen war etwas Reales, etwas durch und durch Irdisches. Dieses Beten für die Meisterin zerrte ihn jedes Mal aus der Realität. Wie er das verabscheute, aber auch das war ein Opfer, das er für seine Väter bringen musste.

Jetzt war er wieder mit beiden Beinen in der echten Welt. Er fühlte nach dem Taschentuch. Er musste den Käfer jetzt nicht hervorholen, für den Moment reichte es, ihn in seinem Kopf zu sehen.

Raffael schloss die Tür hinter sich und betrat die enge Gasse zwischen den Containern. Der Schneematsch war schmutzig, auf den Pfützen schwamm schwarze Schmiere. Ein paar Meter von ihm entfernt lag jemand auf dem Boden, er trug eine der gelben Regenjacken.

Raffael ging auf ihn zu, wer immer das war, musste betrunken sein, wenn er hier draußen rumlag. Beim Näherkommen bemerkte er, dass der Mann mit dem Gesicht in einer Pfütze lag.

Raffael blieb stehen. Er war allein mit einem Toten. Das war nicht gut. Er trat näher: definitiv tot. Aber warum interessierte das niemanden? Er schaute sich erneut um: Kein Mensch war da. Eine innere Stimme meldete sich zu Wort: Hau ab, bevor du gesehen wirst!

Raffael nahm den kürzesten Weg zur Ausgrabung. Die Aggregate ratterten, aber die Grube war menschenleer.

»Was hab ich verpasst?« Irgendwas stimmte doch nicht, oder? Der Boden war braun und aufgeweicht. Wo war der Schnee? War der gestohlen worden? Aber wer stielt Schnee? Der Weihnachtsmann? Aber der hatte doch den Nordpol.

Warum arbeitete hier keiner? Da hatte Raffael eine fantastische Idee: In der Kantine wusste sicher jemand Bescheid, in der Kantine wusste immer jemand Bescheid. Er machte sich auf den Weg zum Hauptgebäude.

Er kam an drei weiteren Leichen vorbei, einer starrte mit offenen Augen in den Himmel. Er kam ihm bekannt vor. Das Gesicht war aufgequollen ... Er hieß Rimona Frances. Nein, den Namen hatte er noch nie gehört. Ramana? Ramona? Ramano? Franco Ramano!

Das war der Schichtleiter von Gruppe B, die beiden anderen waren dann vermutlich seine Gehilfen. Sie lagen tot auf der Straße. Wieso interessierte sich keiner dafür?

Raffael schob die Hand in die Hosentaschen und drückte den Käfer. Er war sich jetzt fast sicher, dass hier irgendwas nicht stimmte. Er fasste Ramano in den Nacken. Er war kalt. Raffael konnte keine Verletzungen erkennen, Blut gab es ebenfalls nicht, auch wenn der Schichtleiter bekleidet war und Raffael nicht wusste, was sich darunter an Verletzungen verbarg. Aber er war zumindest nicht niedergeschlagen worden.

Er suchte am Hals nach einem Einstichloch, aber er war auch nicht durch eine Spritze getötet worden. So wie der Tote aussah, musste er vergast worden sein. Da gab es keinen Zweifel.

Raffael richtete sich auf. Oben auf dem Dachvorsprung saß kein Adler. Das war gut. Dieser dumme Vogel hätte ihm jetzt gerade noch gefehlt.

Er öffnete die Tür des Hauptgebäudes, da hörte er es von weit her rattern. Ihm war sofort klar, dass es sich um ein Maschinengewehr handelte. Er schmiss sich zu Boden, vergrub seinen Kopf unter den Armen und robbte in die Kantine.

Das war ganz sicher die kanadische Armee, die das Dorf vergast hatte, und jetzt verpasste sie den noch Lebenden eine Kugel zwischen die Augen.

»Aber mir nicht!« Er hatte den ersten Tisch erreicht, zog sich hoch und lauschte. Das Rattern des Maschinengewehrs näherte sich. Er schlich zur Tür und spähte hinaus. Sehen konnte er nichts, aber das Rattern war lauter geworden. Es kam von oben.

Raffael beugte sich noch weiter vor, da rauschte ein Doppeldeckerflugzeug über ihn hinweg.

Für die Armee war der Flieger nicht grün genug. Das Knattern wurde leiser und verstummte.

Er begriff, dass er sich geirrt hatte. Aber wenn das nicht die Armee gewesen war, warum waren dann alle Menschen tot? Er überlegte, bis ihm die Denkmasse wehtat, kam aber zu keiner nützlichen Erkenntnis.

Er richtete sich auf. Auch in der Kantine lagen Tote auf dem Boden, an den Sitzplätzen saßen sie in sich zusammengesunken, einige noch mit dem Frühstück vor sich. Auf der Treppe saß ein Pärchen, das gemeinsam nach oben schaute.

»Ihr seid alle tot!«, stieß er aus.

Er rannte raus auf die Hauptstraße. Der Nieselregen ließ nach, in tiefen Rinnen hatte sich Wasser gesammelt. Er hämmerte gegen die erste Haustür, und spähte durchs Fenster. Da lag jemand auf dem Sofa.

»Hey!«, brüllte er. »Lebst du?«

Keine Reaktion. Raffael stieg die Veranda runter, nahm Anlauf und warf sich mit der Schulter gegen das Türblatt. Es schepperte, er prallte ab und landete auf dem Steiß.

Ein scharfer Schmerz schoss ihm aus dem Hintern über die Wirbelsäule in den Kopf. Sich dem Leiden hinzugeben, dafür war keine Zeit. Vielleicht war sie wie die letzte offen? Er drehte den Türknauf.

Sie war offen. Warum schließen die Leute ihre Türen nicht mehr ab? Hoffentlich setzt sich das durch.

Beim Reingehen kam ihm der Geruch von Schwefel entgegen. »Hey! Wenn man lebt, dann sagt man was!«, rief er in den Raum hinein.

Keine Reaktion. Er ging zum Sofa, darauf lagen zwei Frauen in einer Umarmung und zerbröselten langsam zu Staub.

»Ach, so ist das«, murmelte er. »Ihr konntet nicht antworten, weil ihr tot seid.«

Er brach noch in ein paar weitere Unterkünfte ein, aber alle waren tot. Die Meisterin hat alle umgebracht und der Rest war einfach so verreckt. Es gab keine Opfer mehr, die er bringen musste, endlich.

Schließlich hatte er genug und kehrte zur Hauptstraße zurück. Der Adler saß mitten auf der Straße, ein Flügel hing in einem ungesunden Winkel herunter, und starrte ihn an.

Raffael rieb sich die Augen. Sah er das wirklich? Es musste so sein. Er griff nach dem billigen Messer an seinem Rücken.

»Hast du dir den Flügel gebrochen? Och, du armer, armer Vogel.« Er leckte sich die Lippen. »Du dummer, dummer Vogel.«

Er schlich auf ihn zu, die Hand am Messergriff. Der Adler hüpfte, um Abstand zu gewinnen. Ein Vogel, der laufen musste, das sah so dämlich aus, dass Raffael zu lachen begann.

Er holte ihn mühelos ein und griff nach dem gebrochenen Flügel.

Der Adler hackte nach ihm. Raffael trat zu, traf den Adler an der Seite, so dass er sich überschlug und im Matsch landete. Dann er packte den gesunden Flügel mit beiden Händen und brach ihn wie einen dünnen Zweig. Das ging so schnell, dass der Adler keine Chance hatte, sich zu wehren, und nur noch kreischen konnte.

Der Vogel versuchte wegzukommen, vergeblich schlug er mit den Flügeln, brach aber jedes Mal jämmerlich wimmernd ab. Er sprang auf, hopste weg und brach zusammen.

Raffael beobachtete ihn dabei.

Der Adler beruhigte sich, schaffte es in die Senkrechte und blieb diesmal stehen. Langsam und konzentriert setzte er einen Fuß vor den anderen, wie ein alter Mann, der sich wiegend vorwärtslief.

Raffael gab ihm einen Stoß und stellte seinen Fuß auf einen der orangegelben Fänge. Langsam verlagerte er sein Körpergewicht.

Der Adler schrie, schlug hektisch um sich, sogar mit den gebrochenen Flügeln. Raffael spürte die geballte Kraft in dem Tier, beugte sich mit dem Messer vor und rammte es ihm in den Rücken, immer und immer wieder, bis das Tier nach vorn kippte.

Es zuckte immer noch schwach. Raffael stach weiter zu, bis sich der Adler nicht mehr bewegte. Dann kickte er den leblosen Leib weg.

»Dummer, dummer Vogel!«, rief er außer Atem, ließ ihn liegen, ging zu seinem Container zurück und nahm ein Telefon aus der Reisetasche. Er zog die Antenne heraus und wählte die Nummer, die mit weißem Marker auf die Rückseite geschrieben war.

»Hier Bruder Raffael«, sagte er, als auf der anderen Seite abgenommen wurde.

»Ja?«

»Die Menschen sind tot. Die Meisterin hat einen Teil in sich aufgenommen, aber nicht alle.«

»Verstanden.« Die Verbindung brach ab.

Das Telefon klingelte. Raffael nahm an.

»Bruder Raffael, mach dich auf den Weg nach Wrigley.«

»Wird gemacht.«

»Ist die Meisterin bei dir?«

»In ihrer Abyss.«

»Du wirst am Flughafen abgeholt. Wir sind gespannt zu erfahren, was schief gegangen ist.« Der Anrufer legte auf.

Am liebsten hätte Raffael noch mal angerufen und ihn angebrüllt, dass er nicht mal wusste, weswegen er hier in der Pampa war. Keiner verriet ihm auch nur ein Wort. Aber er sollte jetzt wissen, was schief gegangen war? So ein dummer Idiot!

21

Der Himmel war so grau wie die Plastikverschalung, in der er saß. Die Berge lagen vor ihnen wie eine massive Wand. Die Spitzen waren teilweise noch weiß, und während sie langsam stiegen, wurden sie kleiner und kleiner.

»Willst du da drüber?«, fragte Eugen.

»Ja«, sagte Roland.

»Wie weit kommen wir?«

»Mit dem Tank bring ich uns über die Mackenzie Mountains bis nach Yukon. Danach müssten wir noch über die nördlichen Ausläufer der Rockys. Der nächstgrößere Flughafen ist der Ted Stevens Anchorage International Airport in Alaska.«

»Was sollen wir in Alaska?«

»Wir steigen in den nächsten Flieger und ab nach Hause.«

»Weißt du, wie lang wir da unterwegs sind?«

»Je nach Wind, rechne ich mit wenigstens sechs Stunden.«

»Was?«, rief Eugen.

»Ja, ich weiß, aber wenn wir den einfachen Weg nehmen und in Wrigley landen, kann es sein, dass uns Callahans Leute einsacken. Das ist doch alles von dem bezahlt.«

»Das versteh ich schon, aber gibt es keinen schnelleren Weg? Wer weiß, was der vorhat! Bestimmt will der mich erpressen, um den Splitter zu bekommen. Ich hab doch diesen Fragebogen ausgefüllt, der weiß alles über mich.«

»Wir halten uns ran.«

Das Land zog unter ihnen dahin, die Berge kamen immer näher. Eugen wollte nach Hause, wollte Mary und Susanne in die Arme schließen, um sich zu versichern, dass es ihnen gut ging. Er nahm die Münze zwischen Daumen und Zeigefinger, doch das beruhigte ihn nicht und so steckte er sie wieder ein.

Ich musste ja den Splitter anfassen.

»Warum hast *du* den Splitter nicht geholt? Warum musste *ich* das machen?«

»Hab ich doch gesagt. Wegen meinem in der Uhr. Hätte ich ihn berührt, hätten sie sich vereinigt und das wollte ich nicht.«

»Warum nicht?«

»Weil dann alles Bumm macht!« Roland klang verärgert. Aber Eugen hatte seine Worte aus dem Auto nur noch vage in Erinnerung.

»Wieso warst du dann bei der Ausgrabung? Wenn du alles weißt, aber den Splitter nicht haben wolltest?«

Roland antwortete nicht gleich, er war damit beschäftigt, Höhe zu gewinnen. Die Berge lagen nun unter ihnen, sie erstreckten sich in alle Richtungen und die Welt bestand nur noch aus Schnee und Gestein.

»Ich überwache eine Organisation, die sich selbst *der Orden* nennt. Sie suchen nach Splittern. Vor ein paar Monaten hörte ich, dass eine Ausgrabung in Kanada geplant sei, und bekam mit, dass der Orden jemanden herschicken will. Also entschied ich, auch zu kommen, ich hatte Glück, dass Callahan noch einen Arzt suchte. Ich wollte verhindern, dass wieder alle sterben. Hat ja nicht so viel gebracht.« Er klang erschöpft.

Sie tauchten in eine Wolke ein, Nebel zog am Fenster vorüber. »Was will dieser Orden mit den Splittern?«

»Dasselbe wie alle anderen, mehr Macht. Die Splitter verleihen Fähigkeiten, mächtige Fähigkeiten.«

»Dass du heilen kannst?«, fragte Eugen und dachte an seine Wunde, den gebrochenen Arm und das blitzende Auge.

»Genau, aber jeder hat eine andere Fähigkeit.«

»Welche habe ich?«

»Keine Ahnung. Das wirst du bald herausfinden.«

»Aber ... Ich habe etwas gesehen, als ich den Splitter angefasst habe. Einen Stein und ein Licht und das Universum und ...« Er brach ab. Er konnte es nicht so richtig in Worte fassen.

»Du hast den Zyklus gesehen. Das ist die Entstehung des Universums, des Lebens und das Ende von allem. Das wiederholt sich immer und immer wieder. Wenn die Splitter zusammenfinden, endet das Universum. Deshalb dürfen sie das nicht. Und es sind schon zu viele vereint.«

»Das ist alles wahr?«, stammelte Eugen.

»Ja, leider, mein Freund. Leider. Merk dir folgendes: Du bist unsterblich – unsterblich, nicht unverletzbar –, solange du deinen Splitter hast. Wenn du ihn verlierst, stirbst du nicht, aber du bleibst auch nicht am Leben. Du wirst zu etwas dazwischen, einer Art Rauch, wir nennen es Dschinn. Aber glaub mir, die haben nichts mit den netten Gestalten aus den Märchen zu tun. Du hast letzte Nacht einen gesehen, die Wolke, die über dem Containerdorf geschwebt hat. Das war Hedda ... Sie hatte auch mal einen Splitter und sie war es auch, die die Alpträume geschickt hat.«

»Warum? Was wollte sie von uns?«

»Das weiß ich nicht genau. Mehr Macht? Seelen sind mächtig, denke ich.« In dem Moment verließen sie die Wolke, die Luft war wieder klar und unter ihnen zeichneten sich die majestätischen Gipfel der Rocky Mountains ab. Eugen bewunderte den Ausblick einen Moment.

»Was machen wir jetzt?«

»Du bist quasi durch den Splitter zum Staatsfeind Nummer eins geworden. Der Orden wird hinter dir her sein, Callahan auch und es gibt noch jemanden, von dem ich weiß, dass er Splitter sammelt. Es ist leider so, wenn ein neuer Träger gefunden ist, haben alle anderen Träger eine Vision davon.«

»Das heißt, jeder weiß, wer ich bin und dass ich einen Splitter habe?« Na, ganz toll! »Was hast du gesehen?«

»Wie du den Splitter aufhebst und vor Callahan wegrennst.«

»Hat Callahan für den Orden nach dem Splitter gegraben?«

»Wenn er für den Orden arbeiten würde, hätte der Orden seine Soldaten die Ausgrabung machen lassen, Fremde zu involvieren, scheint mir zu auffällig zu sein. Ich bin mir nicht sicher, wieso Callahan den Splitter sucht. Vielleicht hat er die Schnauze vom Leben voll und will sie zusammenführen oder er will mehr Macht, oder ... Ich weiß es wirklich nicht. Moment!«

Das Flugzeug ruckelte und sie drehten leicht bei. »Ich hab unseren Kurs korrigiert. Also, ich wusste von Callahan, ich habe gesehen, wie er vor etwa dreitausend Jahren seinen Splitter, ich glaube in Australien, gefunden hat. Aber mehr auch nicht. Ich lasse die anderen normalerweise in Ruhe. Splitter sollten nicht zu nah beieinander sein. Das bringt nur Unglück. Du hast ja gesehen, was passiert, wenn ein neuer Träger gefunden wird. Dasselbe passiert, wenn zwei Splitter sich vereinen. Alles in der Umgebung stirbt.«

»Warum?«

»Ich weiß es nicht. Es liegt eben in ihrer Natur.«

Eugen lehnte den Kopf zurück. Dschinn, ein Orden, Callahan. Die Splitter, die vielen Toten, die Wolke. Wo um alles in der Welt war er da reingeraten?

»Deswegen hast du mir die Dose gegeben. Du wolltest nicht, dass ihn jemand aufhebt.«

»Ja«, sagte Roland von vorn. »Warum hast du ihn angefasst?«

»Wenn ich das wüsste. Ich wollte nicht. Aber dann … Er hat mich zu sich gezogen. Er wollte, dass ich ihn aufhebe.«

Roland seufzte, Eugen konnte es deutlich durch die Kopfhörer hören. »Mach dir nichts draus. Gegen manche Kräfte kommt man nicht an.«

Eugen schloss die Augen, tastete in der Hose nach der Schachtel und wendete sie. Ihm war kalt und das Wasser drang nach wie vor durch seine Kleider und rann ihm den Hals hinab. Er wollte sich ausruhen, wieder warm werden, wenigstens einen Moment.

Die Splitter rasten durch das Universum. Sie schenkten Raum und Zeit, Licht und Materie und zogen einen Bogen, bis sie wieder an ihren Ausgangspunkt zurückkehrten. Doch diesmal hatte sich an ihrem Startpunkt ein Planet gebildet. Er war mit Wasser bedeckt, weiße Wolken schwebten über den Ozeanen. Dazwischen lag ein grüner Kontinent mit weiten Wäldern und dampfenden Dschungeln.

Die Splitter stürzten vom Himmel herab und schlugen auf der Erdoberfläche ein. Wasser, Erde und Gestein wurden weggeschleudert, riesige Krater taten sich auf, in denen nichts mehr lebte.

Staub, Erde und feines Gestein stiegen auf. Der Himmel verdunkelte sich, für viele Jahre. Das meiste Leben starb und die Splitter wurden von den Überresten begraben. Jahrmillionen vergingen, Pflanzen und Bäume entstanden und starben, Schnee und Eis überzog den Planeten, bis es wieder schmolz und die Erde frei gab. Die Kontinente verschoben sich. Meere schwappten an die Ufer, Städte entstanden, Schiffe fuhren über das Meer und schließlich sah er einen Strand, der sich breit hinzog, bis zu einem dichten tropischen Wald.

Eine Gruppe von etwa zwanzig Männern lief am Strand entlang und sang in einer Sprache, die Eugen nie zuvor gehört hatte. Die Gruppe hatte einen Emu auf einem Speer aufgespießt und trug ihn nun lachend vor sich her.

Einer der Männer war Callahan, er trug einfache Sandalen, die mit einem Seil gebunden waren, als Hose dienten weite Felle, um die Schultern hatte er den abgeschnittenen Hals des Emus gelegt. Aber es war Callahan.

Er blieb stehen. Die Gruppe marschierte weiter, während er seine Hand zum Sand ausstreckte. Darunter glühte es, und als Callahan sich aufrichtete, hatte er einen Splitter in der Hand. Seine Augen leuchteten durch die Lider hindurch. Sein Kopf fiel in den Nacken und er brüllte etwas Unartikuliertes. Die Männer vor ihm stürzten zu Boden und rührten sich nicht mehr. Sie waren tot.

Die Szenerie wechselte, Callahan stand auf einem Podest, um ihn knieten Männer und Frauen, die Köpfe zu Boden gesenkt, die Hände erhoben. Sie beteten ihn an. Ein Singsang erhob sich, die Menschen wiederholten immer wieder dieselben Worte, in einer Sprache, die Eugen nicht verstand. Einige sprangen auf und schrien ekstatisch, bevor sie sich wieder zu Boden warfen. Sie wälzten sich im Dreck, spuckten und schrien.

In der wild gewordenen Menge öffnete sich ein Gang, die Menschen wichen zur Seite, wenn auch mehr zufällig. Eine Gruppe von zehn Leuten, alle in weiten Roben, trug ein Brett, auf dem ein Mensch lag. Er war mit einem weißen Laken zugedeckt.

Die Menge begann jetzt richtig zu toben. Sie schrien so laut, dass Eugen die Ohren wehtaten, während die Träger langsam weiterschritten, auf Callahan zu. Der blinzelte nicht mal.

Das Brett erreichte Callahans Podium und der hob die Hand.

Schlagartig kehrte Ruhe ein. Callahan öffnete den Mund und grinste breit. Dann deutete er mit der Hand auf die Gestalt unter dem Laken.

Er sagte etwas und ...

»Wir müssen landen«, ertönte Rolands Stimme in den Kopfhörern. Eugen schreckte auf, die Hand noch immer an der Schachtel.

»Hab ich geschlafen?«

»Was?« Roland klang überrascht. »Wir haben kein Treibstoff mehr. Ich dachte, wir kämen weiter, aber wir hatten Gegenwind. Ich hoffe nur, dass da unten ist kein gefrorener See.«

Hinter ihnen befanden sich die Rocky Mountains, unter ihnen deren Ausläufer, was viele Wälder, Berge und jede Menge Schnee bedeutete. Sie sanken rasch und näherten sich einer glatten weißen Fläche, auf der weder Bäume wuchsen noch Gestein lag. Im Kopfhörer rauschte es: »Ich finde, Hoffnung ist durchaus angebracht, wir haben keine Räder, aber immerhin eine perfekte Landebahn, frei von Hindernissen. Festhalten. Ich schalte jetzt die Rotorblätter aus.«

»Warum um Himmels willen? Lass die Dinger an!«

»Wenn wir aufsetzen, fliegen uns die Blätter sonst um die Ohren.«

Sie sanken rapide, bald war der Boden nur noch ein paar Meter entfernt. »Mach dich klein! Wir setzten auf, in drei, zwei ...«

Eugen verpasste den Moment, den Kopf zwischen die Knie zu stecken und die Augen zu zukneifen. Das Flugzeug setzte auf, er wurde nach hinten geschleudert und schlug mit dem Kopf gegen die Rückwand seiner Kabine. Sterne tanzten vor seinen Augen und verglommen.

Eine Wolke Pulverschnee stob über sie hinweg. Dann neigte sich das Flugzeug nach vorn, der Propeller verschwand im Schnee und es knirschte laut. Ein Ruck, sie hingen irgendwo fest, die Rotorblätter kreischten metallisch.

Das Flugzeug schleuderte um die eigene Achse und die Rotorblätter tauchten wieder aus dem Schnee auf, allerdings ohne Verbindung zum Flugzeug.

Eugen duckte sich, als ein riesiges Metallblatt über ihn hinweg schoss, gegen das Dach krachte und es mit sich riss. Eine Wolke Schnee stürzte auf sie herab. Er konnte nicht atmen, die Luft war eisig und brannte in den Lungen, seine Kehle war wie zugeschnürt.

Wieder ein Ruck und das Flugzeug kippte auf die rechte Seite, ein Flügel zeigte nach oben. Eugen fiel in dieselbe Richtung. Etwas schnalzte, als würde ein gespanntes Gummi durchtrennt. In seinem Arm breitete sich Schmerz aus, aber er hatte keine Zeit, darüber nachzudenken.

Das Flugzeug sackte ab, unter ihm kreischte es laut, nicht wie der Propeller, sondern mehr wie ein verwundetes Tier. Es gab einen Satz und Wasser flutete von allen Seiten herein.

Sie waren in einen See eingebrochen.

Das Wasser war eiskalt. Es brannte wie Säure, tausende Nadeln stachen ihn. Seine Lunge stellte ihren Dienst ein. Entsetzt atmete er aus, die Luftblasen stiegen vor ihm nach oben, während er selbst nach unten sank.

Das Flugzeug verschwand im Wasser.

Die Eisoberfläche war wie beleuchtet, winzige Lichtkegel strahlten in die Schwärze. Sie hingen noch mit einem Flügel am Rand des Eises, es wirkte, als müsste er nur die Hand ausstrecken, um danach zu greifen. Da löste sich der Flügel, Eisschollen schossen nach oben, das Flugzeug überschlug sich und sank verkehrtherum in die Tiefe.

Der Seegrund raste auf ihn zu. Wenn Eugen nicht rasch handelte, würde er hier sterben. Er wollte am Gurt zerren, doch er konnte seinen linken Arm nicht bewegen. Er begriff sofort, dass das mit dem Schnalzgeräusch zu tun hatte, aber er konnte jetzt nichts dagegen tun.

Konzentrier dich! Die Wassermassen zogen an ihm und die Kälte durchdrang ihn. Er zerrte mit der rechten Hand am Gurt, der sich partout nicht öffnen wollte. Es war ein Dreipunktgurt, er hätte seinen zweiten Arm gut gebrauchen können. Er drückte den Verschluss, wieder und wieder und schließlich brach er auf.

Eugen brauchte Luft, er musste atmen. Er stieß sich vom Flugzeug ab und schoss in das Wasser hinaus. Die Lederkappe mit dem Headset wurde ihm vom Kopf gerissen.

Wo war oben? Er drehte sich um sich selbst, während schräg unter ihm der Flügel auf den Boden donnerte. Eine Bewegung ergriff ihn und schleuderte ihn durchs Wasser.

Da war das Loch im Eis, die Bruchkante war gezackt, Licht malte Formen ins Wasser.

Er schwamm wie ein einarmiger Frosch nach oben. Seine Lungen verkrampften. Er musste atmen! Jetzt! Doch das Loch war so weit weg. Sein Arm wurde schwer. Er spürte seine Beine nicht mehr. Er hätte gern Pause gemacht, nur kurz, um auszuruhen. Er würde endlich einatmen und alles wäre gut. Er dachte an den Jungen, wie er im Vorgarten saß und weinte.

In diesem Moment durchbrach er die Oberfläche und riss den Mund auf. Frische Luft strömte in seine Lungen. Er hustete, inzwischen spürte er auch seinen Unterleib nicht mehr. Einarmig paddelte er zum Rand, dabei schluckte er reichlich Wasser.

Eugen packte die Eisplatte. Bitte halte! Er hatte ein Bild vor Augen, wie das Eis unter ihm brach und er in einem Scherbenhaufen ertrank.

Hinter ihm keuchte jemand. Ein Blick über die Schulter, es war Roland. Er war bleich und bibberte, aber lebte und holte auf. Roland schob neben ihm den Koffer aus dem Wasser, zog sich hoch und half Eugen beim Rausklettern.

Dann lagen sie auf dem Eis.

Wind brauste über sie und lehrte sie die Bedeutung von wahrer Kälte. Eugen schlotterte, als würden Stromstöße durch ihn getrieben und seine Haut brannte, als stünde er in Flammen.

»W-w-wie«, bibberte Eugen. Sein Atem kondensierte in der kalten Luft, seine Muskeln verkrampften. Wie konnte es im April noch so kalt sein? »W-w-warm.«

Roland reagierte nicht. Eugen rollte sich auf die Seite. Er spürte sie kaum noch, stützte sich mit einem tauben Arm ab und hievte sich auf die Knie. Seine Finger waren gefroren und dunkelblau. In seiner linken Schulter klaffte eine tiefe Wunde. Die Blutung war abgeflacht, aber er konnte Muskeln und Knochen sehen.

Roland lag ausgestreckt da, die Haare waren zu Eiszapfen gefroren. Er sah Eugen an, dann hob er eine Hand und schnippte, schrie auf, gleichzeitig ließ der Schmerz in Eugens Schulter nach. Die Wunde war verheilt, aber er war bis auf die Knochen durchgefroren und spürte keine seiner Gliedmaßen.

Roland lag mit geschlossenen Augen und geöffnetem Mund da, auf Eugens Rufe reagierte er nicht.

Hinter ihm lag das Loch im Eis, vor ihm reichte die Furche, die das Flugzeug in den Schnee gerissen hatte, bis zu ein paar Büschen und verkrüppelten Birken. Dort musste das Ufer sein.

Sein eingefrorenes Gehirn musste plärren, damit er den Gedanken verstand: Birken! Holz! Feuer! Zünd es an!

Zitternd kroch Eugen zu seinem Lederkoffer. Wenn er sich recht erinnerte, hatte Roland ein Feuerzeug bei den Medikamenten gehabt. Er stellte den Koffer auf und rutschte mit den Fingern über die Verschlüsse. Er versuchte es noch mal, nahm beide Hände für einen Verschluss.

Es klackte einmal, noch einmal. Eugen klappte den Deckel auf.

Im Inneren war es trocken, die Gummilippen hatten den Inhalt vor dem Wasser geschützt. Da war es. Das Benzinfeuerzeug war zwischen Gummi und Kofferdeckel eingeklemmt und glänzte silbern.

Er fummelte es heraus, dabei glitt es ihm aus den Fingern und landete auf einem Smartphone, das weiter unten angebracht war. Eugen nahm das Feuerzeug mit steifen Fingern wieder auf und klappte den Koffer zu.

Er schleppte sich über den Schnee zu den ausgedörrten Büschen. Die Äste des Gestrüpps waren knorrig und trocken. Er brach ein paar Ästchen ab und legte sie aufeinander.

Seine Finger waren eiskalt und starr. Er rieb und drückte das Rad am Feuerzeug, bildete sich ein, dass es sich bewegte, drückte erneut und rutschte ab. Das Feuerzeug fiel in den Schnee. Ein verzweifelter Schrei entfuhr ihm.

Er klaubte es aus dem pulvrigen Weiß. Eugen war schon so durchgefroren, dass er den Schnee nicht mehr spürte. Er legte seinen Daumen auf das metallene Rad. Es musste funktionieren. Sein Finger zuckte unkontrolliert und eine Flamme erschien.

»Ja!«, krächzte er und hielt sie unter einen knorrigen Zweig.

Der Wind blies sie aus. Eugen brauchte drei weitere Versuche, bis eine neue Flamme erschien, aber der Ast entzündete sich nicht. Er war zu nass, zu groß und zu sehr von Moos bedeckt. Verzweiflung machte sich in ihm breit.

»Was soll ich machen!«, brüllte er in die leere Landschaft. Es kam nichts zurück, nicht einmal ein Echo.

Roland lag leblos auf dem Eis, einen Arm vorgestreckt, den anderen neben der Hüfte. Da lag ein oranger Gegenstand im Schnee, direkt neben dem Loch. Eugen kniff die Augen zusammen. War das eine Rettungsweste? Es musste eine sein!

Rettungswesten hatten Leuchtsignale und Leuchtsignale hatten Zündstoff.

Er schleppte sich zu Roland. Es war eine Tortur. Seine Knie gaben nach, er landete im Schnee und hob die orangene Weste auf. An ihr baumelte ein Gewicht.

»Ein Leuchtsignal«, flüsterte er. Sein Körper fühlte sich an, als gehörte er nicht zu ihm. Er schleppte sich wieder zurück zum Gestrüpp, zog den Hahn und hielt die Pistole in ein Gebüsch.

»Bitte!«, hauchte er und drückte ab. Grelles Licht schoss heraus, prallte gegen den Ast und der Busch flackerte wild auf. Dichter, gelber Rauch stieg auf, Zweige knackten und in der Mitte breitete sich ein Feuer aus, wurde vom Wind weitergetrieben, griff auf andere Büsche über und wuchs. Wenig später schlugen hohe Flammen in die Luft. Der gelbe Rauch war derweil über den halben See getrieben.

Eugen rieb sich die Hände. Er war patschnass und noch weit davon entfernt, seine Gliedmaßen wieder zu spüren, aber er hatte Feuer und das war gleichbedeutend mit Hoffnung.

Er stapfte zurück, um Roland zu holen. Eine Bö pfiff über das Wasser und Eugen zitterte heftig, jetzt wo er nicht mehr neben dem Feuer stand.

Roland lag ein Stück weg vom Loch auf dem Bauch. Er musste zu sich gekommen sein und versucht haben, zu Eugen zu gelangen. Sein Brustkorb hob und senkte sich nur noch schwach.

Er nahm ihn unter den Achseln und zog ihm zum Feuer. Es war verdammt weit, denn Roland war schwer, und immer wieder musste er stehen bleiben und den Schnee wegzuräumen, der sich vor Roland aufgetürmt hatte.

Er schleifte ihn die letzten Meter über den rauen Boden bis direkt neben das Feuer und schälte sich dann die Kleidung vom Leib. Am liebsten wäre er in das orange Flackern eingetaucht.

Mit der goldenen Schachtel zwischen den Zähnen zerrte er sich zum Schluss die Socken von den Füßen, dabei tauchte ein schwarzer, aufgedunsener Zeh auf. Hoffentlich konnte Roland das richten. Nachdem er seine Klamotten auf dem Boden ausgebreitet und Äste ins Feuer gelegt hatte, wandte er sich Roland zu.

Sein Puls war schwach, aber er lebte. Eugen begann damit, ihm die Schuhe auszuziehen, und endete bei der Unterhose, die er ihm über die Knie rollte. Rolands protzige Uhr wirkte falsch an einem nackten Mann in der Eiswüste. Er wirkte frischer als Eugen, er hatte auch keine Erfrierungen. Vielleicht heilte ihn seine Fähigkeit.

Er ließ sich neben Roland nieder. Der Qualm brannte in den Augen, die Luft kratzte wie Schmirgelpapier im Hals, aber das Feuer erwärmte erst die Haut, dann alles darunter.

Sein Kreislauf kam wieder in Schwung. Erst fühlte er sich besser, doch bald begann seine Haut zu brennen. Überlagert wurde das von den Schmerzen in seinen Füßen, die sich anfühlten, als würde ein LKW auf ihnen parken.

Er stieß Roland an. Aber der rührte sich nicht. »Roland!« Er rüttelte und schrie ihn an. Schließlich öffnete er die Augen und betrachtete erst verwundert das Feuer, dann Eugen.

»Roland«, sagte Eugen erleichtert.

Roland setzte sich auf, holte tief Luft und schnippte. Eugens Zehen färbten sich von schwarz zu blau zu rosa. Die Schmerzen hörten auf. »Danke.«

Roland war wieder voll da, als wäre er nie bewusstlos gewesen. »Ich habe zu danken, mein Freund. Ohne dich läge ich da vorne und würde erfrieren. Wir sollten bald aufbrechen, wenn ich das Feuer richtig einschätze, geht es langsam aus.«

Eugen wollte nicht darüber nachdenken, wie beschwerlich der Fußmarsch werden würde. In alle Richtungen lag nichts, selbst Wald schien hier zu fehlen. Der Wind fegte über die Landschaft und schnitt ihm schon jetzt eisig in die Knochen. Er war müde, wäre mehrmals beinahe gestorben und hatte seit zwölf Stunden nichts mehr gegessen. Es war keine steile These zu behaupten, dass dieser Marsch die Hölle werden würde.

»Weißt du, wo wir sind?«, fragte Eugen.

»Irgendwo in Yukon, wir haben die Rockys überquert. Hast du meinen Koffer gesehen?«

Er zeigte zum See. Roland stand auf und zog sich an. »Bin gleich wieder da.« Er lief auf den See hinaus, hob den Koffer auf und eilte zurück. Bibbernd klappte er den Koffer auf und entsperrte das Handy.

»Ka-ka-kein Ne-netz.«

»Schalt's besser aus«, sagte Eugen.

22

Die Kleidung war angenehm warm und fühlte sich rissig an. Das Feuer war fast erloschen, die restliche Wärme strich Eugen über das Gesicht.

Die Gegend war wie gepudert, weit und breit gab es keine andere Farbe als weiß. In alle Richtungen waren Berge zu sehen, davor flaches Land, das dünn mit Kiefern und Birken bewachsen war. Der Himmel war wolkenverhangenen.

Roland knotete seinen Anzugsschuh zu. »Ich schlag vor, wir gehen da lang.« Er zeigte am Rand des Sees entlang in Richtung der Berge.

»Wieso nicht da lang?« Eugen zeigte in die entgegengesetzte Richtung, wo die Berge flacher waren.

Roland hob das Handy hoch. »Weil hier laut Kompass-App Westen ist und wir aus Osten gekommen sind.«

»Okay, aber wohin gehen wir?«

»Ich weiß nicht. Hier draußen gibt es kleinere Siedlungen und Stützpunkte für Ranger. Wir müssen nur eins von beiden finden. Dann können wir telefonieren und uns abholen lassen.«

»Wir erfrieren vorher«, sagte Eugen.

»Ja, wahrscheinlich, aber wir kommen schon durch. In ein paar Stunden sollten wir uns nach einer Unterkunft umsehen, hoffen wir auf eine ohne Bären.« Er grinste und zog die Regenjacke zu. Eugen fand das ganz und gar nicht witzig. »Die Splitter lassen uns nicht sterben. Hab Vertrauen.«

Und damit marschierte Roland am Seeufer entlang Richtung Westen. Eugen zog auch seine Regenjacke zu, sammelte ein paar Äste und ging Roland nach.

Seine Füße versanken im Schnee, der Wind zerrte an seiner Kleidung und weit und breit gab es nichts als Schnee, krüppliges Gebüsch und Felsen.

Was würde Callahan mit seiner Familie anstellen? Er wollte nicht daran denken, aber sein Kopf wanderte immer wieder zu dieser Frage zurück: Was stellt Callahan mit meiner Familie an, wenn er sie findet?

»Das Handy«, rief Eugen nach vorne. »Vielleicht haben wir Netz?«

»Noch nicht. Wir brauchen den Akku. Warten wir, bevor wir es noch mal versuchen. Sind ja eben erst gestartet.«

Er wusste, dass Roland recht hatte, dennoch verfluchte er ihn. Sie kamen an abgebrochenen Birken vorbei und ließen sie hinter sich, der Boden stieg zu einem Hügel an. Der Weg darüber war anstrengend, auch weil der Untergrund uneben und von Löchern durchzogen war. Aber er ging weiter, trotz des Weges und der Kälte. Er konnte nur an seine Familie denken und daran, dass er vor Callahan bei ihr sein musste.

Seine Fantasie zeigte ihm, wie eine gepflegte Hand Susanne am Nacken unter Wasser drückte.

»Meinst du, der tut ihnen etwas?«, fragte Eugen.

»Hab ich mich auch schon gefragt, aber ich glaub nicht. Zeus möchte den Splitter, und wenn er deiner Familie etwas antut, dann hat er kein Druckmittel mehr.«

Das beruhigte ihn nicht, denn es bedeutete, dass Callahan seine Familie auf jeden Fall bedrohen würde, um an Eugens Splitter zu kommen. Wenn er nur daran dachte, dass irgendwelche Leute bei ihm einbrachen und seine Familie nachts aus dem Bett zerrten, wurde ihm schlecht vor Angst.

Die Angst begleitete ihn die ganze Zeit.

Schweigend stapften sie durch den Schnee, ließen den Hügel hinter sich und näherten sich einem Berg, der zu den kleinsten in der Umgebung gehörte, ihnen aber trotzdem den Weg versperrte.

Am Fuße dünnten sich Flora und Fauna aus, bis nur noch weißer Schnee und Gestein übrigblieb. Außenherum gehen kam nicht infrage, weil der Berg zu beiden Seiten ohne erkennbares Ende auslief. Hier wie dort sah alles gleich aus.

Sie legten eine kurze Rast ein. Roland zeigte auf eine Lücke zwischen zwei Erhöhungen, es sah aus wie ein Pfad. »Da müssen wir lang«.

Eugen stimmte zu und die Entscheidung stellte sich als richtig heraus. Sie brauchten nur ein paar Stunden, bis sie auf der anderen Seite wieder herunterkamen. Der Untergrund war glatt und locker. Roland und er rutschten immer wieder aus und holten sich ein paar blaue Flecke, aber sie verletzten sich nicht schlimmer.

Unten angekommen, war die Umgebung nicht anders als zu vor. Berge bis zum Horizont, davor erstreckten sich Birken und Gebüsch im endlosen Weiß des Schnees.

Eugen glaubte auf der Stelle zu treten. Dazu kam noch die Kälte, die ihm langsam, aber sicher unter die Haut kroch. Vor einigen Kilometern hatte er einen Fremdkörper im Schuh gespürt. Eine fiese Stimme hatte ihm eingeflüstert: »Das ist dein Zeh, dein kleiner Zeh. Ab ist er und sehen wirst du ihn nimmermehr.«

Dennoch war er weitergegangen, ohne nachzusehen. Er verdrängte die Vorstellung des Zehs und blieb in seinem Rhythmus, Bein hoch, vor- und absetzen. Bein hoch, vor- und absetzen. Bein hoch, vor- und absetzen. Diese Abfolge hielt ihn am Leben, ermöglichte es ihm, weiterzugehen.

»Das Handy«, sagte Eugen irgendwann.

Roland blieb stehen, klappte den Koffer auf und reichte es ihm. »Da, nimm schon.«

Eugen drückte den Knopf an der Seite. Es ging an, die Balken waren abwechselnd durchsichtig, dann klar, bis keine Balken mehr angezeigt wurden. Kein Netz. Eugen wählte dennoch, aber es baute sich keine Verbindung auf.

Er gab das Handy an Roland zurück.

Sie gingen weiter. Die Zeit dehnte sich endlos. Die Berge um ihn herum wollten einfach nicht verschwinden und die Sonne reflektierte auf dem ewigen Weiß des Schnees. Es machte ihn langsam wahnsinnig.

Er hatte Hunger und zitterte inzwischen vor Kälte. Eugen spürte seine Füße nicht mehr, nicht nur wegen der Kälte, sondern auch wegen der Lauferei.

Sie ließen eine Erhöhung hinter sich und mit einem Mal raute der Wind auf.

Das Wetter wurde schnell schlimmer, bis es zu stürmen begann. Es gab hier nichts, um sich vor dem Wind in Sicherheit zu bringen, sie mussten weiter.

Schnee peitschte ihm um die Ohren, so dass er fast nichts mehr sah. Stur setzte er einen Fuß vor den anderen. Bein hoch, vor- und absetzen. Bein hoch, vor- und absetzen.

Der Wind schlug ihm ins Gesicht und zerrte an seiner Kleidung, es fühlte sich an, als würde sich seine Haut vom Knochen schälen.

Roland vor ihm redete, aber der Wind röhrte zu laut.

»Was?«

»Siehst du das?«, brüllte Roland.

Aber außer herumwirbelndem Schnee konnte er nichts erkennen.

»Da ist ein Wald!«, rief Roland. »Ein Wald!«

Ein Wald bedeutete Schutz vor dem Sturm. Eugen kniff die Augen zusammen und tatsächlich: Da war eine Linie, schwach erkennbar durch den wirbelnden Schnee, dahinter einige Wipfel.

Ein Wald!

Das gab ihm Energie und auch Roland marschierte schneller. Doch der Wald kam einfach nicht näher, dafür legte der Sturm an Stärke zu. Kalter Wind fuhr ihm unter die Jacke, als wollte er verhindern, dass er die Zuflucht erreichte.

Aber nichts konnte ihn davon abhalten, zu seiner Familie zu gelangen. Callahan durfte sie nicht kriegen. Eugen durfte nicht nachlassen, sonst trüge er Mitschuld an dem, was Callahan ihnen antun würde, und er durfte ihnen nichts antun, nicht seiner Tochter und nicht seiner Frau.

Endlich erreichten sie die ersten Bäume. Sie kletterten über einen Haufen angewehten Schnee und tauchten in den Schatten des Waldes ein.

»Feuer«, sagte Roland und riss Zweige von den Tannen, während Eugen mit dem Fuß Nadeln auf einen Haufen schob.

»Hi-hier.«

Roland türmte die Zweige über die Nadeln, holte das Feuerzeug aus dem Koffer und hielt die Flamme unter einen Tannenzweig. Die Nadeln zischten und begannen schließlich zu brennen. Der würzige Geruch von Harz stieg auf. Er pustete vorsichtig in das Feuer und die Flamme griff knisternd auf andere Zweige über. Eugen sammelte herumliegende Äste auf und stapelte sie über das Feuer.

Roland schnippte und stöhnte auf. Er kippte aus der Hocke auf den Hosenboden und blieb erschöpft sitzen.

Eugen fühlte sich nicht wie neugeboren, ihm war immer noch bitterkalt, aber es ging ihm nicht mehr so elend wie zuvor. »Dan-danke. Musst du dich nicht auch heilen?«

»Hab ich«, sagte Roland. »Beim Schnippen hab ich uns beide geheilt. Zudem kuriert meine Fähigkeit Kleinigkeiten, kleine Verletzungen, von allein.«

Eugen nahm das Handy aus dem Koffer: kein Empfang. Er schaltete es wieder aus. Roland streckte ihm die Hand entgegen und steckte es ein.

»Damit es warm bleibt.«

Das Holz knackte und die Flammen wärmten sie. Um sie herum wurde es dunkler und es dauerte nicht lang, bis die Sonne untergangen war.

»Wir müssen morgen nach Nahrung suchen«, sagte Roland schließlich.

»Ich muss was trinken«, erwiderte Eugen. Und wie er das musste. Aber nicht Bier oder Schnaps, sein Bedürfnis nach Alkohol war verschwunden. Er sehnte sich nach klarem Wasser.

Doch hier gab es keines, er musste sich mit geschmolzenem Schnee begnügen.

Roland legte Holz nach und warf trockene Zweige zu einem Haufen zusammen. »Wir sollten es nicht ausgehen lassen.«

Roland legte sich dicht an die Feuerstelle und schloss die Augen. Eugen beobachtete die Schatten, die über seinen Brustkorb huschten, und machte ebenfalls die Augen zu.

Es pfiff und rauschte der Wind. Kleine Wasserdampfexplosionen knackten im Holz. War da jemand? Sein Verstand gaukelte ihm einen gaffenden Mann vor. Er konnte die Blicke geradezu fühlen, wie sie ihn durchbohrten. Das war doch Unsinn, was sein Verstand da produzierte, und er weigerte sich trotz steigender Angst die Augen zu öffnen.

Du hast mich ermordet, hauchte eine Stimme direkt neben seinem Ohr.

Eugen riss die Lider auf. Aber da war niemand.

Das warst du!, flüsterte die Stimme.

In den Bäumen raschelte der Wind. Das Feuer schloss ihn und Roland in einer lichterfüllten Kuppel ein, alles außerhalb war teerschwarz.

Da ist niemand, niemand außer Roland. Das sind nur der Wind und das Feuer, sonst nichts. »Dem Jungen geht es gut«, wisperte Eugen.

Er warf ein paar Zweige nach, die sofort von Flammen eingehüllt wurden. Roland schlief, die Hände auf dem Bauch gefaltet, der sich entspannt auf und ab bewegte. Eugen legte sich auf den Rücken und schob die Hände in die Taschen. Er berührte die goldene Schachtel und starrte in das unendliche Schwarz über ihm.

Eine Frau stolperte aus der Dunkelheit, sie hatte lange braune Haare und ein hübsches Gesicht. Sie schrie, ihre Augen waren vor Entsetzen geweitet und sie weinte, während sie lief. Vor ihrer Brust leuchtete es, Eugen erkannte einen Splitter: Sie trug eine Kette um den Hals, ein Kreuz aus Gold, in das ein perlweißer Splitter eingefasst war.

Hinter ihr erschien ein Mann mit Glatze aus der Dunkelheit. Er packte sie bei den Haaren und riss ihren Kopf zurück.

Sie stieß einen Schmerzensschrei aus, flehte ihn an, sie in Ruhe zu lassen, da riss er ihr die Kette vom Hals.

Schwarzer Rauch schoss aus ihrem offenen Mund. Er glühte von innen heraus purpurn. Ihr Körper verformte sich, wurde kleiner und zog sich dann lang, während der untere Teil in die Breite ging.

Am Ende stand eine bauchige Tonflasche auf dem Boden. Sie hatte einen langen Hals, war dunkelrot und mit Edelsteinen verziert. In der Mitte prangte ein großer Opal.

Der Rauch wurde in die Flasche gesaugt.

Zurück blieb der Mann, der ebenfalls einen Splitter um den Hals trug.

Er betrachtete das Kreuz, das zwischen seinen Fingern hing. Es neigte sich in Richtung seines Halses, die beiden Splitter zogen sich an.

Er lächelte und ließ das Kreuz los. Es flog ihm aus der Hand, prallte gegen den anderen Splitter und es gab einen grellen Lichtblitz.

23

»Eugen?«

Er war auf einen Schlag hellwach. Roland stand neben dem Feuer und stocherte darin herum. Es war Tag, Licht fiel zwischen den Zweigen hindurch, aber richtig hell war es nicht. Ihm war kalt.

Er setzte sich auf, fühlte sich matt und ausgelaugt. »Geht's weiter?«

»Ja. Ja, wir gehen weiter. Der Sturm hat nachgelassen. Aber das wird nicht lange so bleiben. Ich geh mal, du weißt schon.«

Roland verschwand hinter ein paar Tannen. Er zog noch den Reißverschluss hoch, als er zurückkam: »Kennst du dich mit Beeren aus?«

Eugen trat das Lagerfeuer aus. Es fühlte sich falsch an, nachdem das Feuer sie die ganze Nacht am Leben gehalten hatte.

»Ich kenne nur gängige Beeren wie Heidelbeeren, Himbeeren und Preiselbeeren, aber meinst du, hier wachsen überhaupt welche?« Eugen rieb sich die eiskalten Hände. Es war höchste Zeit aufzubrechen. Er machte sich Sorgen um Susanne und Mary.

»Weiß nicht, hoffen wir mal, welche zu finden ... und Wasser.«

»Hoffen wir mal«, sagte Eugen.

»Wie bitte?«

»Nichts.« Eugen ballte die tauben Fäuste. »Ich meine nur, du hoffst ziemlich viel. Dass wir es bis nach Alaska schaffen, dass wir was zu essen finden und dass wir die ganze verfluchte Misere überleben!« Sein Gesicht war heiß.

»Gibst du mir etwa die Schuld?«, fragte Roland ruhig. »Meinst du, ich hatte ein großes Bedürfnis auf einem zugefrorenen See zu landen? Ich war nie ein großer Freund von Alaska und dabei war ich noch nie hier. Jetzt weiß ich, dass meine Vermutungen über diesen Flecken Erde richtig waren.«

Eugen kniff die Lippen zusammen. Alles, was er gerne gesagt hätte, hätte zu einem Streit geführt, und das war das Letzte, was sie gebrauchen konnten.

»Lass uns beim nächsten Feuer wieder Schnee schmelzen«, sagte Roland und ging vor. Eugen folgte ihm schweigend. Er hatte keine Ahnung, wohin Roland überhaupt lief und ob das die richtige Richtung war.

Die Sonne war noch nicht ganz aufgegangen und es war gerade hell genug, um den Boden unter den Füßen zu erkennen, alles andere versank im Schatten zwischen den Bäumen.

Roland gewann bald an Vorsprung, Eugen schob das auf seine Fähigkeit, sich zu heilen, denn ihn selbst strengte jeder noch so kleine Schritt unglaublich an. Sein Magen knurrte und ihm klebte die Zunge am Gaumen. Es war der zweite Tag, den er ohne Essen und vollkommen durchgefroren begann.

So schleppte er sich durch den Wald. Er hatte viel Zeit, darüber nachzudenken, wie es Susanne und Mary wohl ging. Vermutlich war Callahan noch nicht zu ihnen gelangt, aber lange würde es nicht mehr dauern. Die Sorge machte ihn verrückt und, um sich abzulenken, erzählte er Roland von dem Traum.

»Ein Kreuz sagst du?«, fragte Roland. Seine Stimme klang seltsam.

»Da war ein Mann, der es ihr weggenommen hat. Und dann wurde sie irgendwie zu einer Art Vase mit Edelsteinen. Es hat sich gar nicht angefühlt wie ein Traum, eher wie die Vision, die ich hatte, als ich den Splitter aufgehoben habe.«

»Das liegt daran, dass es eine Vision war. Du hast Hedda gesehen.«

»Den Dschinn?«

Roland schwieg, dann seufzte er. »Ich werde dir wohl die ganze Geschichte erzählen müssen. Es ist nur so lange her, manchmal habe ich kein klares Bild mehr, sondern sehe eher wie durch eine stark verkratzte Scheibe. Man erkennt nur noch Umrisse und einiges kann ich mir immer noch zusammenreimen, aber vieles ist weg.«

Die meisten Filmrisse hätte Eugen genauso beschrieben, bis auf den Abend mit dem Jungen, an den konnte er sich so gut erinnern, als wäre es gestern gewesen. »Wie lange ist es denn her?«

»Damals gab es noch keine Zeitrechnung, wie wir sie heute haben. Ich kenne das Jahr nicht genau. Ich meine aber, wenn meine Nachforschungen nicht allzu falsch sind, dann müsste ich den Splitter etwa tausendfünfhundert vor Christus gefunden haben.«

»Tausendfünf–«, stammelte Eugen. In seinem Kopf stempelte ein übermotivierter Verwaltungsangestellter UNSTERBLICH auf alles, was er fand.

»Das wirklich Verrückte daran ist, so lange zu leben ist nicht, wie man denkt. Ich bin des Lebens nie müde geworden oder hätte den Tod herbeigesehnt. Etwa alle achtzig Jahre wechsle ich meinen Lebensraum. Ich verlasse das Land, reise in ein neues und beginne von vorn. Ich finde, das macht Spaß.«

Er schwieg und Eugen versuchte zu fassen, was er da eben gehört hatte. 3500 Jahre? Roland war 3500 Jahre alt?

»Ich bin in Griechenland geboren. Ich war Steinmetz, wer meine Auftraggeber waren oder an was ich gearbeitet habe, weiß ich nicht mehr. Nur, dass ich mit einem Spitzmeißel auf den Splitter geschlagen habe. Als ich wieder zu mir kam, waren alle in meinem Dorf tot, meine Mutter, mein Vater, meine Geschwister, die Tiere und alle Menschen.«

Er seufzte. Eugen dachte an die gelben Regenjacken, die im Schneematsch gelegen hatten. 500 Menschen! Alle tot.

»Ich packte meine Sachen und muss irgendwann auf Händler getroffen sein, denn ich erinnere mich, lange mit ihnen unterwegs gewesen zu sein. Dann folgt eine Lücke von ein paar hundert Jahren vielleicht. Als Nächstes erinnere ich mich, dass ich als Fischer gearbeitet habe. Ich glaube, wir waren zu zweit und hatten eine gute Zeit, bis wir dann aufs offene Meer getrieben wurden. Unser Boot kenterte, eine Welle zog den anderen Fischer unter Wasser. Er tauchte nicht mehr auf. Ich trieb im Delirium auf dem Meer herum. Ich hatte fürchterlichen Durst, aber ich konnte nicht sterben. Jedenfalls bin ich bei den Mayas aufgewacht.«

»Mayas?«, warf Eugen ein. »Ernsthaft? Die mit dem Kalender und der Schokolade?«

»Exakt die. Sie haben mich als einer der ihren aufgenommen und ich habe sie von ihren Krankheiten und Verletzungen geheilt.«

Eugen griff in die Tasche, in der er die goldene Schachtel aufbewahrte. »Wie kommt ein Grieche zu dem Namen Roland?«

»Ha! Gute Frage, den ändere ich alle hundert Jahre. Zurzeit lebe ich in Bremen, da schien mir *Roland* ganz passend zu sein. Also, ich war bei den Mayas und heilte sie.«

»Moment«, unterbrach Eugen ihn erneut, »die Mythen um Schokolade, dass sie ewig jung halten und Krankheiten vorbeugen soll, sind auf deinem Mist gewachsen?«

»Nur ein kleiner Teil, ich schätze, dass die Menschen heute eine Ausrede brauchen, um noch mehr Zucker essen zu können.« Er lachte. »Damals wurde ich darauf aufmerksam, wie Gold die Visionen dämpft. Wenn du den Splitter bei dir hast und er ist nicht in Gold eingeschlossen, dann treibt er dich in den Wahnsinn. Er sorgt für Halluzinationen und lässt dich nicht mehr schlafen, bis du dich auf die Suche nach den anderen Splittern begibst. Ich würde dir auch raten, nicht allzu viel damit herumzuspielen.«

Roland redete nicht weiter, und Eugen wurde klar, dass er schon wieder die Fingerspitze in die Schachtel gesteckt hatte. Er zog sie heraus und nahm sich vor, ab jetzt die Finger davon zu lassen. Es war zwar interessant, mehr über die Splitter und ihre Träger zu erfahren, aber auf weitere Träume wie den von Callahan und der Frau konnte er verzichten. Er hörte sie immer noch schreien.

»Von den Mayas habe ich das Gold für meine Uhr bekommen.« Roland hob den Arm. »Irgendwann verließ ich sie und es folgen viele Lücken, da habe ich nur noch Erinnerungsfetzen. Dann aber folgt ein größerer Block. Ich lebte bei den Berbern, wie ich wieder über den Atlantik gekommen bin, weiß ich nicht mehr. Eines Abends hatte ich eine Vision von einer Frau, die einen Splitter fand. Endlich gab es jemanden, der mein Schicksal teilte, und ich konnte ihr das mit dem Gold sagen. Ich hab mich also auf die Suche nach ihr gemacht.«

Er lachte leise, wie jemand, der eine angenehme Erinnerung hat. »Ich weiß nicht mehr, wie lange ich nach ihr gesucht habe, ich hatte ja nur das, was ich in der Vision gesehen hatte: Kleider, einen Marktplatz und das Wappen eines Zunfthauses irgendwo in Europa. Aber nun ja, es war um 1200, Europa ist groß. Ich habe sie schließlich über die Toten gefunden. Ihr war dasselbe passiert wie mir, als sie den Splitter aufgehoben hat, wurde alles Leben in ihrer Nähe ausgelöscht.«

»Warum bringen die Splitter andere um, geben dir aber die Fähigkeit zu heilen?«, sagte Eugen. »Das macht doch keinen Sinn. Sind sie jetzt für oder gegen uns?«

»Diesem Gedankenspiel bin ich auch erlegen. Man nimmt leicht an, dass die Splitter etwas Wundervolles sind, weil man mit ihnen Dinge tun kann, zu denen sonst kein Mensch in der Lage ist. Aber das sind sie nicht. Sie sind eine Kraft, die stärker ist als das Universum selbst. Sie schützen uns nicht. Ihr Zweck ist es, uns zu vernichten.«

Eugen musste an die Explosion denken, als die acht Splitter zusammengeprallt waren. Vorher waren sie endlos durch die schwarze Leere geflogen, und als sie sich wiedervereinen wollten, war da die Erde im Weg gewesen.

»Sie lief mir schließlich in einer Schenke für Reisende über den Weg, in Franken«, unterbrach Roland seine Gedanken. »Wir verliebten uns, blieben in der Gegend und lebten als einfache Bauernfamilie zusammen. Wir hatten sogar zwei Kinder. Heddas Fähigkeit war es, Pflanzen rasch gedeihen zu lassen. Wir waren arm, aber wir mussten nicht hungern. Im Winter froren wir in der Hütte und im Sommer verbrannte uns die Sonne auf den Feldern. Es war ein einfaches Leben, aber wir waren glücklich.«

Roland räusperte sich und sprach mit belegter Stimme weiter. »Eines Tages kam meine Tochter mit Beulen am Hals heim. Ich heilte sie. Ich denke, dass er so auf uns aufmerksam geworden ist. Denn kurz darauf kam ein hagerer Mann zu unserem Haus. Er griff mich an. Ich erschlug ihn mit einer Schaufel. Wir flohen. Ich wollte nicht am Galgen enden. Die Nachbarn munkelten eh schon, dass wir Hexen seien. Aber wir kamen nicht weit.«

Eine Weile war es still, Eugen traute sich nicht, das Schweigen zu unterbrechen. Um sie rauschte der Wald, aber es war so bitterkalt wie am Tag zuvor.

»Ich weiß noch genau, wie das Laub der Buchen und Linden in der Sonne leuchtete«, nahm Roland den Faden wieder auf. »Mit ihren kräftigen Gelb- und Rottönen. Als ich vom Wasserholen zurückkam, konnte ich nur noch dabei zusehen, wie meine Familie von bewaffneten Männern verschleppt wurde. Ich verfolgte sie. Aber in das Rittergut des Barons, so nannten sie ihn, *den Baron*, kam ich nicht rein. Ich versuchte es den ganzen Tag, dann wartete ich auf die Nacht. Als am Abend schwarzer Rauch hinter den Mauern aufstieg, wusste ich, was passiert war. Aber ich hatte nichts tun können.«

Roland verstummte und sagte eine ganze Weile nichts. Eugen zitterte. Das durfte nicht wahr sein! Was, wenn Susanne und Mary dasselbe passierte?

»Er hatte meine Kinder auf dem Scheiterhaufen verbrannt, um Hedda zum Reden zu bringen. Als sie nichts sagte, nahm er ihr das Medaillon ab und die Anwesenden starben, so wie in Kanada. Ich kam zu spät, um sie zu retten, aber ich fand an der Stelle, wo sie gestorben war, ein Gefäß, eine langhalsige Vase voller Edelsteine. Das ist es, wozu du wirst, wenn du deinen Splitter verlierst. Du vergehst zu Rauch, der in diesem Gefäß eingesperrt ist.«

Eugen wusste nicht, was er sagen sollte.

»Ich vergrub die Überreste meiner Kinder vor den Burgmauern. Die nächsten Jahre verbrachte ich damit Hedda aus der Flasche herauszuholen. Denn anders als im Film reicht ein freundliches Polieren der Vase nicht aus. Man muss davorsitzen, an nichts denken und durchgehend die Beschwörung murmeln. Unterbricht man, verschwindet der Dschinn wieder in der Flasche. Weißt du, die Splitter haben einen gewissen Sinn für Humor. Die Flasche – in der die Seele, Geist oder wie man das Innerste eines Menschen auch nennen möchte, eingesperrt ist - besteht aus dem Körper des ehemaligen Trägers, der zu einer grausamen Zelle umgeformt wurde. Aber das Schlimmste ist: In der Flasche durchlebt man ein ganzes Jahr, während hier draußen eine einzige Sekunde vergeht.«

Roland duckte sich unter einem Ast weg. »Ich brauchte neunzehn Jahre, bis ich Hedda das erste Mal beschwören konnte. Für sich genommen eine lange Zeit, aber für Hedda, die in einem leeren Raum ohne Licht und ohne Gesellschaft eingesperrt war, waren es unvorstellbare Endlosigkeiten. Das verändert einen. Der Hass, den sie gegenüber dem Baron hegte, hatte über Millionen von Jahre alles Gute aus ihr herausgebrannt. Ich hätte damals erkennen müssen, dass sie nicht aus dem Gefäß entkommen, dass sie nicht wieder ein Mensch werden und schon gar nicht, dass sie wieder einen Splitter bekommen durfte.«

Roland senkte den Kopf und trabte mit hängenden Schultern vor ihm her.

Nach einer Weile fragte Eugen: »Was hast du gemacht?«

»Ich wollte meine Frau zurück. Wir saßen uns stundenlang gegenüber, sie schwarzer Rauch, ich die Beschwörung murmelnd, unterhalten konnten wir uns nicht. Es war furchtbar. Nach diesen Zeremonien ging es mir noch schlechter als zuvor. Die Sehnsucht nach ihr fraß mich auf und mir fiel nur eine Lösung ein.«

Eugen hatte eine Vorstellung davon, was Roland ihm gleich erzählen würde.

»Wir zogen nach Schottland, weil ich von einem Adeligen gehört hatte, der Menschen so beeinflussen konnte, dass sie taten, was er wollte. Ich ging davon aus, dass er einen Splitter dazu benutzte, und ich hatte recht. Ich betäubte ihn aus der Ferne mit einem Pfeil und schlug ihm in seinem Bett den Kopf ab.«

»Du hast was?«, platzte Eugen heraus.

»Ich hatte gehofft, dass er dadurch kein Dschinn würde. Ich lag falsch. Im Bett lag ein Gefäß wie das von Hedda, leicht anders geformt und mit einem Saphir statt Opal. Ich beschwor Hedda, sie nahm den Splitter und kam zurück. Ich konnte es kaum glauben, als sie endlich wieder vor mir stand, fast einhundert Jahre nach dem Tod unserer Kinder. Ich konnte sie endlich umarmen. Es sollte alles besser werden. Wir hätten weitermachen können, unser Leben wieder aufnehmen können. Stattdessen hob sie das blutige Schwert auf und ging auf mich los. Das war nicht mehr Hedda. Meine Hedda gab es nicht mehr, nur noch dieses von Hass erfüllte Ding. Ich floh und zum Glück gelang es mir, mich zu verstecken, sonst säße ich heute auch in einer Flasche.«

»Warum ist sie auf dich los?«

»Weil sie meinen Splitter wollte. Du hast es ja gesehen, jeder sieht es. Wenn sie alle vereint sind, beenden sie den Zyklus und das Universum endet. Das Ende von allem ist der einzige Ausweg für Hedda, mit dem Verlust ihrer Kinder fertig zu werden.«

»Aber das ist Wahnsinn!«

»Ich habe eine Weile gebraucht, um es zu verstehen. Sie begann andere Dschinn um sich zu scharen. Es gibt einige davon, wenn man einmal weiß, wo man suchen muss, dann findet man sie. Und sie sind alle hasserfüllt, genau wie sie, nach Äonen in vollständiger Isolation. Gemeinsam mit ihnen baute sie eine kirchenähnliche Organisation auf. Sie kaufen Süchtigen ihre Kinder ab und erziehen sie zu Soldaten.«

»Der Orden?«

»Ja, genau.«

»Wie viele ehemalige Splitterträger gibt es denn?«

»Weiß ich nicht. Ich weiß auch nicht, wie Hedda es schafft, so lange aus ihrem Gefäß herauszukommen. Ich weiß nur, dass sie die Splitter will und zwar alle. Vor vielen Jahren stand sie bei mir auf der Matte. Sie hatte den Baron gefunden. Er sollte in der Flasche verrotten wie sie, und sie wollte, dass ich ihr dabei helfe. Ich habe abgelehnt.«

»Warum?«, fragte Eugen. »Wolltest du den Tod deiner Kinder nicht rächen?«

»Nach dem Fehler mit Hedda habe ich mit der Vergangenheit abgeschlossen. Nur ein Narr hält sich an dem fest, was gewesen ist. Jedenfalls machte sie den Baron in der Ukraine ausfindig. Was genau passiert ist, weiß ich nicht, nur, dass sie wieder ein Dschinn ist, seit mehr als dreihundert Jahren. Also hat er auch ihren zweiten Splitter und damit drei an der Zahl, und sie hat nichts.«

Roland straffte sich. »Ja, und ich will mir nicht ausrechnen, wie viel Zeit Hedda schon in der Flasche verbracht hat. Man muss kein Genie sein, um zu wissen, dass sie mir die Schuld daran gibt und mächtig sauer ist, weil ich sie bei ihrer Rache gegen den Baron nicht unterstützt habe.«

»Du hast dich gegen Rache entschieden«, sagte Eugen. »In meinen Augen beweist das mehr Stärke als das, was deine Ex da anstellt.«

»Danke«, sagte Roland und blieb stehen. »Ein Bach«, stieß er hervor und eilte auf einen schmalen Wasserlauf zu, der zwischen den Bäumen dahinplätscherte. Er war nicht mal einen Meter breit und eher flach. An den Seiten wuchs stachliges Gestrüpp, das sich an einen klammerte, wenn man ihm zu nahekam.

Sie ließen sich auf die Knie fallen und schöpften das kristallklare Nass in ihre Münder.

Das Wasser war eiskalt, Eugens Magen zog sich zusammen. Er würgte, behielt aber alles drin. Die Bauchkrämpfe ließen nach und er konnte langsam weitertrinken.

»Flaschen wären gut«, sagte Eugen.

»Oh ja. Ich hätte auch nichts gegen eine Limonade einzuwenden.« Roland lächelte. Eugen hatte das plötzliche und unüberwindbare Bedürfnis, sich zu entschuldigen.

»Wegen vorhin, tut mir leid.«

»Ach, alles halb so wild. Wo kämen wir denn hin, wenn wir keinen Disput vertrügen? Zudem hielt es sich ja in Grenzen und war kein trojanischer Krieg. Also, alles gut.«

Eugen trank noch einen Schluck. »Lass uns dem Bachlauf folgen. Städte sind auch immer am Wasser gebaut, vielleicht stoßen wir auf ein Dorf. Außerdem haben wir so immer Wasser.«

Roland hatte nichts einzuwenden und sie brachen wieder auf.

»Wie viele Splitter sind vergeben?«, fragte Eugen.

»Sieben, soweit ich weiß.«

»Wir beide haben jeweils einen. Der Baron hat drei?«

»Ich geh davon aus. Ich habe nie gesehen, wie er einen gefunden hat – was aber einfach nur heißen kann, dass er ihn vor mir gefunden hat. Aber du hast vorhin erzählt, wie sich seiner und Heddas wiedervereinigt haben. Und warum hätte er sonst Heddas Splitter an sich nehmen und dann verschwinden sollen? Ich hab auch keine Ahnung, wer er ist, wo er ist und was er seit Heddas Tod gemacht hat. Er versteckt sich und will nicht gefunden werden.«

»Dann sind das also Callahan, du, ich und drei an den Baron, bleiben zwei.«

»Von einem weiß ich, dass er der auch noch vergeben ist. Was mit dem letzten ist, weiß ich nicht. Es kann aber auch einfach sein, dass der Baron den auch schon hat. Aber das wollen wir nicht hoffen.«

»Was macht das, wenn man mehr als einen hat? Ist man dadurch mächtiger?«

Roland zuckte mit den Schultern. »Ich weiß es nicht. Ich weiß ja nicht mal, wer er ist.«

Der Bachlauf plätscherte leise neben ihnen her. Erst als sie eine Reihe aus großen Steinen überwanden, die wirkten, als hätte sie jemand absichtlich dort abgelegt, und eine Böschung hinter sich gelassen hatten, verbreiterte sich der Bachlauf auf über drei Meter.

Sie gingen um eine Gruppe Kiefern herum und standen an einem kleinen Teich. »Wann willst du das Telefon testen?«, fragte Eugen.

»Jetzt ist ein guter Zeitpunkt.« Er klang nicht überzeugt, aber er hielt inne und startete das Smartphone. Das Display leuchtete auf.

»Der Akku hat nur noch dreiundzwanzig Prozent und wir haben kein Netz.«

Sie nickten enttäuscht. Roland drückte den Ausknopf an der Seite und steckte das Handy wieder in die Hosentasche. »Vielleicht, wenn wir den Wald hinter uns gelassen haben.«

Sie liefen eine ganze Weile nebeneinanderher, die Hände tief in den Taschen, bis sie den Waldrand erreichten. Roland trat zwischen den Bäumen hindurch ins Freie. »Hatte nicht damit gerechnet, dass wir je den Wald verlassen.«

Eugen folgte ihm und erblickte eine flach bewachsene Tundra aus Birken und Büschen. Der Bachlauf verschwand zwischen dicht stehendem Heidekraut. Sie marschierten hinaus und durch die Heide. Der Boden war von toten Blättern und Moos bedeckt. Der Bachlauf schwoll stetig an, bis er zu einem Fluss geworden war.

Eugen erwischte sich dabei, dass ihm die verschiedenen Grün- und Brauntöne des Bodens gefielen. Für den Gedanken hätte er sich am liebsten geohrfeigt. Wie konnte er nur an etwas Schönes denken, wenn seine Familie wegen ihm durch die Hölle ging?

»Wir sollten es noch mal versuchen«, sagte er schließlich.

»Alles klar.« Roland holte das Smartphone hervor, startete das Handy und stand eine Weile regungslos da. Dann sagte er: »Wir haben Empfang!«

Eugen riss ihm das Handy aus der Hand.

»Was soll das?«

»Ich muss meine Frau anrufen.« Aber ehe er eine Ziffer eintippen konnte, nahm Roland es ihm wieder weg. »Warte!«

Eugen versuchte an das Handy zu kommen, doch Roland wich zurück. »Lass mich meinen Freund anrufen. Vertrau mir.«

»Vertrauen? Du stehst zwischen mir und meiner Familie.« Wenn er Susanne jetzt nicht warnte, würden sie und seine Tochter sterben.

Eugen stürzte sich auf ihn, doch Roland gab ihm einen Stoß vor die Brust, der ihn nach hinten stolpern ließ. Er verlor den Halt, fiel und prallte mit dem Hinterkopf auf einen harten Stein. Ihm war schwindelig, es wummerte dumpf. Mühsam rappelte er sich auf und wollte Roland erneut angreifen, aber der hob eine Hand, mit der anderen hielt er sich das Telefon ans Ohr.

»Warte! Ich ruf einen Freund an. Makana kann sich von einem Ort zum anderen teleportieren.«

Eugen hielt inne.

»Hallo?«, fragte Roland ins Telefon. »Du, pass auf! Wir sind in ... Ich glaube in Alaska. Kannst du uns holen? Nein, ich weiß nicht genau wo ... Ja. Richtig. Ich mach ... Ja ... Ja! Ich mach dir ein Foto. Ja. Mi-mit GPS. Hallo? Hey, Makana? Bist du ...?«

Er hielt das Telefon vor sich. »Die Verbindung ist weg.« Er machte ein Foto von der Landschaft. »Hoffentlich empfängt er das noch.«

Eugen nahm ihm das Handy aus der Hand. »Und was jetzt?« Er wählte Susannes Nummer und drückte auf ANRUFEN, aber er kam nicht durch.

»Hallo!«, rief eine Stimme von weit her.

Sie fuhren herum, in der Ferne stand jemand, ein kleiner Mann, mehr konnte Eugen auf die Entfernung nicht erkennen. Roland winkte. Plötzlich stand der Mann zwischen ihnen. Er hatte hellbraune Haut, trug Shorts und ein knallbuntes Hawaiihemd.

»Da seid ihr ja. Roland, Genosse. Was zum verteufelten Dreier treibst du in der tiefsten Arschritze der Welt? Nach Gold gesucht, was?« Der Mann lachte und umarmte Roland stürmisch, dabei klopfte er ihm fest auf den Rücken.

»Makana, schön dich zu sehen, alter Freund.« Sie lösten sich voneinander.

»Und wer ist die Pissnelke?«, rief Makana und zeigte auf Eugen.

»Das ist Eugen«, sagte Roland.

Der Mann warf sich Eugen um den Hals. »Genosse, schön dich kennenzulernen. Ich bin Makana.« Zwei Wangenküsse später: »Du bist der Neue im Bunde. Ich hab dich gesehen, wie du vor so einem Typen weggerannt bist, aber anscheinend geht's dir gut. Und du riechst echt übel.« Makana zog die Nase kraus. »Also Genossen, was macht ihr hier? Landschaft genießen?«

Auf Eugens Nase landete ein Regentropfen.

»Wir brauchen deine Hilfe, aber versprich mir, dass du uns hier nicht stehen lässt«, sagte Roland.

»Warum sollte ich das tun, Genosse?«

»Er hat ja nun den Splitter, den Callahan haben wollte.«

»Wer ist das?«, fragte Makana.

»Der Leiter der Ausgrabung. Er hat wahrscheinlich einen Splitter und wollte noch einen. Der Orden war auch da. Den Baron habe ich nicht gesehen, aber das heißt ja nichts. Und Eugen hier hat Frau und Kind.«

Sämtlich gute Laune, die Makanas Lachfalten himmelwärts gezogen hatte, verschwand.

»Ich hab nichts mit dem Orden zu tun. Lass mich damit in Ruhe. Du hast versprochen, mich da niemals mit reinzuziehen.«

»Und ich hätte dich nicht gerufen, wenn es anders gehen würde, mein Freund. Wir brauchen deine Hilfe.«

Makana überlegte. »Ich bring euch, wohin ihr wollt, aber dann meldest du dich nur noch, wenn du Lambrusco oder Rum in den Händen hältst.«

»Danke«, sagte Eugen.

»Ach, kein Problem.« Seine gute Stimmung kehrte zurück, blieb aber unter dem vorherigen Pegel. »Also, wo soll ich euch hinbringen?«

»Zu mir nach Hause, nach Deutschland«, sagte Eugen.

Makana stellte sich neben ihn und winkte Roland zu sich. Er legte jedem eine Hand auf die Schulter: »Hast du ein Bild von deinem Zuhause, Genosse?«

Eugen schüttelte den Kopf.

Makana sprach leise und ernst: »Dann musst du dich konzentrieren. Stell dir das Haus vor. Mach die Augen zu!«

Eugen warf einen Blick zu Roland, der lächelte. Also schloss er die Augen.

»Stell dir besser nicht das Haus vor, stell dir eine Nebenstraße vor«, sagte Makana eindringlich. »Stell dir vor, wie es dort aussieht. Stell dir den Geruch vor. Wenn du alles ganz klar vor Augen hast, sag's.«

Eugen schob die sich aufdrängende Frage, ob er das gerade wirklich tat, in den Hintergrund. Er dachte an den Schleichweg, zwei Häuser von seinem entfernt, an den Kies, der dort statt Pflastersteinen lag. Es war verrückt zu glauben, dass dieser Makana ihn dorthin teleportieren konnte. Das war komplett bescheuert.

»Genosse, konzentrier dich!«

»Was?«, fragte Eugen.

»Ich spüre deine Ablenkung.« Makana packte ihn an der Schulter. »Wir sind verbunden. Wir springen nicht in das Haus, sollte der Orden da sein, will ich ihm nicht begegnen.«

Eugens Herz holperte.

»Nichts für ungut.«

Eugen konzentrierte sich. Bald hatte er eine klare Vorstellung vom Kies, vom Geruch und vom Licht. »Ich hab's.« Plötzlich war ihm, als würde er in sich verdreht und sein Inneres nach außen gestülpt. Er verlor das Gleichgewicht und landete auf etwas Hartem. Als er die Augen öffnete, war da ein Holzboden. Aber er hatte sich doch Kies vorgestellt.

»Genosse, der hat's geglaubt!«, rief Makana und lachte.

Was habe ich geglaubt?, wollte Eugen fragen, aber ihm war zum Speien zumute.

»Ehrlich, mein Freund, das findest nur du witzig«, sagte Roland.

Makana lachte laut weiter. »Sag schon, wie ist Eugens Adresse?« Roland diktierte sie ihm, er musste die Fragebögen tatsächlich auswendig gelernt haben.

Was habe ich geglaubt?, dachte Eugen. Sein Magen holperte.

Er erblickte ein offenes Fenster, hinter dem eine große blaue Fläche lag. Er hatte gerade noch genug Zeit, um sich zu fragen, ob das das Meer drin könnte, als Makana schon rief: »Hab's.« Gleich darauf spürte er wieder seine breite Hand auf der Schulter.

»Jetzt geht's wirklich zu dir. Nach Hause.«

Eugen verlor für den Bruchteil einer Sekunde den Boden unter den Knien und schlug dann mit den Händen auf Kies auf. Im nächsten Moment gab sein Magen endgültig auf. Er übergab sich, viel kam nicht, er hatte seit zwei Tagen nichts mehr gegessen. Er würgte trocken weiter.

Irgendwann war es vorbei. Rolands Anzugschuhe standen vor ihm, auch wenn Eugen im Dunkeln kaum etwas erkennen konnte. Sie standen auf einem Weg aus kleinen Steinchen, aber er begriff nicht, was das bedeutete.

»Danke, mein Freund«, sagte Roland zu einem kleineren Kerl im Hawaiihemd, der sich gerade umdrehte. »Bin gleich wieder da«, rief der und verschwand.

Das war Makana, wurde Eugen klar. Langsam kehrte sein Verstand zurück. Es war dunkel, auf dem Schleichweg gab es keine Straßenlaternen.

Roland ging vor ihm in die Hocke. »Alles in Ordnung? Der erste Sprung ist immer unangenehm, Mann, und dann bist du gleich zweimal gesprungen.«

Wie auf Signal schoss Magensäure in Eugens Hals hoch. Er wischte sich den Mund am Arm ab.

»Komm hoch.« Roland zog ihn auf die Füße. »Tut mir leid, dass Makana dich auf den Arm genommen hat, aber er findet es zum Totlachen, beim ersten Sprung so zu tun, als könne er Gedanken lesen. Wir landen jedes Mal vor seinem PC und suchen nach einem Bild von dem Ort, zu dem wir wollen.«

Als würde man Licht einschalten, so plötzlich erschien Makana wieder auf dem Kiesweg. Er hatte eine Sporttasche bei sich und Rolands Koffer.

»Hier Genosse, den hattest du vergessen. Und vergiss nicht, Rum und Lambrusco.«

»Rum und Lambrusco«, wiederholte Roland. Sie klopften einander auf die Rücken.

Makana zwinkerte Eugen zu und war weg.

24

Raffael saß in einem Privatjet des Ordens. Sie waren unterwegs nach Frankfurt. Ihm gegenüber musterte ihn ein Vater im schwarzem Anzug und lilaner Krawatte.

Raffael hatte nach dem Start in Wrigley schlafen dürfen, doch jetzt wurde er erneut verhört, als ob er nicht schon alles zwanzigmal erklärt hätte. Und der verwichste Vater war auch noch der, der ihn nach Kanada geschickt hatte. Der musste doch am besten wissen, was die Meisterin dort gewollt hatte.

Links von ihnen war ein Vorhang, hinter dem sich der Ein- und Ausstieg des Jets befand, dort saßen einige seiner bewaffneten Brüder und Schwestern, er hatte sie beim Einsteigen gesehen. Der Vater stellte ein Tonbandgerät in die Mitte des Tisches, das das Verhör aufzeichnen würde.

Raffael legte die Hand auf seine Hostentasche. Wie gelb sein VW Käfer war, er hätte ihn jetzt gern betrachtet. Aber er konnte ihn nicht in die Hand nehmen, der Vater würde ihn sehen und sein Geheimnis erfahren. Und das durfte nicht passieren.

»Also, noch mal für das Protokoll«, sagte der Vater. »Raffael, du sagst also, du weißt nicht, worum es bei der Ausgrabung ging?«

»Nein, ich wusste nichts«, leierte Raffael zum hundertsten Mal runter. Woher hätte er auch wissen sollen, weswegen er am Arsch der Welt abgeladen worden war. Ihm sagte ja niemand etwas.

»Was solltest du dann dort?«, fragte der Vater, ebenfalls zum wiederholten Male.

»Ich sollte die Meisterin beschwören. Das hab ich gemacht. Die Meisterin wollte mehr Opfer und ich hab sie ihr gebracht.«

»Was ist mit den Relikten?«, fragte der Vater. »Was weißt du über sie?«

»Welche Relikte?«

»Die, nach denen der Orden sucht. Ich weiß, dass die Abteilungen nicht miteinander sprechen dürfen, aber es ist ein offenes Geheimnis, dass sich befreundete Brüder und Schwestern untereinander austauschen.«

»Ich nicht!«

»Du hast also keine Freunde?«

»Wofür auch?«

Dem Vater huschte ein mitleidiger Ausdruck übers Gesicht. »Die Meisterin wollte einen Splitter. Es gab einen vor Ort.«

Raffael bewegte sich nicht. »Was für einen Splitter?«

»Du willst mir also weismachen, dass du nichts von den Splittern weißt?« Der Vater lehnte sich zurück und verschränkte die Arme vor der Brust.

Raffael schüttelte den Kopf. Offenbar war ihm da ein interessantes Geheimnis durch die Lappen gegangen. Er massierte den VW Käfer durch die Hose hindurch.

Der Blick des Vaters wanderte zu Raffaels Hüfte. »Was machst du da?«

Raffael kratzte sich schnell an der Stelle. »Nichts. Es juckt nur. Ich weiß nichts von Splittern. Das Einzige, was ich weiß, ist, dass der Orden Relikte sucht. Mehr hat man mir nie gesagt. Mir sagt man nicht viel. Meine Aufgabe ist es, die Meisterin zu beschwören und ihr Opfer zu bringen. Und das mache ich und das mache ich gut.«

»Ich glaube dir nicht.«

Raffael zuckte zusammen. Er hatte immer wieder Opfer gebracht, er war in das dämliche Kanada gereist und er hatte nie zu viele Fragen gestellt, und das war der Dank? Sie nannten ihn einen Lügner, nach allem, was er für den Orden getan hatte?

Ihm wurde heiß im Gesicht, so heiß, als hielte ihm jemand glühende Bügeleisen an die Wangen. Am liebsten hätte er das Messer gezogen und es dem Vater in den Bauch gerammt. Dann hätte er zusehen können, wie er verblutete. Aber sie hatten ihm das Messer beim Einstieg abgenommen.

Hinter dem Vorhang hustete jemand. Das war vermutlich Callahan, der wieder zu sich kam.

Der Vater griff in sein Jackett und holte eine aufgezogene Spritze hervor, bevor er aufstand und durch einen Vorhang Richtung Cockpit verschwand.

»Bitte nicht«, sagte Callahan.

Raffael griff schnell in die Hosentasche und berührte das warme Blech des Käfers. Es beruhigte ihn. Er atmete tief ein und wieder aus.

Callahan jammerte noch einmal, dann war Ruhe. Der Vater kam noch nicht zurück, sondern murmelte etwas Unverständliches.

Er ein Lügner, das sagte der Richtige! Der Vater war ein Versager, das war ihm leicht anzusehen. Als er ihn im Flugzeug empfangen hatte, hatte der Vater nach Alkohol gestunken und auch jetzt stank er danach. Er musste weitergetrunken haben, während Raffael geschlafen hatte. Und Raffael wollte nicht wissen, wo der seinen Pimmel schon überall drinnen gehabt hatte.

Der Vater kam zurück. Er hatte einen Becher in der Hand. Er ließ sich wieder auf dem Sitz auf der anderen Seite des Tisches nieder und nippte an dem Becher. »Ich habe mit dem Orden gesprochen. Wir werden dich bestrafen.«

»Wieso? Ich hab doch nichts falsch gemacht.« Raffael unterdrückte seine Wut, so gut er konnte, aber man hörte sie ihm dennoch an.

»Wenn du nichts falsch gemacht hättest, dann würden wir dich nicht bestrafen.« Das klang logisch, wenn man den Orden nicht kannte. Doch er war schon früher bestraft worden, ohne dass er sich etwas hatte zuschulden kommen lassen.

Raffael befühlte seinen Käfer, der Vater blinzelte und musterte ihn erneut. Mit einem Mal sprang er auf, kam um den Tisch herum und schlug Raffael auf die Wange. Der zuckte zurück und hob die freie Hand, aber der Vater packte den Arm, der in der Tasche steckte. Raffael schlug zu und erwischte den Vater am Ohr.

Der Vater erstarrte.

Raffael rann Kälte den Rücken hinab. Er hatte einen Vater geschlagen. Das war nicht gut. Vorsichtig sah er auf. Der Vater starrte ihm direkt ins Gesicht.

Raffael begann zu zittern. Der Vater zog Raffaels Hand aus der Hosentasche und griff selbst hinein.

Wenig später hatte er den VW Käfer herausgezogen. Dabei blinzelte er nicht einmal. Er legte ihn, noch in das zerfledderte Stofftaschentuch gewickelt, auf den Tisch.

Raffael wollte ihn umbringen, sofort, und ihm die Organe rausschneiden und ins Maul stopfen, damit er daran erstickte. Was fiel dem Versager ein, seinen Käfer mit diesen Ficklochfingern anzugriffeln? Niemand durfte ihn anfassen. Niemand! Das war sein Käfer. Seiner!

Der Vater ließ sich in seinen Sitz gleiten. Dann entfaltete er vorsichtig das Taschentuch.

Raffaels geliebter VW Käfer lag da, nackt und verletzlich. Ihm schossen die Tränen in die Augen. Er wollte ihn nehmen, der Käfer musste in seine Tasche, musste bei ihm sein. Aber er durfte ihn nicht anfassen, auch wenn sein Käfer noch so schutzlos und verängstigt dalag. Er durfte keinen Besitz haben und der Vater war schon sauer genug auf ihn. Wenn er den Käfer jetzt nahm, dann wusste er nicht, was der Vater ihm und seinem Käfer antun würde.

»Es tut mir leid«, sagte Raffael mit zittriger Stimme zu seinem Käfer, denn er konnte im Augenblick nichts für ihn tun.

»Dir tut es also leid, mich belogen zu haben?«, fragte der Vater. »Oder tut es dir leid, dass du versagt hast? Oder tut es dir leid, dass du unser großes Ziel sabotiert hast?«

Raffael wischte sich die Augen trocken. Er versuchte etwas zu sagen, aber er brachte kein Wort heraus.

»Wir wissen von deinem kleinen Spielzeug.« Der Vater hob das Taschentuch auf und schüttelte den Käfer auf die Tischplatte.

Leg es hin!, brüllte Raffael in Gedanken. Er drückte die Fingernägel in die Handinnenflächen, bis er den Schmerz spürte. Der Drang, den Vater umzureißen und ihn so lange zu würgen, bis ihm die Augen aus dem Kopf traten, ließ nach.

Der Vater holte ein Messer hervor, es war Raffaels Jagdmesser. Er legte es einfach nur auf den Tisch. Für Raffael war das Zeichen klar. Der Vater würde ihn abstechen, wenn er versuchte, sein Auto zu nehmen.

Er schnaufte, als er die Stelle mit dem fehlenden Hinterrad erblickte. Er wusste noch, wie er es verloren hatte. Er hatte den Käfer über den Boden gerollt, das Rad hatte sich abgelöst und war umgekippt.

Der Vater nahm das Spielzeugauto und schüttelte den Kopf. »Ich werde es eine Weile behalten.«

»Nein!«, brüllte Raffael. »Entschuldigung.« Er hatte Bauchweh, so stark, dass er glaubte, dass sein Magen mit Blut vollgelaufen war, weil irgendetwas in ihm vor Verzweiflung gerissen war.

Der Vater setzte die Spitze des Messers an die Frontscheibe und kratzte eine Kerbe hinein.

Raffael liefen die Tränen über die Wangen. »Bitte«, sagte er. »Bitte nicht.«

»Mal sehen. Wirst du dich benehmen?« Die Messerspitze näherte sich dem Lack auf dem Dach.

»Ja!«, rief Raffael.

»Okay. Was ist in Kanada passiert?«

»Ich weiß es doch nicht.« Er klang wie ein Kind und Raffael hasste sich dafür. Das hatte ihm der Vater angetan, ihn wie ein jämmerliches Kind klingen zu lassen, wie einen Schwächling. Dafür würde er sich rächen. Sobald er den Käfer wieder hatte, würde er dem Vater seine Daumen ins Auge rammen und so lange drücken, bis er in seinem Gehirn steckte.

Raffael betrachtete den Käfer. Der Käfer wirkte entschlossen, als hätte er keine Angst, als wolle der Käfer ihm sagen, dass Raffael keine Angst mehr zu haben brauchte.

»Was soll ich machen?«, fragte Raffael.

»Mir sagen, was in Kanada passiert ist!«, sagte der Vater und kratzte den gelben Lack vom Dach.

Der Käfer ertrug die Strapazen, ohne sein Leid nach außen zu kehren. Er hatte keine Angst. Das war beeindruckend und Raffael beschloss sich ein Beispiel zu nehmen. Bevor er etwas sagen konnte, unterbrach ihn die Durchsage des Piloten: »Wir erreichen in wenigen Minuten den Frankfurter Flughafen.«

Raffael hatte gar nicht bemerkt, dass sie schon so weit gewesen waren. Er weinte nicht mehr. Das Flugzeug sackte ab. Raffael klammerte sich an seinen Sitz, der Vater schnallte sich an, nahm den Käfer und grinste, als er Raffaels Blick bemerkte. »Den behalte ich erst mal. Wir werden ja sehen, ob du die Wahrheit gesagt hast.«

Der Käfer verschwand in der Jacketttasche des Vaters. Ob er jetzt wohl Angst hatte? Oder war er immer noch so mutig?

Das Flugzeug setzte auf der Landebahn auf. Es ruckelte, sie bremsten und Raffael wurde in den Sitz gepresst.

Der Vater schnallte sich ab und verschwand mit seinem Käfer hinter dem Vorhang. »Bringt Callahan in die Folterkammer, hier in Frankfurt. Der soll uns sagen, was er über die Splitter weiß. Um den Sohn kümmere ich mich. Wenn er seine Lektion verstanden hat, kommen wir nach.«

Raffael rieb sich die Hose, wo sein Käfer immer zu spüren gewesen war. Die fehlende Ausbeulung brachte ihn beinahe wieder zum Weinen.

Er musste jetzt stark sein, genauso wie sein Auto.

Ich ertrag die Strafe schon, dachte er. Ich ertrag jede eurer Strafen und dann werde ich rausfinden, was es mit diesen Splittern auf sich hat, auf die ihr alle so scharf seid.

25

»Was ist in der Tasche?«, fragte Eugen.

»Ich weiß es nicht, aber so wie ich Makana kenne, nichts, was wir nicht gebrauchen könnten.«

Roland schaltete die Handylampe ein und öffnete die Sporttasche. »Ach«, sagte er und lächelte. Neben Kleidung, Eiweißriegeln und einem Handtuch steckte in der Seite ein Revolver samt Munition. Eine andere Pistole lag unter dem Handtuch.

Roland nahm den silberglänzenden Revolver heraus. »Nimm du die andere.«

Eugen hatte noch nie eine Pistole in der Hand gehabt. Es war so eine, wie sie Polizisten trugen, und sie war schwerer, als er angenommen hätte. Er untersuchte das Gehäuse und fand eine Taste, die bei Betätigung das Magazin aus dem Griff löste. Er schob es wieder rein und zog den Schlitten zurück, hielt dann aber inne.

»Einfach loslassen«, sagte Roland. Es klickte metallisch und die Waffe war einsatzbereit. Die Freitagabendactionfilme hatten ihn weitgehend auf den Umgang mit einer Pistole vorbereitet. »Halt sie immer mit zwei Händen, die Armbeugen fest durchdrücken.«

»Okay.«

»Bist du bereit?«, fragte Roland.

Wofür?, fragte sich Eugen. Einen Menschen zu erschießen? Erschreckenderweise konnte er diese Frage mit Ja beantworten. Er war bereit, alles für seine Familie zu tun.

Eugen wollte den Kiesweg entlanggehen, aber Roland hielt ihn an der Schulter fest. »Steck dein Spielzeug weg. Wenn die Leute dich mit einer Pistole sehen, dann steht hier gleich die Polizei auf der Matte.«

Eugen schob die Waffe unter die Jacke, behielt sie aber in der Hand. Roland steckte den Revolver in die rechte Jackentasche, nahm den Koffer und die Tasche und folgte ihm.

Sie betraten die Straße, in der Eugens Haus lag. Gegenüber brannte Licht. Im Fenster war ein Umriss zu sehen, das war sicher Baldig.

Sie gingen los, doch als sie den Schein einer Straßenlaterne erreichten, zog Baldig die Gardinen zu.

Eugen sah zu seinem Haus. Die Fenster waren alle dunkel, nirgends rührte sich etwas. »Hier stimmt was nicht.«

Er rannte, stieg die Stufe rauf und wusste in dem Moment, als er nach der Türklinke griff, dass Susanne und Mary tot waren.

Du hast sie ermordet!, geisterte die Stimme des Jungen durch seinen Kopf. *Du. Du! DU! Du warst das!*

Roland legte ihm eine Hand auf die Schulter. Eugen zuckte zusammen.

»Bin bereit«, sagte Roland.

Eugen zog die Pistole und öffnete die Tür. Schwere, feuchte Luft kam ihnen entgegen, als wollte sie ihn und Roland wieder nach draußen schieben. Es roch modrig und nach Kleingeld.

Roland stellte die Tasche ab. »Das riecht nach Blut«, sagte er.

Eugen hätte geschluckt, hätte er schlucken können. Rechts von ihnen war der Küchendurchgang, gegenüber die Treppe nach oben. Geradeaus befand sich das Wohnzimmer. Der schreckliche Geruch ließ sein Herz schneller schlagen. Die Pistole zitterte in seinen Händen. Er konnte keinen Schritt weitergehen.

Roland folgte dem Lauf seines Revolvers, an Eugen vorbei. »Wo könnten sie sein?«, flüsterte er. Als Eugen nicht reagierte, sagte er: »Ich geh hoch.«

Während er die Treppe erklomm, lauschte Eugen, hörte aber nichts Verdächtiges. Aber was hätte er auch schon hören sollen, wenn sie tot waren, schoss es ihm durch den Kopf. Er versuchte den Blutgeruch zu orten, woher kam das? Doch es war unmöglich, es roch überall danach.

Geh schon!, befahl er sich selbst. Jetzt geh!

Mühsam schleppte er sich in die Küche. Auf dem Tisch stand benutztes Geschirr, zwei Stühle waren umgestürzt. Auf dem Boden ruhte ein zerbrochener Teller, auf der Kochinsel Besteck.

Lag Susanne dort, hinter der Insel, mit einem runden Loch in der Stirn? Er hatte ein Bild vor Augen, Susanne in einer Blutlache, Maden die ihr über die Haut krochen. Er musste sich zwingen, aber schließlich warf er einen Blick um die Kochinsel herum.

Dort lag niemand. Hoffentlich seid ihr rechtzeitig abgehauen. Bitte, bitte, mach, dass sie rechtzeitig abgehauen sind!

Er schlich ins Wohnzimmer. Die Bücherregale waren umgekippt, die Bücher lagen auf dem Boden verteilt. Das Sofa stand quer im Raum.

Sein Blick blieb an der Rückenlehne hängen, aus zwei Löchern quoll schneeweiße Watte. Das waren Einschusslöcher. Da sind Einschusslöcher in der Rückenlehne! Aus der Armstütze blähte ebenfalls Füllmaterial.

Er untersuchte den Boden und die restlichen Möbel. Er fand drei weitere Einschusslöcher, aber kein Blut. Das beruhigte ihn allerdings in keiner Weise. Jemand hatte geschossen, in seinem Haus. Auf wen sollte er geschossen haben, wenn nicht auf seine Frau und Mary?

Er sah in den Garten, der zu dieser Jahreszeit aus flachem Rasen und ein paar leeren Beeten bestand. Es gab keine Verstecke und Leichen lagen da ebenfalls nicht. Eugen ging zurück und betrachtete die runden Löcher noch einmal. Nein, da war kein Blut.

»Tzzz«, machte jemand hinter ihm.

Eugen wirbelte herum, riss die Pistole hoch und hätte beinahe auf Roland geschossen.

Der starrte ihn einen Moment an, dann deutete er mit dem Revolver in den Keller. »Oben ist keiner.«

Sie nickten sich zu.

Eugen betrat die erste Steinstufe. Die Schachtel in seiner Hosentasche drückte auf die Haut, es juckte wie ein Schnakenstich. Der Pistolengriff in seinen Händen war klamm. War er mit einer Schusswaffe wirklich eine Hilfe oder nicht eher eine Gefahr?

Das Licht vom Flur warf lange Schatten die Treppe runter, dahinter war es dunkel. Mit jedem Schritt tauchten sie weiter in diese unwirkliche Zone ab. Der Geruch wurde mit jeder Stufe stärker, bald roch es auch noch nach faulen Eiern. Roland hinter ihm machte ein würgendes Geräusch.

Eugen stieg von der letzten Stufe und Licht flammte auf. Ein Schrei schwoll in ihm an, den er gerade noch rechtzeitig unterdrücken konnte.

»Ich war das. Wir müssen was sehen«, wisperte Roland hinter ihm. In Eugens Ohren rauschte es, als stünden sie vor einem Wasserfall. Hier unten gab es drei Räume, ein Gästezimmer vor ihnen, einen Abstell- und den Wirtschaftsraum.

Eugen schob die angelehnte Tür zum Gästezimmer auf. Es war aufgeräumt, das Bett gemacht und der Kleiderschrank geschlossen. Hier war schon lange niemand mehr gewesen.

Als nächstes kam der Wirtschaftsraum dran, auch da war alles wie immer.

Die Tür zum Abstellraum war geschlossen. Das war ungewöhnlich. Susanne schloss niemals Türen, weil die Zimmer sonst nicht mehr atmen konnten. Der Gestank war hier deutlich stärker.

»Hierher«, zischte Eugen zu Roland, der hinter der Treppe nachgesehen hatte.

Sie positionierten sich vor dem Abstellraum. Es beruhigte ihn, dass er mit Roland jemanden dabeihatte, der ihn im Fall der Fälle heilen konnte.

»Ist jemand da drinnen?«, rief Roland.

Keine Reaktion. Eugens Finger zuckten, er hätte fast abgedrückt.

»Ist jemand da drinnen?«, wiederholte Roland.

Wieder antwortete keiner.

Roland stieß die Tür auf. Der Geruch nach Müll und vergammeltem Essen schlug ihnen entgegen und nahm Eugen den Atem. Er musste Luft holen, konnte aber nicht, es roch fürchterlich.

Eine Leiche saß zusammengekauert vor Marys Umzugskartons, die voller Babyklamotten und Spielzeug waren. Es war ein junger Mann, mit schmaler Statur und er trug eine lilane Robe. Er saß vorgebeugt, die Knie unters Kinn gezogen, die Arme lagen neben ihm. Sie waren senkrecht aufgeschlitzt, der Boden um ihn herum war mit getrocknetem Blut bedeckt.

Roland steckte die Waffe weg und machte einen Schritt in den Raum. Eugen zwang sich flach zu atmen.

»Kennst du den?«, fragte Roland.

»Noch nie gesehen.«

Roland ging in die Hocke und betrachtete die Leiche näher, während Eugen mit zittrigen Fingern die Pistole sicherte.

Er ging vorsichtig um das getrocknete Blut herum, der Junge hatte lauter gelbe Pickel im Nacken und eine seiner Hände umklammerte etwas.

Roland zog der Leiche ein altes Klapphandy aus der Faust. »Das war der Orden. Er hat sich die Pulsadern aufgeschnitten. Das ist ihr Sinnbild dafür, dass sie über Leichen gehen. Es bedeutet aber auch, und das ist die gute Nachricht, deine Familie lebt. Sie haben ihn als Nachricht hinterlassen. Sie sind an einem Austausch interessiert.«

»Warte, der hat sich das selbst angetan?«

Roland nickte.

Eugen kam sein Nachbar Baldig in den Sinn und wie der die Gardinen zugezogen hatte. Er machte kehrt, stürmte die Treppe rauf, raus aus dem Haus und über die Straße. Er machte sich keine Mühe die Pistole zu verstecken und schlug mit der Unterseite des Waffengriffs gegen die Haustür.

Der Nachbar musste etwas wissen. Weshalb hätte er sonst so reagiert, als er sie gesehen hatte?

»Mach auf! Oder ich brech ein!«, rief Eugen.

»Was willst du?«, fragte Baldig von drinnen. Das Schloss klackte. Der Feigling hatte sich eingeschlossen.

Eugen ließ den Schlitten seiner Pistole laut und deutlich nach vorne klacken. Eine Patrone flog aus dem Auswurf und landete auf der Schuhmatte. »Ich kann dich durch die Tür erschießen. Wie du willst.«

Von drinnen war nichts zu hören.

»Willst du meine Geduld testen? Die ist am Ende. Mach die Scheißtür auf!« Er schlug wieder gegen das Holz. »Okay, du wolltest es nic–«

Der Zylinder klackte und die Tür schwang auf. Eugen packte Baldig und schleuderte ihn die Treppe runter, auf die Straße. »Los geh!«

Baldig rappelte sich mühsam auf. »Ich dachte –«

Eugen hob die Pistole. »Halt's Maul und lauf!«

»Schon gut, schon gut.«

Roland wartete vor der Haustür und machte ihnen den Durchgang frei. Sobald sie im Haus waren, rief Eugen: »In die Küche!«

»Was soll das?«, fragte Roland.

»Der weiß was.«

»Das mag sein, aber jetzt müssen wir hoffen, dass deine Nachbarn nicht die Polizei rufen. Das hätten wir geschickter lösen können.«

»Keiner ruft die Polizei, die gucken alle weg. Die gucken immer weg! Ist doch so!«, brüllte er.

Er schubste Baldig weiter und wollte hinterher, aber Roland stellte sich ihm in den Weg. »Ich spreche mit ihm.«

Eugen wollte protestieren, aber Roland warf ihm einen Blick zu, der ihn zögern ließ. Er wirkte vollkommen besonnen, als ob er alles im Griff hätte.

Eugen nickte widerwillig.

»Wenn das erledigt ist, rufen wir den Orden an und sehen weiter«, sagte Roland und wandte sich Baldig zu, der sich hinter der Kochinsel versteckt hatte.

Es beeindruckte Eugen, wie beherrscht Roland mit der Lage umging, gleichzeitig widerte es ihn an. Hier stand nicht ein Blechkuchen auf dem Spiel, der rechtzeitig zum Herbstfest in der Schule sein musste. Es ging um seine Frau und seine Tochter!

Roland ging mit vorgestrecktem Revolver in die Küche. Eugen positionierte sich am Küchentisch, wo er die beiden gut im Blick hatte.

»Mein Name ist Roland. Wie heißen Sie?«

Baldig hatte die Arme vor der Brust verschränkt und streckte ihm das Kinn entgegen.

»Ist das Du für Sie in Ordnung?«

Baldig rührte sich nicht.

»Okay, dann geh ich zum Du über. Ich war nie ein großer Freund von diesem Sie-Gehabe. Was soll das auch? Die Gesellschaft ist bereits räumlich ausreichend getrennt. Hierarchien treiben Keile zwischen die Menschen, nur damit sich einige wichtiger vorkommen können als andere? Das ist falsch.« Er lächelte leicht. »Aber deswegen sind wir nicht hier, oder? Verzeih meine offene Art, aber da du scheinbar nicht so gesprächig bist und mein Freund ein paar Antworten braucht, möchte ich dir einfach mitteilen, was als Nächstes passieren wird. Ich finde, dass in einer Konfrontation beide Parteien genau wissen sollten, worum es geht.«

Baldig trat unruhig von einem Fuß auf den anderen.

»Wenn du uns die Fragen beantwortest, darfst du gehen, unbeschadet versteht sich. Wenn nicht, dann werde ich dir zuerst die Fingernägel ziehen, danach die Zähne. Ich bin Arzt, ich weiß, wo die meisten Nerven sitzen.«

Roland schob den Revolver zwischen Gürtel und Hosenbund, Baldig folgte seinen Bewegungen mit dem Blick. »Wir möchten wissen, was du mitbekommen hast. Unten im Keller liegt eine Leiche, was ist passiert?«

Baldig sah zu Eugen, in seinem Blick lag Angst, und wieder zurück zu Roland. »Ich kann dann wieder gehen?«

»Du kannst dann wieder gehen«, sagte Roland.

»Ich will das von der Ratte dort hören.« Baldig nickte leicht in Eugens Richtung, ohne ihn anzusehen.

»Klar«, sagte Eugen betont gleichmütig, obwohl er ihm am liebsten mit der Pistole eine übergezogen hätte.

»Der Entbeiner war hier und hat sie in einem Lieferwagen mitgenommen.«

»Der Entbeiner?«, fragte Roland.

Eugen war schlecht, ausgerechnet der. »Das ist der, der mir den Arm gebrochen hat. Wie er heißt, weiß ich auch nicht.«

»Wann?«, fragte Roland an Baldig gewandt.

»Gestern Abend.«

»Wer ist die Leiche im Keller?«

»Eine Leiche? Keine Ahnung. Nachdem die Frau und das Kind abgeholt wurden, kam noch einer. Junger Kerl, trug ein lila Gewand.«

Die Frau und das Kind, als wären sie namenlose Opfer oder Tiere. Eugen grub die Fingernägel in seine Handinnenfläche, bis es wehtat.

»War auf dem Lieferwagen irgendein Hinweis? Name vielleicht?«

»Nein, nichts.«

Eugen musste sich setzen, er glaubte, in Schlick zu versinken. Zum Glück war ein Stuhl da.

»Wann kam der Typ und wann wurde Eugens Familie entführt?«

»Da lag höchstens eine Viertelstunde dazwischen«, sagte Baldig. »Kann ich jetzt gehen?«

»Das war alles?«

»Wenn ich es doch sage.«

»Geh.«

Baldig rannte zum Ausgang.

»Solltest du die Polizei rufen, sorge ich dafür, dass Eugen fünf Minuten mit dir allein verbringt. Verstanden?«

Baldig murrte und eilte raus.

26

Eugen saß Roland gegenüber am Küchentisch und strich mit dem Finger über einen tiefen Kratzer im Holz. Zwischen ihnen lag das Klapphandy. Das Geschirr hatte er weggeräumt.

Roland biss gerade in einen von Makanas Eiweißriegeln. Eugen war der Hunger vergangen, als er die Töpfe auf den Kochfeldern gesehen hatte. Der eine war voll mit gekochten Spaghetti und in dem anderen war Tomatensoße. Susanne musste gerade gekocht haben, als sie gekommen waren.

Die Plastikverpackung raschelte, als Roland den Rest des Riegels verputzte. Er schob ihm das Handy zu. »Du rufst dort an.«

Eugen hatte keine Emotionen mehr übrig. Ihm war anhaltend übel. »Bei wem?«

»Ich geh davon aus, dass du mit einem vom Orden sprechen wirst. Sie werden dir Instruktionen geben.«

»Und dann?«

»Befolgen wir sie.«

»Ich soll ihnen meinen Splitter überlassen? Ende ich dann nicht als Dschinn?«

Roland schlug mit der flachen Hand auf den Tisch, dass die Platte bebte. »Willst du deine Familie retten oder nicht?«

Eugen würde sein Leben für sie hergeben, aber über eine Möglichkeit nachzudenken, bei der er nicht für Jahrmillionen als Dschinn eingesperrt war, das war doch nicht unangebracht.

»Ich schlage vor, du rufst dort an. Dann überlegen wir uns die nächsten Schritte. Eins nach dem anderen.«

»Okay.« Eugen nahm das Telefon und wählte die eingespeicherte Nummer. Er drückte auf Lautsprecher. Das Freizeichen erklang und hallte in der Küche wider.

»Breier, schön, dass du dich meldest.« Eugen kannte den Sprecher, konnte ihn aber nicht sofort zuordnen, nur, dass es auf keinen Fall Callahan war.

Roland beobachtete ihn.

»Wer ist da?«, fragte Eugen.

»Ach, komm schon, erkennst du mich denn nicht? Hab dir doch gesagt, dass ich deine Tochter vergewaltige, wenn ich sie das nächste Mal seh. Mein Auftrag ist nur, sie am Leben zu lassen – hab extra nachgefragt. Was ich solange mit deinen Huren mache, ist denen egal.«

Eugen rang nach Luft. Er hatte den Entbeiner am Apparat. Er sah den Springerstiefel mit den weißen Schnürsenkeln vor sich.

»Was … willst … du?«, schnaufte er und hasste sich dafür, so schwach zu sein.

»Du hast etwas, das meinen Auftraggebern gehört.«

Plural, dachte Eugen, der spricht von mehreren.

»Sie wollen es wieder.«

»Wer sind … deine Auftraggeber?« So sehr er sich auch beruhigen wollte, sein Herz raste, dass ihm die Luft wegblieb.

»Netter Versuch.« Der Entbeiner lachte so schallend, dass Eugen ihn noch deutlich hörte, als er längst aufgelegt hatte.

»Wir müssen gehen. Jetzt!«, sagte Roland und stand auf. Eugen verstand nicht, er starrte auf das stumme Handy.

»Steh auf, die sind gleich hier!«

Eugen schüttelte den Kopf. Er verstand das alles nicht. Um ihn wurde es schwarz, er hob die Hände, konnte sie aber nicht mehr sehen. Er rieb sich die Schläfen und schrie.

Ein fester Schlag auf die Wangen klärte seinen Blick. Die Schwärze wich. Roland stand vor ihm, die Hand erhoben.

»Komm jetzt!« Er zerrte ihn am Arm hinter sich her. »Gibt es einen Hinterausgang?«

»Garten«, sagte Eugen.

Sie schlängelten sich am Sofa vorbei. Das heraushängende Füllmaterial sah aus wie Stielaugen.

Du. Du! DU Warst das!, brüllte der Junge.

»Nein«, hauchte Eugen. »Ich habe gar nichts gemacht.«

Sie traten an die kalte Luft hinaus. Sauerstoff strömte in sein Hirn.

»Wo lang?«, fragte Roland.

Eugen deutete auf den Zaun. Da mussten sie drüber klettern und dann zwischen den Bäumen durch, am Teich im Nachbargarten vorbei. Von dort aus kam man auf den Kiesweg. Es war der einzige Weg, die anderen Seiten des Gartens waren durch Geräteschuppen und dichten Kirschlorbeer versperrt.

Roland lief über den Rasen, Eugen sah noch einmal zum Haus. Er hörte einen Motor von der Straße.

»Sie sind da«, sagte er und verstand sich kaum.

»Komm jetzt!« Roland kam zurück und packte ihn am Arm.

Doch Eugen rührte sich nicht. »Aber sie sind hier.«

»Aber ohne deine Familie. Der wollte am Telefon nicht verhandeln, die wollen uns fangen, und wenn wir ihnen in die Arme laufen, töten die erst uns und dann alle anderen. Komm jetzt.« Er zog erneut, doch Eugen befreite aus sich seinem Griff.

»Eugen!«, drängte Roland.

Eugen wippte unentschlossen mit den Füßen.

»Ich gehe. Das empfehle ich dir auch.«

Roland lief zum Zaun, drehte sich noch mal rum und rief: »Mach keine Dummheiten und kommt endlich mit!«

Aber Eugen rührte sich nicht.

»Du kannst nicht sterben, aber die können dich verletzten!«

Er sprang über den Zaun und schlüpfte durch die Lücke zwischen den Bäumen.

Eugen sah zurück zum Haus. Im Wohnzimmer ging Licht an und gleich wieder aus. Es polterte, etwas zerbrach, dann fluchte jemand.

»Hey, Arschloch!«

Das kam aus seinem Haus. Das war der Entbeiner. Aber wo war er? »Ich hab deine Huren hier, wenn du nicht kommst, zeig ich denen mal, was ein Mann ist.«

Hinter der Scheibe bewegte sich ein Schatten.

Der schießt auf dich, flüsterte der Junge. *Gleich bist du bei mir.*

Eugen sprang zur Seite. In der nächsten Sekunde surrte etwas über ihn hinweg, das Glas der Fensterscheibe klirrte. Da bewegte sich wieder dieser Schemen im Wohnzimmer. Etwas schnalzte und ein weiteres Projektil teilte die Luft. Erde spritzte ihm auf die Schuhe.

Die wollten ihn töten. Eugen setzte sich endlich in Bewegung. Er kletterte über den Zaun und hechtete zwischen den Bäumen hindurch. Roland zog sich am Teich des Nachbarn gerade die Regenjacke aus.

»Bist du getroffen?« Als Eugen den Kopf schüttelte, sagte er: »Zieh deine auch aus, die sind wie Zielscheiben.«

Eugen warf die Jacke ab und kramte hektisch seine Pistole aus der Tasche. Das Blut rauschte ihm in den Ohren.

»Komm!« Roland rannte geduckt vor, den Revolver in der Hand. Eugen folgte ihm, sein Verstand war gelähmt vor Angst: Was war mit Mary und Susanne? Was war mit ihnen?

Der Junge rief: *Stopp! Wenn du da lang gehst, bist du tot.*

Sie waren auf dem Kiesweg und liefen in Richtung seines Hauses. So würden sie den Entführern genau in die Arme laufen.

»Halt! Hier lang!«, rief Eugen, aber es war zu spät. Der Entbeiner tauchte am Ende des Wegs auf. Im schwachen Licht der Straßenlampe hob er eine Waffe.

Es gab ein Schnalzen, Roland stolperte und landete im Kies. »Mein Bein!«

Eugen wollte zu ihm, doch Roland rief: »Lauf! Lauf!«

Eugen fuhr herum und rannte los. Auf dem Kies rutschten ihm die Füße weg, aber er hielt nicht an. Er erreichte das andere Ende des Kiesweges und rechnete jeden Moment damit, eine Kugel in den Rücken zu bekommen. Er rannte über die Straße. Ein Fahrzeug näherte sich von hinten. Ein lauter Schuss, das war nicht der Entbeiner! Es mussten mehrere sein, aber er spürte kein warmes Blut den Rücken hinunterlaufen, also hatten sie ihn noch nicht getroffen.

Nach rechts, dann zum Spielplatz, sagte der Junge.

Eugen tat, was er gesagt hatte. Der Spielplatz war nicht weit und von einem Damm umgeben, auf dem dichtes Gebüsch wuchs. Das war eine gute Möglichkeit, sich zu verstecken.

Ich höre auf einen Jungen, der gar nicht da ist. Ich werde verrückt.

Er kreuzte eine Querstraße. Der Spielplatz lag vor ihm, hier hob sich der Boden und stieg zu einem vier Meter hohen Damm an. In der Mitte war eine Öffnung. Dieser Zugang zum Spielplatz hatte zwei Stangen, die die Autos an der Durchfahrt hinderten. Dahinter hing ein LKW-Reifen von einer Kette und eine Tischtennisplatte stand gegenüber. Er rannte daran vorbei und den Damm auf der anderen Seite rauf.

»Wohin?«, schnaufte Eugen.

Rechts, sagte der Junge, *bleib im Gebüsch.*

Eugen warf sich hinter den Dornenbüschen in den Dreck. Dort lag er unter blühenden Blutpflaumen und anderem Gezweig und schnaufte.

Sie haben Roland. Was soll ich jetzt machen?

Warten, bis sie weg sind, und dann deine Familie retten, sagte eine Stimme in ihm, mit einer Bestimmtheit, die er nicht kannte.

Er lauschte. Unter ihm lag der Spielplatz, auf dem um die Zeit keiner war. Die Nacht war windstill und entfernt nahm er die Geräusche der Stadt wahr. Ansonsten hörte er nichts.

Seit er in Moorbach wohnte, hatte er noch nie einen Fuß auf diesen Spielplatz gesetzt. Denn in den Siebzigern hatte es hier eine Mordserie gegeben. Jemand hatte Kinder umgebracht und ihnen die Augen aus dem Kopf geschnitten. Gefasst hatte die Polizei niemanden, die Mordserie hatte irgendwann einfach aufgehört.

Das war nicht der richtige Ort für seine Tochter. Daher ging er mit ihr immer ein paar Straßen weiter auf den Spielplatz in der Rosenbausiedlung. Der war neu und schön. Ein Nachbar hatte ihm erzählt, dass die meisten Häuser dort Ende der Achtziger abgerissen oder saniert worden waren. Danach hatte man moderne Wohnungen gebaut.

Von unten erklangen Schritte.

»Der ist hier nicht!«, sagte eine entfernte Stimme.

»Kann auch nichts sehen.« Diese Stimme war deutlich näher.

Eugen presste sich fest an den Boden. Etwas knackte unmittelbar in seiner Nähe. Jemand kam auf sein Versteck zu.

Sie haben Roland und gleich auch mich. Eugen hatte das Gefühl, als bräche sein Herz gleich durch die Rippen. Ihm tanzten Flusen vor den Augen. Warum nur hatten sie Roland erwischt?

Das Ratschen eines Feuerzeugs, jemand inhalierte lautstark. Der Geruch von Zigarettenqualm drang zu ihm.

»Da!«, rief einer von unten hoch.

Jetzt ist es aus. Sie erschießen mich.

»Habt ihr was?«

»Nein, ihr?«, fragte eine Frau, so nah, als stände sie direkt neben ihm.

»Auch nicht.«

»Lasst uns gehen.«

Die Schritte entfernten sich.

Eugen atmete auf. Er legte den Kopf auf den Boden und wartete darauf, dass sich sein Herz wieder beruhigte.

27

Eugen blieb so lange liegen, bis er sich sicher fühlte. Als der Morgen graute, stand er vorsichtig auf und stieg den Hang hinunter, in Richtung Rosenbausiedlung, nicht zurück zu seinem Haus.

Den Spielplatz im Rücken, überquerte er einen Parkplatz und ging am Bahnhof vorbei. Wind blies in den Nacken und er bekam eine Gänsehaut. Er wusste nicht wohin mit sich. Sie hatten seine Familie und Roland. Wie sollte er sie wiederfinden?

Er der Stimme des Jungen hinterhergelaufen und so seinen Verfolgern entkommen. Er erinnerte sich an den Jungen, wie er ihn in Kanada gesehen hatte, in der Nacht, bevor alles aus dem Ruder gelaufen war. Er hatte ein Loch im Kopf gehabt und eine gebrochene Nase. Wie ging das, wenn er den Jungen mit dem Auto doch gar nicht erwischt hatte?

»Dem Jungen geht's gut«, murmelte er. Doch er spürte, dass das falsch war. Als der Junge am Tag nach dem Unfall im Gras gesessen hatte, hatte Eugen geahnt, dass es nicht der Junge war. Er mochte genauso ausgesehen haben, aber er war es nicht gewesen.

»Bist du da?«, flüsterte Eugen in die Stille des frühen Morgens. Vögel zwitscherten und die Geräusche der Stadt wurden langsam lauter. Inzwischen konnte er schon das Tuten vieler Autos und vereinzelte Gespräche hören.

»Junge?« Er stand vor dem alten Supermarkt, wenn er weiterging, würde er zu dem Spielplatz gelangen, den er mit Mary immer besucht hatte. Als Nächstes besorg ich mir ein Ouija-Brett: »Oh, lieber Geist der vergangenen Weihnacht.« Er barg sein Gesicht in den Händen. »Was mache ich hier?«, fragte er.

Ein Weinen wehte heran. *Du hast mich umgebracht. Wieso hast du das gemacht?*

»Ich hab dich nicht umgebracht!«, rief er.

Auf der anderen Straßenseite blieb jemand stehen. Hoffentlich hatte der ihn nicht gehört. Eugen ging schnell weiter und bog um die nächste Ecke. Er war jetzt in der Siedlung, hier standen moderne Wohnblöcke, aus denen bereits die ersten Arbeitswilligen traten.

Das durfte nicht wahr sein. Das konnte nicht sein. Er war doch oft genug dort gewesen. Dem Jungen ging es gut.

Aber wer hatte dann mit ihm geredet? Wurde er langsam verrückt? Die Gedanken kreisten wie ein wildgewordener Schwarm Heringe in seinem Kopf, er achtete nicht mehr darauf, wohin er ging, er lief einfach weiter, immer weiter.

Vor einem mit grünen Rasen bewachsenen Vorgarten machte er Halt. Seine Beine hatten ihn automatisch an die richtige Stelle geführt, den Ort des Geschehens. Ein gepflasterter Weg führte vom Bürgersteig zur Haustür. Dort hatte der Junge am Tag danach im Gras gesessen.

Heute war die Stelle leer. Er betrachtete den fehlerlosen Rasen. Die Reifenfurchen waren verschwunden und auch die Scheinwerferlichter längst vergangen.

Der Rasen wirkte wie frisch ausgerollt. Die Sonne lugte hinter einer Wolke hervor. Der Himmel war blau, es hätte Sommer sein können.

Er musste es wissen. Er musste es jetzt wissen und diesmal musste er sichergehen.

Er wollte einen Fuß auf den Gartenweg setzen, hielt aber mitten in der Bewegung inne. Für einen flüchtigen Moment war er sich sicher, dass ihm bei Berührung der Steinplatten das Herz stehen bleiben würde.

Doch er starb nicht, weder beim ersten noch bei einem der nächsten Schritte. Er lebte weiter. Sein Herz schlug, zwar aufgeregt, aber es schlug.

Der Klingelknopf war aus Messing, darüber hing ein schmales Schild, das ebenfalls aus der Legierung bestand. Darauf war ein Name eingeätzt: Peters.

Er drückte den Knopf. Glocken bimmelten drei absteigende Töne. Eugen erkannte sein Spiegelbild im länglichen Glas der Tür, seine Haare waren fettig und sein Gesicht war dreckverschmiert und aufgequollen. Er roch sich selbst.

Er trat von der Schwelle zurück. Was habe ich mir nur gedacht? Er eilte zurück und wollte die Straße runter laufen – wohin, wusste er nicht, nur so schnell wie möglich hier weg –, als er die Tür aufgehen und eine Frauenstimme fragen hörte: »Haben Sie geklingelt?«

Er drehte sich um. Sie hatte ihre roten Haare zu einem Zopf geflochten, der auf ihrer Schulter ruhte und trug einen Morgenmantel, der über ihren Knöcheln endete.

»Ja …«, setzte er an, brach aber wieder ab.

Sie lächelte. »Was kann ich für Sie tun? Oder hat es sich erledigt?«

»Ja«, sagte er wieder.

»Was denn? Erledigt oder nicht?«

Eugen hätte sich gern geohrfeigt. Er hatte absolut keine Ahnung, was er sagen sollte. Wegrennen wäre jetzt gut gewesen.

Frag, ob mein Papa da ist. Konstantin heißt er.

Eugen zuckte zusammen. Auf der Wiese stand ein Knabe mit einem blonden Pilzschopf. Er war durchscheinend wie eine Fata Morgana.

Eugen rieb sich die Augen, aber danach war das Kind immer noch da. Es war der Junge, nur hatte er diesmal keine Hundeleine in der Hand. Er stand einfach da und starrte ihn an.

»Ist Konstantin da?«, stammelte er.

»Nein, der hat Nachtschicht«, sagte die Frau mit den roten Haaren.

Der Boden unter ihm schwankte. Er strauchelte, verlor das Gleichgewicht, sah zu dem Jungen und fand sich gleich darauf auf dem Po wieder. In seinem Kopf drehte sich alles.

Frau Peters eilte auf ihn zu, der Morgenmantel wehte. »Geht es Ihnen gut? Geht es … Haben Sie sich etwas getan?« Sie wollte ihm aufhelfen, doch Eugen war eher nach Sitzen zumute.

Frag nach Benjamin Brandt.

Sie griff nach seinem Arm, aber Eugen schob die Hände weg.

Frag nach Benjamin Brandt. Der Junge kniete nun neben ihm, er sah mit großen Augen zu der Rothaarigen auf. *Frag!*, brüllte er.

»S-sagt Ihn-en d-der Name Ben-Benjamin Brandt etwas?«

Ihre Stimme war kaum mehr als ein Flüstern: »Wieso fragen Sie nach ihm? Wieso?« Sie richtete sich auf.

Sie kannte Konstantin. Und Benjamin Brandt! Und plötzlich wusste Eugen, wer der Junge vor ihm war.

»Be-Benjamin, wo liegt er begraben?«

»Wieso?« Der Frau liefen dicke Tränen über die Wangen. Sie drehte den Kopf weg. »Kannten Sie ihn?« Als er nicht reagierte, sagte sie: »Sagen Sie schon!«

»Ja. Ja, ich kenne ihn.«

»Bei Sankt Elisabeth.« Das war keine drei Blocks von hier entfernt. »Sind Sie aus dem Heim? Kennen Sie ihn daher?«

Eugen richtete sich auf. Wie sehr er sich auch bemühte, sein Entsetzen zu verbergen, er zitterte schlimmer als bei der Wanderung durch den Schnee. Er nickte schwach. »Ja. Es tut mir leid.«

Er stand auf, lief über die Straße und hielt den Kopf gesenkt. Er spürte Frau Peters Blick mit diesen schmerzerfüllten Augen im Rücken.

Er war ein Mörder. Er hatte einen Jungen überfahren, hatte ihn und seinen Hund ermordet und ihn dann achtlos liegenlassen.

Nein, schlimmer noch. Er war nach Hause gefahren, hatte sich eingeredet, dass dem Jungen nichts passiert war, und hatte so jahrelang weitergemacht. Er war das Allerletzte, ein Mörder und Säufer. Und seine eigene Familie hatte er auch nicht beschützen können.

Benjamin Brandt tauchte neben ihm auf und hielt Schritt. Der Junge war in Marys Alter.

Sie erreichten den Friedhof und gingen seitlich an der Kirche vorbei. Sie hatte zwei Glockentürme mit spitzen Dächern. Die Uhr im Turm zeigte kurz nach sechs.

Er hatte jetzt seit 48 Stunden nichts mehr gegessen. Aber er verspürte keinen Hunger.

Er betrat den Friedhof durch das gusseiserne Tor. Schotterwege trennten die Gräber voneinander, sie waren vom Friedhofsgärtner ordentlich glattgerecht. Efeu wucherte über einen abgebrochenen Grabstein. Das Grab daneben zierte ein Kreuz, vor dem weiße Rosen und Flieder auf einem ordentlichen Beet lagen.

Der Junge ging an einem abgerundeten Stein vorbei, der zwei Inschriften trug, eine war älter und ausgeblichen: HIER RUHT ALFRED GRINIZKI. Die andere war jünger, aber auch nicht neu: ER IST ZU FRÜH VON UNS GEGANGEN. DEINE FREUNDE VERMISSEN DICH. LORETTA. SPORTI. KONSTANTIN. IM HERZEN AUF EWIG BEI DIR.

Benjamin blieb vor einem neueren Grab stehen. Der Stein war eine aus Granit geschlagene Lokomotive. Davor lagen frische Schnittblumen.

Weißt du, ich habe einen Zug gehabt in meinem Zimmer. Eine schwarze Lok. Ich kann aber nicht mehr mit ihr spielen. Benjamin pulte an seinen Fingernägeln. *Mama erschreckt sich dann, weil sie mich nicht sehen kann, und das will ich nicht.*

Eugen rieb sich die Finger, nicht weil er fror. Er dachte an das Bild von ihm und seiner Familie auf dem Nachttisch. Es war umgefallen, einfach so. Dann fielen ihm die vielen anderen Dinge ein, die in den letzten Jahren in seiner Nähe abgestürzt oder umgefallen waren.

Setz dich zu mir.

Eugen setzte sich vor das Grab. Benjamin betrachtete sehnsüchtig seine Lok. *Wieso hast du das gemacht? Wieso hast du mich umgebracht?*

Eugen schwieg. Ein Rabe segelte über sie hinweg. Ein dicker Mann stützte sich einige Gräber weiter auf einen Holzstock mit geschwungenem Griff. Ein Stoffhut schützte ihn vor der kalten Luft. Eugen brauchte mehrere Anläufe, bis etwas Brauchbares aus seinem Mund herauskam. Der Junge wartete geduldig.

»Ich wollte das nicht. Es tut mir leid.«

Ihm kamen die Tränen und gleich darauf weinte er. Das Weinen ging in ein Schluchzen über, das er nicht unterdrücken konnte.

Der Junge starrte auf die Lokomotive. *Ich durfte Bongo Gassi führen. Das erste Mal. Ich hab Mama versprochen, dass ich nicht über die Straße geh, weil sie sich Sorgen macht. Ich hab aufgepasst. So, wie Mama das wollte. Bin um die vier Ecken gegangen. Dann auf einmal schubst mich Licht von hinten.*

Er hielt einen Moment inne. *Ich liege am Boden. Bongo auch, er bewegt die Beine, wie wenn er vom Jagen träumt. Dann fliegt er in den Himmel und sein Körper bleibt liegen. Er rennt nicht mehr. Mir tut etwas weh und ich sehe, wie du wegfährst. Ich huste und dann tut es nicht mehr weh. Mama schreit, sie rennt zu mir, aber sie sieht mich nicht. Sie sieht meinen Körper, aber ich bin nicht mehr in ihm.*

Diesmal sah er Eugen an. *Warum hast du mich umgebracht?*

Eugen weinte zu sehr, als dass er hätte antworten können. Nach einiger Zeit wiederholte Benjamin seine Frage.

Eugen seufzte: »Ich war betrunken.« Es fühlte sich an, als wäre es die größte Ausrede dieser Erde. »Ich wollte Alkohol kaufen, da bin ich von der Straße abgekommen.«

Der Junge starrte ihn an, in seinen Augen lag Furcht. *Hast du mich absichtlich umgebracht?*

»Nein. Nein, ich wollte das nicht. Wirklich nicht.«

Die Anspannung wich aus Benjamin. Er nickte einmal und rieb sich die Stirn, als stünde er vor einer schwierigen Entscheidung. *Okay, ist gut.* Er streckte ihm die kleine durchscheinende Hand entgegen. *Wollen wir uns vertragen?*

»Vertragen?«

Ja, was sonst? Mama sagt immer, dass man Mist bauen kann, sich dafür aber entschuldigen muss und die Entschuldigung auch annehmen soll, damit wieder Frieden ist. Weil Frieden wichtig ist. Also vertragen wir uns?

Eugen nahm die kleine Hand – und war überrascht, dass er sie spürte, als wäre sie nicht durchscheinend, sondern aus Fleisch und Blut – und schüttelte sie. Benjamin nickte.

Sie schwiegen.

Er hatte ihm verziehen. Wie konnte das überhaupt möglich sein? Wie konnte man verzeihen, dass man umgebracht worden war?

Benjamin zeigte zur Seite, auf den dicken Mann mit dem Gehstock. *Das ist Bernhard.* Der Mann kniete noch immer vor dem Grab. *Mein Papa und er sind Freunde. Er nennt ihn Sporti. Lustig, oder? Weil er doch dick ist.*

»Wieso bist du noch auf der Erde?«

Der Junge zuckte mit den Schultern. *Weiß nicht.*

»Kann dich noch jemand sehen?«

Benjamin schüttelte den Kopf. *Bisher keiner.*

»Warum hast du mir geholfen?«

Weil die Bösen dich sonst tot gemacht hätten. Das sagte er mit der Selbstverständlichkeit eines Jungen, der denkt, dass er alles weiß.

»Gibt es noch mehr, die so wie du sind?«

Ja, aber die meisten sind gemein oder stehen gelangweilt rum.

»Bleibst du noch bei mir?«

Der Junge nickte. *Wenn du willst.*

28

Mich schlagen!, dachte Raffael, während er in den Folterkeller der Frankfurter Niederlassung hinabstieg. Als könntet ihr mich so brechen.

Er folgte dem olivgrünen Latexboden, an offenen Büroarbeitsplätzen vorbei und stieg eine weitere Treppe hinab.

Nachdem sie ihn bestraft hatten, hatten sie ihm den Koffer in die Hand gedrückt und zum Gebetsraum geschickt. Er sollte die Meisterin beschwören, sofort.

Klar, dachte Raffael. Mach ich. »Aber erst kümmere ich mich um meine Antworten.« Ihr habt mich quer durch die Wildnis geschickt – ohne Toilette! – und mir meinen Käfer weggenommen! Dabei hab ich niemals Fragen gestellt, hab jeden Auftrag brav gemacht, mich sogar von euch verprügeln lassen. Und hab ich nicht gesagt, dass ich nichts weiß? Mir reicht's!

Er wollte endlich wissen, was es mit diesen Splittern auf sich hatte. Und er ahnte, dass Callahan ihm das würde sagen können.

Er erreichte Ebene -2 und ging durch eine Feuerschutztür. Dahinter waren die Wände weiß gestrichen, alle paar Meter kam eine Tür, hinter der eine Folterkammer lag. Die erste war leer, und ging zur nächsten, doch da war auch nichts. Er öffnete die nächste Tür und da lag Callahan, auf einem Tisch festgeschnallt. Er war nackt, nur ein Medaillon hing ihm seitlich vom Hals herunter.

Was hatten seine Ordensgeschwister nur, dass sie alle nackig machen mussten?

Callahans Klamotten lagen nicht weit weg auf einem unordentlichen Haufen. Sie hatten ihm die Gliedmaßen abgespreizt, die Gelenke waren überdehnt, Arme und Beine zeigten wie bei einem X von seiner Körpermitte weg.

Raffael nahm eine weiße Kautschukschürze vom Haken, band sie sich um. Callahan war unversehrt, aber er hatte den Kopf gedreht, um Raffael zu beobachten.

An einer Wand stand ein Rolltisch, auf dem Werkzeuge lagen. Raffael betrachtete den Edelstahltisch und das Werk seiner Brüder darauf. Er schloss die Tür und stellte den Koffer mit der Abyss auf die Seite.

Vom Fußende der Liege aus begrüßte er Callahan: »Hallo, Arschloch!«

Callahan hob den Kopf. »Was willst du von mir?«

»Ich hab Fragen. Beantworte sie mir!«

»Ich weiß nichts«, sagte Callahan.

»Siehst du, deswegen ist all der Kram hier. Du redest doch eh nur Scheiße!«

Raffael löste sich vom Fußende und zog den Rolltisch heran. »Unsere Container hatten nicht mal eine Wand um das Scheißhaus. Ich hasse es, im Freien zu scheißen!«

Er ließ seine bandagierte Hand über den Werkzeugen schweben, Messer, Zangen, Skalpelle und Bunsenbrenner. Er entschied sich für den Bunsenbrenner.

Callahan schrie, während er ihm den Oberkörper abflammte. Nach einer Weile machte Raffael das Feuer aus, die Spitze glühte noch.

Schwarze Brandflecke entstellten nun Callahans Bauch, an manchen Stellen hob sich die Haut blasenförmig ab.

Raffael beugte sich über ihn. »Und? Was hat es mit diesen Splittern auf sich?«

»Ich weiß es nicht! Was für Splitt–«

Raffael drückte ihm mit beiden Händen die Kehle zu. Seine verletzte Hand brannte von dem Druck, aber es gefiel ihm irgendwie. Es war ein guter Schmerz, ein reinigender Schmerz, und Raffael konnte stark sein, genauso stark wie sein Vorbild, der Käfer.

Callahan bäumte den Oberkörper auf und schlug wild gegen die Fesseln.

»Weißt du, was schade ist?«, fragte Raffael, während er weiter zudrückte. »Der VW Käfer wird zwar wieder gebaut, aber er ist nur ein billiges Imitat. Das, was da vom Fließband rollt, hat nichts mit dem richtigen Käfer zu tun. Klimaanlage und Schnickschnack! So wie du! Du bist auch nur Schnickschnack, unwichtig und wertlos.«

Callahan lief blau an, seine Bewegungen wurden schwächer. Es war leicht, Leben zu nehmen, aber zu foltern, das war immer eine nette Abwechslung.

Er ließ von ihm ab. Callahan rang nach Luft und langsam kehrte die Farbe in sein Gesicht zurück.

Er betrachtete Callahans Schritt. Sein Penis lag schlaff auf dem rasierten Hodensack.

»Du hast das Ding bestimmt in so ein Fickloch gesteckt, oder? Gib's zu!«

»Was?«

»Hast du, nicht wahr?« Raffael griff nach einem Messer und rammte es ihm in den Oberschenkel.

Callahan verkrampfte und schrie auf.

»Ich will wissen, warum meine Meisterin einen Splitter will, also mach nicht so einen Krach und sag's endlich! Was ist so toll an denen?«

Callahan reagierte nicht, abgesehen davon, dass er krampfhaft versuchte nicht zu schreien.

Raffael zog das Messer aus dem Bein, Blut lief an der Seite herunter. Er fuhr mit dem Klingenrücken das Bein hinauf, über den Schritt hinweg zum Brustkorb. »Hast du auch so einen Splitter?«

Callahan sah ihm direkt in die Augen. »Arschloch!«, sagte er rau.

»Fick dich!«, schrie Raffael hysterisch und rammte ihm die Klinge geradewegs in die linke Brust.

Callahan schrie auf. Seine Augen flatterten, dann bäumte er sich auf. Blut floss in Strömen aus der Verletzung.

Scheiße, was hab ich getan?, schoss es Raffael durch den Kopf.

Callahan sackte wieder zusammen und wimmerte schwach.

Ein normaler Mensch hätte das Bewusstsein verloren, doch der da nicht. Warum nicht? Waren die Väter deshalb so scharf auf die Splitter? Er ahnte, dass er nah an der Wahrheit dran war.

»Warum bist du nicht ohnmächtig?«, rief er, während er nach der Zange griff.

Hinter ihm ging die Tür auf. Ein Mann in einer lilanen Robe betrat den Raum, es war der Vater, der ihn eben noch verprügelt hatte. Raffael warf vor Schreck die Zange weg.

Der Vater sah hektisch von Callahan zu Raffael. »Raffael! Was machst du hier? Du musst sofort die Meisterin rufen!«

»Ja, Vater.« Raffael verbeugte sich halb, zog Callahan das Messer aus der Brust und ließ es auf den Tisch fallen. »Natürlich.«

Er packte den Koffer mit der Abyss und rannte am Vater vorbei nach draußen, bevor der ihn wieder ins Prügelzimmer bringen konnte.

29

Sie waren auf dem Rückweg zu Eugens Haus. Benjamin schwebte neben ihm. Autos fuhren an ihnen vorbei und Menschen gingen ihrem Alltag nach. Eine Frau führte einen kleinen, weißen Hund aus.

Eugen wandte sich an Benjamin. »Wenn sie mich holen und zu meiner Familie bringen, dann sperren sie mich ein. Kannst du dann zu mir kommen und mir helfen?«

Benjamin nickte. *Ich bleibe bei dir. Haben uns doch vertragen.*

Eugen hatte einen Plan. Ob es ein guter war, würde sich zeigen, aber er musste etwas tun. Der Orden hatte seine Familie, und es gab nur einen Weg, zu ihnen und zu Roland zu gelangen, nämlich indem der Orden ihn hinbrachte. Und dazu musste er in sein Haus.

Er erreichte seine Straße. Ein Fremder hätte nicht bemerkt, dass etwas nicht stimmte, aber Eugen fiel es sofort auf. Kein Rentner stand in seinem Vorgarten und suchte nach Unkraut. Die Straße war menschenleer. Ein Blick auf Baldigs Haus verriet, dass der die Rollläden unten hatte.

Die wissen alle, was hier passiert ist.

Eugen blieb vor seiner Haustür stehen. Benjamin war schon oben und schwebte durch die Tür, ohne darauf zu warten, dass Eugen sie öffnete. Als sie offen war, folgte er ihm in die Küche.

Die Sonne fiel durch das Fenster auf den Esstisch. Da lag Rolands Revolver, er war mit Blut verschmiert, daneben das Handy, es war zugeklappt und wartete darauf, benutzt zu werden.

Hier ist niemand.

Eugen nahm das Handy und klappte es auf. Die Digitaluhr zeigte fünf vor acht.

Was hast du vor? Benjamin stand in einem der Stühle. Die Sitzfläche endete über seinem Bauchnabel. Die Rückenlehne schimmerte durch ihn hindurch.

Eugen drückte die Wahlwiederholung. Seine Gedanken waren so klar, wie seit langem nicht mehr. Er würde seine Familie retten, zur Not auch allein.

»Zur Vernunft gekommen?«, krächzte der Entbeiner durch das Telefon. »Leiste keinen Widerstand, sonst machen wir dich alle! Verstanden?«

Eugen legte auf, ohne ein Wort zu sagen. Er versteckte den Revolver im Wohnzimmer, hinter den verbliebenen Büchern im Regal, und ging dann wieder in die Küche. Benjamin stand neben ihm.

Es war still im Haus. Nur der Geruch nach Blut war noch da. Wie würde Roland reagieren, wenn er von Eugens Fähigkeit erfuhr? Er konnte mit Geistern sprechen, das war doch was. Bisher zwar nur mit einem, und noch dazu einem, den er umgebracht hatte, aber das würde sicher noch werden.

Die Haustür flog auf. Der Entbeiner preschte rein, Eugen riss die Arme hoch, bekam aber trotzdem eine Faust gegen das Kinn.

Eugen stolperte. Der Entbeiner warf sich auf ihn, ein scharfer Schmerz schoss durch seine Schulter. Etwas stach ihm in den Hals.

Der Schmerz verschwand.

Er konnte seine Augen nicht mehr offenhalten.

Er hatte Angst.

Um ihn herum rauschte es. Der Untergrund vibrierte. Etwas rieb an seinem Gesicht.

Eugen hob den Kopf und stieß mit Nase und Kinn gegen Stoff.

Er hatte einen Sack über dem Kopf.

Er wollte ihn abstreifen, aber seine Hände waren auf dem Rücken gefesselt. Ein Motor brummte, dann quietschten Bremsen. Eugen rutschte über einen rauen Untergrund und prallte gegen eine metallene Wand.

Er hatte Kopfschmerzen und er fühlte sich träge. »Benjamin?«, flüsterte er. »Benjamin, bist du da?«

Jemand zog ihm den Sack vom Kopf, es war der Junge. Sie waren in einem leeren Lieferwagen ohne Fenster.

Setz dich, damit ich deine Handschellen aufmachen kann.

»Wie lange sind wir schon unterwegs?«

Eine halbe Stunde. Weiß nicht genau. Eine der Handschellen ratschte, löste sich aber nicht. Stattdessen schnitt sie nun tiefer ins Fleisch und drückte auf die Pulsader. *Die geht nicht auf!*

Der Lieferwagen stoppte, Eugen rutschte wieder über den Boden.

»In meiner Hosentasche ist ein goldenes Kistchen, wenn sie mir das wegnehmen, schnapp's dir und verschwinde damit.«

Ich weiß nicht. Ich kann nicht immer Sachen festhalten. Manchmal fallen sie mir runter, obwohl ich meine Hand fest zudrücke.

Das erklärte, warum die linke Handschelle so eng war, dass das Pulsieren des Blutes bis in die Hand zu spüren war. Sie wurde langsam taub.

Die Flügeltür ging auf. Es regnete, aber nicht so stark wie in Kanada. Der Entbeiner trat aus dem Regenschleier. Bei sich hatte er einen dürren Gehilfen, der in zwei Richtungen gleichzeitig glotzte, wie ein Chamäleon. Der Entbeiner schnalzte genervt mit der Zunge. »Setz ihm den Scheißbeutel wieder auf!«

Während das Chamäleon auf die Ladefläche kletterte, zwinkerte er Eugen zu. »Na, du Wichslurch! Schön, dich wiederzusehen. Hätte ich geahnt, dass du so einen Batzen Kohle wert bist, hätte ich dich zu meinen Brötchen gelegt, statt dich wie eine vergewaltigte Ratte liegen zu lassen.«

Das Chamäleon griff nach dem Beutel, verfehlte ihn zweimal und stülpte ihn dann über Eugen. Jemand klatschte in die Hände. »Schleif ihn da raus, Hans! Jetzt ist Zahltag. Nichts zu sagen, Wichslurch?«

Eugen schwieg. Er fühlte Benjamins Hand, der seinen Daumen umklammerte, als das Chamäleon ihn auf die Beine stellte und Eugen vor sich herschob, bis er ins Leere trat und unsanft aus dem Wagen stürzte. Der Entbeiner fing ihn auf.

»Du schielender Vollidiot!«, plärrte er. Er ließ Eugen stehen, der unsicher stehen blieb. Regen sickerte durch seinen Pullover. Da bekam er einen Stoß von hinten. »Lauf!«

»Ja, doch!«

»Halt's Maul!« Der Entbeiner schlug ihm in die Seite. Eugen hatte Mühe, aufrecht zu bleiben, der Schmerz strahlte bis in die Beine. Irgendwo vor ihm quietschten Scharniere.

Die bringen dich in ein Haus unter der Erde.

Ob er sich daran gewöhnen würde, eine andere als seine Stimme in seinem Kopf zu hören?

Achtung! Stufen. Seine Wärter hatten ihn nicht gewarnt oder festgehalten, und so stolperte er die erste runter, fing sich aber dank Benjamins Warnung rechtzeitig ab.

Es waren viele Stufen, die er sich nach unten tastete. Die steile Treppe war blind schwer zu bewältigen, doch schließlich kam er heil unten an.

»Mach schon!«, sagte der Entbeiner und stieß ihn weiter. Eugen prallte gegen eine Wand und landete auf den Knien.

Hier sind Gefängniszellen und ein Schweiger. Eugen wollte fragen, was ein Schweiger war, doch er spürte, dass sie in dem Keller nicht allein waren. Es roch muffig und feucht. Hier unten hausten noch andere Wesen. Er wurde hochgezerrt und weitergetrieben.

»Da rein!« Wieder quietschten Scharniere und wieder landete er hart auf den Knien. Hinter ihm knallte eine Tür ins Schloss. Schritte entfernten sich weiter den Gang entlang, nicht dahin, woher sie gekommen waren.

Der Entbeiner hatte ihm weder die Fesseln noch den Sack abgenommen. Seine linke Hand war inzwischen taub.

Deine Familie ist nebenan und Roland ist in der Zelle auf der anderen Seite.

»Susanne?«, fragte Eugen. Es kam keine Antwort. Er war zu leise gewesen.

»Benjamin, der Sack!«

Es wurde hell. An der Wand flackerte müde eine Stabkerze. Sie war bis auf den Kerzenhalter runter gebrannt. »Susanne!«, rief er noch mal.

Nichts geschah. In seine Hand kam wieder Leben, allerdings schmerzte sie nun.

»Benjamin, die Fesseln, bevor mir die Hand abstirbt.«

Benjamin steckte seine durchsichtigen Finger in die Handschellen. Die kahlen Steinwände dehnten sich in der Schwärze in die Unendlichkeit. Die Wände waren wie Burgmauern aus einer längst vergangenen Zeit.

»Susanne«, rief Eugen, so laut er konnte.

»Eugen?«, kam es dumpf und kaum hörbar von rechts. Susanne klang nicht erleichtert, sondern irgendwie müde und abgeschlagen, fast schon gelangweilt.

Eugen ging ans Gitter, hinter dem der Gang lag, Benjamin folgte ihm. Er fummelte noch immer an der Handschelle herum, ohne sie aufzubekommen. Der Flur war ebenfalls mit Kerzen beleuchtet, die nicht mehr lang brennen würden. »Ist Mary bei dir?«

»Ja. Mary schläft«, sagte sie beiläufig.

»Haben sie euch wehgetan?«

Sie schwieg grauenerregend lang. »Nein. Wieso?«

»Sie wollen was von mir.«

»Aha.«

»Aber ich hol euch da raus!« Er drehte sich nach links. »Roland?«

»Wer ist das?«, fragte Susanne und klang nicht so, als würde sie das wirklich interessieren.

»Was zum Geier machst du hier?«, fragte Roland.

»Roland? Gott sei Dank.«

»Bist du auch in einer Zelle? Wenn das dein Fluchtplan war, hast du es verhunzt.« Rolands Begeisterung war nicht zu überhören.

»Ich weiß es jetzt.«

»Das wirst du genauer ausführen müssen. Ich kann nur heilen und nicht –«

»Hellsehen. Ich weiß schon. Geister, Roland! Beziehungsweise einen Geist. Ich kann mit einem Geist reden.«

Einen Moment war es still. »Interessant.«

Eugens Handschelle klickte.

Offen!

»Danke!« Sein Handgelenk brannte, dafür ließ der pulsierende Schmerz langsam nach.

»Für was?«, fragte Roland.

»Nicht an dich. Benjamin hat mir eben die Handschellen geöffnet.«

»Ist Benjamin der Geist?«

»Genau.«

»Kannst du ihn mir mal rüberschicken? Diese Ketten machen mich wahnsinnig.«

Eugen!, wimmerte Benjamin hinter ihm. *Da! Der starrt mich an und kommt näher.*

»Wer?«

Der Schweiger.

Eugen folgte Benjamins Blickrichtung. Im hinteren Teil der Zelle war es dunkel, die Ecken versanken in Schwärze.

Leere Augen tauchten aus der Dunkelheit auf, es waren die Augen eines Toten. Dann kam der Schweiger näher. Es war ein junger Mann, durchscheinend wie Benjamin, dessen Füße den Boden nicht berührten. Die Arme hingen schlaff herab und der Kopf baumelte schräg zur Seite, als ob ihm ein Seil um den Hals geknüpft worden war.

Der Erhängte trieb wie in einem schwachen Wasserstrom auf sie zu. Eugen wich zurück, am liebsten wäre er weggerannt, Benjamin neben ihm war schon halb durch das Gitter.

Der Schweiger zog die Lippen zurück und lachte höhnisch. Er hatte keine Zähne, riss den Mund immer weiter auf und schnappte tollwütig nach ihnen.

Eugen sprang zurück und prallte gegen das Gitter.

Wenn wir dem zu nahekommen, beißt er uns und wir sterben.

»Woher weißt du das?«

Ich hab's gesehen. Die fliegen so herum, bis sie wen beißen können, dann saugen sie ihn aus, bis er weg ist.

»Eugen? Alles okay bei dir?«, fragte Roland.

Er starrte wie hypnotisiert in diese toten Fischaugen. Der Erhängte trieb weiter auf ihn zu. »Kannst du Roland befreien?« Benjamin nickte erleichtert und verschwand durch die Wand in die Zelle nebenan.

Wenn Benjamin durch die Wand kam, dann sicher auch der Erhängte. Er musste ihn ablenken, bis Roland befreit war.

»Komm doch her!«, forderte Eugen den Erhängten auf.

Der schwebte gelangweilt auf ihn zu, zog eine Fratze und ließ die Zunge im Inneren der Mundhöhle kreisen, es sah aus wie ein unter einem Stein eingeklemmter Regenwurm.

Eugen machte eine Faust und holte aus. Der Schlag ging durch die Erscheinung hindurch wie durch Nebel. Nur seine Haut fühlte sich seltsam heiß an.

Er hatte Eugen fast erreicht und riss den Mund auf. Der drückte sich Richtung Wand und schlug erneut zu. Der Schlag fühlte sich an, als würde seine Haut mit heißem Frittierfett übergossen. Der Schweiger biss in die Luft. Die Fischaugen in den tiefen, schwarzen Höhlen glotzten ihn gierig an. Eugen stieß mit dem Rücken gegen die Wand zu Rolands Zelle, da erreichte der Schweiger ihn, den Mund weit aufgerissen.

Eugen packte zu.

Er erwischte den Hals und spürte Widerstand. Es fühlte sich heiß an, aber nicht zu heiß.

Mit aller Kraft drückte er zu.

Der Geist heulte auf und schlug mit seinen langen Armen auf Eugen ein. Eine Schmerzwelle nach der anderen raste durch ihn, aber er drückte weiter zu. Seine Arme erlahmten, der Schweiger riss an ihnen, er wollte loskommen und ihn beißen. Ein Ruck und er hatte sich fast befreit, doch Eugen drückte noch kräftiger zu, da sah er durch seine Hände den Boden.

Meine Hände sind durchsichtig! Erschrocken ließ er los. Seine Arme und alles andere an ihm war auch durchscheinend. Er war tot!

Hektisch suchte er den Zellenboden ab. Da! Sein Körper lag vor dem Gitter, der Brustkorb hob und senkte sich.

Er lebte noch. Aber er war ein Geist.

Neben ihm schnappte etwas, Eugen starrte direkt in die toten Augen des Schweigers. Er hatte nach ihm geschnappt und ihn nur knapp verfehlt. Geifer tropfte ihm vom Kinn.

Er wollte Eugen aussaugen, so wie Benjamin es gesagt hatte. Die Angst übermannte ihn und er schlug dem Schweiger ins Gesicht, immer und immer wieder, bis der endlich zurückwich. Es brannte, an seinen Händen klebte warmer, klebriger Geisterschleim. Er versuchte ihn abzuschütteln, aber er haftete an ihm wie Rotz.

Eugen wünschte sich, wieder in seinem Körper zu sein, und im nächsten Augenblick lag er am Boden. Seine Hände waren wieder aus Fleisch und Blut, wenn auch immer noch verschmiert, und er war wieder in der Welt der Lebenden.

Der Schweiger schwebte zurück in eine Ecke und hing in der Luft, wie von einem unsichtbaren Balken.

Eugen stand auf und wischte seine Hände an der Hose sauber. Sein Atem ging schnell. In der Geisterwelt zu sein, war anstrengend. Aber er war einen Moment durchsichtig und ohne Körper gewesen. Was war, wenn er wie Casper im Fernsehen durch Wände schlüpfen konnte?

»Bleib, wo du bist!«

Der Schweiger rührte sich nicht.

Eugen legte eine Hand auf die Steinwand. Sie war kühl und rau. Er stellte sich vor, dass er durch die Wand schreiten würde, und im nächsten Moment versank seine Hand im Stein.

Er zog sie zurück, der Erhängte bewegte sich nicht. Seine Augen starrten ins Nichts.

Eugen legte seine Hand erneut auf die Wand, und als sie dieses Mal darin verschwand, drückte er seinen Arm hinterher. Ein Blick zurück, der Erhängte stürzte sich auf ihn.

Eugen wollte weiter in die Wand vordringen, da traf ihn etwas an der Wirbelsäule. Ein Stromstoß durchfuhr ihn. Ich muss hier weg! Für einen Augenblick umgab ihn kühler Stein, dann war er wieder frei. Er erwartete Schmerz, aber der Stromstoß schien keinen Schaden hinterlassen zu haben.

Auf der anderen Seite war es dunkler, es gab keine halb abgebrannte Kerze. Seine Arme waren durchsichtig, genau wie der restliche Körper. Er war wieder hinübergewechselt. Der rachsüchtige Geist war ihm nicht gefolgt.

Roland saß auf dem Boden, er hatte einen Sack über dem Kopf und die Hände waren gefesselt. Benjamin hockte direkt hinter ihm und versuchte die Handschellen zu lösen.

»Roland? Hörst du mich?«

Er kann dich nicht hören, wenn du ein Geist bist. Ich bekomm seine Fesseln nicht auf. Benjamin klang tieftraurig.

Eugen schnaubte. »Nichts funktioniert auf Anhieb.« Er ging durch die Wand zurück.

Der Schweiger schwebte auf ihn zu, Eugen verpasste ihm eine und fuhr in seinen Körper. »Bleib wo du bist!«, fuhr er ihn an.

»Was ist?«, fragte Roland. Er klang dumpf durch die Wand

»Benjamin bekommt deine Fesseln nicht auf. Warte noch.«

»Das, lieber Horazio, ist mir nicht entgangen.«

Der Schweiger hatte sich entschlossen, auf ihn zu hören. Mit dem Rücken zur Zelle hing er in seiner Ecke.

Eugen ging zum Gitter. »Wie hast du meine Handschelle aufbekommen?«, fragte er in den Gang hinaus.

Benjamin tauchte neben ihm auf. *Ich hab mit meinem Finger den Hebel zurückgezogen. Ist aber nicht so einfach, weil man das Richtige festhalten muss, das fällt mir am schwersten.*

»Mhm«, machte Eugen. »Du hast deinen Finger in das Schloss gesteckt?«

Der Junge nickte.

»Das probiere ich.«

»Was probierst du?«, fragte Roland.

»Moment.« Eugen konzentrierte sich auf seine Hand, stellte sich vor, dass sie durchsichtig wäre, und steckte sie dann in das Türschloss. Er spürte verschiedene kleine Teile und drehte und bog solange daran herum, bis es klickte.

»Offen!« Sein Arm tauchte wieder auf.

Er schloss die Zelle von außen, öffnete Rolands Gitter auf dieselbe Weise und lehnte es an. Dann zog er Roland den Beutel vom Kopf.

Der sah sich suchend um. »Wo ist er?«

»Wer?«

Roland machte ein Willst-du-mich-auf-den-Arm-nehmen-Gesicht. »Benjamin?«

»Steht direkt vor dir.«

»Wo?«

»Direkt vor dir eben.«

Roland starrte in die für ihn völlig leere Luft. »Interessant.«

Eugen machte sich an Rolands Handschellen zu schaffen. Inzwischen hatte er den Trick drauf: Es klickte zweimal und sie waren offen.

»Und mein Revolver?«, fragte Roland.

»Der liegt im Haus. Wir müssen Susanne und Mary holen und dann raus hier. Kann Makana uns holen?«

»Wenn ich ein Handy hätte, bestimmt. Kann dein Geist eines besorgen? Benjamin?«, sagte er zur Wand.

»Roland, er steht neben mir.«

»Ach so, ja klar.« Er drehte sich zu Eugen. »Kannst du uns ein Handy besorgen? Und?«, fragte er Eugen.

»Er ist weg. Ich denke, er sucht eins.«

»Und wie kommen wir hier raus?«, fragte Roland.

»Durch die Tür? Ist offen.«

Doch Roland hielt ihn zurück. »Psst.«

Eugen lauschte. Es klang, als käme jemand die Treppe runter. Roland kniete sich wieder hin und Eugen versteckte sich in einer dunklen Ecke.

»... wenn die nur wüssten ...«, sagte jemand und ein Mann mit langen, zurückgebundenen Haaren erschien. Er trug einen Koffer bei sich.

Eugen erkannte ihn, das war der Porschefahrer, der bei der Ausgrabung gewesen war. Er lief an der Zelle vorbei, ohne hineinzusehen. »Können mir meinen Käfer doch nicht einfach wegnehmen ...« Er lamentierte noch eine Weile vor sich hin, dann fiel eine Tür zu und es war still.

Eugen eilte zur Nachbarzelle, in der seine Familie gefangen gehalten wurde. In der hinteren rechten Ecke brannte eine Kerze, sie flackerte ganz leicht.

Mary und Susanne hingen jeder in einer Ecke, einige Zentimeter über dem Boden. Susanne starrte teilnahmslos an die Wand, die zur Nachbarzelle. Mary sah ihn aus großen, leblosen Augen an.

Eugen erstarrte. Er hatte sie gefunden. Dort waren sie, durchscheinend und tot.

»Komm! Sie sind nicht hier, lass uns verschwinden«, sagte Roland.

Doch sie waren da. Sie waren da.

»Eugen?« Roland wollte ihn mitziehen, aber Eugen rührte sich nicht. »Was ist denn?«

Susanne drehte sich langsam um. Ihr desinteressierter Blick traf ihn und sein Herz setzte für einen Moment aus, um gleich darauf wie wahnsinnig loszurasen.

Seine Frau seufzte betrübt und sah wieder zur Mauer. Mary öffnete den Mund, als wollte sie etwas sagen, doch sie klang nur wie der Wind, der durch Fensterritzen heulte. Das hörte selbst Roland, der die Situation sofort verstand.

»Ach, Eugen. Es tut mir so leid.«

»Zu spät«, wimmerte Eugen. »Ich bin zu spät!«

Er sank auf die Knie, Tränen liefen ihm übers Gesicht. Er schob seine Hand in die Hosentasche, nahm die Schachtel, zog sie raus und wollte sie wegschleudern.

Doch Roland hielt seine Hand fest. »Mach das nicht, noch nicht. Wir finden vielleicht eine Lösung, aber wenn du das jetzt machst, wenn du deinen Splitter ablegst, dann kannst du garantiert nichts mehr ausrichten. Dann sitzt du in einer Flasche für den Rest deiner Existenz und glaube mir, die dauert noch eine ganze Weile. Steck die Schachtel ein und lass uns gehen.«

Benjamin tauchte in der Zelle auf und machte ein mitleidiges Gesicht. »Können sie mit?«, fragte Eugen.

Benjamin schüttelte den Kopf. *Sie sind Schleicher, reden nicht mehr viel, aber sind noch keine Schweiger. Sie gehen nirgendwohin.*

»Hey!«, ertönte die Stimme des Entbeiners von irgendwoher. »Flachwichser! Macht, dass ihr in die Zellen kommt!«

»Eugen!«

In seinem Kopf rauschte ein elektrisches Störgeräusch aus Trauer und Hilflosigkeit. Es knisterte und knackte. Jemand zerrte an ihm, aber er rührte sich nicht. Er wurde halb herumgedreht, sackte dann aber wieder in sich zusammen.

»Eugen!«, schrie ihn jemand an. Roland stand über ihm und zog an seinem Arm. »Wir müssen weg!«. Er starrte mit weit aufgerissenen Augen an ihm vorbei.

Eugen sah in dieselbe Richtung, den Gang runter, wo vorhin der Entbeiner verschwunden war. Und genau der rannte jetzt den Flur entlang auf sie zu.

Eine weitere Emotion gesellte sich zu Eugens Schmerz: Wut. Er streckte Roland die Hand hin, dabei bemerkte er, dass er die Schachtel noch immer festhielt. Er steckte sie ein und Roland half ihm auf.

»Zurück in die Zellen!«, brüllte der Entbeiner. Er hatte sie fast erreicht.

Hinter ihm tauchte das Chamäleon auf. »Genau!« Er klang wie ein Frettchen. »In die Zellen!«

Der Entbeiner packte den dürren Kerl und gab ihm einen Stoß, er prallte gegen Eugen und riss ihn mit sich zu Boden. Sie landeten in einem wirren Knäuel direkt vor der Zelle. Roland trat nach dem Chamäleon, traf aber nicht. Da wurde er weggezerrt, Eugen hörte ihn aufstöhnen.

Das Chamäleon zappelte wie wild, Eugen schaffte es nicht, den Mann von sich runterzuschieben. Die Wampe des Entbeiners tauchte über Eugen auf, er trug eine enge Jeans, die alles betonte, was er den weißen Frauen dieser Welt zu bieten hatte. Er drückte Roland gegen die Wand, gleichzeitig stellte er seinen Springerstiefel auf den Rücken des Chamäleons.

Der Druck war zu viel, Eugen bekam kaum noch Luft. Der Entbeiner zog eine Pistole. Die Wut überrollte Eugen wie eine heiße Woge. Er schlug dem Chamäleon zwischen Rippen und Becken, es brüllte auf, warf sich zur Seite und Eugen konnte endlich wieder atmen.

Er trat zu und das Chamäleon flog von ihm runter, Eugen richtete sich halb auf und stieß dem Entbeiner die Faust zwischen die Beine. Der schrie daraufhin wie ein abgestochenes Schwein und krümmte sich zusammen.

Roland griff nach dem Arm mit der Waffe und warf sich gegen den Entbeiner. Sie stürzten zu Boden. Das Chamäleon richtete sich wieder auf. Also schlug Eugen zu, in den Bauch, gegen den Kopf, auf den Hals – einfach alles, was er erwischte.

Stöhnend wich das Chamäleon zurück.

Roland war aufgesprungen und trat dem Entbeiner mehrmals gegen den Kopf, bis der die Augen verdrehte und reglos liegen blieb.

Sie wandten sich zum Ausgang, das Chamäleon kroch weg, aber Roland packte es am Hosenbein. Panisch trat das Chamäleon aus, Eugen kam ihm zu Hilfe und klammerte sich an das andere Bein, als würde es um sein Leben gehen. Sie zogen und die Hose rutschte dem Hänfling von den Hüften und präsentierte einen bleichen Hintern.

Eugen ließ sich mit dem Knie auf seinen Rücken fallen. Das Chamäleon schrie. Eugen schlug zu, aber seine Hand prallte nicht gegen den Hinterkopf, sie glitt durch das Chamäleon hindurch wie durch Nebel.

Seine Hand war durchsichtig geworden. Er hatte keine Ahnung, wie er das gemacht hatte, aber er bewegte seine Hand zurück, durch den Oberkörper des Chamäleons hindurch. Da spürte er einen Widerstand. Eugen ertastete etwas, das sich wie ein festes Kissen anfühlte, griff zu und zog.

»Nein!«, kreischte das Chamäleon, als würde ihm die Haut abgezogen.

Roland ließ von der Hose an. »Was machst du da?«

»Moment«, stieß Eugen hervor.

Das, was Eugen aus dem Chamäleon zog, dehnte sich wie Gummi. Er zog es ganz heraus, bis es vor ihm in der Luft hing. Es sah aus wie das Chamäleon, nur formloser und durchsichtig.

Der Körper des Chamäleons lag reglos am Boden und Eugen schleuderte die Seele zu seiner Zelle. Sofort schoss der Erhängte hervor. Er saugte sich wie ein Egel am Hals fest.

Eugen materialisierte seine Hand, während die Seele schmerzverzerrt kreischte und sich schließlich auflöste.

»Was hast du gemacht?«, fragte Roland und zeigte auf den reglosen Körper.

Der Erhängte zog sich in seine Zelle zurück.

Eugen zog an der Zellentür seiner Familie. Sie ging widerstandlos auf. »Susanne«, brüllte er. »Susanne!«

»Lass das. Wir müssen gehen, bevor noch mehr kommen.«

Doch er ignorierte ihn, lief in die Zelle und packte Susanne am Arm, zog, doch sie rührte sich nicht.

Da steckte der Erhängte seinen Kopf durch die Wand. Eugen verpasste ihm eine und er glitt durch die Mauer zurück.

Susanne hatte sich immer noch nicht bewegt, ja, nicht mal umgedreht. Also wandte er sich Mary zu. Er streichelte ihr über den kalten Rücken. *Papa?*, fragte sie gelangweilt, bewegte sich aber nicht. Eugen hätte es auch kein weiteres Mal über sich gebracht, ihr in diese toten Augen zu sehen.

»Was ist passiert?«, fragte Eugen.

Ich weiß nicht. Papa? Holst du uns hier raus? Sie klang schleppend, als stünde sie auf Schlafes Schwelle.

»Ich weiß nicht wie.«

Ist es schon wärmer? Sie ließ den Kopf zur Brust sinken. Eugen steckte etwas im Hals, an dem er nicht vorbei sprechen konnte.

»Eugen! Jetzt komm!«, rief Roland erneut.

Er wandte sich seiner Frau zu. »Ich bleib«, sagte er.

Da traf ihn ein Schlag und es wurde finster.

30

Eugen kam zu sich, als er mit dem Kopf gegen etwas Hartes stieß. Er rappelte sich auf, wurde aber sofort wieder umgeworfen und krachte gegen eine Metallwand.

Er war in einem Auto, in demselben wie vor ein paar Stunden. Und dieses Auto raste über eine Landstraße.

Eine durchsichtige Wand trennte den Laderaum von der Fahrerkabine. Am Steuer saß Roland, den Blick geradeaus gerichtet und den Oberkörper leicht vorgebeugt.

Eugen schob ein Fenster in der Trennwand auf und beugte sich vor. Es war dunkel und pechschwarzer Rauch bedeckte den Himmel, nur in der Ferne war ein hellerer Streifen am Horizont. Es ging auf den Abend zu.

Es war dieselbe Wolke wie in Kanada, in der Mitte blitzte es, wie ein purpurnes Wetterleuchten.

»Roland!«, rief Eugen und zog sich hoch. Vor ihnen lag die Landstraße. Sie war gut befahren.

»Ah, du bist wach! Tut mir leid, das mit dem K.-o.-Schlagen.« Er richtete seine Augen wieder nach vorn und gab Gas. Eugen wurde von der Trennwand weggezogen. Er packte eine Stange, um nicht hinzufallen.

»Ich wollte den Lieferwagen eigentlich loswerden, aber kaum hatten wir das Ordensgelände verlassen, hingen sie an mir wie Fliegen am Pferdearsch.«

Es gab einen Schlag und das Auto machte einen Satz nach vorn. Eugen flog gegen die Fahrerkabine, schaffte es aber aufrecht zu bleiben.

Jemand hatte sie gerammt. »Das war dein kahlköpfiger Freund. Der, dem ich eine übergezogen habe.« Roland klang, als wollte er lachen. »Es sind noch mehr, ich frage mich, warum sie uns nicht überholen.«

Ein purpurner Schein fiel aufs Armaturenbrett und beide sahen nach oben. Die ausgedehnte Wolke über ihnen zog sich zusammen. Der purpurne Kern pulsierte.

»Was hast du vor, Hedda?«, fragte Roland.

Die Wolke verdichtete sich weiter. Purpurne Blitze schossen heraus und schlugen in die Straße ein. Vor ihnen bremste jemand abrupt, Roland musste mit einem wilden Schlenker ausweichen.

Ein Knall entlud sich über ihnen. Der Wagen bebte und Roland verlor die Kontrolle. Sie schleuderten zur Seitenlinie, Roland riss am Lenkrad und sie rutschten in den Gegenverkehr. Er warf sich in das Lenkrad, brachte das Fahrzeug unter Kontrolle und fädelte sich in den Verkehr ein.

Eugen richtete sich auf. Er war hin und her geschleudert worden und hatte überall blaue Flecke. Im Dach der Fahrerkabine war ein Loch. Luft peitschte hindurch, am Rand des Lochs hing ein schwarzer Faden, wie Zigarettenqualm, nur dass er nicht aufstieg. Der Rauch schlängelte sich nach unten, fiel in die Kabine hinab, auf den Beifahrersitz und sammelte sich dort.

»Bleib hinten!«, sagte Roland. »Und überleg dir was. Wir bekommen Besuch.«

Neben ihm hatte sich eine schwarze Rauchwolke gebildet, die sich langsam zu einem menschlichen Oberkörper zusammensetzte. Es war die graphitschwarze Silhouette eines Frauenkörpers, die genauso wie die in Kanada aussah, nur dass diesmal ein purpurner Schein von ihr ausging.

Sie nahm Form an, je weiter oben, desto menschlicher sah sie aus. Alles unter der Gürtellinie war schwarzer Rauch.

»Halte doch den Wagen an«, sagte Hedda. Sie klang warm und freundlich.

»Nein«, fauchte Roland.

»Gib mir Eugen«, sagte sie liebevoll, als wolle sie ihn einladen, eine Nacht mit ihr zu verbringen.

»Ich möchte, dass du gehst«, sagte er.

»Wir beide wissen, dass ich dich niemals verlassen werde. Ich nehme auch deine Uhr.«

»Verschwinde, hab ich gesagt!«

Aus dem Schwarz unterhalb ihres Bauchnabels stieg ein länglicher Schatten empor. Es bildete sich eine schwarze Hand, die Roland die Falten aus dem Hemd strich.

Roland starrte gerade aus. »Wieso hab ich das gespürt?«

»Tja, ich bin stärker als damals«, flüsterte sie und griff ihm ins Lenkrad. Das Auto schlingerte über die Landstraße, Richtung Leitplanke. Eugen klammerte sich mit beiden Händen an die Stange.

Kiefern rasten auf sie zu, davor ging es steil abwärts. Roland bremste und riss am Lenkrad, was das Auto halb zur Seite, halb nach vorn fliegen ließ und Eugen mit vor schleuderte. Er hing jetzt unterhalb der Trennwand in einer der Ecken. Lautes Hupen und schrille Bremsgeräusche ertönten. Er rechnete fest damit, dass sie gleich irgendwo drauffuhren.

»Wenn es noch einen Funken von Menschlichkeit in dir gibt, dann hör auf!«, schrie Roland.

Eugen richtete sich auf. Der Lieferwagen schlingerte quer über die Straße und Eugen wurde erneut umgeworfen, wieder hupte jemand, hinter ihnen krachte es. Helles Licht flutete den Lieferwagen, es gab einen Schlag und etwas knirschte.

Als der Wagen ruhiger fuhr, richtete Eugen sich erneut auf. Der Seitenspiegel war weg. Roland schirmte das Lenkrad mit seinem Körper vor Hedda ab.

»Du hast viel zu lange gelebt«, sagte Hedda und es klang, als hätte ihm Aphrodite persönlich ihre Liebe gestanden. Rauch waberte durch den Fahrerraum. Sie gab dem Lenkrad einen Schubs und sie landeten erneut auf der Gegenfahrbahn.

Ein Sportwagen in Knallgelb kam ihnen entgegen, links daneben war ein Lieferwagen in Grün. Der Sportwagen und Roland rissen beide das Lenkrad herum, verfehlten sich knapp, der Gelbe rauschte an ihnen vorbei, erwischte den Lieferwagen aber noch mit dem Hinterteil.

Der Lieferwagen schlingerte in ihre Spur und wäre beinahe mit einem Kleinlaster kollidiert, der im letzten Moment Richtung Leitplanke auswich.

Eugen hörte etwas krachen. Sie holperten zurück über den Mittelstreifen, Roland stieß Hedda den Ellenbogen in die Rippen, doch er traf sie nicht, nur das Polster dahinter. Sie rammte ihm die Faust in die Seite. Er keuchte und stützte sich mit der Hand an der Fahrerkonsole ab, erwischte dabei das Radio, das daraufhin ansprang.

»... wird sich in den nächsten Tagen zeigen.«

Hedda hatte das Lenkrad nun vollständig gepackt und lenkte erneut in den Gegenverkehr. Roland warf sich durch sie hindurch und prallte mit seinem vollen Gewicht auf das Lenkrad. Der Wagen raste quer über die Fahrbahn, zwischen zwei Wagen hindurch und erreichte den Rasenstreifen auf der anderen Seite.

»Wir schalten jetzt live zu Bernhard Teufel. Wie haben Sie das Geisterdorf in Kanada erlebt?«

Hedda langte ihm in den Schritt. Roland schrie gequält auf, Eugen wusste nicht, was er tun sollte. Er konnte sich nur festkrallen, sonst wäre er im Lieferraum hin und her geflogen.

»Bisher gibt es viele Fragen, aber keine Antworten. Laut aktuellen Angaben beläuft sie die Todeszahl auf 437.«

Der Wagen holperte über Rasen, irgendwo vor ihnen ging es schräg nach unten. »Finger weg!«, rief Roland heiser.

»Kannst du vergessen! Und wenn ich dir die Hand abhake!«, schrie Hedda, nun überhaupt nicht mehr liebevoll.

»Bisher gibt es keine Hinweise. Die Gerüchteküche brodelt, ob es sich um einen ähnlichen Vorfall wie 1921 im Tal der Könige bei den Ausgrabungen des Pharaos Tutanchamun handeln könnte, abe–«

Der Abgrund kam näher, Roland schlug verzweifelt um sich, erwischte das Radio, das den Sender wechselte und nun Schlager spielte: »Die Liebe ist verloren, die Vöglein sind erfroren, am Schwanberger See ...«

Eugen zerrte mit einer Hand an der Scheibe, mit der anderen hielt er sich weiter fest. Benjamin tauchte neben ihm auf und packte mit an. Die Scheibe brach ab.

Der Lieferwagen wurde langsamer, war aber immer noch auf dem Weg zum Abgrund.

Eugen schlug durch das Loch auf Hedda ein. Seine Faust landete in ihrem Hinterkopf und er fühlte tatsächlich Widerstand.

Heddas Schrei war der eines Wesens, das vergessen hatte, wie sich Schmerz anfühlte. Er ging durch Mark und Bein und vibrierte ihm in den Knochen. Bevor er etwas machen konnte, löste sie sich auf und der Rauch verschwand durch das Loch in der Decke.

Roland riss das Lenkrad herum, gab Gas und raste zurück auf die Straße. Die Gegenfahrbahn war für einen Moment leer und er nutzte das, um voll aufs Gas zu gehen.

Sie rumpelten über die Fahrbahn, den Mittelstreifen und schwenkten wieder ein, stadtauswärts, irgendwo auf dem Land.

Eugen kletterte vor und ließ sich schwer atmend auf den Beifahrersitz fallen.

Roland hing gekrümmt über dem Lenkrad, als läge er im Sterben. »Wie«, schnaufte er, »hast du das ...« Damit verließen ihn die Kräfte. Sein Kopf knallte auf das Lenkrad. Der Wagen schleuderte herum. Eugen packte das Steuer und zog und zerrte, bis sie wieder halbwegs geradeaus fuhren.

Roland rührte sich nicht. Eugen rutschte das Lenkrad ständig weg, weil er nicht richtig herankam. Sie wurden langsamer, offenbar war Roland vom Gas gerutscht, aber er wusste nicht, was aus ihren Verfolgern geworden war. Er musste auf den Fahrersitz.

»Benjamin!«, rief Eugen. »Benjamin!«

Benjamin schob seinen Oberkörper durch die Rückwand.

»Halt das Lenkrad!«

Eugen ließ es los, gleichzeitig griff Benjamin durch Roland hindurch nach dem Lenkrad, bekam es aber nicht zu fassen. Er versuchte es erneut, erwischte es und rutschte wieder durch, als wäre es eine Luftspiegelung.

Eugen packte Rolands schlaffen Körper und zerrte an ihm, doch Roland bewegte sich nicht. Er war viel schwerer, als Eugen gedacht hatte.

Der Lieferwagen steuerte auf die Überholspur der Gegenfahrbahn. Eine Familienkutsche kam ihnen entgegen. Benjamin stöhnte auf, als er wieder durch das Lenkrad rutschte.

»Benjamin!«, rief Eugen, als er bereits die Augen des Fahrers sehen konnte.

Benjamin drückte wirkungslos die Hupe. *Eugen!*, rief er in Panik.

Endlich bekam Benjamin das Lenkrad zufassen. Der Familienvan wich ebenfalls aus und raste in die Leitplanke. Hinter ihnen krachte es, dann war das Bersten von Metall zu hören. Eugen war sich ziemlich sicher, dass der Wagen den Abhang runtergefahren war.

Sie waren inzwischen so langsam, dass er die Handbremse ziehen konnte. Mit einem Satz nach vorn kam der Lieferwagen zum Stehen.

Er stieg aus, rannte um die Motorhaube herum, schob und drückte Roland so lange, bis er mit dem Oberkörper über die Kupplung kippte.

Die rußschwarze Wolke am Himmel war immer noch da, auch wenn das purpurne Leuchten schwächer geworden war. Es kamen schon die nächsten Autos, jemand fuhr hupend an ihnen vorbei.

»Du Idiot!!« brüllte wer.

Er zerrte Rolands Beine aus dem Fußbereich, dann schob er ihn quer durchs Auto, bis er kopfüber in den Fußbereich des Beifahrersitzes kippte.

Da kam ein Lieferwagen angefahren, der heftig schlingerte, und jemand lehnte sich zum Fenster raus.

Es war der Entbeiner.

Eugen warf sich auf den Fahrersitz, schaltete und gab Gas. Er wechselte schnell vom ersten in den zweiten Gang und in den dritten Gang, bis er alles aus dem Motor herausholte.

Über ihm glühte es purpurn. Etwas sauste herab und traf hinten im Ladebereich. Eine Hitzewelle rollte über ihn hinweg, der folgende Donner ließ die Straße erbeben.

Weitere Blitze schlugen um ihn herum ein, die Straße glühte bei jedem Einschlag auf. Asphalt schoss in die Höhe und flog wie Splitt durch die Luft.

Er warf einen Blick zurück. Benjamin stand auf der Ladefläche, über ihm die pechschwarze Wolke, durch die purpurne Blitzte rauschten.

Ein Blitz löste sich und schlug direkt vor ihnen ein, ein Reifen platzte, der Wagen schlingerte, Eugen riss wie wahnsinnig am Lenkrad und verlor wie durch ein Wunder nicht die Kontrolle.

Die Wolke senkte sich herab und es regnete Blitze. Eugen konnte nicht mehr tun, als wild das Lenkrad hin und her zu drehen, um ihnen auszuweichen.

Ein Blitz schlug in den Wagen ein, das Donnern machte Eugen halb taub. Purpurnes Licht erfüllte den Wagen. Als es verschwand, war es für einen Moment still.

Die Wolke war so weit unten, dass sie ihm die Sicht nahm. Die Welt war dunkel. Sie fuhren ins Nichts.

»Benjamin?«, fragte Eugen zittrig.

Es kam keine Reaktion. Dafür hob Roland den Kopf und schlug gegen das Handschuhfach. »Was ist –« Er krallte sich an das Fach und zog sich hoch. »Was ist hier ... Au!«

Das Fach war aus der Verankerung gebrochen und er hatte sich die Luke gegen die Nase geschlagen. Fluchend richtete er sich auf.

Die Wolke hatte sie vollkommen eingeschlossen, sie konnten weder die Straße noch die anderen Autos sehen.

»Oh Mann ... Da kommt gleich was«, sagte Roland.

»Handy!«, brüllte Eugen. »Ruf Makana an! Um sie war es pechschwarz, purpurne Blitze zuckten aus der Dunkelheit und trafen den Wagen. Das Metall glühte inzwischen, die Hitze war kaum auszuhalten.

»Makana!«, brüllte Eugen.

»Welches Handy? Wir haben keins!«

Der Wagen machte einen Satz. Jemand hatte sie von hinten gerammt.

»Mach eine Vollbremsung!«, sagte Roland und schnallte sich an. Eugen ging auf die Bremse, da gruben sich Zähne in seinen Nacken. Es fühlte sich an, als würden seine Innereien kochen. Er riss die Hände hoch, um, was auch immer ihn da angriff, loszuwerden, und sah eine Kinderhand.

Es war Benjamin.

Roland neben ihm flog in den Gurt und prallte zurück, als Eugen von der Bremse rutschte. Eugen flog gegen die Frontscheibe. Alles in ihm schmerzte, sein Inneres verflüssigte sich und wurde durch seinen Nacken herausgesogen.

Roland schnippte und schrie. Der Lieferwagen drehte sich wie ein Kreisel, es gab erneut einen Ruck, oben wurde unten und sie krachten auf die Seite.

Eugen rutschte über die Kupplung und landete auf Roland, der ihn festhielt, damit er nicht zum Fenster fiel, unter dem der Asphalt vorbeiraste.

Benjamin hing in seinem Nacken.

Der Lieferwagen kam zum Stehen.

Benjamin versenkte beide Hände in Eugens Oberkörper und zerrte an seinem Inneren. Der Schmerz war unerträglich. Eugen schrie, aber er konnte nichts dagegen tun.

»Was hast du?«, fragte Roland und schnippte.

Eugen konnte nicht antworten. Er glaubte, zu verbrennen.

»Ich schnall mich jetzt ab.« Sie fielen zusammen auf die Beifahrertür und Eugen fuhr aus seinem Körper.

Benjamin hing weiter in seinem Nacken, die Arme um seinen Oberkörper gelegt, die Hände tief in den Brustkorb vergraben.

Eugen zerrte ihn mit einem Ruck von sich weg.

Sofort endeten die Schmerzen.

Unter ihm versuchte Roland Eugens schlaffen Körper von sich zu schieben, damit er aufstehen konnte. Benjamin tauchte wieder auf und zog Eugen am Arm auf die Straße.

Hier draußen war es fast vollständig dunkel, nur die Scheinwerfer des Lieferwagens brannten zwei helle Tunnel in die Dunkelheit.

Hinter dem Wagen lag ein weiterer auf dem Dach, die Hinterräder drehten sich noch, die Frontscheibe hing halb aus dem Rahmen. Er hatte ebenfalls die Scheinwerfer eingeschaltet, die nun Benjamins kaum sichtbare Gestalt beleuchteten.

Benjamin schwebte auf ihn zu, sein Blick ließ Eugen frösteln, er war so leer wie der des Erhängten.

»Was hast du?«, fragte Eugen.

Benjamin stürzte sich auf ihn.

Eugen sprang zur Seite und schrie: »Was soll das?«

Doch Benjamin reagierte nicht. Im Gegenlicht des umgestürzten Wagens glühte er purpurn.

Beeinflusste Hedda ihn irgendwie?

Eine Frau in Lederhose und mit durchtrainierten Armen kletterte aus der Beifahrertür des umgestürzten Wagens. Ihr Gesicht war von Blut überströmt. Sie stand auf und zog eine Pistole, bevor sie auf den Lieferwagen zuhumpelte.

Eugen versuchte hinterherzukommen, doch Benjamin zeigte Zähne, verschwand und tauchte direkt vor Eugen wieder auf. Eugen wich aus, er musste zu der Frau, aber Benjamin war mit einem Mal bei ihm, schlang die Arme um Eugens Oberkörper und biss zu. Die Zähne schlugen direkt vor Eugens Nase aufeinander. Die Zunge schoss hervor und erwischte ihn an der Wange. Es brannte wie Zitronensäure in einer offenen Wunde.

Eugen warf sich zurück, sie flogen nach hinten, durch die Wand des Lieferwagens hindurch, der Druck um seinen Oberkörper ließ nach und Eugen machte, dass er wieder auf die Straße kam.

Die Frau hatte den Lieferwagen erreicht. Eugen schwebte auf sie zu, da bekam er einen Schlag in den Rücken und ging zu Boden. Ein purpurner Blitz explodierte und Asphaltstücke flogen durch Eugen hindurch, wovon er nichts spürte. Von dem Loch im Boden stieg ein Rauchfaden auf.

»Ihr Wichslurche! Ich mach euch kalt!«, brüllte der Entbeiner.

Benjamin saugte sich an Eugens Nacken fest, wieder fühlte es sich an, als ob er verbrennen würde, nur diesmal nicht im Inneren, sondern alles an ihm. Er stand in Flammen.

Irgendwo fiel ein Schuss, Roland brüllte. Eugen schlug nach hinten aus, erwischte Benjamin am Kopf und setzte noch mal nach. Endlich ließ er von ihm ab und das Brennen verebbte.

Eugen rappelte sich auf, Benjamin wollte erneut über ihn herfallen, aber Eugen fuhr mit der Hand in seine Brust und griff zu.

Benjamin verdrehte die Augen, öffnete den Mund zu einem stummen Schrei und löste sich auf.

Dahinter kam Hedda zum Vorschein. Sie lächelte ihn an. Rauch waberte über ihre diffuse Gestalt.

Ich will hier weg.

Auf einmal war Eugen wieder im umgestürzten Lieferwagen und aus Fleisch und Blut. Er lag immer noch auf dem Beifahrerfenster, unter sich Asphalt und Glassplitter.

Hinter der Windschutzscheibe kämpften Roland und die Frau in der Lederhose. Es schepperte, wie wenn eine Eisenzange gegen Blech drosch.

Eugen kletterte über die beiden Sitze nach draußen. »Der Entbeiner ist hier«, schrie er.

Die Frau lag auf dem Boden, Roland kniete vor ihr, er hatte ihre Pistole in der Hand. Der Entbeiner kam von der anderen Seite angerannt. »Roland! Der Entbeiner!«

»Eugen«, flüsterte Roland und drehte sich zu ihm. »Die hat auf mich geschossen.«

Über ihm knisterte es, Roland warf sich nach hinten. An der Stelle, an der er eben noch gekniet hatte, schlug ein Blitz ein.

Der Entbeiner brüllte, als er sie erreichte.

Die Wolke senkte sich vollends herab. Die Scheinwerfer kamen nicht mehr gegen den Rauch an. Es war stockfinster.

»Roland?«, flüsterte Eugen, aber konnte ihn weder sehen noch hören. Schritte näherten sich. Eugen stieß mit dem Fuß gegen etwas Weiches. Das ist die Frau.

Er machte noch zwei Schritte und stieß gegen den Lieferwagen, es dröhnte blechern.

»Roland!«, rief er.

Ein Schuss, direkt neben ihm. Er wurde zurückgeworfen, dann begann seine Schulter zu schmerzen. Er taumelte, blieb aber stehen.

»Du scheiß Nigger!«

Der Entbeiner hat auf mich geschossen. Eugen wurde schlecht. Ein weiterer Schuss traf ihn, diesmal am Bein. Es fühlte sich an, als hätte ihm ein Rottweiler ein Stück aus seiner Wade gebissen. Etwas traf ihn am Kinn, kein Schuss, aber es tat trotzdem weh.

Er ging zu Boden, etwas Schweres fiel auf ihn und trieb ihm die Luft aus den Lungen.

»Du widerliches Stück Scheiße!«, knurrte der Entbeiner direkt neben seinem Ohr.

Alles war schwarz. Eugen riss die Arme hoch und wehrte so zwei Schläge ab. Ein weiterer Schlag traf seinen Brustkorb.

Er war wie gelähmt, über ihm knurrte der Entbeiner siegessicher. Und wieder überrollte ihn die Wut, wie schon im Keller. Dieses Mal würde er sich wehren! Dieses Mal würde er sich nicht zusammenschlagen lassen!

Er holte aus, erwischte ihn mit seiner Hand und jagte die andere Faust gleich hinterher. Der Entbeiner ächzte. Eugen trat und boxte. Er traf etwas, das nachgab und den Entbeiner Geräusche machen ließ, als würde er ersticken.

Daraufhin prasselte ein Hagel von Schlägen auf ihn herab, traf Brustkorb und Schultern. Eugen bekam keine Luft mehr und der Schmerz in der Schulter war inzwischen kaum noch auszuhalten.

Er hatte keine Kraft mehr.

»Das war's für dich!«, sagte der Entbeiner. Ein kalter Gegenstand drückte sich gegen Eugens Stirn. Es war eine Pistole. Eugen wollte sie wegschlagen, aber der Entbeiner fing seinen Arm ab.

Sein Kopf schrie: Ich sterbe, ich sterbe, ich sterbe!

Plötzlich verschwand das Gewicht von seiner Stirn. Ein Schuss explodierte neben seinem Ohr und es fühlte sich an, als hätte jemand eine heiße Nadel in sein Trommelfell gerammt.

Er wurde gepackt und aus dem dichten Schwarz raus in die blendende Sonne gezogen. Roland beugte sich über ihn. Er hielt ein Handy in der Hand und redete hektisch darauf ein, doch Eugen hörte nur einen hohen Ton.

Da platzte Rolands rechte Brust auf und er ging zu Boden. Das Handy landete neben ihm. Das Display war gesprungen.

Makana tauchte hinter Roland auf. Er wurde an der Schulter zurückgeworfen, Blut durchweichte sein Hawaiihemd. Dann waren beide verschwunden.

Über Eugen erschien der Entbeiner.

»Wie geht das?«, brüllte der so laut, dass selbst Eugen ihn hörte. Er richtete den Lauf auf Eugen, doch ehe er abdrücken konnte, erschien Makana erneut. »Was?«, schrie der Entbeiner hysterisch.

Ein purpurner Blitz schoss durch die Luft. Eugen streckte die Hand aus, spürte einen festen Griff und landete auf einem weichen Untergrund.

Er erbrach sich in den Sand.

31

Eugen war an einem Strand, die Wellen spülten darüber hinweg. Die Sonne schien hell und es war verdammt warm. Er kannte den Ausblick, es war derselbe, den er nach Makanas ersten Sprung gesehen hatte, bevor er sie zu Eugens Haus gebracht hatte.

»Willkommen auf meiner Insel. Du bist hier in Sicherheit«, sagte Makana und reichte ihm die Hand zum Aufstehen. Stöhnend rappelte sich Eugen auf.

»Ja, zum Glück hatte die eine ein Handy in der Lederjacke«, sagte Roland und schnippte. Direkt danach verzog er das Gesicht.

Eugens Schmerzen waren weg. Die Wunde am Unterschenkel hatte sich geschlossen und auch seine Schulter war geheilt. Einige Meter den Strand rauf war eine Holzhütte, umgeben von Palmen. Auf der Veranda standen ein Tisch und Stühle.

»Wie geht es dir, Genosse?«, fragte Makana.

»Gut«, sagte Eugen und lief den Strand runter, weg von Makana, Roland und der Hütte.

Zu seiner Linken lag Wald, Palmen und Mangroven wuchsen dicht an dicht, aber es gab keine anderen Menschen oder Gebäude. Nicht weit entfernt ragte ein Korallenriff aus dem Wasser, davor ließ er sich nieder. Obwohl es sommerlich warm war, fror er. Ihm kamen die Tränen, und er ließ ihnen freien Lauf.

Die Insel schwieg, das Meer flüsterte in einer Sprache, die er nicht verstand. Wie sie gegen die Wände gestarrt hatten, Mary mit gesenktem Kopf. Er erinnerte sich, wie sie durch die Wohnung gekrabbelt war und später voller Eifer das Fahrradfahren gelernt hatte. Sie war so oft hingefallen, aber sie hatte sich immer wieder aufgerappelt.

Hoffentlich war es schnell gegangen. Er hasste sich für den Gedanken. Er durfte sich nicht mal vorstellen, dass sie an einem besseren Ort waren, denn das waren sie nicht.

Schlagartig bereute er, Baldig nicht umgebracht zu haben. Sein Magen verkrampfte sich, in seiner Brust breitete sich ein heißer, unerträglicher Schmerz aus.

Seine Familie war tot, tot, tot. Jeder Herzschlag war wie ein schmerzlicher Schlag. Es war kein Bum, Bum, Bum, sondern ein tot, tot, tot. Susanne, die Liebe seines Lebens, war tot. Seine Tochter Mary, seine kleine, süße Mary, war tot.

Sein Körper atmete weiter, sein Herz pumpte Blut, seine Zellen teilten sich, aber seine Familie war tot.

Eugen weinte, bis er keine Tränen mehr hatte. Es wurde dunkel, aber der Schmerz in seiner Brust verging nicht. Das Meer rauschte, mit der Sonne verschwand auch die Wärme, aber das störte ihn nicht. Er saß in der Dunkelheit, starrte aufs Meer und es schüttelte ihn.

Er konnte sie nicht dort lassen. Er würde sie aus diesem Keller befreien. Da unten durften sie die Ewigkeit nicht verbringen. Und schon gar nicht durften aus ihnen Schweiger werden.

Während über ihm die Sterne aufgingen, dachte er darüber nach, wie er das anstellen sollte. Über das Unmögliche nachzugrübeln, lenkte ihn ab.

Er besaß jetzt einen Splitter, er hatte Fähigkeiten. Zeit, sie für etwas Gutes einzusetzen. Er konnte ein Geist werden, er konnte Geister angreifen, mit ihnen reden, und er konnte Leuten die Seele aus dem Leib ziehen. Konnte er noch mehr?

Er holte die goldene Schachtel aus der Tasche und betrachtete sie ausgiebig. Sie war unbeschadet. Was kannst du mir noch geben?

Er erinnerte sich, wie Benjamin einfach vor ihm aufgetaucht war, im Scheinwerferlicht. Ob ich das auch kann?

Er dachte an die Veranda. Nichts tat sich. Erst als er hinsah, stand er auf einmal direkt davor. Die Stühle waren leer, halbvolle Gläser standen auf dem Tisch. Biergeruch stieg ihm in die Nase. Roland und Makana hatten sich schon vor Stunden schlafengelegt.

Eugens sah zum Strand zurück, dort lag sein Körper im Sand. Er blinzelte und stand mit den Füßen im Meer, nicht weit von der Stelle, wo sein Körper lag.

Er war durchscheinend.

Eugen dachte an sein Haus in Moorbach. Er schloss die Augen, roch den Duft von Tomatensoße, hörte Susannes Säuseln, wenn sie schlief, fühlte sich geborgen, und als er alles klar vor sich sah, öffnete er die Augen.

Vor ihm lag das Meer. Tränen brannten ihm in den Augen. Er sprang zur Veranda zurück und wieder ins Wasser. Er wollte hinter die Hütte springen, aber er rührte sich nicht von der Stelle. Er konnte also nur dort erschienen, wohin er auch sehen konnte.

Er sprang zur Übung zur Veranda und dann raus aufs Meer. Kurz schien er auf der Wasseroberfläche zu stehen, dann tauchte er ins Meer ein und sprang wieder an den Strand. Er spürte keinen Sand zwischen den Zehen und schmeckte weder Salz noch Tang.

»Der Schweiger hat über dem Boden geschwebt«, sagte er, und seine Füße verloren den Kontakt zum Boden. Er konnte fliegen, ein paar Zentimeter nur, aber er hing wie an Schnüren in der Luft.

Er schwebte auf das ruhige Meer zu, setzte seinen Fuß drauf und schwebte über die Wasseroberfläche. Er flog, bis der Grund senkrecht in die Tiefe fiel, und tauchte unter.

Er dachte an den Strand, aber nichts passierte. Er tauchte wieder auf und erschien an der Grenze von Sand und Meer, von wo aus er den Horizont betrachtete.

Er stellte sich über seinen Körper, der immer noch die Schachtel in der Hand hielt. Nicht ungefährlich, wenn ich so da liege und mich nicht wehren kann. Er schlüpfte wieder hinein und setzte sich auf.

Inzwischen war es noch dunkler als zuvor, am Himmel waren Wolken aufgezogen. Das wenige Restlicht reichte gerade aus, um die Umrisse der Hütte zu erkennen und die Wipfel der Palmen, die im Wind hin und her schwankten.

Ihm war kalt, aber er konnte sich keine Pause erlauben. Er musste einen Weg finden, seine Familie zu retten. Er könnte in den Keller gehen und vielleicht konnte er ihre Geister überreden, mit ihm zu kommen. Aber damit hatte er sie noch nicht gerettet, Benjamin war schon zwei Jahre tot und trieb sich noch herum. Und der war zumindest begraben worden.

Was war mit den Körpern? Die brauchte er, wenn er es ihnen jemals ermöglichen wollte, in Frieden zu ruhen. Wie sollte er an sie herankommen? Und wo waren sie?

Vielleicht konnte ihm ein anderer Splitterträger helfen. Roland heilte, aber damit konnte man keine Geister retten. Makana konnte sich offensichtlich ... Moment! Für einen Moment hatte er das Bild einer Bahre vor Augen gehabt, auf der ein Mensch lag, abgedeckt mit einem weißen Laken. Und jemand hatte darauf gezeigt ... Callahan!

Und dann die Limousine im Containerdorf, mit dem Toten auf der Rückbank.

»Das kann doch nicht ...« Gänsehaut bereitete sich von den Schläfen über den Nacken bis zu den Beinen aus. »Doch das kann!«, rief er. »Es kann!«, brüllte er, so laut er konnte.

Er rannte über den Strand zum Haus unter den Palmen, in dem Licht anging, dann kamen Makana und Roland herausgeeilt, beide trugen altmodische Schlafanzüge mit Blumenmuster.

»Was ist passiert?« Makana lud eine Schrotflinte durch. Roland stolperte hinter ihm aus der Tür und sah ihn an. »Für was brauchst du bitte eine Schrotflinte tausend Kilometer von der nächsten bewohnten Insel entfernt, mitten im Atlantik?«

Makana zuckte mit den Schultern. »Falls Piraten kommen, Genosse. Was sonst?«

»Leute, ich hab's! Ich weiß, wie wir meine Familie retten!« Eugen war so aufgeregt, dass ihm schwindlig wurde. Er hatte seit Kanada nichts Vernünftiges zu beißen bekommen.

»Muss ... mich ... setzen«, stammelte er.

Makana legte die Flinte auf den Tisch und half Roland, Eugen zu stützen, damit der sich auf die Veranda setzen konnte. Er zündete eine Außenlaterne an, die die Veranda in sanftes Licht tauchte.

»Warte, ich hol dir was zu trinken«, sagte Makana und brachte Eugen drei Flaschen Cola.

Gierig trank er. Sein Kreislauf stabilisierte sich nach der zweiten. Roland setzte sich neben ihn, Makana vor die beiden in den Sand.

»Also Genosse, wie können wir deine Familie retten?«

»Callahan«, sagte Eugen.

»Der Leiter der Ausgrabung?«, fragte Makana.

Eugen nickte.

»Die war übrigens in den Nachrichten«, sagte Makana. »Klingt übel. Ein paar hundert Tote und euer Chef wird international gesucht. Sie lasten ihm die Morde an. Was die ach so klugen Behörden sagen würden, wenn sie wüssten, dass Rolands Ex schuld ist.« Makana zwinkerte Roland zu.

»Soll ich mit deinen anfangen, alter Freund? Wie wäre es mit der, die eine Handgranate in dein Schlafzimmer geworfen hat, weil sie es für ein Spielzeug hielt? Oder die, die auf dich geschossen hat, weil sie dachte, du seist ein Waldgeist? Oder was ist mit der Meerjungfrau –«

»Schon gut, schon gut, wir haben verstanden, was du meinst.« Makana war rot geworden.

»Was hast du nur mit den Verrückten?«, setzte Roland nach.

»Genosse, wir reden weiter, wenn du so eine im Bett hattest, denn Eugen war, glaub ich, noch nicht fertig.«

»Callahan kann wiederbeleben. Tote zurückholen«, sagte Eugen.

Einen Augenblick waren beide still. Dann sagte Roland: »Woher willst du das wissen?« Er klang skeptisch, beinahe feindselig.

»Ich hab es gesehen. Also nicht direkt. Als ich in Kanada auf dem Weg zu dir war, an dem Tag, bevor alles den Bach runtergegangen ist, da hab ich eine Leiche in einer Limousine gesehen.«

»Vielleicht war der nur sehr alt«, warf Makana ein.

»Als der Chauffeur das Fenster geöffnet hatte, stank es widerlich nach Verwesung und der Tote auf dem Rücksitz hat sich nicht bewegt. Ich dachte, wer fährt schon eine Leiche durch die Gegend, aber da wusste ich noch nichts von Callahans Splitter.«

»Wie kommst du drauf, dass er ihn wiederbelebt hat?«, fragte Roland.

»Auf dem Rückweg von dir, hab ich sie wieder gesehen. Der Tote auf der Rückbank hat Zigarre geraucht.«

»Das ist aber dünn«, sagte Roland und hob eine Braue.

»Und ich habe es in ... ich habe es gesehen. Ich habe gesehen, wie Callahan Leute wieder belebt hat.«

»Wie das?«

Eugen zögerte. Roland hatte ihn gewarnt, aber er konnte jetzt nicht mehr zurück. Und er musste seine Familie retten. »Ich habe gesehen, wie sie einen Toten zum ihm gebracht haben. Callahan hat die Hand gehoben und der ist wieder auferstanden.« Das letzte stimmte nicht wirklich, aber darauf musste er es ankommen lassen. Und was hatte er jetzt noch zu verlieren?

»Du hast es gesehen?« Wieder klang Roland, als halte er Eugen für behämmert.

»Als wir … als wir geflohen sind. Ich habe es geträumt, als du über die Berge geflogen bist.«

»Was? Habe ich dir nicht klar und deutlich gesagt, dass du den Splitter in der Schachtel lassen sollst? Es ist gefährlich, sich auf diese Bilder einzulassen.«

»Ja, ja. Das wusste ich da noch nicht. Du hast mir das erst im Wald erzählt, danach habe ich es auch nicht mehr gemacht.«

»Und selbst wenn. Das heißt nicht, dass das, was du da gesehen hast, wahr ist.«

»Aber es könnte wahr sein. Und ich muss es versuchen! Es geht um meine Familie.«

Roland schwieg, also sagte Makana: »Wir müssten ihn ausfindig machen.«

»Das wäre zumindest ein Anfang«, sagte Eugen.

»Und was dann? Dann belebt er deine Familie? So soll es also ablaufen, ja?« Roland sprang auf. »Einfach wiederbeleben! Einfach so!« Er stürmte ins Haus und warf das Fliegengatter hinter sich zu.

»Was ist denn mit dem?«

»Genosse, seine Familie. Wir wussten nichts von Callahan oder seiner Fähigkeit. Denk mal drüber nach, der hätte ihm mit seiner Familie helfen können, wenn er das damals schon gewusst hätte. Hedda wäre heute vielleicht noch normal und er hätte seine Kinder aufwachsen sehen können. Stattdessen musste er durch den Schmerz.«

»Scheiße. Du hast recht. Daran hab ich nicht gedacht.«

»Ich werde dir helfen. Roland beruhigt sich schon wieder.«

»Beruhigen!«, kam es aus dem Inneren der Holzhütte. »Ich mich beruhigen?« Die Tür flog auf. Rolands Augen waren rot, als hätte er geweint. »Ich bin ruhig!«

Ein paar Regentropfen fielen vom Himmel und sie gingen in die Hütte. Sie bestand aus einem großen Wohnzimmer mit ein paar antik wirkenden Schränken und drei Sofas aus dunklem Leder, die im Dreieck um den hässlichsten Couchtisch aufgestellt waren, den Eugen je gesehen hatte. Darauf lagen ein Handy und ein Laptop.

Die Küche war in einer Nische nebenan, das Schlafzimmer lag hinter einer Holztür, die halb offenstand.

»Wie finden wir ihn?«, fragte Roland, setzte sich an den Couchtisch und klappte den Laptop auf.

»Du hast Internet hier draußen?«, fragte Eugen Makana.

»Satelliten, Genosse.«

»Okay, kannst du dann seine Nummer orten?«, wandte sich Eugen an Roland. »Er hat sie mir in Kanada gegeben.«

»Mein Freund, ich hab keine Ahnung.« Roland musterte Makana. »Kennst du zufällig eine, die bei einer Firma arbeitet, die Zugriff auf empfindliche Daten hat?«

»Oh nein! Nein, Genosse. Nein!« Makana hob die Hände. »Nein, das machen wir nicht. Nicht Selina! Nein. Nein und nochmals nein!«

Rolands Grinsen wuchs zu einem Lächeln.

»Das mach ich nicht. Ich liefere euch ab, wo ihr wollt, fang mir sogar Kugeln für euch ein, aber Selina ... Nein, das machen wir nicht. Ich nicht und ihr nicht. Das kannst du nicht ernsthaft von mir erwarten.«

Roland hob die rechte Braue, woraufhin Makana frustriert schnaubte. Er hielt Roland die Hand hin, der das Handy vom Tisch nahm und hineinlegte. »Es ist sogar mitten in der Nacht, das heißt auf ihrer Seite des Globus' ist gerade Tag.«

Makana wählte eine Nummer und hielt sich das Handy ans Ohr.

»Was ist mit ihr?«, fragte Eugen leise.

Roland grinste wie ein Schulkind, das der strengen Lehrerin eine Reißzwecke auf den Stuhl geklebt hatte. »Sie ist, sagen wir mal, das Aushängeschild des Wahnsinns. Aber sie arbeitet bei einem großen Social-Media-Konzern, über den man auch das schlüpfrigste Geheimnis herausfinden kann.«

Makana drehte sich verdrießlich weg und sprach auf Englisch: »Hey, Selina, na? Ja ... ja ... es tu–t mir ... Stimmt, hätte ich nicht machen sollen. Ja, ab–ab–aber, lass mich doch mal ausreden! Tu-tu-tut mir leid. Ja, viel zu laut. I-ich ...« Er warf Roland einen Das-ist-deine-Schuld-Blick zu. »Deine!«, flüsterte er. »Selina. Ich liebe dich!« Makana schwieg einen Moment, dann weiteten sich seine Augen. »Ich hab di–«

Selina brüllte so laut, dass selbst Eugen sie hören konnte. Er verstand zwar nicht, was sie genau sagte, aber sie klang wütend. Roland amüsierte sich prächtig. Makana stand auf und verließ die Hütte, obwohl es draußen inzwischen wie aus Kannen goss.

»Ob das was wird?«

»Makana ist ein vielseitiger Kerl, der macht das schon.«

Durch das vordere Fenster beobachtete Eugen, wie Makana zum Wasser marschierte und im strömenden Regen verschwand.

»Meine Reaktion eben –«, fing Roland an.

»Schon gut, du musst dich nicht erklären.«

Roland nickte. Das war ihm offenbar auch lieber.

Es war vier Uhr morgens, eigentlich hätte es inzwischen hell werden müssen. Aber davon war nichts zu sehen, im Gegenteil, das Unwetter verstärkte sich. Weit entfernt gingen Blitze nieder. Sie waren weiß, nicht purpurn, zumindest das.

Im Licht eines Blitzes legte Makana auf und warf das Handy wie einen Boomerang ins Wasser.

Eugen sprang vor aufs Meer und fing es auf, bevor es ins Salzwasser klatschte, und saß im nächsten Moment wieder neben Roland. Seine Finger zitterten, beinahe wäre es ihm durchgerutscht, doch dann konnte er wieder richtig zugreifen.

Makana kam durch die Tür – vollständig durchnässt –, erkannte das Handy und runzelte die Stirn. »Genosse! Wie?«

»Die Meere sind schon genug verschmutzt, findest du nicht auch?«, fragte Eugen.

»Du kannst also mehr als nur mit Geistern reden und Schlösser knacken?«, fragte Makana?

»Scheint mir auch so«, sagte Roland.

»Genossen, wir haben Callahans Aufenthaltsort. Selina hat irgendwelche GPS-Tracker benutzt. Ist dir klar, dass ich mich nun mit ihr treffen muss?« Er holte sich ein Handtuch und rubbelte sich die Haare trocken.

»Prima!« Eugen klatschte in die Hände. »Dann los.«

»Warte«, sagte Roland. »Wo?«

»In Frankfurt. Sie hat mir die Straße genannt. Laut ihren Angaben ist es ein alter Supermarkt.«

Er nannte die Straße und Roland runzelte die Stirn, sagte aber nichts. Er gab den Namen in die Suchmaschine ein und sie kundschafteten die Umgebung aus.

»Das ist ein altes Industriegebiet«, sagte Eugen. »Da bin ich aber noch nie gewesen.«

»Stimmt nicht«, sagte Roland. »Du warst sogar erst vor kurzem dort, nämlich hier.« Er zeigte auf eine Straße direkt neben der Adresse. »Da waren wir eingesperrt.«

»Was?«

»Das hier ist die Kreuzung, über die ich gerast bin, nachdem ich den Hof verlassen hatte, mit dir hinten im Lieferwagen. Ich erinnere mich genau«, sagte er. »Und hier … warte, ich rufe mal die Straßenansicht auf … genau! Das ist der Eingang zum Hof. Dahinter liegt das Gefängnis.« Roland zeigte auf ein heruntergekommenes Backsteinhaus. Der Hof war asphaltiert, ein geschmiedetes Eisentor trennte ihn von der Straße.

»Callahan ist also direkt neben dem Quartier des Ordens, in dem ihr eingesperrt wart?«, fragte Makana.

Eugen atmete scharf ein. »Also arbeitet er doch mit denen zusammen.« Wie sollte er ihn dann dazu bringen, seine Familie wiederzubeleben?

Makana legte ihm eine Hand auf die Schulter. »Jetzt findet ihn erst mal. Ich rede dann mit ihm.« Dabei lächelte er auf eine Weise, die Eugen überhaupt nicht gefiel.

»Hast du Bilder, um uns in diesen Supermarkt zu bringen?«, fragte Eugen.

»Hab meinen Charme spielen lassen.«

Roland tippte in die Tastatur des Laptops: »Die Bilder sind schon im Mailordner.«

»Ruf sie doch eben mal auf«, sagte Makana.

»Dann musst du dich auch nicht mit ihr treffen«, sagte Eugen. »Wir haben doch alles, was wir brauchen.«

Makanas Augen funkelten. »Was *ihr* braucht, Genossen.«

Roland stand auf. »Du musst wissen, Makana und Selina sind wie Romeo und Julia, nur dilettantisch. Sie sind einander verfallen, aber sie tun sich alles andere als gut. Trotzdem können sie einfach die Finger nicht voneinander lassen.«

»Was heißt hier dilettantisch!« Makana stemmte die Hände in die Hüften.

»Du solltest warten, bis sie das Zeitliche segnet, statt Gift zu trinken.« Roland zwinkerte Makana zu. »Also los, dann bring uns hin!«

»Genossen! Ich mache nichts, bevor ich nicht gefrühstückt habe«, verkündete Makana, verschwand und tauchte nach kurzer Zeit mit einem silbernen Tablett wieder auf. Darauf lagen Ananas, Papaya mit Schinken, eine geknackte Kokosnuss und ein knallroter Hummer. Orangensaft hatte er auch mitgebracht.

»Wo hast du das bitte her?«, fragte Eugen.

»Aus einem Hotel, die werden ziemlich doof aus der Wäsche gucken, wenn die feststellen, dass der gedeckte Tisch jetzt leer ist.«

Sie aßen und sprachen über die Bilder. Vor dem Eingang des ausgedienten Supermarkts standen ausgebrannte Autowracks. Auf dem Parkplatz dahinter ragte ein Betonpfeiler aus einem Bauschuttcontainer.

»Wir sollten gleich in das Gebäude springen«, sagte Makana.

Eugen betrachtete das Bild, das Makana meinte. Es zeigte einen Innenraum: eine große, leere Halle mit gelb gekacheltem Boden. Neben einer blauen Tür lehnte ein Besen an der Wand. Am unteren Rand war ein verpixeltes Banner der Immobilienvermittlung Fuchs & Cengiz GmbH.

»Hat deine Freundin was von Wachen gesagt?«, fragte Eugen.

»Genosse, das ist ein verlassener Supermarkt«, sagte Makana, »kein Hochsicherheitstrakt.«

»Dass der Orden unweit seines eigenen Quartiers mit Waffen rumlungert, das findest du nicht realistisch?«

Roland hob die Hand. »Ist eine gute Idee, direkt ins Gebäude zu springen. Wir nehmen Waffen mit und bleiben beisammen, so dass Makana uns jederzeit wegbringen kann, ehe irgendetwas nach hinten losgeht. Okay?«

Makana nickte, Eugen auch.

Auf dem Tablett lagen nur noch Krümel. Sie zogen sich um, Makana, weil er nass war, Roland, weil er noch Nachtzeug trug, und Eugen, weil seine Sachen stanken. Makana hatte nur kurze Hosen und Hawaiihemden, aber das war Eugen egal. Also bekam er quietschgelbe Katzen, Roland pinkelnde Weihnachtsmänner und Makana hatte eine grinsende Giraffe mit Sonnenbrille.

Draußen tobte inzwischen ein Unwetter. Riesige Wellen kamen heran und schäumten fast bis zur Hütte hoch. Die Palmen schwankten so stark, dass Eugen sich nicht sicher war, ob sie nicht bald brechen würden. Blitze schlugen in den Sand ein, es war Zeit, diesen Ort zu verlassen.

Eugen band sich die Turnschuhe zu und fühlte sich, als würde er in den Krieg ziehen. Er nahm die Schrotflinte vom Tisch, Makana hatte ein Maschinengewehr mit einem Holzgriff, nur Roland war noch unbewaffnet. »Wo war noch mal mein Revolver?«

»Der liegt in meiner Wohnung, ich habe ihn im Wohnzimmer hinter den Büchern versteckt«, sagte Eugen.

»Gut, wir holen meinen Revolver, kommen zurück und dann springen wir in das Kaufhaus«, sagte Roland.

»Warum kann ich nicht gleich mit?«, fragte Eugen.

»Genosse, jeder Sprung ist anstrengend. Mit einem zu springen, ist wie fünf Säcke Beton in den ersten Stock zu schleppen – ganz okay. Mit zweien zu springen ist so mühselig, wie zwanzig Säcke in den zweiten Stock zu hieven.«

Er legte Roland die Hand auf die Schulter und sie waren weg. Wenig später tauchten sie wieder auf, Roland hatte das silberne Schießeisen in der Hand.

Makana legte Eugen die warme Hand an den Arm: »Los geht's!«

32

Raffaels Nase schmerzte und die Zunge brannte, er hatte sich gebissen, als der Vater auf ihn eingeprügelt hatte. Nun hockte er auf dem Boden im Besprechungsraum, der Stuhl, auf dem er gesessen hatte, lag neben ihm.

»Du dummer Vollidiot!«, brüllte der Vater und schlug ihm die Faust auf die Stirn. »Wegen dir sind sie weg!«

Raffael fiel nach hinten und landete auf dem Rücken. An der Decke brannte eine Neonröhre, in seinem Kopf herrschte Chaos.

»Ich würde dich umbringen!«, keifte der Vater. »Weißt du, was du da verbockt hast? Du hättest die Meisterin rufen sollen und zwar rechtzeitig!« Die Stimme des Vaters überschlug sich und er holte tief Luft. »Weiß du, was wegen dir passiert ist?«

Raffael richtete sich halb auf. Der Vater stand breitbeinig über ihm und betrachtete ihn wie ein Stück Scheiße. Im Neonröhrenlicht glänzte seine Stirn.

»Weißt du es?«, brüllte der Vater.

»Nein«, brachte Raffael mühsam hervor.

Der Vater holte tief Luft. »Wegen dir sind die Splitter weg!«

Die Splitter?, dachte Raffael. Mehrere? Er spürte den Tritt in die Seite kaum, was den Vater noch mehr toben ließ. »Du hirnverbranntes Arschloch!« Der Vater zerrte ihn an den Schultern hoch. »Setz dich!« Er zog einen Stuhl her, drückte Raffael darauf und drehte seinen Kopf brutal Richtung Tisch. Graue Büromöbel waren hier zu einem U zusammengerückt.

Auf dem vordersten stand die Abyss der Meisterin. Raffael betrachtete den purpurnen Opal. Er hasste die Meisterin. Wegen ihr war er in diesem verfluchten Orden und musste dumme Aufgaben machen und sich mit dummen Vätern rumschlagen, die Ficklöcher fickten.

Eine Ohrfeige riss ihn aus seinen Gedanken, die Wut in ihm brannte wie ein heiß laufender Boxermotor, dessen Zylinder bereits dunkelrot glühten. Wie in seinem Käfer.

Der Vater beugte sich vor, so dass sein Gesicht direkt vor Raffaels war. Seine Kiefer mahlten. »Deine verfluchte Aufgabe in Kanada war es, für die Meisterin einen Splitter zu besorgen. Wir haben zwei weitere besorgt. Drei! Wir waren unserem Ziel so nahe und dann beschwörst du die Meisterin nicht!«

Die Augen des Vaters schienen aus den Höhlen zu treten. Er holte tief Luft, machte zwei Schritte rückwärts und betrachtete die Abyss. »So nah am Ziel.«

Raffael kämpfte gegen den Wunsch an, aufzuspringen und dem Vater mit bloßen Händen die Haut vom Gesicht zu reißen. Was fiel ihm ein, so mit ihm zu reden? Er hatte es so satt, dass sie mit ihm machten, was sie wollten.

Nachdenklich starrte der Vater auf die Abyss. »Ich würde dich töten«, sagte er. »Aber der Orden braucht dich noch, ich habe eine bessere Idee.«

Der Vater zog den gelben Käfer unter der Robe hervor. »Bewegst du dich, mach ich dich zum Krüppel!«, sagte er und bewegte den Käfer in seiner Hand, betrachtete ihn genau, als wolle er nicht das kleinste Detail verpassen.

Dann stellte er den Käfer auf den Tisch.

Raffael bewunderte seinen Käfer dafür, wie tapfer er dastand, mit seinen drei Rädern und den Kratzern, die ihm der Vater zugefügt hatte und die sicher unendlich weh taten. Der Käfer hielt durch, weil der Käfer stark war. Raffael wollte auch stark sein, für sich und für den Käfer.

Der Vater ging zu dem umgefallenen Stuhl und hob ihn an den Füßen auf. Er schüttelte den Kopf. Dann hob er den Stuhl über den Kopf und ließ ihn auf den Käfer heruntersausen.

Die Rückenlehne traf, das Dach brach nach innen, beim zweiten Schlag brachen zwei Räder ab und der Käfer landete auf der Seite. Drei weitere Schläge und der Unterboden löste sich vom Rahmen.

Raffael schrie und ballte die Fäuste. Er spürte die Schmerzen, die der Käfer empfand, direkt und überall.

Noch einige Schläge später und der Unterboden war gebrochen, der Rahmen verbogen. Man konnte kaum mehr zuordnen, was das Spielzeug mal gewesen war.

Als es vorbei war, ließ der Vater sich schnaufend auf einen Stuhl fallen.

Raffael fühlte sich leer und saß einfach nur da, mit hängenden Armen starrte er auf den Trümmerhaufen.

Er wusste noch ganz genau, wie er ihn gefunden hatte. Als er das Kind in den Brennofen hatte werfen wollen, war dessen Arm zur Seite gefallen, die Faust hatte sich geöffnet und der gelbe Schatz war herausgefallen.

Raffael hatte sich um den Jungen gekümmert und danach den Käfer aufgehoben. Damals war er noch keine dreizehn gewesen und er hatte noch nie ein Spielzeug in den Händen gehalten, zumindest nicht soweit er sich erinnern konnte. Und weil er nichts besitzen durfte, hatte er den Käfer – damals hatte er noch nicht gewusst, dass das das tollste Auto auf Erden war – schnell eingesteckt. Über die Jahre war aus dem Käfer sein bester Freund geworden.

Und den hatte der Vater gerade umgebracht.

Raffael weinte nicht. Er schrie nicht. Er ballte nicht mal eine Faust. Er saß einfach nur da und atmete. Er musste jetzt wirklich stark sein, so wie sein Käfer. Er musste die Schmerzen ertragen und durchhalten. Aber wie?

Der Vater prustete. Sein Atem hatte sich beruhigt. Seine Augen waren wieder kleiner und sein Gesicht verlor langsam die rote Färbung.

Wie sollte er das ertragen?

Er dachte an den Jungen und wie er den Käfer aufgehoben hatte. Wie er ihn in die Tasche gesteckt und ihn mit sich herumgetragen hatte, tagelang. Er hatte befürchtet, sie würden es merken und ihm den Käfer wieder wegnehmen. Doch nichts war passiert. Er hatte ihn dann eines Abends herausgeholt und angesehen, als er allein gewesen war. Das hatte er immer wieder gemacht, er hatte mit ihm gesprochen, mit ihm gespielt, er und sein Käfer waren unzertrennlich geworden.

»Du wirst noch richtig bestraft werden. Aber vorher musst du deinen Dienst beenden«, sagte der Vater und lehnte sich entspannt zurück. Er wischte sich den Schweiß von der Stirn, stand auf und schloss von außen die Tür ab.

Raffael starrte an ihm vorbei auf die Raufasertapete. Alles hatte an dem Tag begonnen, als er den Käfer gefunden hatte. Er war wieder dort, vor dem Brennofen, und hob den Käfer auf. Gleichzeitig saß er auf dem Stuhl und starrte auf dessen Überreste.

Der Orden hatte ihm seinen Freund genommen.

Dafür würde er sich rächen.

33

Sie standen in der dunklen Halle des Supermarktes. Makana schnaufte, draußen wurde es gerade hell, hinter den Fenstern war der Bauschuttcontainer.

Es stank nach Blut und etwas anderem, der Geruch erinnerte Eugen an den Keller seines Hauses. Unwillkürlich wollte er sich die Nase zuhalten, dann erinnerte er sich, was dort geschehen war, und riss die Schrotflinte hoch.

Der riesige Raum lag im Zwielicht und Roland knipste eine Taschenlampe an.

»Tsss«, machte Makana. Seine Stirn glänzte speckig und unter seinen Achseln hatten sich Schweißflecke gebildet. Er zeigte auf den Boden. Auf den gelben Kacheln war ein verschmierter Schuhabdruck, dahinter noch einer.

Eine Blutspur führte zur Tür, neben der auf dem Bild ein Besen gestanden hatte, der Besen aber war weg, die blaue Tür war angelehnt.

Eugen ging in die Knie. Das Blut war nicht getrocknet.

Roland nickte ihm zu und stellte sich hinter die Tür, Eugen lugte durch den Spalt: Drinnen war es heller, ein Lichtstrahl fiel durch ein kleines Fenster, der Raum musste nach Osten zeigen. Vor ihm war Fliesenboden und ein kleines Waschbecken an der Wand, ein Klo.

Er schob die Tür auf und sie betraten den Vorraum. Zwei weitere Türen lagen vor ihnen, auf einer war ein Mann, auf der der anderen eine Frau abgebildet.

Roland richtete das Licht auf den Boden, unter einer der Türen kam eine große, dunkle Pfütze hervor. Es war Blut.

Roland drückte sachte die Schrotflinte in Eugens Händen nach unten und schüttelte den Kopf. Vermutlich hatte er recht, wenn man die Unmengen an verlorenem Blut bedachte, würde er die Waffe nicht benötigen.

Roland setzte sich in Bewegung, doch Eugen hielt ihn fest. »Warte!«, flüsterte er.

Roland sah ihn fragend an.

»Ich geh als Geist und sehe nach.«

Eugen setzte sich und wechselte in die Geisterwelt. Sein Leib sackte in sich zusammen. Er schwebte zur Tür, hinter der sicher ein grauenhafter Anblick auf ihn wartete.

Er glitt hindurch.

Callahan lag bewusstlos neben der Toilette auf dem Boden, um sich eine Blutlache. Er war nackt, an seinem Hals hing der perlweiße Splitter und glühte von innen. Blut floss aus einer Wunde in der Brust und aus einer im Oberschenkel. Er hatte Brandwunden am Bauch und an den Armen, die bis auf die Knochen reichten.

Callahan musste durch die Hölle gegangen sein.

Eugen wechselte in seinen Körper zurück und stand auf. »Roland! Schnell.«

Roland stürmte ins Bad, Makana hinterher. Er würgte, als er Callahan zu Gesicht bekam, aber Roland legte ihm nur kurz die Hand auf den Arm und schnippte.

Der Blutfluss stoppte und die Wunden begannen sich zu schließen, aber Roland schwankte bedrohlich und kippte schließlich um. Makana sprang vor und fing ihn auf. »Das war dann wohl zu viel für ihn. Bin gleich wieder da.« Makana und Roland verschwanden, Eugen war allein mit Callahan.

Die Schachtel in Eugens Hose war warm, als wollte der Splitter auf sich aufmerksam machen.

Callahans Wunden waren verheilt. Eugen stieß ihn mit dem Fuß an, aber er rührte sich nicht. Makana tauchte wieder auf und legte Eugen eine Hand in den Nacken. »Verschwinden wir.«

»Erst Callahan«, sagte Eugen.

Makana sprang und kam kurze Zeit später wieder. Er wirkte erschöpft, packte Eugens Arm und im nächsten Augenblick versanken Eugens Füße im Sand.

Es regnete noch immer wie aus Gießkannen, Eugen war innerhalb weniger Augenblicke nass bis auf die Haut. Das Meer stürmte den Strand hinauf, als ob es die Hütte ins Verderben reißen wollte.

Makana zerrte ihn auf die Veranda. »Komm, geh rein!«

Callahan lag neben der Tür im Regen, noch immer bewusstlos. »Wo ist Roland?«, rief Eugen gegen den Wind.

»Hab ihn in auf das Sofa gelegt.« Makana betrachtete das Meer und kniff die Augen zusammen. Sein Hawaiihemd war durch und durch nass und die Giraffe klebte an seiner Haut. »Das Wetter macht mir Sorgen. Wir sollten Callahan reinbringen.«

Sie trugen ihn gemeinsam ins Wohnzimmer und legten ihn auf das Sofa gegenüber von Roland. Makana holte eine Decke aus dem Schlafzimmer und deckte ihn damit zu.

»Und jetzt?«, fragte Eugen.

»Jetzt warten wir, bis er aufwacht. Genosse, ich geh mal zu Selina.«

»Du bleibst hier!«, mahnte Roland. Er hatte sich aufgesetzt. Sein Gesicht war käsig.

»Aber –«

»Makana, vergiss es«, sagte Roland und stützte sich an der Sofakante ab.

»Aber –«

»Wenn sie dir wieder Schlafmittel verabreicht, dann sitzen wir hier fest.«

»Nicht das Schlimmste, würde ich sagen.« Er klang trotzig.

Roland sah Makana an wie ein Kind, das erst das Eis und dann sein Mittagessen essen will. »Du bleibst, keine Widerrede!«

Makana wirkte, als hätte er am liebsten mit dem Fuß aufgestampft, um dann wegzurennen und die Haustür hinter sich zuzuwerfen. Doch er seufzte nur tief. »Dann hol ich eben Bier. Eugen du auch?«

Das Ja lag ihm auf den Lippen, aber es fiel ihm nicht schwer, sich umzuentscheiden: »Nein, danke, eine Limo.«

Makana lief in die Küche.

»Wie geht's dir?«, fragte Eugen Roland. Er klappte den Laptop zu und setzte sich auf das freie Sofa.

»Danke, gut.«

»Was meinst du, wie lang wird er bewusstlos bleiben?«

»Keine Ahnung. So schlimme Verletzungen habe ich das letzte Mal im zweiten Weltkrieg behandelt, als Splittergranaten noch erlaubt waren. Mein Freund, ich sag dir, das war schlimm.«

»Sollten wir ihm nicht Handschellen anlegen, oder so?«

»Der Mann ist nackt auf einer Insel mitten im Meer. Das ist besser als jede Fessel.«

Makana setzte sich zu ihnen, reichte Roland ein Bier und Eugen einen Eistee. Er hatte sein Hemd gewechselt und trug jetzt eins, auf dem Eichhörnchen Wasserball spielten und sich in der Sonne bräunten. Er gab ihnen ebenfalls trockene Kleidung und sie zogen sich alle um, bevor sie sich wieder setzten und ihre Flaschen hoben.

Makana hob seine Flasche an die Lippen und trank das Bier in einem Zug aus. »Wir sollten bald einen Entschluss fassen, sonst fliegt uns hier das Wetter um die Ohren.«

»Was meinst du?«, fragte Eugen.

»Spürst du es nicht? Wie die Splitter sich anziehen?«

Roland nahm einen Schluck und räusperte sich. »Es tut ihnen nicht gut, wenn sie länger am selben Ort sind. Sie wollen sich vereinen. Wenn man sie getrennt hält, dann ... Du siehst es ja. Das Wetter wird schlecht, bis es noch schlechter wird, und irgendwann wird es katastrophal.«

»Okay, weck Callahan!«, sagte Eugen.

»Ich würde seinem Körper ein wenig Zeit geben, sich zu erholen.«

»Und was dann? Der Knabe wacht auf, und wie geht's an der Stelle weiter?«, fragte Makana.

»Wir hüpfen mit ihm in die Zelle meiner Familie«, sagte Eugen.

»Angenommen, er kann sie wirklich wiedererwecken, das wird nicht gehen, Genosse.«

»Wieso?«

»Ich kann nicht dorthin springen, nur an Orte, die ich sehe oder kenne.«

»Aber Alaska, da hast du uns auch rausgeholt.«

»Ich hatte ein Bild und GPS-Daten von Roland. Und wir haben hier einen Zwischenstopp eingelegt, um nach deiner Adresse im Internet zu suchen.«

»Und auf der Autobahn«, sagte Roland, »hab ich ihn per Video angerufen. Tut mir leid. Ich schätze, wir müssen die metaphorische Vordertür nehmen.«

Callahan seufzte, schlief aber noch.

»Die Vordertür?«, sagte Eugen erschüttert. »Bist du wahnsinnig? Du hast doch gesehen, was die mit ihm angestellt haben.«

»Der Orden wird uns nicht in Ruhe lassen, wenn wir ihn nicht ein für alle Mal aushebeln. Wir könnten ihn also auch gleich erledigen und dann haben wir für immer unsere Ruhe«, sagte Roland.

»Aushe... was?«, fragte Eugen.

Makana nickte langsam. »Wir haben gestern darüber gesprochen, als du unten am Wasser gehockt hast. Wir können den Orden nicht weiter freie Hand lassen. Es ist nur eine Frage der Zeit, bis sie doch mal Erfolg haben und einen Splitter ergattern. Wenn sie einen haben, werden sie schneller, als uns lieb ist, die restlichen bekommen, und dann heißt es ›Ciao Existenz!‹.«

»Und wie wollt ihr den Orden aushebeln?«

»Der Orden wird von den Dschinn geleitet, mit Hedda an der Spitze. Sie sind normalerweise in ihre Vasen gesperrt und kommen da auch nicht so leicht raus. Wir wollen die Dschinn suchen und dann im Meer versenken«, sagte Roland. »Wenn wir nur Hedda aus dem Weg räumen, rutscht einfach der nächste Dschinn nach.«

»Im Meer versenken? Ist das dein Ernst?«

Roland nickte, und Makana sagte: »Ja, Genosse. Wenn wir das nicht tun, landen *wir* irgendwann in einem dieser Gefäße, und ich weiß nicht, ob du weißt, wie es in so einer endlosen Leere ist. Du wirst verrückt und das nicht auf die lustige Art wie beim Joker.«

»Du hast gesehen, welches Leid Hedda in Kanada gebracht hat. Sie sind alle so, wie Heuschrecken, die über das Land herfallen und nur tote Erde hinterlassen«, sagte Roland.

Hinter dem Fenster tobte der Sturm. Inzwischen rüttelte der Wind schon an der Hütte. Was auch immer sie tun sollten, sie mussten bald eine Entscheidung treffen. »Ihr habt recht.« Es nützte ihm nichts, wenn er Susanne und Mary wiederbelebte und als nächstes in einem dieser Gefäße landete. Außerdem: Das, was sie seiner Familie angetan hatten, durfte nicht ungesühnt bleiben. »Und wie?«

Makana verschwand Richtung Küche und war im nächsten Moment wieder da. Er stellte Roland und sich jeweils ein Flasche Bier hin, von denen Tau perlte. »Dazu müssen wir rausfinden, wo die Dschinn sind. Vielleicht weiß Callahan mehr als wir. Apropos, der hat lange genug geschlafen.«

Makana schraubte den Kronkorken auf und goss Callahan das eiskalte Bier über den Kopf.

»Heh!«, rief Roland, war aber zu schwach, um sich dagegen zu wehren.

Erst wirkte es so, als hätte Callahan das Bier gar nicht bemerkt, aber schließlich riss er die Augen auf und schoss senkrecht nach oben. Die Decke rutschte runter und enthüllte seinen nackten Leib.

»Genosse Callahan, schön, dass du wach bist«, sagte Makana freundlich.

»Was? Wer?« Callahan tastete die verheilten Verletzungen ab, um schließlich zu ihnen zu sehen. In seinem Blick flackerte etwas, was Eugen gar nicht gefiel. Es erinnerte ihn an die Art, wie Callahan ihn in der Grube in Kanada angesehen hatte.

Er stand auf, verließ die Hütte nackt, wie er war, und ging hinaus in den Regen.

»Sollten wir ihn nicht aufhalten?«, fragte Eugen.

»Gib ihm Zeit«, sagte Roland.

»Und so wie es da draußen stürmt, kommt er ohnehin gleich wieder«, fügte Makana hinzu.

Callahan zu vertrauen, kam Eugen auf einmal wie eine saudumme Idee vor. Was hatte er sich dabei gedacht? Callahan hätte ihn in Kanada, ohne zu zögern, umgebracht, wenn Eugen ihm nicht vorher eine verpasst hätte. Er läge jetzt in diesem gigantischen Sauriergrab in einer verdammten Vase und würde die Ewigkeit darin verbringen.

»Wie ist Callahan von Kanada nach Deutschland gekommen?«, fragte Makana.

»Vermutlich mit dem Orden. Irgendwer muss dort gewesen sein und Hedda beschworen haben«, sagte Roland.

»Ja, als wir im Kerker waren, habe ich so einen Langhaarigen gesehen, der auch bei der Ausgrabung war«, sagte Eugen. »Wie konnte Callahan dem Orden entkommen? Und warum hat er seinen Splitter noch? So verletzt wie er war, hätte der doch Hedda nicht mehr viel Widerstand leisten können.«

»Du denkst immer noch, er arbeitet mit dem Orden zusammen?«, fragte Roland.

»Er hätte gute Gründe dafür.«

»Vielleicht braucht der Orden ihn, und wenn Hedda ihm den Splitter wegnimmt, wird er zum Dschinn und nutzt ihnen nicht mehr viel«, warf Makana ein.

Roland prustete. »Kommt euch der große Zeus wie jemand vor, der sich foltern lässt, nur um uns in trügerischer Sicherheit zu wiegen?«

»Er sah wirklich schlimm aus«, gab Makana zu.

»Vielleicht hat er mit ihnen zusammengearbeitet, um den Splitter in Kanada zu finden. Sie wollten ihn für Hedda, er wollte ihn für sich selbst und am Ende hat ihn keiner gekriegt, aber Callahan ist aufgeflogen. Sie haben ihn zur Strafe gefoltert und er ist abgehauen«, sagte Eugen.

Makana brummte. »Hm, möglich.«

»Man kann ihm nicht trauen«, sagte Eugen.

Roland schob seine Brille mit dem Handballen auf der Nase zurück. »Mag sein. Aber ich halte es für unvorstellbar, dass der Orden mit einem Splitterträger zusammenarbeitet, eher würde Hedda den Laden sprengen. Ich kenne Hedda, sie will vielleicht alle Splitter vereinigen, aber die anderen Dschinn ... Am Ende wollen die doch nur aus den Flaschen raus. Und Callahan hat definitiv einen Splitter, was für sie eine Freikarte aus der Abyss bedeutet. Warum die nicht nutzen?«

Er nickte. »Nein, ich denke, die wahrscheinlichste Erklärung ist, dass sie es einfach nicht geschafft haben, ihm den Splitter abzunehmen. Die Splitter können nicht von jedem genommen werden. Sie suchen sich ihre Träger aus, wer es dennoch versucht, wird krank und stirbt. Also kommen nur bestimmte Auserwählte und die Dschinn in Frage. Die Dschinn müssen alle erst beschworen werden. Da Hedda in Kanada war, denke ich, dass niemand außer Hedda die Splitter aufnehmen darf. Und offenbar ist sie nicht dazu gekommen, bevor wir oder Callahan geflohen sind. Meine Freunde, ich denke, wir hatten einfach nur Schwein.«

Eugen murrte. Das war nicht gerade überzeugend.

»Wir werden natürlich trotzdem vorsichtig sein«, sagte Roland beschwichtigend. Er warf einen Blick Richtung Fenster. Wir sollten Callahan mal reinholen, nicht dass der uns noch von einem Blitz getroffen wird. Holst du einen Satz Kleidung für unseren Gast?«, fragte er Eugen.

Makana verschwand und tauchte wenig später mit Callahan wieder auf. Er bugsierte ihn auf das Sofa, wo er in sich zusammengesunken sitzen blieb. Eugen legte derweil einen Stapel gefalteter Kleidung auf den Couchtisch.

Makana ging in die Küche und Roland folgte ihm.

Callahan hockte wie ein verlorenes Kind auf dem Sofa, die Kleidung ignorierte er. Sein Kopf hing zur Seite, der Blick war abwesend. Die Haare klebten am Kopf, Regenwasser rann an ihm runter.

»Hier ist was zum Anziehen. Und warm werden.«

Callahan reagierte nicht. Sie hatten sich vor einer gefühlten Ewigkeit auf der Herrentoilette kennengelernt, und als Eugen damals sein Amulett gesehen hatte, hatte er sich nichts weiter dabei gedacht, als dass er eben ein reicher Typ war, der nicht wusste, wohin mit seiner Kohle. Damals hatte Callahan elegant und unbezwingbar gewirkt.

Dieser Mann hier war ein anderer als der Mann, der vor dem Pissoir geplappert hatte, als gäbe es keine Regeln.

»Wieso willst du die Splitter?«, fragte Eugen.

Callahan reagierte nicht.

Eugen schob sich näher an ihn heran und saß ihm jetzt fast gegenüber. Das böse Flackern in Callahans Augen war verschwunden. Er wirkte abwesend, als ob er nicht richtig da wäre oder sich nicht konzentrieren könne.

Eugen stand wieder auf. Makana und Roland kamen mit Wasser und Bier zurück und setzten sich aufs Sofa gegenüber.

»Und, was hat er gesagt?«, fragte Roland.

»Nichts.« Eugen setzte sich und nahm seinen unangetasteten Eistee. Roland hob die Decke auf und legte sie Callahan über die Schultern.

Draußen donnerte es, so laut, dass Eugen einen Moment nichts hören konnte. Der Wind heulte um die Hütte, diesmal wackelten eindeutig die Wände. Es war, als wären sie allein auf dieser kleinen Welt, die nur noch aus Wasser und Sturm bestand. »Du hast ihn doch geheilt, wieso ist er dann noch so ...« Eugen suchte nach dem richtigen Begriff.

»Ausgelaugt?«, fragte Roland. Eugen nickte. »Das hab ich schon öfter erlebt. Kopfsache. Irgendetwas macht ihm zu schaffen. Nichts anderes erwartet man, wenn man sich überlegt, was er hinter sich hat.«

»Das mag ja sein, aber wir müssen bald etwas tun, sonst überschwemmen uns hier die Fluten«, sagte Eugen mit einem Blick zum Fenster. Wenn es blitzte, konnte man die meterhohen Wellen sehen.

Makana bewegte sich unruhig. »Spürt ihr das? Er wird warm, oder?«

Eugen und Roland nickten.

»Sie wollen sich vereinen«, sagte Roland.

»Wir hatten es noch nie, dass vier aufeinandergetroffen sind, Genossen. Es könnte alles passieren. Wenn acht Stück das Ende bedeuten, dann könnten vier ... na ja ... das halbe Ende auslösen. Eine Katastrophe unvorstellbaren Ausmaßes, da hilft es dann auch nichts mehr, dass wir auf einer einsamen Insel sind.«

»Deine Fantasie geht mit dir durch«, sagte Roland. »Wenn überhaupt, wird es die erste der sieben Plagen und sicher nicht so melodramatisch, wie es die Bibel uns weismachen will. Weniger ein Meer voller Blut, aber dafür tote Fische im Umkreis von ein paar hundert Kilometern.«

»Genosse, du hast wohl vergessen, was in der Ukraine passiert ist, als Hedda den Baron vernichten wollte?«

»Was ist denn passiert?«, fragte Eugen. Er erinnerte sich vage, dass Roland davon erzählt hatte.

»Hedda verlor ihren zweiten Splitter an den Baron. Er fügte drei Splitter zusammen und löschte damit fast die ganze Bevölkerung der Ukraine aus. Aber deswegen sag ich ja, wir sind auf dem Meer und das nächste Festland ist so weit entfernt. Da passiert schon nichts.«

»Was ist aus dem Baron geworden?«, fragte Eugen Makana.

Makana zuckte mit den Achseln. »Er ist wie ein Geist. Nicht zu finden.«

Eugen wandte sich wieder Callahan zu. Der ließ noch immer die Schultern hängen, er hatte inzwischen einen richtigen Buckel. In der nächsten halben Stunde versuchten sie ihn abwechselnd zum Sprechen zu bringen, aber Callahan reagierte auf niemanden.

»Hat er vielleicht was am Kopf? Vielleicht war eine Gehirnhälfte zu lang mit Blut unterversorgt«, fragte Eugen verzweifelt. Die Hütte wackelte nun durchgehend und der Wind heulte so laut, dass sie sich halb schreiend verständigen mussten.

»Wenn ich jemanden heile, dann vollständig, mein lieber Freund. Gib ihm Zeit. Callahans Psyche hat einiges zu verdauen.«

»Aber wir haben keine Zeit. Das ist ein weiterer Tag, an dem meine Tochter ausdruckslos gegen die Verlieswand starrt und Gefahr läuft, ein Schweiger zu werden.«

»Ein was?«, fragte Makana.

»Ein Geist, der ... Ach, das ist doch völlig egal! Wir müssen jetzt etwas tun!«, schrie Eugen.

Roland machte eine beschwichtigende Geste. »In Ordnung, mein Freund. Was hältst du davon? Makana und ich hier bereiten schon mal den Plan vor, wie wir in das Hauptquartier des Ordens reinkommen, und du versuchst derweil weiter, Callahan zum Reden zu bringen.«

Sie zogen sich in die Küche zurück. Eugen starrte Callahan an. Es musste doch etwas geben, was ihm helfen konnte! Es musste!

Eugen dematerialisierte und schwebte um Callahan herum, dann hockte er sich vor ihn auf den Couchtisch.

Callahans Arme hingen schlaff herunter. Seine Schultern hoben und senkten sich in einem immer gleichbleibenden Rhythmus. Den Rücken überzog Gänsehaut und er glotzte durch Eugen hindurch, ab und zu blinzelte er leicht, aber sein Blick klärte sich nicht. Wenn er simulierte, dann voller Hingabe.

Wenn er doch nur in Callahans Kopf gucken könnte. Da kam ihm ein Gedanke. Warum sollte er nicht mal versuchen, in Callahan einzudringen? Geister fuhren ja in Menschen ein. Selbst wenn nichts passieren würde, er konnte es dennoch probieren. Im Augenblick hatte er nichts zu verlieren.

Eugen schwebte hinter ihn. Er strecke seine Hand vor und erwartete, dass er, sobald er in Callahans Körper eintauchte, an irgendeinem Hindernis abprallen würde. Er erinnerte sich an den Gehilfen des Entbeiners, dessen Seele wie Gummi gewesen war.

Seine Hand glitt durch den Körper hindurch und tauchte auf der anderen Seite wieder auf. Nichts hatte ihn daran gehindert. Eugen beschloss, aufs Ganze zu gehen. Er nahm dieselbe Haltung wie Callahan ein, die Beine gespreizt, den Rücken krumm, die Arme hängend. Callahan war ihm eine Nummer zu groß, aber Eugen setzte sich in Bewegung und schwebte in ihn hinein.

Und es passte.

Es fühlte sich seltsam an, ein bisschen wie ein Moorbad, warm und beklemmend, dafür war es deutlich trockener.

Eugen lehnte sich ein winziges Stück zurück und ihm war, als stieße er auf Widerstand. Dann fühlte er so etwas wie ein Klicken.

Und plötzlich verschwanden Makanas Hütte und der Tisch, und verschwommene Szenen tauchten vor ihm auf. Sie kamen und gingen, erst als Eugen sich darauf konzentrierte, wurden sie schärfer. Dazu hörte er ein Rauschen und ein langgezogenes Piepen, wie einen Tinnitus im Hintergrund.

Ein Mann mit einem langen Zopf beugte sich über Callahan. Er trug eine weiße Schürze, wie Eugen sie nur von Fleischern kannte. Es war der Porschefahrer, der bei der Ausgrabung gewesen und später dann an ihren Zellen vorbeigegangen war.

Er hielt einen Bunsenbrenner vor Callahans Augen. Die Flamme zischte blau und lief vorn spitz zu. Die Lippen des Kerls bewegten sich, es war wie ein Stummfilm, denn Eugen hört nichts. Dann lächelte der Kerl und entfernte den Brenner aus Callahans Sichtfeld.

Der Tinnitus wurde so laut, dass Eugen die Ohren schmerzten. Er konnte spüren, dass Callahan sich wünschte, den Splitter abgenommen zu bekommen oder einfach zu sterben.

Dann flachte der Lärm langsam ab und der Kerl hielt ihm ein Messer vors Gesicht. Eugen konnte nicht sehen, was der Kerl tat, das Rauschen schwoll wieder an, blieb aber unterhalb der vorherigen Grenze. Als er den Kerl und das Messer wiedersah, waren beide blutverschmiert. Der Tinnitus wurde nicht mehr leiser, er blieb bei der Lautstärke eines startenden Flugzeugs.

Der Kerl verschwand erneut.

Das Bild wackelte und Callahan sah zu einem Mann in lilaner Kutte. Er stand in der Tür, der Kerl mit dem Zopf vor ihm, er warf die Schürze von sich und ging hinaus. Der Mann in Kutte wandte sich zum Ausgang und folgte ihm. Dabei schmiss er die graue Eisentür hinter sich zu, sie prallte zurück und rastete nicht ein.

Callahan drehte sich zu einem seiner angegurteten Arme. Die Fessel wirkte locker. Er ruckelte daran. Das Rauschen wurde lauter, aber Callahan schlüpfte aus der Schlinge. Er befreite auch den anderen Arm. Es wurde dunkel, das nächste Bild zeigte die Beine, die ebenfalls festgebunden waren. Callahan zerrte mit zitternden und blutigen Händen die Riemen auf. Das Messer lag neben seinem Knie in einer Blutlache.

Die Welt schwankte und eine Wand aus Edelstahl tauchte vor ihm auf, die Beine eines Metalltischs ragten in sein Blickfeld und schließlich lag er am Boden. Callahan war vom Tisch gefallen.

Er richtete sich auf, nahm das Messer und schleppte sich zur Tür. Er schob die Eisentür auf, kurz flackerte das Bild eines weiß gestrichenen Kellerganges auf. Er ging zurück, hob seine Jeans auf und verlor das Gleichgewicht. Die Wand raste auf ihn zu und er schlug mit dem Kopf dagegen.

Er stand nicht wieder auf, sondern stützte sich mit der Stirn an der Wand ab und holte das Handy aus der Hose, bevor er sich übergab.

Das Bild wurde schwarz, dann war da grüner Latexboden, dann ein Kellergang. Es gab keine Wachen und auch sonst niemanden. Callahan erreichte die Zellen, in denen Eugen und Roland eingesperrt gewesen waren, dabei musste er sich immer wieder an der Wand abstützen, um nicht das Gleichgewicht zu verlieren. Das Bild riss ab, als nächstes schleppte er sich über die Straße und dann begann die Aufzeichnung von vorne.

Callahan spielt uns nichts vor. Die Bilder waren selbst für Eugen schwer zu verarbeiten, wie schwer musste es dann für Callahan gewesen sein?

Eugen zog sich zurück und blieb hinter Callahan schweben. Was der Orden ihm angetan hatte, war grausam. Mit Entsetzen dachte er an Susanne und Mary. Was war, wenn der Orden ihnen ähnliches Leid zugefügt hatte? Ein Schmerz stieg in ihm auf, gemischt mit unbeherrschbarer Wut. Wenn er doch nie zu dieser Ausgrabung geflogen wäre! Wenn er doch Callahan nie begegnet wäre!

Eugen wechselte in seinen Körper zurück. Es saß wieder auf dem Sofa. »Das ist deine Schuld!«, kreischte er unter Tränen, während er mit der Faust auf den Tisch schlug. Die Haut an seinen Knöcheln platzte auf, aber das spürte er kaum. »Wenn du nicht gewesen wärst, würde meine Familie noch leben! Wenn ich dir doch nie begegnet wäre!«

Er wünschte sich, seine Tochter in den Armen zu halten und Susanne einen Kuss auf die Nase drücken zu können. »Du mieser Hund! Du solltest den nicht haben!« Eugen sprang auf und griff nach Callahans Kette. Jemand rief etwas und sein Arm wurde vor Callahans Brust abgefangen.

»Beruhige dich!«, rief Makana.

Eugen entriss ihm seinen Arm und versuchte erneut, nach dem Amulett zu greifen. Doch er griff ins Leere, durch den Schwung stolperte er, fing sich und blieb schwankend im Regen stehen.

Sie waren am Strand, Makana war mit ihm rausgesprungen. Der Wind heulte, der Regen rauschte so laut wie ein Störgeräusch und eine riesige Welle rollte über das Meer heran.

»Was ist denn los, Genosse?«, überbrüllte Makana den Lärm.

»Was los ist?« Eugen stierte ihn an. In Makanas Augen spiegelte sich ein Blitz aus der Ferne. »Was los ist!«, schrie er gegen den Donner an.

Roland kam aus der Hütte gerannt.

»Er … er … er ist schuld, dass Mary … Mary … Mary …« Ihn verließ die Kraft und er landete auf den Knien. »Und Susanne …«

Sein Zittern ging in ein Schluchzen über. Er wollte schreien und prügeln und vor allem endlich etwas unternehmen. Jemand musste für all das bestraft werden.

Makana sprang mit Eugen zurück und holte ihm dann eine Wolldecke. Roland half Eugen auf das Sofa und nahm neben ihm Platz. Makana kam mit drei vollen Kaffeetassen aus der Küche und setzte sich dazu.

Eugen rührte seine nicht an, er war ausgelaugt. Es war, als hätte er mit dem Ausbruch seine Gefühle und auch einen Teil von sich selbst verloren.

Roland und Makana tranken schweigend ihren Kaffee.

»Ich habe in seinen Kopf gesehen«, sagte Eugen nach einer Weile.

»Wie bitte?«, fragte Roland.

»Ich habe in seinen Kopf gesehen.« Sein Hals war rau, also feuchtete er ihn mit kaltem Kaffee an.

»Wie?«, fragte Makana.

»Als Geist, hab mich in ihn gesetzt. Er ist traumatisiert. Er sieht, wie er gefoltert wird, am laufenden Band. Wir müssen ihn da rausbekommen.«

»Hast du kaltes Wasser?«, fragte Roland.

Makana holte zwei große Flaschen aus der Küche. »Alles, was dein Herz begehrt, Genosse. Was hast du vor?«

»Ich will ihn duschen. Vielleicht klappt es jetzt.« Roland leerte eine Flasche über ihm aus.

Callahan stöhnte erschrocken. Roland reichte ihm die Kleidung und Eugen traute seinen Augen kaum, als Callahan tatsächlich danach griff.

Er war wach. Callahan war wach!

»Gönnt ihr uns etwas Privatsphäre?«, fragte Roland, und bevor Eugen ablehnen konnte, forderte Makana ihn bereits auf, mit ins Schlafzimmer zu kommen.

Widerwillig folgte er ihm. Das Bett war nicht gemacht. In der Wand war ein Fenster, hinter dem Palmen vom Wind fast bis zum Boden gebogen wurden.

Makana stellte sich an die Tür und lauschte.

»Was passiert da?«, fragte Eugen.

»Na, was schon, sie unterhalten sich, Genosse.«

Eugen rieb sich nervös die Hand.

»Lass sie sich unterhalten. Roland kann das gut.«

Eugen nickte, wenn auch widerwillig. Daraufhin verschwand Makana. Eugen kämpfte eine Weile gegen den Drang hinüberzugehen. Einmal glaubte er sogar, ein Lachen von Roland zu hören. Draußen heulte der Sturm.

Doch irgendwann konnte Eugen nicht mehr. Er konnte einfach nicht mehr warten!

In dem Moment tauchte Makana auf: »Lass uns rüber gehen!«

Sie betraten das Wohnzimmer. Callahan sah auf. Er hatte wieder diesen Blick, wie in Kanada, als er Eugen den Splitter hatte abnehmen wollen.

Roland fixierte Eugen. »Freunde, bevor ihr etwas sagt, er will uns helfen.«

»Schon gut«, sagte Callahan, »ich kann für mich selbst sprechen. Danke, dass ihr mir geholfen habt. Ich denke, damit habt ihr einiges gut bei mir.«

Eugen starrte ihn an. Callahan hatte Falten im Gesicht, die vorher nicht da gewesen waren, und die Augen lagen tief in den Höhlen. Die fröhliche, freundschaftliche Art, die Callahan einst an den Tag gelegt hatte, war verschwunden.

»Wieso haben die dich gefangen gehalten?«, fragte Eugen und konnte nicht verhindern, dass er misstrauisch klang.

»Sie haben mich abgefangen. Als ich von Kanada nach Deutschland zurückgekehrt bin, um *deine* Familie zu retten.«

»Was? Wieso?«

»Es war klar, dass ihr mich für den Bösen gehalten habt. Roland hatte keine Familie, zumindest nicht nach seinem Fragebogen. Du warst der Neuling. Du würdest schnurstracks zu ihnen zurückkehren und dem Orden direkt in die Arme laufen. Das musste ich verhindern. Leider bin ich –«

»Warum musstest du das verhindern?«, unterbrach ihn Eugen.

»Weil der Orden sonst den Splitter bekommen hätte. Was glaubst du, was ich in Kanada gemacht habe? Zum Spaß die Kohle verjubelt? Der Orden hat den Splitter in Kanada entdeckt. Ich wollte ihm zuvorkommen.« Er warf Eugen einen abschätzigen Blick zu. »Und du hast ihn einfach angefasst. Jetzt wissen sie, wo alle sind. Wie viel Zeit werden sie wohl noch brauchen, sie zusammenzutragen?«

»Sie wissen, wo alle Splitter sind?«, fragte Makana und klang zum ersten Mal leicht alarmiert.

Callahan lehnte sich zurück. »Ich muss davon ausgehen.«

Roland stützte sich auf die Unterarme. »Jeremia hat mir erzählt, dass der Orden sich ausgeweitet hat.«

Jeremia, dachte Eugen, er nennt ihn Jeremia.

»Was soll das heißen?«, fragte Makana.

Callahan blieb bei seinem ernsten Gesichtsausdruck. »Sie betreiben in jeder größeren Hauptstadt der Welt eine Basis. Die Dschinn haben in den letzten zweihundert Jahren ein riesiges Gefolge um sich geschart. Die oberste Führungsriege nach den Dschinn besteht aus den Vätern und die bilden Kinder zu gläubigen Soldaten aus. Tausende solcher kampfwilligen Männer und Frauen sind bereit für den Orden zu sterben.«

»Das wusste ich nicht«, sagte Roland. »Ich bin davon ausgegangen, dass Hedda gut ausgestattet ist, aber diese Größe ist besorgniserregend.«

»Sie werden uns jagen, bis sie haben, was sie wollen. Wir müssen auf jeden Fall etwas gegen sie unternehmen«, sagte Callahan. »Und was deine Frau und Tochter angeht, kann ich dir helfen, ich brauche aber unbedingt ihre Körper.«

»Du kannst sie wiederbeleben?«, fragte Eugen angespannt.

»Ja. Woher wusstest du das?«

»Ich ... in Kanada war ein Toter ... in einer Limousine. Als er wieder wegfuhr, hat er Zigarre geraucht.«

»Ja, so habe ich die Ausgrabung finanziert. Aber es funktioniert nur unter bestimmten Bedingungen.«

Eugen war bereit, jedes Opfer zu bringen, egal was für Bedingungen er erfüllen musste.

»Diese Bedingungen sind bei deiner Familie aber gegeben, sofern wir die Körper finden.«

»Kümmern wir uns erst darum, denn offenbar ist es auch ein wenig zeitkritisch«, sagte Roland. »Wenn wir euch drei zusammengeführt haben, kümmern wir uns um den Orden.«

»Wenn wir ohnehin in das Quartier einbrechen, dann können wir Unterlagen zu den anderen Standorten und den Aufenthaltsorten der Dschinn auftreiben«, sagte Makana.

»Da wuseln eine Menge Soldaten rum«, sagte Callahan. »Das wird sicher nicht einfach.«

»Wir haben uns das Industriegebiet ein wenig angesehen, als du dich ausgeruht hast«, sagte Roland zu Callahan. »Ich denke, das kriegen wir hin.«

»Genosse, das Quartier versteckt sich in einem ehemaligen Verkaufshaus für Wein. Ist außen auf alt gemacht und mit Backsteinen verkleidet. Aber Roland hat den Eingang und das Tor wiedererkannt, durch das er geflohen ist.«

Eugen atmete tief durch. »Makana bringt mich hin. Ich gehe als Geist, suche nach den Körpern und besorge die Unterlagen.« Er versuchte nicht genauer darüber nachzudenken, wer die Körper waren.

»Dann rufst du mich an und ich bringe Callahan mit«, sagte Makana. »Und ehe sie sich versehen, sind wir wieder weg.«

Ein Zischen, dann prasselte es mit Gewalt gegen die Veranda und die ganze Hütte bebte. Wasser drang durch die Spalten an den Türen und Fenstern und es roch nach Tang und Fisch.

»Allenfalls eine ägyptische Plage, hmm?«, sagte Makana mit kritischem Blick auf die Wände seiner Hütte.

Roland stand auf. »Ich denke, es wird Zeit. Und wir müssen auch den Treffpunkt verlegen. Viel Glück, Eugen! Und sei vorsichtig! Ich glaube nicht, dass du noch mal aus dem Knast ausbrechen kannst, bevor sie dir den Splitter abnehmen.«

»Wir sehen uns danach bei Roland, in El Quique«, sagte Callahan.

»Dort ist das Wetter auch besser«, sagte Roland.

»Noch«, sagte Makana. »Noch.« Er wandte sich an Roland: »Ich setz dich im Supermarkt ab, Genosse. Wenn du die beiden gefunden hast, dann schickst du mir Bilder von der Umgebung. So viele du kannst.« Makana reichte ihm ein Smartphone.

Eugen nickte und steckte das Smartphone weg.

»Fangen wir an.« Makana legte ihm die Hand auf die Schulter. Als er sie wieder wegnahm, stand Eugen in dem verlassenen Supermarkt, in dem sie Callahan aufgegabelt hatten, und musste würgen – an diese Sprünge würde er sich nie gewöhnen.

Durch die Fenster fiel die Abendsonne herein.

Makana winkte und war weg.

34

Es stank nach Callahans Blut. Eugen ging zu den Toiletten und setzte sich auf das Damenklo. Es war das perfekte Versteck, immerhin hatte der Orden Callahan hier nicht gefunden. Auf der Wand stand unter einer Handynummer mit Lippenstift: BABSI = HURE!

Er wechselte die Seite, stand als Geist wieder auf, holte das Smartphone aus der Hosentasche und verließ den Supermarkt.

Auf dem Parkplatz davor stand ein Bauschuttcontainer, aus dem ein Betonpfeiler ragte. Er schwebte daran vorbei, bis zur Straße dahinter, sie war voller Schlaglöcher. Es war dunkel und es musste geregnet haben, denn auf dem Asphalt schimmerte Licht. Es brannte nur jede vierte Straßenlaterne und ab und zu fuhr ein Auto vorüber, ansonsten war niemand unterwegs.

Großen Hallen säumten die Straße, die Wände waren alt und schäbig und durch die Fensterpfiff der Wind. Weiter die Straße runter lag ein halb abgerissenes Industriegebäude, zwei Wände bildeten eine Ecke, sie waren völlig intakt, der Rest lag als Schutt davor. Ein Rabe saß auf einer Stahlrippe.

Nicht weit davon entfernt war die Kreuzung, die Roland beschrieben hatte. Auf der anderen Seite lag das Quartier des Ordens, nur schwach erhellt von Sternen und Mond. Es war ein abgenutztes Häuschen aus Backstein, an dem Efeu hochkletterte, mit zwei Stockwerken und einem spitzen Dach, und einem Schornstein, der im oberen Drittel angefressen war. Daraus stieg Rauch auf.

Vor dem Haus waren die Silhouetten von zwei Autos, ein verbogenes Eisentor hing schief in den Angeln, an den Betonpfosten lehnten zwei Wachen und rauchten.

War das das Tor, durch das Roland geflohen war? Und waren das die Wagen von der Verfolgung?

Eine der Wachen war kahlköpfig, die andere hatte eine Knollennase. Neben ihnen stand ein Schild, auf dem in großen Lettern stand: WEINHANDLUNG BIEGER – WIR HABEN JEDEN WEIN! Das Schild war schmutzig, die Buchstaben lösten sich bereits ab.

Der Kahlkopf starrte gelangweilt in die Luft, während der andere den Kopf hängen ließ.

»Pussy nicht rum!«, forderte der Kahlkopf.

Eugen erstarrte in seiner Bewegung. Er sah an sich herunter: Er war durchscheinend, eigentlich konnte der ihn nicht gesehen haben.

»Hey, Dummdödel!«, rief der Kahlkopf wieder. »Hey, du! Nicht pennen! Ich komm dir gleich!«

Der mit der Knollennase reagierte nicht, er war eingeschlafen. Der Kahlkopf stieß sich mit dem Rücken vom Pfosten ab und langte ihm eine.

»Aua«, jammerte der andere und rieb sich die Wange.

»Pennen kannst du in deiner Freizeit.«

»Freizeit ... Wir sind doch immer hier.« Er gab ein seltsames Geräusch von sich. Weinte der etwa?

Er schwebte an ihnen vorbei und glitt über den Parkplatz. Die Autos waren stark beschädigt, eines hatte ein eingedrücktes Dach. Es war dunkel gewesen, aber er konnte sich noch an das drehende Rad erinnern und das passte.

Er erreichte den Eingang und glitt durch die Tür. Dahinter führte eine lange Treppe in die Tiefe, das war dann die, die der Entbeiner ihn beinahe runtergestoßen hätte. An der Wand flackerten halb verbrauchte Kerzen.

Unten angekommen, führte der Gang an den geschlossenen Zellen vorbei, in die sie eingesperrt gewesen waren. Er lugte in jede einzelne, bis er zu der von Susanne und Mary kam. Ihm war mulmig zumute.

Die Zelle war leer.

Er schwebte in die des Schweigers, aber auch der war verschwunden. Er eilte zu der von Roland, aber die war ebenso leer. Oh Gott, bitte, ihr dürft keine Schweiger geworden sein. Bitte, bitte nicht!

Er zitterte. Beruhige dich, ermahnte er sich und atmete tief durch. Auch wenn er nicht wirklich atmete, der Gedanke daran beruhigte ihn. Ihnen geht's sicher gut. Es wird einen Grund geben, einen einfachen, logischen Grund, warum sie nicht hier sind. Callahan braucht nur die Körper, um sie wiederzuerwecken, also ist es egal, was aus den Geistern geworden ist.

Eugen ließ die Zellen schweren Herzens hinter sich und flog den Flur entlang, in die Richtung, in die sowohl der Entbeiner als auch der Typ mit den langen Haaren gegangen waren. Er schwebte die nächste Treppe hinab und erreichte einen offenstehenden Durchgang.

Dahinter lag ein großer Raum, dessen Ende hinter Trennwänden verschwand, die hier überall standen. Der Boden war mit einer olivfarbenen Latexschicht überzogen, die Wände waren weiß und in gleichmäßigen Abständen brachten Neonröhren Licht ins Dunkel.

Er lauschte, aber er konnte nichts hören, weder Stimmen noch sonst irgendwelche Geräusche. Es gab keine Nachtschicht bei was auch immer sie hier trieben.

Er flog über den grünen Latexboden und dann hinter eine der Trennwände. Dort lag ein vollständig eingerichteter Arbeitsplatz mit Computer, Bildschirm und Maus, auf dem Schreibtisch ruhten ordentlich gestapelte Papiere und ein Zettel mit handschriftlichen Notizen lag neben dem Mauspad.

PIANGUAN – KEINE HINWEISE. THULE, GRÖNLAND – BISHER KEINE SICHTUNGEN. UMM AL ARANIB – LETZTE SICHTUNG 1814

Er glitt weiter. Hinter der nächsten Wand lag ein weiterer Arbeitsplatz, hinter der folgenden auch. Er schlich zwischen den Wänden entlang, aber er merkte bald, dass er es mit einem verlassenen Großraumbüro zu tun hatte. Es gab hier an die hundert Arbeitsplätze. Die Leute, die hier arbeiteten, mussten täglich an den Zellen vorbeigehen, um an ihre Tische zu gelangen. Das wirkte garantiert abschreckend.

Er bewegte jede Maus, an der er vorbeikam, aber die Computer waren abgeschaltet. Also las er in den Notizen und ging die Ausdrucke durch. Wer auch immer hier arbeitete, beschäftigte sich mit der Recherche nach den Splittern, plante die Ausbildungen von Soldaten und kaufte und verkaufte Immobilien in der ganzen Welt. Er las Namen von mehreren Kontinenten, der Orden schien wirklich überall zu sein.

Damit hatte Eugen nicht gerechnet. Sie waren professioneller aufgestellt, als er es für möglich gehalten hatte.

Er fotografierte alles und wollte es an Makana schicken, stellte aber fest, dass er hier unten keine Verbindung hatte. Es gab ein hauseigenes WLAN, aber ihm fehlte das Passwort.

Er flog weiter, gelangte zu einem Seitenausgang aus dem Labyrinth der Trennwände und erblickte einen Besprechungsraum hinter einer Glastür. Darin stand eine Zimmerpalme aus Kunststoff und einige zusammengestellte Tische, ansonsten war er leer und es gab auch keine Papiere, die er hätte fotografieren können.

Er wollte ihn links liegen lassen, da fiel ihm etwas auf: Es war Makanas Gesicht.

Eugen glitt durch das Glas. Am Kopfende der Tische stand eine mobile Pinnwand, an der neben Makana auch Fotos von Roland, Callahan und einem breit gebauten Mann mit Vollbart und leuchtend grünen Augen befestigt waren. Eugen erkannte ihn, er hatte ihn in einer Vision gesehen. Das war der Mann, der Hedda den Splitter vom Hals gerissen hatte. Der Baron.

Er fotografierte die Pinnwand ab und ging zurück in das Großraumbüro. Auf dieser Seite lagen weitere abgetrennte Büros und Konferenzsäle, sie waren alle gleich eingerichtet, Glaswände, hinter denen sterile Schreibtische auf ihre Arbeiter warteten.

Eugen gelangte ans andere Ende des Saals, wo ein Durchgang in einen ausgedehnten Flur führte, hier war es so wie bei den Zellen am Eingang, gemauerte Wände, an denen Feuchtigkeit glänzte. Es roch modrig.

Er glitt durch eine verschlossene Feuerschutztür, neben der ein Schild hing: UNTERSTE EBENE -2

Dieser Flur war eine lange, weißgestrichene Röhre, in regelmäßigen Abständen gingen Türen ab. Der Anblick erinnerte ihn an die Umkleiden eines Schwimmbads.

Hier hörte er zum ersten Mal ein Geräusch. Etwas machte Klink, wie wenn Stahl auf Stahl schlug. Das Geräusch kam ungefähr von der Mitte des Ganges, es klang dumpf und kam in regelmäßigen Abständen.

Eugen betrat den ersten Raum auf der rechten Seite. Mittig darin stand ein Holzstuhl mit Lederriemen. Mehr nicht. Nur ein Holzstuhl mit Lederriemen. Eine Edelstahlrinne verlief an den Zimmerecken entlang. Aus einer Fliese ragte ein Wasserhahn. Eugen brauchte nicht viel Fantasie, um den Zweck dieses Raumes zu erraten, vor allem nicht, nachdem er Callahans Gedanken gesehen hatte.

Er glitt durch die Wand. Ein abscheulicher Geruch schlug ihm entgegen. Der weiße Boden war mit geronnenem Blut bedeckt. Ein Edelstahltisch mit Lederriemen lag umgekippt auf dem Boden, in einer Ecke stand ein kleiner Rolltisch voller Instrumente.

Er erkannte den Raum wieder, hier war Callahan gefoltert worden. Dort hatte das Messer gelegen, nachdem Callahan es fallengelassen hatte.

Klink! Klink!

Diesmal war es deutlich lauter. Es kam aus dem Raum nebenan.

Er glitt durch die nächste Wand.

Vor einem überdimensionierten Pizzaofen stand der Typ mit den langen Haaren und schlug mit einem Hammer auf die Metalltür ein. »Pisse, verdammte! Geh auf!«, schrie er, hochrot im Gesicht.

Immer wenn der Hammer das Metall traf, machte es laut Klink.

Hinter ihm standen im Halbkreis Edelstahltische. Es mussten mindestens 30 sein. Unter den weißen Laken zeichneten sich Körper ab.

»Kacke! Warum kann es nicht einmal einfach sein!«, brüllte der Typ. Er holte erneut aus, ein paar beherzte Schläge auf den Griff und die Tür sprang auf. Im Ofen brannten hellblaue Flammen wie in einem Gasgrill, Hitze breitete sich im Raum aus.

Das ist ein Krematorium! Er zog ein Laken von einem der Tische. Das entstellte Gesicht einer Frau mit mehrfach gebrochenem Kiefer grinste ihn grotesk an. Die halb abgebissene Zunge baumelte aus dem Mundwinkel.

Eugen schrie auf und schlug sich die Hand vor den Mund.

Der Bestatter fuhr herum. »Ist da wer? Hallo?« Ihm fiel die abgedeckte Leiche auf und er erstarrte: »Komm raus! Ich weiß, dass du da bist.«

Er schlich auf Eugen zu. Der machte unwillkürlich einen Schritt zurück. Hat der mich wirklich gesehen? Nein, unmöglich. Er kommt nur hierher, weil ich die Frau abgedeckt habe.

Der Langhaarige ging durch die Reihen und suchte alles gründlich ab. »Komm schon, verstecken hat keinen Sinn!« Er wartete. »Komm raus, du dummer Vogel!«

Als sich keiner zeigte, zuckte er mit den Schultern und warf sich die aufgedeckte Tote über die Schulter. Dann ging er zurück zur Tür. »Ich weiß, dass du da bist, du dummes Mistvieh, du bist immer da.« Mit einem Mal schluchzte er auf. »Mein armer Käfer.«

Was war denn mit dem? Aber Eugen hatte jetzt keine Zeit, sich um einen Verrückten Gedanken zu machen. Er musste Mary und Susanne finden.

Eugen schwebte über die Tische und betrachtete die Toten. Unter einem Laken zeichnete sich ein kleiner, schmaler Körper ab. Daneben lag eine Frau, die Brüste waren durch den Stoff klar zu erkennen.

Er schwebte näher und betrachtete die Kontur der kleineren Person. Eugen schauderte, er wusste, wer darunter war.

»Scheiße«, murmelte der Langhaarige und warf die Tote in den Ofen.

Klink! Klink!

Der Ofen war zu. Die Temperatur fiel schlagartig ab. Der Typ schraubte an einer Anzeige neben der Ofentür und im Inneren rauschte es. Er hatte das Gas aufgedreht. Jetzt oder nie, dachte Eugen und riss beide Laken mit Schwung zur Seite.

Da lagen sie, splitterfasernackt. Auf den Unterarmen seiner Frau waren runde Brandflecke wie von einer Zigarette. Sie hatte Schnittwunden an Armen und Beinen, die bis zum Knochen reichten, aber das Schlimmste waren ihre Augen: Sie waren trüb und leer.

Mary hatte Würgemale am Hals, fladengroße Blutergüsse am Bauch und einen gebrochenen Arm.

Eugen wurden von einem Entsetzen geschüttelt, wie er es noch nie empfunden hatte. Um ihn herum rauschte es, die Welt verschwand und er war allein mit seinem Schmerz. Jemand brüllte und in Eugens Kopf legte sich ein Schalter um. Mit einem Mal wusste er, wer das seiner Familie angetan hatte. Und dieses Arschloch war mit ihm in diesem Raum.

Eugen riss ein weiteres Laken vom Nachbartisch. Dort lag ein Mann mit durchtrennter Kehle.

Der Typ kam bereits lautstark schimpfend auf ihn zu, mit einem Schürhaken in der Hand. Eugen glitt in den Toten hinein. Es fühlte sich unnatürlich an, als ob Gummi in ihm festgeworden wäre, aber er drang einfach weiter ein, bis es klickte.

Eugen stand auf.

»Was zum!«, rief der Typ. »Was machst du? Du bist doch tot! Tot!«

Der Mann warf den Schürhaken. Eugen wich mit einer schnellen Bewegung aus und das Eisen krachte auf den Boden.

Eugen stürmte vor und warf sich auf den Mörder. Lebend würde der Kerl diesen Raum nicht verlassen. Doch der wehrte ihn mit einem schnellen Schlag ab, packte Eugen und schleuderte ihn zu Boden. Er rannte hinterher und kniete sich auf seinen Bauch. »Du Arschloch! Du bist tot!«

Eugen schlug nach seinem Kinn, verfehlte es aber. Der Kerl spuckte ihn an. Warmer Speichel floss Eugen in die Nase. Es stank abscheulich nach verdorbener Leberwurst. Der Kerl rammte ihm seine Faust gegen die Stirn. Ein Schmerz explodierte in seinem Kopf, er war überrascht, dass er auch im Körper eines Toten so viel empfinden konnte.

»Mein armer Käfer!«, brüllte der Typ wie von Sinnen. Eugen wand sich unter ihm, trat mit den Beinen aus und schrie, was er nur konnte, aber es half nichts, der Kerl hatte ihn fest im Griff.

»Waschlappen«, kicherte der Kerl und rammte ihm den Ellenbogen ins Auge. Der nächste Hieb ging gegen den Solarplexus, Schmerz raste Eugen den Brustkorb hinauf, die Schläge des Mannes trafen und trafen.

Er musste an Stiefel mit weißen Schnürsenkeln denken und begriff, dass er mit reiner Kraft nicht weiterkam. Als die Faust das nächste Mal auf ihn zuraste, hielt er still und zog im letzten Moment den Kopf weg.

Die Faust donnerte auf den Boden und es knackte.

Der Typ schrie jämmerlich auf, die Faust an den Oberkörper gepresst, und Eugen schlug ihm ins Gesicht. Der Kopf des Mannes flog zurück und mit einem Ruck befreite sich Eugen von dessen Gewicht. Er sprang auf, während der Typ versuchte zurückzuweichen, und trat ihm in die Seite.

Der Kerl brüllte, zog die Knie an die Brust und verharrte heulend in der Embryonalstellung. Dabei jammerte er, als würde er erwarten, dass Eugen aufhörte, wenn er ihn nur darum bat.

Doch der hob das Bein, um ihm auf den Hals zu treten, als die Tür aufschlug.

Der Entbeiner erschien im Durchgang. »Was?« Er griff an seinen Gürtel und riss eine Pistole hoch. »Wie kann das ...«

Eugen stolperte rückwärts und hob die Hände. »Bitte, erschieß mich nicht, bitte, bitte!« Sein Leib hatte eine heisere, fast flüsternde Stimme, vermutlich durch den Schnitt an der Kehle.

Der Entbeiner zögerte.

Eugen rannte auf ihn zu.

»Du verdammter Jude!«, brüllte er und drückte ab, mehrmals hintereinander. Die Kugeln trafen ihn und traten aus dem Rücken wieder aus. Jeder Treffer fühlte sich an, als würde ein Stück aus ihm herausgerissen. Aber er rannte weiter, erreichte den Entbeiner und schlug ihm die Pistole aus der Hand.

Sie flog zur Seite. Eugen fing sie im Flug auf und rammte sie dem Entbeiner gegen die Schläfe.

Der Entbeiner lächelte ihn nur an.

»Netter Versuch!« Dann packte er Eugens Hoden und drückte zu. »Mal sehen, wie du guckst, wenn ich dir dein Spielzeug abgenommen hab.«

Er verkrampfte vor Schmerz, Kälteschauer stürzen auf ihn ein und, in einem letzten Anflug von Besinnung, löste Eugen sich teilweise von dem toten Körper und steckte seine Faust in den Kopf des Entbeiners.

Es fühlte sich an, als hätte er seine Hand in lauwarmen, glitschigen Reis gesteckt. Dem Entbeiner klaffte der Mund offen. Er weinte, zuckte und verdrehte die Augen. Ein letztes Mal atmete er aus, ehe er zusammenbrach.

Der Typ mit Zopf hatte die Gelegenheit genutzt und war an ihnen vorbei aus der Tür gestürmt.

»Hier geblieben!«, brüllte Eugen und rannte in den Flur. Aber der Kerl war verschwunden. Wahrscheinlich hatte er bereits Alarm geschlagen, und wenn Eugen ihn suchen würde, dann traf die Unterstützung hier ein, bevor er seine Familie rausgebracht hatte.

Noch immer im Körper des Toten, schloss Eugen die Tür und beugte sich über den Entbeiner. Er zog ihm ein Handy aus der Hose, das mit dem WLAN verbunden war. Er fotografierte den Raum und versandte die Fotos. Dann hob er die Pistole auf, richtete den Lauf auf den Eingang und wartete.

»Eugen?«, fragte Makana hinter ihm.

Eugen zeigte Makana die Tische. »Die beiden«, sagte er mit der rauen Stimme des Toten.

»Ach du heilige Scheiße, Eugen! Du hast mich erschreckt. Was machst du in der Leiche?«

»Mach schon!«, sagte Eugen.

Makana nickte. Im nächsten Augenblick waren die zwei Edelstahltische leer und Makana verschwunden. Als Makana wieder auftauchte, zeigte Eugen mit dem Lauf auf den Entbeiner. »Pack den hier mit ein. Callahan kann ihn wiederbeleben, dann befragen wir ihn. Wir treffen uns im Supermarkt. Und nimm das.«

Er reichte ihm das Handy und verließ den Körper des Toten.

35

Eugen stand zwischen drei Bäumen, die nur noch wenig braunes Laub trugen, Makana neben sich. Vor ihnen erstreckte sich eine flache Landschaft, über ihnen ein endloser Himmel. Weiter entfernt rauschte das Meer, die Sterne strahlten am Himmel.

»Willkommen in der Pampa Argentiniens, Genosse. Saukalt hier!«

Hundert Meter entfernt stand eine winzige Blechhütte, um die mindestens ein Dutzend Fackeln brannten. Sie hatte eine Veranda, auf der Roland und Callahan saßen. Der Entbeiner lag davor, auf dem nacktem Erdboden, über ihm schwebte sein Geist. Er war durch eine dünne, durchscheinende Schnur mit seinem Körper verbunden und glotzte teilnahmslos auf seine Leiche.

»In El Quique, um genau zu sein«, sagte Roland und kam von der Veranda zu ihnen. »Natürlich! Hier ist Winter. Was hast du erwartet?«

»Hier ist immer Winter! Nie wird es warm. Wie kann man das mögen? Immerhin wohnst du am Meer, es ist also noch nicht alles verloren.«

Ein Tropfen klatschte Eugen in den Nacken.

»Wie lang wird dein Blechgestell hier wohl einen Sturm wie auf meiner Insel aushalten?«, fragte Makana und ging zur Hütte.

»Täusch dich nicht, das Wellblech ist verschweißt und mit dem Boden verankert«, sagte Roland.

Eugen folgte ihnen in die Hütte. An der Decke, die sich keine zwei Handbreit über seinem Kopf befand, hing ein Glas mit einer Kerze darin. Der Boden wippte unter seinen Schritten wie welliger Linoleumboden.

Susanne und Mary lagen auf kargen Matratzen ohne Bettgestell. Sie waren mit zwei Wolldecken bis zum Hals zugedeckt, ihre Augen geschlossen.

An der Wand gegenüber dem Eingang war eine hellblaue Küchenzeile mit einem Kühlschrank aus weißem Plastik und einem Waschbecken aus Blech. Callahan lehnte dort, die Arme überkreuzt und musterte die Toten.

Eugen schwoll ein dicker Kloß im Hals. Callahan sah Eugen an. Dieser Blick war nicht böse, er wirkte eher betrübt, als wären sie auf einer Beerdigung und hätten nicht eigentlich vor, jemanden wiederzubeleben. Das machte Eugen fast noch mehr Angst als sein gewohnter Blick.

»Was?«, sagte Eugen schroffer als beabsichtigt.

Callahan reagierte nicht.

»Was ist?«, fragte Eugen erneut.

»Manch–«, Callahan räusperte sich. »Manchmal ist es besser, die Toten nicht zurückzuholen, weil sie das Trauma … das Trauma ihres Todes nicht verarbeiten können. Ich habe erlebt, wie es die Betroffenen in den Wahnsinn treibt.« Er schluckte. »Und die beiden, so wie sie aussehen, haben sie einiges durchgemacht.«

Eugen schüttelte den Kopf. »Mach schon! Hopp!«

Callahan rührte sich immer noch nicht. Eugen hob die Pistole, bemerkte, dass er sie gar nicht mehr hatte, und schleuderte die imaginäre Waffe weg. »Du hast zugesagt!«

»Was ist mit dem da draußen?«, fragte Callahan und zeigte zur Tür.

»Den nicht. Noch nicht! Lenk nicht ab!«

Callahan setzte sich endlich in Bewegung. Er kniete sich vor die zwei wichtigsten Menschen in Eugens Leben und umklammerte sein Amulett.

Eine Weile passierte gar nichts. Callahan stöhnte leise und mit einem Mal atmete Susanne tief ein und dann wieder aus. Dann gab sie ein seltsames Geräusch von sich, wie ein klackendes Husten, und atmete normal weiter. Unter der Decke hob und senkte sich ihr Brustkorb.

Seine Tochter hustete, ihr Gesicht hatte wieder Farbe, auch Susannes Wangen hatten wieder ihren rosigen Touch.

Doch mehr passierte nicht.

Roland neben ihm schnippte und die Würgemale an Marys Hals verschwanden. Susannes Verletzungen konnte er nicht sehen, aber sie waren sicher auch verheilt.

Sie leben, dachte Eugen. Mein Gott, sie leben! »Su-Susanne! Mary!«

Eugen nahm Susannes Hand. Sie war schlaff und kalt, und Susanne bewegte sich nicht, sie reagierte auch nicht auf seine Berührung.

»Susanne?«, sagte er und drehte sich zu Callahan. »Was ist mit ihnen? Warum sind sie nicht wach?«

Callahan hatte sich auf einem Stuhl niedergelassen. Roland war blass um die Nase. Beide atmeten schwer.

Callahan blinzelte, als könne er die Augen nicht mehr aufhalten. »Wenn ich Menschen zurückhole, dann sehe ich eigentlich immer ihre Seele, wenn sie in den Körper zurückkehrt. Aber hier waren keine.«

Die Seelen waren nicht zurückgekommen. Sie waren nicht im Gefängnis gewesen und auch nicht in dem Raum mit dem Ofen.

»Bring mich zurück!«, forderte Eugen von Makana.

»Was?«

»Du musst mich zurückbringen. Ich muss ihre Geister holen.«

Roland ging zu Susanne und tastete nach dem Puls.

»Wie willst du das machen?«, fragte Callahan.

»Wie wohl? Ich suche sie und hol sie her. Oder wir bringen die Körper dahin! Makana!«

»Hast du sie denn gesehen?«, fragte Callahan.

Eugen ignorierte ihn und legte Makana die Hand auf den Arm. »Bring mich zurück!« Sie mussten irgendwo da sein. Er hatte sich nur einen Bruchteil der Anlage angesehen und sie einfach verpasst.

»Genosse ...« Makana beendete den Satz nicht in der Hütte, sondern auf der Straßenseite gegenüber der Ordenszentrale. » ... pass auf dich auf!«

Dann war Makana weg.

Es war immer noch dunkel, nur die Mondsichel hatte sich weiterbewegt. Die Wachen lehnten nicht mehr an den Betonpfosten, dafür erhellten Scheinwerfer den Hof mit den zerstörten Wagen.

Eugen lief durch das Tor. Er hatte keine Zeit, um zum Supermarkt zu gehen, er würde seinen Körper einfach in einer Zelle parken und von da als Geist weitermachen. Ein Knacken, dann folgte ein elektrisches Knarzen. Ein Stimme, wie von einer Bandansage, sagte: »Drei.« Das Wort hallte über den Hof. »Zwei. Eins.«

Ein lautes Krachen ertönte.

Das Geräusch kam von unten, aus dem Boden, aber der wirkte völlig normal. Wieder ertönte ein lautes Krachen, es folgte ein Donnerschlag.

Um Eugen vibrierte die Luft und einen Moment war er taub. Die Wände der umliegenden Häuser wackelten. Das Steinhaus bekam ein Knick in der Seite, der Schornstein brach und fiel durch das Dach.

Unter ihm sackte der Boden weg, ein Spalt riss vor seinen Füßen auf und eine Flamme schoss hoch.

Eugen sprang zurück, sein Gesicht brannte und der Hemdsärmel stand tatsächlich in Flammen. Er klopfte das Feuer aus und wich weiter zurück, als sich immer mehr Risse im Boden auftaten.

In dem Moment brach das Steinhaus vor ihm zusammen. Eine Staubwelle rollte auf ihn zu und er rannte, so schnell er konnte, Richtung Straße. Da war das Werbeschild, das jeden Wein versprach. Dahinter lag die unbeschädigte Straße. Unter ihm knirschte der Boden und neben ihm bildete sich ein Loch, aus dem Staub und Feuer schossen, als hätte sich das Tor zur Hölle geöffnet.

Zwischen ihm und dem kaputten Eistentor wölbte sich der Boden. Er stolperte, die Wölbung platzte auf, der Riss wanderte von einer auf die andere Seite und stürzte dann in sich zusammen.

Die Vertiefung vergrößerte sich, unter ihm grollte es und Erde und Schutt spritzten in die Luft.

Eugen schlug einen Bogen und sprang über eine schmale Stelle. Steine regneten herab, er schirmte den Kopf mit den Armen ab, während er weiter auf das Tor zurannte. Etwas traf ihn an der Schulter. Er kreischte, es fühlte sich an, als wäre das Gelenk zertrümmert worden.

Endlich erreichte er das Schild. Doch inzwischen bebte der Boden auch hier, das Schild kippte auf ihn zu. Er rannte darunter durch zum Gehsteig, der unter seinen Füßen nachgab.

Er stieß sich ab, von was, wusste er nicht, und landete auf Asphalt. Die Staubwolke hatte ihn erreicht, von einem Moment auf den anderen war er blind. Es dröhnte und donnerte, er bekam keine Luft. Der Staub war so dicht, dass er durch die Armbeuge atmen musste. Er raffte sich auf, stürmte die Straße entlang und bog in die erstbeste Nebenstraße ab.

Gerade noch rechtzeitig. Eine weitere Explosion ließ Gebäude und Boden um ihn herum erbeben. Für den Bruchteil einer Sekunde brannte die Luft orange, dann wurde es dunkel, kalt und still.

Eugen war fassungslos. Sie hatten den Laden gesprengt, ihr eigenes Gebäude, mit all den Computern und Möbeln drin.

Es roch nach Beton und sein Mund war pappig. Er hatte viel Staub eingeatmet. Eugen schob sich das Hawaiihemd über die Nase. Er tastete die Schulter ab, sie tat weh, war aber vermutlich doch nicht gebrochen.

Er musste zumindest nachsehen. Also betrat er die Straße und ging zurück zum Ordensquartier.

Hier hatte sich der Staub schon weitgehend gelegt, hinter dem Eisentor ging es einen halben Meter hinab. In der Grube lag Schutt, Kabel funkten, Rohre ragten wie Speere aus Betonbrocken, die einst Decken und Böden gewesen waren.

Zwischen den Brocken tauchte eine Gestalt auf. Es war ein Geist! Gleich darauf erschien der nächste und noch einer. Sie stiegen auf, ganz langsam, und schwebten wie Ballons nach oben.

»Susanne!«, rief Eugen. »Marry!«

Es waren viele Geister und einige waren bereits hoch über ihm. Wenn seine Familie bei ihnen war und er sie nicht finden würde, dann könnte er sie verlieren. Es wurden immer mehr.

Er verließ seinen Körper, der hinter ihm zusammenbrach. Nur so kam er schnell genug über das Trümmerfeld.

Eugen raste über den Schutt, sah jedem Geist ins Gesicht. Den meisten war Eugen egal, sie behandelten ihn, als wäre er nicht da. Es waren viele, hunderte. Es waren Geister von Männern und Frauen, in Anzügen und Alltagskleidung, eine Frau, an der er vorbeischwebte, trug ein schickes Kostüm und eine Perlenkette, an der sie die ganze

Zeit herumfingerte. Es waren auch Menschen in Arbeitskleidung dabei und welche, die zum Zeitpunkt ihres Todes nackt gewesen waren. Alle hatten schreckliche Wunden, alle schwebten teilnahmslos an ihm vorbei und stiegen immer höher.

Irgendwann erschien der letzte Geist und verschwand.

Mary und Susanne waren nicht dabei gewesen.

In der Ferne heulten Sirenen.

Sein Blick fiel auf die andere Seite des ehemaligen Ordensquartiers. Da war die Straße ebenfalls zu großen Teilen abgesackt und ein völlig zerstörter Lieferwagen lag auf der Seite. Im Dach waren mehrere Löcher, die Frontscheibe hing zerbrochen im Rahmen und überall waren Einschusslöcher.

Es war der Lieferwagen, mit dem sie vor dem Entbeiner geflüchtet waren.

Er schlüpfte in seinen Leib zurück und rannte um das gesprengte Gelände herum.

Das Iiiuuu-iiiuuu der Feuerwehr kam näher. Blaulicht flutete durch die Löcher im Dach, hinein in den dunklen Laderaum.

Da stand jemand.

Schlitternd kam Eugen vor dem Wagen zum Stehen. »Benjamin«, sagte er ruhig.

Benjamin schwebte aus dem Dach auf die Straße und starrte ihn an. Seine Augen waren finstere Höhlen, während das Licht der Rettungswägen auf und abschwoll.

»Benjamin? Steckst du noch da drinnen?«

Benjamin glotzte ihn an, tat aber sonst nichts.

»Es tut mir so leid.«

Benjamin rührte sich nicht.

Eugen zog das Handy und fotografierte die Umgebung. Die Feuerwehr war inzwischen auf der anderen Seite angelangt und Rufe schallten zu ihm herüber.

Makana erschien. »Und?«

Eugen schüttelte den Kopf. Makana legte ihm die Hand auf die Schulter und sie standen auf der Veranda in Argentinien.

Drinnen unterhielten sich Roland und Callahan. Als sie bemerkten, dass sie wieder da waren, kamen sie raus.

»Wo sind sie?«, fragte Callahan.

Eugen lief an ihnen vorbei, zu seiner Familie und kniete sich neben ihn.

»Wo sind sie?«, rief Callahan ihm hinterher.

»Sie waren nicht da«, sagte Makana. »Der Platz sah übel aus. Was ist passiert, Eugen?«

Eugen reagierte nicht. In ihm stieg eine Wut auf, wie er sie noch nie gespürt hatte.

Er rannte raus, zum Entbeiner, und schlug ihm ins Gesicht. Seine Seele gaffte gelangweilt an ihm vorbei. Also verpasste Eugen der Seele eine, und als das nichts bewirkte, schlug er sie wieder und wieder.

Doch die Seele schenkte ihm keine Beachtung.

»Beleb ihn!«, schrie Eugen Callahan an. »Los!« Er wollte den Entbeiner schlagen, so lange schlagen, bis er an seinen Verletzungen krepierte.

Doch Callahan rührte sich nicht.

»Eugen! Was ist in Frankfurt passiert?«, fragte Roland.

»Beleb ihn wieder! Ich will mit ihm reden. Der weiß etwas!«

»Aber sicher nicht, wo die Seelen deiner Familie sind.«

»Ist mir egal! Beleb ihn wieder!«, schrie er so laut, dass ihm der Hals brannte.

Roland atmete tief durch. »Erzähl uns, was passiert ist, und er belebt ihn wieder.«

Eugen zitterte vor Wut und auch vor Kälte. Alle drei sahen ihn an. Ein eisiger Regentropfen landete auf seinem Scheitel und er riss sich zusammen: »Der verschissene Scheißorden hat den Laden gesprengt, das Haus ist vor meinen Augen zusammengestürzt. Die Toten sind rausgekommen, die hatten da unten eine Folterwerkstatt. Mit Verbrennungsofen. Es waren viele. Aber Susanne und Mary waren nicht dabei.«

»Wie kommst du darauf, dass der Orden sein eigenes Quartier sprengt?«, fragte Callahan.

»Eine Tonbandstimme hat von drei abwärts gezählt, dann hat es Bumm gemacht.«

»Okay, das klingt nach dem Orden«, sagte Roland.

Eugen zeigte auf den Entbeiner, dessen Geist gelangweilt über ihm verharrte. »Wiederbeleben und befragen.«

Callahan kniete sich vor den Entbeiner und umfasste sein Amulett. Es gab ein seltsames Geräusch, der Geist wurde in den Körper gesogen und der Entbeiner atmete keuchend ein. Dann begann er leise zu wimmern. Blut floss ihm aus der Nase.

»Du musst ihn heilen«, sagte Eugen. »Ich habe in seinem Kopf einiges kaputt gemacht.«

»Halt ihn fest«, sagte Roland zu Makana. »Ich will nicht, dass er mich schlägt. Sieht kräftig aus.«

Er schnippte und der Entbeiner verstummte. Eine Weile lag er einfach da, diese Zeit nutzte Makana, um ihm die Beine zusammenzubinden. Es begann zu nieseln.

Der Entbeiner schoss hoch. »Was? Wo bin ich?«

Makana hielt ihn fest und Roland band ihm die Hände am Rücken zusammen. »Machen wir ihn an einem Baum fest«, sagte Roland schwach.

Makana und Eugen schleiften ihn über den Boden und fesselten ihn mit einem Seil an den Stamm, Roland kam langsam hinterher.

»Was soll das?«, brüllte der Entbeiner.

»Lasst uns allein«, sagte Eugen zu den anderen. Roland öffnete den Mund, schloss ihn aber gleich wieder. Makana legte ihm eine Hand auf die Schulter und sie verschwanden.

Eugen drosch dem Entbeiner die Faust auf die Nase. Der kreischte auf, was in Eugen Befriedigung auslöste. Er wollte mehr davon.

Er trat ihm gegen das Schienbein, prügelte ihm die Faust wieder und wieder ins Gesicht. Es war ihm egal, wo er ihn traf, er wollte nur, dass der Entbeiner litt. Er sollte Schmerzen haben. Also schlug er weiter auf ihn ein.

Eugens Fingerknöchel schmerzten, er ließ von ihm ab, Erschöpfung ließ ihn rückwärts torkeln, bis er stolperte und in einer Pfütze landete.

Seine Hand war um die Knöchel aufgeplatzt, aber der Entbeiner war schlimmer dran. Ihm war das rechte Auge zugeschwollen. Die Haut darüber war so dick und rund wie eine Feige. Beim linken Auge war das Oberlid geschwollen und glänzte speckig, Blut floss ihm über Mund und Kinn, die Nase hing schief.

»Wo sind sie?«, brüllte Eugen und schnaufte.

»Ich weiß es nicht«, jammerte der Entbeiner. In Eugen kochte die Wut, wie das Arschloch redete! Er würde aufstehen und ihn so lange prügeln, bis Callahan ihn wiederbeleben musste.

Der Entbeiner hatte ihm angesehen, was er vorhatte, denn er hob abwehrend die Hände. »Nein, nein«, wimmerte er. »Bitte. Bitte, sag mir doch, was du meinst.«

Es blitzte. Im Licht tauchten grüne und purpurne Verfärbungen auf seinem Gesicht auf. Es hätte moderne Kunst sein können, Farben, die nahtlos ineinanderflossen.

Es donnerte, Eugen wurde klar, wie viel stärker der Regen seit seiner Rückkehr geworden war. Sie waren beide vom Regen durchnässt.

Er musste es jetzt endlich erfahren. »Wo sind die Seelen meiner Familie?«, schrie er den Entbeiner an.

Der regte sich nicht, atmete aber noch. Eugen stand auf, der Entbeiner wich zurück und zog die Beine bis unters Kinn. Da trat Eugen ihm gegen die Knie.

»Au!«, brüllte der Entbeiner. »We-welche Seelen?«

Eugen holte aus und trat ihm von der Seite gegen den Oberschenkel. Der Entbeiner starrte ihn nur furchtsam an.

Roland hatte sicher Messer in seiner Hütte. »Dann hol ich eben etwas Stärkeres!«, murmelte Eugen.

Er wandte sich der Hütte zu. Die Fackeln waren erloschen, eben trat Makana aus der Tür. Er hielt in der einen Hand eine Taschenlampe und in der anderen einen Lederbeutel.

»Geh wieder!«, rief Eugen.

»Wart doch erst mal ab, Genosse«, sagte Makana, als er neben ihm stand, »was ich zu bieten habe.«

Er wandte sich dem Entbeiner zu. »Hey, du alter Karrengaul!« Er schlug den Lederbeutel in seine Hand. »Ihr habt genug gespielt, findest du nicht?«

Der Entbeiner glotzte ihn an. Makana bedeutete Eugen, Abstand zu nehmen.

»Es dauert nicht mehr lange, dann stürmt es hier so wie auf meiner Insel«, sagte Makana mehr zu sich selbst. Er trat dem Entbeiner auf den Fuß. »Du wirst doch nicht wirklich ›der Entbeiner‹ heißen, oder? Ich sag dir was, wenn du mir deinen Namen nennst, dann lass ich dich leben.« Er trat ihm gegen das Schienbein.

»Jan!«, brüllte der Entbeiner erschrocken. »Ich heiße Jan Ulrich. Aber ich weiß ni–«

Eugen rammte ihm das Knie gegens Kinn. »Halt's Maul!«, brüllte er. »Halt dein verfluchtes Maul!«

Makana legte Eugen eine Hand auf die Schulter und zog ihn zurück.

»Beruhige dich«, flüsterte er. Aber Eugen wollte sich nicht beruhigen. Er war es leid, ruhig zu sein. Er wollte den Entbeiner fertigmachen, er wollte sein Inneres nach außen kehren.

Er drängte sich an Makana vorbei, der ihn im letzten Moment an den Schultern packte. »Willst du deine Familie zurück oder nicht?«

»Ich will! Aber vorher –«

»Lass mich das machen. Wirklich, Eugen, lass mich das machen!« Er hatte leise und eindringlich gesprochen und schließlich gab Eugen nach. Makana hielt ihn weiter an der Schulter fest, während er mit Jan sprach.

»Wie bist du zum Orden gekommen?«

Jan reagierte nicht.

»Beantworte die Frage!«

»Die haben mich beauftragt.«

»Warum?«

»Weil ich die Gegend kenne.«

»Haben sie gut bezahlt?«

»Was wollt ihr?«, fragte Jan.

»Dass du meine Frage beantwortest.« Makana blieb ruhig. Eugen zitterte, es kribbelte ihn überall. Er wollte Jan wehtun. Was sollte das alles hier? Das war doch reine Zeitverschwendung! »Also?«

»Der Orden zahlt gut.« Jan zitterte. »Können wir nicht ins Trockene gehen?«

»Was solltest du machen?«, fragte Makana.

Jan sah zu Eugen. »Ich sollte ihn kassieren.«

»Mehr nicht?«

»Mehr nicht.«

»Wieso warst du im Quartier?«, fragte Eugen und er klang, als würde er knurren.

»Die wollten mich aufnehmen. Ich hätte die Führung der Wachen bekommen, wenn ihr Arschgurken nicht gewesen wärt.«

»Das Quartier ist gesprengt worden«, sagte Eugen.

Jan stand der Mund offen, er war wie versteinert.

»Heulst du jetzt?«, fragte Makana.

Jan reagierte nicht.

»Dann hattest du keine Ahnung, warum du Eugen kassieren solltest?«

»Sag ich doch.«

»Wo sind die Seelen meiner Familie? Wo habt ihr sie umgebracht?«, schrie Eugen und wäre ihm am liebsten an den Hals gesprungen, um ihm den Adamsapfel rauszureißen. Er machte einen Schritt vor. Makana hielt ihn fest.

Jan hob die Arme. »In Frankfurt. Die haben sie umgebracht. Ich war das nicht! Die waren das, wirklich ... ich ... ich ... ich –«

»Wo sind die Seelen meiner Familie?«, rief Eugen.

»Scheiße, Seelen?«, fragte Jan und sah zu Makana. »Ich weiß es nicht! Meint ihr das ernst?«

Makana nickte. Er zog einen rostigen Nagel aus der Ledertasche und rollte ihn zwischen den Fingern hin und her.

»Ehrlich, ich weiß das wirklich nicht. Wir sollten sie nur runter in die Einäscherung bringen, mehr hab ich damit nicht am Hut.«

»Wir?«

»Ich und so ein unbedeutender Kerl. Hans-Wurst oder so, der hat mir erzählt, dass er bei so einer Ausgrabung dabei war. Weil er der Einzige sei, der Dschinn beschwören könne, und noch eine Menge anderen Scheiß. Aber seit ich –« Er brach ab und streckte den Rücken durch. »Mir ist was eingefallen. Der Wichser hat gesagt, dass er Seelen sammelt, für die Meisterin. Der! Der hat sie bestimmt nicht mehr alle. Er hat auch irgendwas von Steinen gefaselt und, dass er Seelen an sie bindet. Er hat gesagt, er muss ins andere Quartier. Das ist nebenan, so ein altes Lagerhaus, vor dem immer die billigen Nutten stehen, die dir für nen Fünfer einen kauen und sich fürs Dreifache ins Arschloch ficken lassen.«

»Was für ein Lagerhaus?«, fragte Makana.

»Ein Sofalager, nur wenige Straßen neben dem Quartier.«

»Ist da viel los?«, fragte Makana.

»Mehr als in dem anderen, achtzig bis hundert Leute sind da. Im Quartier waren's nur zwanzig oder so. Und, und die haben da so eine Datenkrake, so hat der das genannt. Das ist so etwas wie ihr internationaler Server, auf dem alle Daten zusammenlaufen.« Jan schluckte. »Bri-bringt, bringt ihr mich jetzt um?«

»Noch nicht«, sagte Makana.

»Bitte, ich will nicht sterben.« Er bewegte den Kopf hektisch zwischen ihnen hin und her.

»Meinst du, er sagt die Wahrheit?«, fragte Makana.

»Finden wir es raus. Wir haben, was wir brauchen.«

36

»Karam!«, sagte Raffael und öffnete die Augen.

Der purpurn glühende Rauch zog sich gerade in den Hals der Abyss zurück. Er hörte eine Stimme in sich nachklingen, es war die der Meisterin, die nur eine Pause für ihn einlegte, damit er essen und trinken konnte. Danach sollte er sie gleich wieder beschwören.

Vor ihm war eine Milchglasfront, rechts von ihm stand ein Schreibtisch und gegenüber war eine Holztür. Sie stand offen. Das war ein ziemlich protziger Gebetsraum und er mochte ihn nicht.

Er sah sich um. Der Vater war nicht da.

Er hatte Raffael zur Strafe ins Krematorium gesteckt, zusammen mit einem glatzköpfigen Anwärter, er hatte seinen Namen vergessen. Aber dann war eine der Leichen aufgestanden und hatte gegen ihn gekämpft.

Raffaels linke Hand war verbunden, aber sie schmerzte. Sie war definitiv gebrochen. Der Verband hing locker vom Gelenk, sie hatten ihn nur schnell drumgewickelt, bevor sie ihn in ein weiteres Gebäude gebracht hatten, ein altes Sofalager, nicht weit weg von dem mit den Gefängniszellen. Dort hatte der Vater, der seinen Käfer auf dem Gewissen hatte, schon wieder von ihm verlangt die Meisterin zu rufen.

Raffael stand auf. Wo war der Vater? Er musste etwas trinken, sein Hals war vom Beten ausgedörrt. Beim Aufstehen wäre er beinahe in einen Haufen Asche getreten, die halb unter einem schwarzen Anzug mit lilaner Krawatte lag.

Waren das die Überbleibsel des Vaters? Hatte die Meisterin ihn geopfert? Er hatte nervös gewirkt, als Raffael angefangen hatte zu beten. Was auch immer er der Meisterin hatte sagen wollen, er hatte Angst gehabt.

Das machte irgendwie Sinn, dachte Raffael, während er Richtung Ausgang ging. Darum hatte der Vater ihn so sehr geschlagen. Er hatte die Verantwortung für die Mission getragen, und sie war gescheitert, also war er bestraft worden. Wenn man Vater war, fiel die Strafe offenbar heftiger aus.

Raffael fiel auf, dass ihm der Tod des Vaters egal war. Er hätte gedacht, dass er sich freuen würde, wenn der Dummkopf das Zeitliche segnete. Aber in ihm hatte sich etwas verändert.

Er war stärker geworden, er folgte nun dem Weg des Käfers. Seine Rache galt nicht mehr nur dem Vater, sondern er wollte, dass der ganze Orden litt, für das, was sie ihm angetan hatten.

Auf einem altmodischen Schreibtisch lagen zwei Energieriegel, aber es gab nichts zu trinken. Raffael verließ den Gebetsraum. Vor ihm erstreckte sich das ehemalige Sofalager, links und rechts waren Glasfronten eingelassen und der Raum war mit Pappstellwänden vollgestellt. Sie waren mit grauem Filz überzogen, dahinter saßen die Brüder und Schwestern, die die Recherche machten.

Hinter der Glasfront war es hell geworden. Er hatte die ganze Nacht mit Beten zugebracht.

Aber etwas war komisch. Vorhin hatten sich hier so viele Brüder und Schwestern getummelt, dass er keinen Schritt hatte gehen können, der Vater hatte ihm einen Weg bahnen müssen. Aber im Augenblick waren da nur zwei Köpfe hinter den Stellwänden.

Raffael schluckte und hustete erneut, so lange und so stark, dass ihm der Bauch weh tat. Er konnte nicht aufhören.

Ein Wasserglas erschien in seinem Sichtfeld. Er nahm es und trank es aus. Sein Hals kratzte immer noch und er spürte, dass er jede Sekunde wieder einen Hustenanfall haben würde, aber gerade ging es. Er richtete sich auf und blickte in hellblaue Augen, unter einer Baseballcap.

»Danke«, sagte Raffael.

»Keine Ursache.« Der Kappenkerl trug ein lila Gewand und setzte sich wieder an seinen Platz.

Raffael schob die Hand in die Hosentasche, in der er früher seinen Käfer aufbewahrt hatte und spürte dessen Überreste. Es war komisch, dass nur drei Leute hier waren, vermutlich waren sie alle zu einer Übung ausgerückt. Aber egal, er wandte sich zum Gebetsraum, aus dem er gekommen war, und schloss die Holztür mit den geschnitzten Ranken und Rosenblüten von innen. Er aß zwei Energieriegel und setzte sich vor die Abyss. Nun denn, die Meisterin wollte beschworen werden, ein letztes Mal noch.

»Kari. Karu. Karam!«

37

Roland, Makana, Callahan und Eugen standen in der Blechhütte vor Mary und Susanne im Keis. Irgendwo verglühte ein Blitz, ihm folgten zwei weitere. Der Donner ließ nicht lange auf sich warten.

Der Regen hatte noch mal zugenommen. Eugen schlüpfte in einen grauen, ausgeleierten Wollpullover, den ihm Roland geholt hatte. Er zitterte schwer, aber die trockene Kleidung tat gut.

»Also noch mal zusammengefasst«, sagte Roland. »Der Orden hat in Frankfurt eine zweite Niederlassung, nicht weit von der ersten. Dort sind die Seelen von Eugens Familie. Es ist ein altes Lager, im Norden und Osten von Trümmern und Bauschutt umgeben, weil das benachbarte Gebäude vor drei Jahren bei einem Windstoß umgekippt ist und einen Parkplatz unter sich begraben hat.«

Makana lachte. »Die Firma, die das Gebäude besessen hat, musste einige Scheine auf den Tisch legen, weil die beim Bau sparen wollten und deshalb unzulässige Materialien eingesetzt haben.«

Roland hob eine Braue. »Danke für diese nützlich Information.«

»Gerne, Genosse. Ist das nicht witzig? Weil ist doch ironisch.«

»So, was noch? Ach ja, von Süden verläuft eine Straße, die dann nach Westen abbiegt, auf der die Prostituierten stehen, von denen Jan gesprochen hat. Gegenüber dem Sofalager steht eine weitere Halle – die einer ehemaligen Konservenfirma namens Lax. Sie ist höher und von dort aus sollte man das Gebiet gut überblicken können.«

Er sah alle der Reihe nach an. »Makana, du bringst Eugen zum Supermarkt, in dem wir Jeremia gefunden haben, damit er von dort aus als Geist weitergehen kann. Seinen Körper wird dort keiner finden, danach kommst du zu uns zurück.«

Makana nickte.

»Ich geh rein«, sagte Eugen. »Suche nach den Steinen, an die Mary und Susanne gebunden sind, und rufe Makana. Der bringt mich zu euch. Callahan holt die beiden ins Leben zurück. Dann gehe ich den USB-Stick an die Datenkrake anstöpseln, was wahrscheinlich einen stummen Alarm auslösen wird, und ziehe so viele Daten wie möglich.« Eugen schwenkte einen Stick, den er von Makana bekommen hatte.

Roland hob die Hand. »Weil wir nicht wissen, ob Dschinn dich sehen und angreifen können, und wir davon ausgehen müssen, dass in der Zentrale welche sind, beobachten wir das Lagerhaus ab da vom Lax aus. Wenn es sein muss, eröffnen wir das Feuer und verschaffen dir Zeit, bis du alles auf dem Stick hast, was wir brauchen.« Roland räusperte sich. »Der Plan ist so gut wie jeder andere. Was aber wirklich passiert, flüstern nur die Sterne, in einer längst vergessenen Sprache.«

»Wow, das war aber schnulzig.« Makana lachte, die anderen auch.

»Na, was ich sagen wollte, ist –«

»Ist schon gut.« Makana hob entschuldigend die Hand. »Mal sehen, was wir auf dem Server so finden.«

»Hier, frisch geladen«, sagte Roland und reichte Eugen das Handy. »Wie fühlst du dich, Theseus? Bereit gegen den Minotaurus in den Kampf zu ziehen?«

»Mehr als bereit«, erwiderte Eugen.

Roland zog seinen Revolver hinter dem Rücken hervor, drehte ihn mit einer geschickten Handbewegung und hielt ihn Eugen hin. »Ich weiß nicht, ob du ihn brauchst, aber nimm ihn.«

Eugen schob ihn von sich weg. »Du brauchst ihn doch eher als ich.«

»Er ist besser als die Schrotflinte. Außerdem holen wir mit Jeremia noch ein paar schwerere Waffen.«

»Sicher?«

»Ja. Acht Schuss, zähl besser mit, wenn du ihn benutzt.«

Eugen nahm den Revolver und wog ihn in seinen Händen. »Danke.«

»Wir sitzen hier auf Abruf. Wenn du deine Familie gefunden hast, kommen wir sofort.«

»Danke.« Er schob den Revolver in den Hosenbund und das Hemd darüber. »Pass auf die beiden auf.«

»Aye, aye«, sagte Roland.

Makana klopfte ihm auf den Rücken und schon befanden sie sich in dem verlassenen Supermarkt. »Viel Glück!« Und weg war er.

Etwas Kleines huschte an Eugens Füßen vorbei. Er schrak zurück und eine Ratte verschwand durch den Ausgang.

Eugen war nicht wohl dabei, seinen Körper hier auf der Toilette sitzen zu lassen, wenn Ratten ihn annagen könnten. Aber ein besseres Versteck hatte er nicht.

Er setzte sich auf die Herrentoilette, schlüpfte aus seinem Leib, nahm den USB-Stick und schloss die Tür von außen. Er folgte dem Weg der Ratte und verließ den Markt. Der Morgen graute, die Wolken leuchteten hellrot und kräftig gelb.

Um das gesprengte Quartier waren rotweiß gestreifte Flatterbänder gespannt. Polizei und Feuerwehrwagen sowie zwei Bagger standen drum herum. Feuerwehmänner bewegten sich mit Stöcken auf dem Schutt und suchten mit Hunden nach Überlebenden.

Eugen machte sich auf den Weg, vorbei an der Unfallstelle, und dann die Straße entlang, von der Roland gesprochen hatte. Einige Blocks weiter erreichte er das ehemalige Sofalager.

Die Fassade war ausgeblichen. Die Halle wirkte dem Einsturz nahe. Über den Rolltoren hing eine verdreckte und eingeschlagene Reklametafel, die Abbildung war noch gut erkennbar: ein braun schraffiertes Sofa, auf dem eine Sitzfläche einladend lächelte. Die Kissen waren so gezeichnet, dass sie Augen darstellten, eines davon zwinkerte, und über dem Sofa war mit Versalien geschrieben: LACHEN AUCH SIE, BEI UNSEREN SPOTTPREISEN.

Das Gelände war umzäunt, davor standen Prostituierte. Sie waren fürchterlich aufgetakelt und trugen dicke Schminke. Hinter ihnen lag eine Einfahrt, durch die es auf einen Parkplatz ging. Er war allerdings mit alten Sesseln und Bauschutt vollgestellt, voller Unkraut und die Möbel von Ranken überwuchert. Auf der linken Seite wucherte Buchsbaum.

Entweder war das heruntergekommene Gelände mit den Frauen eine ausgezeichnete Tarnung oder der Entbeiner hatte sie belogen. Und warum auch nicht? Eugen hatte ihn fast totgeschlagen. Vielleicht hatte er wirklich nichts gewusst und nur etwas gesagt, damit er endlich Ruhe vor ihm hatte.

Eugen schüttelte den Gedanken ab und ein neuer betrat die Bühne: Oder es ist eine Falle und die Prostituierten sind verdeckte Wachen, die jeden niederschießen, der sich dem Gelände nähert.

Aber solange er ein Geist war, war er sicher.

Unterhalb des zwinkernden Sofas waren drei Rolltore, über die einst Lastkraftwagen Sitzmöbel be- und entladen hatten. Neben den Toren befand sich ein Personaleingang, zu dem eine Betontreppe rauf führte. Eugen schwebte an den Frauen vorbei, auf die Treppe zu, und glitt durch eines der Tore.

Von innen erinnerte das Lager an die Büroabteilung in dem gesprengten Quartier. Aber dieser Raum war um ein Vielfaches größer und weitläufiger. Eugen konnte nicht ausmachen, wie viele Leute hinter den Bürostellwänden waren, deshalb wollte er hochschweben, um sich von oben umzusehen, aber er kam nicht von der Stelle.

Seine Hand flackerte.

Er fühlte einen Sog, streckte haltsuchend die Arme aus, schlug gegen Mauern, Türen und Kabinenwände und saß plötzlich wieder auf der Herrentoilette. Er steckte wieder in seinem Körper.

Es stank nach Blut. Übelkeit stieg in ihm auf. Er wechselte in die Geisterwelt und zurück. Es funktionierte einwandfrei. Der Orden musste sein Quartier vor Eindringlingen geschützt haben.

Aber wie?

»Dann eben nicht als Geist«, flüsterte er. So leicht würden sie ihn nicht loswerden. An seinen Füßen zerrte etwas. Er beugte sich vor, eine Ratte versenkte ihre Zähne in seiner Sohle. Er warf den Fuß vor, die Ratte knallte gegen die Tür, schüttelte sich und verschwand durch ein Loch in der Trennwand.

Eugen verließ den Supermarkt, diesmal als Mensch. Er bog in die entgegengesetzte Richtung ab und folgte der Straße so lange, bis er glaubte, weit genug vom eingestürzten Quartier entfernt zu sein.

Von hier wollte er einen möglichst großen Bogen um die Trümmerstelle des gesprengten Gebäudes laufen, um nicht von den Einsatzkräften gesehen zu werden. Zur Orientierung nahm er die Karten-App in seinem Smartphone.

Er schlich durch Gassen und näherte sich dem Sofalager von Westen her, kletterte über einen Haufen alter Paletten und kam hinter den verwilderten Buchsbäumen heraus.

Er musste einen Weg durch das Gestrüpp finden, denn dahinter befand sich die Treppe, über die er die Rolltore erreichen würde.

Er suchte eine Lücke und fand eine Stelle, wo die Zweige am Boden weggebogen waren. Die Erde war zu einer Kuhle abgetragen, die zu einem schmalen Spalt führte. Vielleicht die regelmäßige Route eines Kaninchens oder einer Katze. Er kniete sich hin und fuhr mit der Hand über den Boden: Die Erde war zu fest, um sie ohne Schaufel abzutragen. Aber so war der Spalt zu schmal. Er konnte sich durchquetschen, aber nicht ohne am Busch hängenzubleiben. Er suchte weiter.

Doch es gab nur diese Kuhle, die unter den Büschen durchführte. Er ging zu ihr zurück, legte sich auf den Boden. Der Revolver drückte ihm in den Rücken. Er zog ihn und behielt ihn in der Hand.

Eugen begann sich unter den Ästen durchzuschieben. Er musste aufpassen, dass das Buschwerk nicht zu sehr raschelte. Die Frauen könnten sonst auf ihn aufmerksam werden, und egal ob sie zum Orden gehörten oder nicht, in dem Gebäude würde man ihn dann vermutlich bemerken.

Er kam bis zu den Schultern, ohne den Busch zu berühren. Ab da fehlte eine Handbreit Platz in alle Richtungen. Er drehte seinen Kopf zu den Prostituierten, doch die Sicht war von einem flachen Schutthaufen verdeckt.

Rechts von ihm waren die Rolltore, die Buchsbäume waren von dort gut einsehbar. Wenn jemand durch den Personaleingang käme, würde er sofort auffliegen.

Ein Rabe landete neben ihm. Seine Augen waren ebenso schwarz wie das Federkleid. Er legte den Kopf zur Seite und starrte ihn an.

»Geh weg!«, flüsterte Eugen.

Der Rabe krächzte.

Eugen drückte sich mit den Füßen vor. Das Geäst raschelte. Der Rabe krächzte erneut.

»Sei ruhig!« Eugen pustete, aber das interessierte den Raben nicht. Er krächzte wieder und wieder. Eugen wand sich unter dem Busch und jede Bewegung sorgte für ein Geräusch, als würde ein Sturm durch die Blätter fahren. Er musste raus, zumindest seine Arme frei bekommen.

Die Äste kratzten ihm über die Haut und stachen ihm ins Fleisch. Er schob sich vor, gegen den Widerstand, bekam die Arme frei und schlug nach dem krächzenden Vogel. Der sprang zurück, aber Eugen schlug wieder nach ihm und traf ihn am Flügel. Der Rabe stolperte seitwärts, flatterte mit den Flügeln und stieß sich vom Boden ab.

Eugen rutschte aus dem Loch und ging hinter dem Haufen aus Schutt in Deckung. Den Revolver steckte er wieder ein. Seine Arme waren verkratzt und ihm schlug das Herz bis in den Hals, aber sonst ging es ihm gut. Es schien ihn auch niemand bemerkt zu haben, zumindest blieb der Hof weiter ruhig.

Die Tore, durch die er vorhin geschwebt war, waren zum Greifen nahe. Er musste nur über die Treppe, den Vorsprung rauf und hoffen, dass der Personaleingang neben den Toren offen war. Ein Kinderspiel, wenn die gesamte Fläche nicht ungeschützt gewesen wäre.

Die Prostituierten schauten die Straße rauf und runter. Sie rauchten und sprachen nicht viel - die Lagerhalle beachteten sie gar nicht.

Wo waren die Wachen? Er suchte das Dach ab. Da fiel ihm eine Kamera auf, sie war an der Dachkante befestigt und zeigte auf den Personaleingang. Er suchte weiter und fand noch drei: zwei waren auf den Hof und die Straße gerichtet und eine zeigte direkt auf Eugen.

Er verkrampfte. Hatten sie ihn längst entdeckt? Aber warum kam dann niemand? Wenn die Kamera funktionierte – und davon war auszugehen, immerhin befand sich die Datenkrake in dem Gebäude –, dann musste die Person vor dem Bildschirm gerade auf der Toilette sein, sonst wäre längst Alarm ausgelöst worden.

Eugen spürte, dass ihm die Zeit davonlief. Ob das die perfekte Gelegenheit war oder nicht, er rannte das kurze Stück bis zur Treppe, nahm immer zwei Stufen auf einmal und erreichte den Personaleingang. Er rüttelte am Türgriff, sie ging nicht auf, bewegte sich aber ein Stück. Was hab ich mir dabei gedacht? Natürlich ist die abgeschlossen.

Die Frauen redeten miteinander. Eugen zog fester, die Tür ging auf – sie war offen –, er schlüpfte hinein und zog sie leise hinter sich zu.

Vor ihm lag die hell erleuchtete Halle voller Büros. Nur waren hier Glasfronten an den Seiten und keine Besprechungsräume, durch das Glas konnte er einen Schutthaufen und eine entfernte Lagerhalle sehen. Jemand räusperte sich und eine Tastatur klackte. Eugen schätzte, dass höchstens eine Handvoll Leute hier waren, so ruhig wie es war, vielleicht auch nur zwei.

Er eilte geduckt hinter eine graue Trennwand und atmete durch. Seine Gliedmaßen kribbelten vor Aufregung. Er nahm den Revolver vom Rücken. Das hatte er sich anders vorgestellt. Als Geist durch die Zentrale gleiten, wäre um einiges sicherer gewesen. Jetzt zählten jede Bewegung und jedes Geräusch. Denn er war mit Sicherheit nicht allein.

Er schloss die Augen und lauschte. Etwas summte. Draußen fuhr ein Auto vorbei. Mehr hörte er nicht. Er schlich zum linken Rand der Trennwand und lugte um die Ecke. Der Weg war frei.

Er schlich an einfach eingerichteten Arbeitsplätzen vorbei, die nicht größer als einmal zwei Meter waren und nur aus einem Schreibtisch und einem Stuhl bestanden. Er folgte dem Flur zwischen den Trennwänden. An jedem neuen Abteil lugte er vorsichtig um die Ecke, doch alles war leer.

Langsam wurde ihm die Sache unheimlich. Warum war fast niemand hier? Etwa im letzten Trittel der Halle weitete sich der Gang zu einem Glaskasten, in dem dutzende Serverschränke standen. Überall blinkten LEDs, vor einem riesigen Monitor saß eine Frau und schlief.

Sie hatte sich auf ihrem Stuhl zurückgelehnt, der Kopf war zur Decke geneigt und ihr Bauch hob und senkte sich gemächlich.

Wenn der Entbeiner nicht gelogen hatte, dann war das die Datenkrake, um die er sich später kümmern sollte. Aber erst mal ging es um Mary und Susanne. Er folgte einem Gang nach rechts, kam an einer Marmorsäule vorbei, die so breit und hoch war wie eine Litfaßsäule.

Ein Telefon klingelte zwei Arbeitszellen weiter vorn. Eugen hielt die Luft an und schlich geduckt in die nächste Zelle.

»Ja«, sagte ein Mann. »Ja, ich komme gleich.« Er legte auf und stöhnte. »Was auch sonst? Als wäre die Nachtschicht nicht schon ätzend genug! Hoffentlich kommt bald die Ablöse.«

Eugen hörte, wie der Mann aufstand. Er musste sich schleunigst verstecken. Er krabbelte unter den Tisch in der Zelle und zog den Stuhl vor. Neben ihm stand ein Rechner, der Lüfter surrte leise. Der Tisch war so platziert, dass der Arbeiter mit dem Rücken zum Gang saß. Folglich konnte Eugen nun alles sehen. Wenn, wer immer da kam, einen Blick in die Zelle warf, würde er Eugen sofort bemerken.

Panik stieg in ihm auf. Das war alles nicht geplant gewesen, darüber hatten sie bei Roland nicht nachgedacht, weil er als Geist hatte reingehen sollen.

Schritte näherten sich.

Lilaner Stoff erschien, dann blieb der Mann direkt vor der Zelle stehen. »Verdammt!«, fluchte er. Er tippte auf sein Handy und drehte sich weg.

»Jimmy!«, brüllte er. »Ey, Jimmy!«

»Was?«, kam gelangweilt aus der Richtung, in die der Mann schaute. Dort musste noch jemand in einer der Zellen sitzen. Wenn er sich nicht allzu sehr irrte, hockte Jimmy viel weiter vorn, aber in derselben Reihe, in der er sich befand.

»Muss raus, die wollen ein Update, was die Bullen bei dem gesprengten Gebäude so treiben. Hast du mittlerweile rausgefunden, warum sie das Teil in die Luft gejagt haben?«

»Nö.«

»Was machst du eigentlich die ganze Nacht?« Der Mann steckte das Handy weg.

»Meinen Job?«

»Ach laber net! Du glotzt doch Pornos, ich hör's doch alle paar Minuten stöhnen.« Der Mann lachte dreckig.

»Halt die Goschen.« Jimmy lachte ebenfalls. »Wir sollten es wie Ariadna machen, die pennt einfach.«

»Recht hat sie.« Der Mann machte ein paar Schritte, blieb dann aber am äußeren Rand des Zelleneingangs stehen. »Bei Ariadna summt's und ist's warm. Ich könnt auch ne Runde knacken, aber nein, ich darf in die Kälte.« Er ging wieder zurück: »Wie lang ham wa noch?«

»Zwei Stunden und zwölf Minuten.«

»Dann bis später.« Damit verabschiedete sich der Mann, seine Schritte hallten und wenig später warf er die Personaleingangstür zu, dass es einen Schlag tat.

»Arschloch«, rief Jimmy und sagte: »Endlich Ruhe.« Rhythmisches Tippen auf eine Tastatur folgte.

Eugen krabbelte unter dem Tisch hervor, zum Zelleneingang und lugte heraus. Der Weg war frei.

Er lief von Deckung zu Deckung auf die andere Seite der Halle bis zur Seitenwand, der er bis zur letzten grauen Bürozelle folgte. Danach kam eine freie Fläche von bestimmt fünf Metern. Rechts von ihm bildeten viele Fenster eine große Fensterfront, vor ihm, an der Hinterwand des Gebäudes lagen drei Türen.

Die beiden äußeren waren aus schwerem Kirschholz. Es war mit Schnitzereien verziert, die der linken erinnerte ihn an aufgeschlagene Bücher und die der rechten an Rosenblüten. In einem barocken Anwesen wären sie nicht aufgefallen, aber im Vergleich zu den monotonen Arbeitszellen wirkten sie wie aus einer anderen Welt.

Die mittlere Tür war aus poliertem Stahl, in den Zahlenschlösser wie bei einem Tresor eingelassen waren. Sie hatte keinen Türgriff.

Wenn er Dschinn und Abyss sicher verwahren müsste, dann würde er sie in so einem Tresor unterbringen. Er musste diese Räume durchsuchen, hinter einer der Türen befanden sich sicher die Seelen seiner Familie. Nur welche als erstes?

Er entschied sich für die Tür, die ihm am nächsten war, die mit den Rosenblüten.

Er ging halb um die Stellwand herum und spähte an der ersten Reihe der Bürozellen entlang. Auf der anderen Seite der Halle konnte er einen Rücken sehen, halb zwischen den Trennwänden verborgen – Jimmy. Eugen hoffte, dass er sich in den nächsten Minuten nicht zu ihm umdrehen würde.

Eugen ging vor. Er war aufgeregt. Schon wieder war er von einer Tür abhängig und, ob diese abgeschlossen war oder nicht.

Er erreichte sie. Der Holzgriff war wie ein spiegelverkehrtes S geformt, das auf der Seite lag. Der Griff war warm und weich. Er drückte ihn behutsam nach unten, spürte wie sich im Inneren die Mechanik bewegte und konnte sein Glück kaum fassen, als die Tür aufschwang.

Sie war nicht abgeschlossen.

Durch den Spalt fiel Licht in den Raum. Er war vollkommen dunkel. Eugen machte einen halben Schritt hinein, da fiel die Tür zu, er bekam einen Stoß in den Rücken und stolperte vollends in den Raum. Es klickte, die Tür war verriegelt, er tastete nach dem Griff, aber der ließ sich nicht runterdrücken.

Ich bin gefangen, dachte er, und der Gedanke hallte nach, ohne schwächer zu werden. Er steckte in diesem Raum fest. Das war eine Falle. Der Entbeiner hatte ihn reingelegt!

Er tastete die Wand nach einem Lichtschalter ab, fand aber keinen. Er konnte nicht hierbleiben und warten, bis der Orden ihn holte. Es gab nur eine Möglichkeit und die war herauszufinden, was sich in diesem dunklen Raum befand.

Es roch salzig und frisch, wie in einer Saline. Die Dunkelheit war undurchdringlich, als umgäbe ihn Rauch aus schwarzer Tinte. Der Nebel schien ihn zu streicheln, er spürte etwas, das ihm über Nase und Ohren fuhr.

Eugen wollte die Handytaschenlampe einschalten, aber er scheiterte schon beim Entsperren, das Display sprang nicht an. Er schüttelte es, klopfte es gegen den Oberschenkel, aber das Handy blieb dunkel.

Scheiß Teil!, murmelte er oder besser gesagt, er glaubte, das gesagt zu haben, denn er hörte nichts, nicht einmal das übliche Ohrenrauschen. Er spürte sein Herz, es pumpte heftig in seiner Brust, aber hören konnte er nichts.

Er schob vorsichtig einen Fuß vor den anderen, bis er mit den Zehenspitzen gegen einen Vorsprung stieß.

»Karam!«, ertönte eine Stimme aus der Dunkelheit.

Eugen erstarrte. Es war von weiter weg gekommen. Er schob den Fuß über den Vorsprung, der Untergrund fühlte sich nun glatter an, aber wenn er mit der Sohle darüberstrich, vibrierte sein Fuß, als zöge er ihn über rauen Beton.

»Karam!«

Es klang sonor und kehlig, wie ein Mantra. Es klang wie Mönche, die in einem Schrein beteten.

Hallo?, fragte Eugen in die Dunkelheit, zu hören war nichts. Dafür stieß er mit der Schulter gegen etwas Hartes, eine Wand. Er tastete sich daran entlang, in die Richtung, aus der die Stimme gekommen war.

»Kari!«

Eugen hielt inne. Er hatte die Stimme wiedererkannt, das war der Langhaarige, der Kerl mit den zurückgebundenen Haaren.

»Karu!«

Es kam aus der anderen Richtung, er musste weg von der Wand. Eugen tastete sich vorsichtig über den Betonboden. Er hatte nicht geahnt, dass er es je bereuen würde, jemanden nicht umgebracht zu haben, aber in dieser Sekunde wünschte er sich nichts sehnlicher, als zu dem Moment zurückzukehren, als der Langhaarige mit gebrochener Hand vor dem Brennofen gelegen hatte.

»Karam!«

Er kam langsam näher. In der Dunkelheit war schwer abzuschätzen, wie viel näher, aber zumindest ging er nicht in die falsche Richtung. Eine purpurne Entladung zuckte durch die Dunkelheit und brannte sich in seine Netzhaut. Dann riss die Finsternis auf wie Papier und Licht brach dahinter hervor.

Nicht weit von ihm, vielleicht ein paar Meter, erschienen dunkle Rauchschwaden, in deren Inneren es purpurn leuchtete. Sie verbanden sich zu einem Körper, der einen Meter über dem Boden schwebte.

Es war Hedda. Vom Bauch führte ein aufgeblähter Faden zu einer Vase, die mit Edelsteinen besetzt war. Dahinter hockte der langhaarige Typ im Schneidersitz, die Augen geschlossen und murmelte unablässig vor sich hin.

Eugen richtete den Revolver auf ihn.

»Kari. Karu. Karam!«, brummte der Langhaarige. Eugen feuerte. Nichts geschah. Das Projektil musste sein Ziel verfehlt haben. Eugen richtete den Revolver neu aus, schoss, traf aber trotzdem nicht.

»Spar dir die Kugeln«, sagte Hedda überaus freundlich, als hätte er eine Bestellung bei ihr aufgegeben und sie sich dafür bedankt.

»Was willst du?« Er richtete den Lauf auf sie. Hinter ihr stand ein schwerer Mahagonischreibtisch, er erkannte vage orientalische Teppiche an den Wänden und eine Milchglasfront.

»Die Frage ist wohl eher, wie du das bekommst, was du willst.«

Er schielte zu dem Langhaarigen und erinnerte sich daran, dass Roland gesagt hatte, dass man einen Dschinn beschwören musste. Wenn er also diesen Typen ausschalten könnte, würde Hedda in ihrer Flasche verschwinden.

»Das ist zwecklos, er steht unter meinem Schutz. Selbst wenn du ihn triffst, passiert ihm nichts.« Sie klang völlig entspannt.

Eugen senkte den Revolver.

»Gute Entscheidung«, sagte sie freundlich.

»Hedda, oder? So heißt du doch. Warum tust du das?«

»Ich nehme an, Roland hat es dir erklärt. Mein Angebot ist großzügig. Ich biete dir die Seelen deiner Familie und im Gegenzug bekomme ich deinen Splitter. Andernfalls töte ich dich, nehme ihn mir und vernichte deine beiden Liebsten.«

»Wo sind sie?«, fragte er.

»Nebenan.«

»Zeig sie mir.«

»Erst den Splitter.«

»Ich weiß, was mit mir passiert, sobald ich ihn ablege. Ich werde erst meine Familie wiederbeleben, dann kannst du den Splitter von mir aus haben.«

»Dann bring mir die anderen«, sagte Hedda.

»Wen?«

»Roland Sideris, Jeremia Callahan und Makana Kumara. Sag mir, wo sie sind, und ich lass dich und deine Seelen frei.«

»Ich kann sie dir bringen«, sagte Eugen.

»Hol sie her!«

»Ich will erst meine Familie sehen!«

Sie klatschte in die Hände und hinter ihm klickte es. Die Tür stand wieder einen Spaltbreit offen.

»Raffael! Steh auf!« Ihr Ton hatte etwas Herrisches und klang nicht mehr freundlich.

Raffael erhob sich, wie an unsichtbaren Schnüren gezogen. Im flackernden, purpurnen Licht von Heddas Rauch lagen seine Augen tief in den Höhlen, als zögen Schatten hindurch.

Raffael nahm mit beiden Händen die Flasche und trug sie so achtsam vor sich her, als könnte sie durch die kleinste Erschütterung zerbersten.

»Kari. Karu. Karam!«, raunte er. Hedda bedeutete Eugen vorzugehen. »Begehst du jetzt einen Fehler, lass dir gesagt sein, dass du sie niemals wiedersiehst.«

Eugen ging durch die Kirschholztür. Kaum draußen schwebte sie an ihm vorbei, ein kalter feuchter Windhauch streifte sein Gesicht.

»Du bleibst hier!« Raffael blieb wie angewurzelt vor der Rosentür stehen.

»Hey!«, rief Jimmy. Er stand in seiner Bürozelle und richtete eine Waffe auf Eugen.

Hedda hob die Hand, ein Rauchfaden schoss heraus, und als er auf Jimmy traf, zerbröselte der zu Asche. Hedda durchzuckte ein purpurner Blitz.

»Ich hasse es, wenn man mich unterbricht.« Sie hatte sich nicht von Eugen abgewandt. »Du fragst dich, wieso du hier nicht die Kraft deines Splitters nutzen kannst?« Sie stellte sich vor das mechanische Zahlenschloss und drehte ein geriffeltes Rad aus Edelstahl, in das kleine Zahlen gefräst waren. Das Zahlenrad klickte sanft, bis es einmal laut bei eins klickte.

Sie wechselte die Drehrichtung. Klick! Bei null.

»Die Wände sind mit den Abyss gefesselter Dschinn gefüllt.«

»Gefesselter Dschinn?«

»Oh je«, sagte sie. Sie klang ehrlich betrübt. »Roland hat dir nicht viel erklärt, was?«

Klick! Bei fünf.

»Na ja, mach dir nichts draus. Geht die Abyss kaputt, kann der Dschinn nicht mehr beschworen werden, aber man kann seine Macht nutzen.« Klick! Bei neun. Sie versenkte das Zahlenrad mit dem Handballen in der Tür. Die Stahlwand zischte und Bolzen zogen sich mit fünf lauten Schlägen ins Mauerwerk zurück.

Die Tür sprang einen Spaltbreit auf.

Sie winkte Eugen zu sich. »Da.«

Grablichter tauchten das Innere des Tresors in ein dunkles Rot. An den Wänden hingen Ölmalereien von Hieronymus Bosch, auf denen Menschen im Feuer verbrannten.

Mary und Susanne schwebten vor einer Antikholzkommode, auf der zwei Kieselsteine lagen. In einer Vase standen frische Tulpen, dahinter waren zwei Abyss drapiert. Sie waren beide aus braunem Ton, mit rundem Bauch und hatten einen langen, dünnen Hals. In einer Abyss war ein blauer Saphir und in die andere ein bernsteinfarbener Kristall eingearbeitet.

Ein Nebelfaden ähnlich dem, der Hedda an ihre Abyss band, führte von Susannes und Marys Seelen in die Steine. Eugen schossen Tränen in die Augen, die er schnell wegwischte.

Er mahnte sich zur Ruhe. »Ich hol euch hier raus«, presste er hervor.

»Du hast sie gesehen.« Hedda drückte einen Knopf im Rahmen, woraufhin sich die Tür langsam schloss.

»Sag deinen Freunden, dass sie herkommen sollen!«, befahl Hedda.

»Sie wissen nicht, dass ich hier bin«, sagte Eugen.

»Umso besser. Schreib ihnen!«

Eugen nahm sein Handy, tippte HILFE und sendete die Nachricht ab.

Hedda hatte sich zu den Bürozellen umgedreht. Sie kicherte und Eugen folgte ihrer Blickrichtung.

An den Seiten und zwischen den Trennwänden stürmten Menschen hervor. Sie trugen Kampfanzüge und hatten die Gesichter vermummt, die Maschinengewehre im Anschlag waren auf ihn gerichtet.

Er war umstellt.

Hedda schwebte so dicht an ihn heran, dass sich ihre Nasen berührten, und hinterließ Frost auf seinen Wangen.

Eugen wich zurück und stieß gegen die Tresortür. Hedda fuhr in seine Hosentasche, griff zu und zog etwas heraus. Es war sein Handy, das sie nun in die Höhe hielt. Sie wirkte enttäuscht. Sie leckte sich über die Oberlippe, als wolle sie ihn verführen.

»Wo hast du ihn?«, gurrte sie.

In der anderen Hosentasche, dachte er, reagierte aber nicht. Er wusste nicht, was er machen sollte. Wie sollte er sie bekämpfen und gleichzeitig seine Familie retten?

Ihre Rauchfaust schoss auf ihn zu, er duckte sich zur Seite und entkam ihr nur knapp. Dafür verpasste ihm Hedda mit der anderen eine in den Magen.

Der Schmerz brannte, sein Mund füllte sich mit Speichel. Erneut schoss ihre Faust vor, er warf sich im letzten Moment auf den Bauch.

Hinter einem der Bewaffneten war die Fensterfront, durch die er vage einen mit Schutt übersäten Hof sehen konnte. Es war die nächstgelegene Fluchtmöglichkeit, vielleicht konnte er da rausklettern. Aber Soldaten standen davor, mit den Maschinengewehre auf ihn gerichtet.

Eine Faust traf ihn am Hinterkopf. Er wurde mit der Nase auf den Boden gedrückt, seine Atemwege füllten sich mit Rauch, er bekam keine Luft mehr. Es schmeckte nach Metall.

Das Adrenalin dämpfte den Schmerz. Er kroch an der Wand entlang, weg von Hedda. Sie war wütend, ihr Gesicht verzerrt.

»Gib ihn mir!«, brüllte sie. »Gib mir den Splitter!« Ihre Stimme dröhnte durch die ganze Halle. Von irgendwo ertönte ein Schuss, dann noch einer.

Hedda drehte sich um.

Eugen schob sich weiter von ihr weg. Unter den Ordensbrüdern breitete sich Unruhe aus. Hedda schoss zur Decke der Halle und wurde zu einer Wolke. Purpurnes Leuchten erfüllte die Luft und Heddas Stimme dröhnte: »Los raus!«

Die Bewaffneten setzten sich in Bewegung. Eugen kroch über den Boden auf das Fenster zu. Die Soldaten davor verschwanden zwischen den Bürozellen, der Weg war frei.

Eugen stand auf und rannte. Über ihm zog sich die Wolke zusammen. Etwas knallte und ein schrecklicher Schmerz entlud sich in seiner Wade.

Sein Bein knickte unter ihm weg. Er fiel und kroch weiter. Er war fast da! Die Fenster hatten Griffe, er könnte eines öffnen und rausklettern.

»Wer war das?«, ertönte Heddas Stimme. Ein purpurnes Leuchten und jemand schrie erbärmlich auf. »Erst schießen, wenn ich es befehle!«

Eugen stützte sich auf das unverletzte Bein, packte einen Fenstergriff und riss das Fenster auf. In dem Moment umschlang ihn eine eiskalte Hand am Knöchel. Er wurde zurückgerissen, beinahe wäre ihm der Fenstergriff aus der Hand gerutscht, aber er klammerte sich daran, so fest er nur konnte.

»Hier geblieben!«, brüllte sie mit sich überschlagender Stimme. Eugens Finger waren schweißnass. Er rutschte immer weiter ab, während er das Gefühl hatte, in die Länge gezogen zu werden. Es tat weh, er spürte sein Bein kaum noch.

Schüsse und Gebrüll kamen von irgendwoher, weit entfernt. Der Griff entglitt seinen Fingern, er rutschte ab und prallte mit dem Kinn auf den Boden. Der Schlag dröhnte in seinem Kopf, für einen Moment wurde ihm schwarz vor Augen.

Als er wieder zu sich kam, lag er auf dem Rücken und Hedda beugte sich über ihn. Ihre Schattenhand streichelte seine Wange. Er war starr vor Angst und glaubte zu ersticken.

Ich muss mich wehren!

»Deine Freunde sind da«, flüsterte sie. »Jetzt nehme ich mir deinen Splitter und dann kümmere ich mich um deine –«

Er holte aus und erwischte sie im Magen.

Sie riss die Augen auf, dann verzog sich ihr Gesicht vor Schmerz. Eugen war überrascht, dass er auf Widerstand traf. Ich muss mich wehren, war alles, was er denken konnte.

Er schlug erneut zu, diesmal auf die Nase, dann auf die Wange und auf den Hals. Hedda schrie bei jedem Treffer grauenerregend auf, als könnte sie die Schmerzen nicht ertragen.

Schließlich ließ sie ihn los. Er wollte wegkriechen, aber da schrie Hedda: »Du wolltest es so!« Ihre Stimme klang schmerzerfüllt und wütend, die Kombination verhieß nichts Gutes.

Ein heißer Blitz schoss über ihn hinweg und detonierte in der Fensterfron. Glas und Mauerstücke flogen in alle Richtungen und schlugen wie Hagel auf ihn ein. Er rollte sich zusammen, schützte den Kopf und hoffte, dass er das überleben würde.

Als es vorbei war, tat ihm alles weh, aber dort wo die Glasfront gewesen war, befand sich jetzt ein gähnendes Loch.

Eugen zog sich an der verkohlten, bröckeligen Mauer hoch. Unterhalb stand das verrostete Auto in Bauschutt und anderem Müll.

Er stieß sich mit dem unverletzten Bein ab, hievte sich über die Kante und stürzte hinunter in die Tiefe. Ein Blitz flog an ihm vorbei und schleuderte Bauschutt durch die Luft. Gleichzeitig donnerte es am Himmel und begann zu regnen.

Eugen landete mit dem Rücken auf dem Autodach, der Aufprall trieb ihm die Luft aus den Lungen. Eine tellergroße Glasscherbe bohrte sich in seinem Unterarm.

Ein purpurner Blitz kam auf ihn zu, doch bevor er denken konnte, dass es gleich aus mit sein würde, packte ihn jemand am Arm. Er wollte ihn abschütteln, doch im nächsten Moment lag er auf einem kiesbedeckten Flachdach.

Makana stand unverletzt neben ihm, ging aber sofort in Deckung.

Gewehrschüsse dröhnten, der Regen strömte herab und in wenigen Minuten war er vollkommen durchnässt. Mühsam – ihm tat alles weh und Blut strömte aus seinem Unterarm – drehte Eugen sich um.

Sie waren auf dem Dach der Konservenfirma, gegenüber dem Sofalager. Callahan und Roland lagen hinter drei riesigen Edelstahlbuchstaben, die von Eisenrohren an der Dachkante gehalten wurden und den Namen LAX bildeten. Sie hatten Maschinengewehre auf die Dachkante gelegt und schossen.

»Bleib in Deckung!«, brüllte Roland gegen den Lärm an. Von unten kamen Schüsse und schlugen pfeifend in die Buchstaben ein. Eugen schob sich noch ein Stück zurück und hinterließ eine Blutlache.

Der Schnitt an seinem Unterarm brannte, die Schussverletzung im Bein pulsierte. »Roland, ich blute«, brüllte Eugen gegen den Lärm.

Roland schnippte und verzog das Gesicht.

»Danke! Ich muss wieder –«

Eine pechschwarze Wolke erschien auf der gegenüberliegenden Seite, in ihrem Inneren glomm ein schwacher, purpurner Funke. Kugeln schlugen um sie herum ein, einer der Buchstaben wankte bedrohlich.

Eugen war inzwischen fast taub. Er hörte eine Polizeisirene, dann fiel ihm ein, was er Roland noch hatte sagen wollen: »Drinnen funktionieren die Splitter nicht. Ich musste in meinen Körper zurück.«

»Warum?«, schrie Roland.

»Hedda sagt, dass die Wände voller Abyss sind. Dass die das verhindern.«

»Du hast mit Hedda gesprochen?«

»Sie ist hinter euch her. Sie will uns alle.«

»Das sehe ich«, sagte er mit einer Kopfbewegung in Richtung der Wolke.

»Ich muss wieder rein! Meine Familie ist immer noch da drinnen.«

»Wir lenken Hedda ab. Sie hat kein Interesse mehr an dir, wenn sie drei Splitter haben kann.«

Die pechschwarze Gewitterwolke über dem Parkplatz knisterte, Nebelfäden schossen wie Enterhaken aus ihr hervor, erreichten sie auf dem Dach aber nicht. Dafür erklangen von unten furchterregende Laute. Ein Nebelarm schoss durch die Luft, umklammerte einen Mann in lilaner Kutte, der sich verzweifelt wehrte.

Dann zerfiel er zu Staub.

Makana berührte Eugen an der Schulter. Das purpurne Leuchten in der Wolke wurde stärker. Blitze zuckten hervor und trafen das Dach. Kies flog umher und der obere Teil des Ls wurde zerfetzt.

Sie lagen auf dem Autodach. Makana nickte ihm zu und verschwand.

In Eugens Ohren wummerte es. Aus der Ferne knallten weiter Schüsse, aber hier war es leiser. Er sah hoch. Bis zum Fenster waren es knapp zwei Meter.

Er versuchte ein paar Mal, den Rahmen zu erreichen, scheiterte aber. Schließlich stieß er sich ab, sprang und griff zu.

Ein scharfer Schmerz schoss durch seine Hand und verschwand sofort wieder. Er zog sich hoch und bemerkte, dass er direkt in eine Scherbe gegriffen hatte, die noch im Rahmen steckte.

Seine Hand war dematerialisiert und der Splitter ging durch die Geisterhand hindurch. Sein Arm hing an der Seite herab. Er erinnerte sich, dass er vorhin Hedda hatte schlagen können, obwohl sie ein materieloser Dschinn gewesen war.

Da hatte das Fenster offen gestanden. Und nun war ein Riesenloch in der Wand.

Offenbar war das ein Loch in der Barriere der Abyss und er hatte Zugriff auf seine Kräfte.

Er griff neben den Glassplitter, zog sich hoch und fuhr mit den Füßen über die Wand. Da! Er fand Halt an einem Vorsprung und so, halb hinter der Brüstung, spähte er über die Kante.

Raffael stand noch immer vor der Rosentür und betete. Der Nebelfaden aus der Abyss führte zur Decke, in der Mitte der Halle begann die Wolke, die bis nach draußen reichte.

Raffael wurde von neun Bewaffneten bewacht, die im Halbkreis um ihn herumstanden.

Eugen hatte noch sechs Schüsse im Revolver, zwei hatte er in der Kammer verbraucht. Mit viel Glück konnte er drei davon ausschalten, mit ganz viel Glück vielleicht auch einen vierten, und wenn ein Wunder geschah, dann vielleicht noch den fünften. Was summa summarum immer noch zu viele Überlebende machte, zu viele bewaffnete Feinde, die besser mit den Waffen in ihren Händen umgehen konnten als er.

Von der anderen Seite der Halle waren Schüsse zu hören und Schreie, die nichts Menschliches an sich hatten. Links von Eugen war eine Trennwand, davor lag eine zerknitterte Robe auf dem Boden, umgeben von Asche.

Davor lag ein Maschinengewehr.

Raffaels Bewacher sahen im Moment alle Richtung Hallenausgang, einige hatten die Augen aufgerissen. Wenn Eugen schnell genug war, konnte er das Gewehr aufheben und sich hinter der Trennwand verstecken, bevor ihn die Soldaten bemerkten.

Jetzt oder nie. Er schob sich über die Kante und rannte geduckt zu der Asche, griff im Laufen das Gewehr und sprang hinter die Trennwand. Er schlitterte über den Boden, Schüsse krachten durch die Wand über ihm und hinterließen viele kleine Löcher.

Eugen warf sich unter einen Tisch. Keuchend versuchte er zur Ruhe zu kommen und zu lauschen.

Schritte, sie kamen auf ihn zu.

Er presste sich flach an den Boden, um durch den Spalt unter der Stellwand zu spähen. Unmittelbar vor ihm stand ein Paar Stiefel. Er drehte sich langsam auf die linke Schulter und hielt die Luft an.

»Komm raus!«, sagte eine weibliche Stimme, sie klang angespannt.

Das Gewehr konnte er hier nicht benutzen, es war zu eng. Er zog den Revolver hervor und richtete ihn auf sie.

»Der ist sicher tot«, sagte die Frau mit zittriger Stimme.

»Hoffen wir mal nicht, diesen Anschiss will ich mir nicht einfahren«, erwiderte ein Mann.

Eugen schätzte die Positionen der Soldaten, spannte den Hahn und drückte ab. Der Schuss durchschlug die Stellwand und war noch nicht verhallt, da schoss er ein weiteres Mal.

Etwas plumpste, dann hörte er ein Gurgeln. Hinter dem Spalt wischte ein Arm hektisch über den Boden und direkt daneben war der Lauf des Maschinengewehrs. Dumpfe Schritte erklangen, jemand rannte um den Tisch herum.

Vor ihm stand eine vermummte Frau. Sie richtete das Maschinengewehr auf ihn.

»Aufstehen!«, sagte sie unsicher.

Eugen schoss ihr in den Bauch.

Sie riss überrascht die Augen auf, ließ das Gewehr los, das an einem Gurt über ihrer Schulter baumelte, und griff mit beiden Händen nach dem blutenden Loch, bevor sie zur Seite kippte.

Eugen musste hier weg. Er nahm das Maschinengewehr und floh eine Reihe nach hinten. Er wollte weiter zur nächsten Trennwand, doch da begann es hinter ihm zu rattern.

Eugen warf sich zu Boden. Kugeln flogen um ihn herum, durchschlugen Trennwände und schepperten gegen Monitore und Drehstühle. Die Wand zur nächsten Reihe wurde umgerissen und nahm einen Tisch mit sich.

Eugen schob sich unter den Tisch und von dort ins nächste Abteil. Er wollte gerade hinter dem Computer verschwinden, als Roland den Gang entlangrannte.

»Roland! Achtung, die schießen!«, brüllte er.

Roland warf sich zur Seite, gerade als die Schüsse in seine Richtung schwenkten.

Die Soldaten waren nah. Es waren zwei, beide hatten Maschinengewehre und kamen langsam den Gang entlang.

Rolands Maschinengewehr schob sich um die Ecke, dann ratterte es los. Eugen zog den Kopf ein. Die Kugeln hinterließen eine löchrige Spur in den Stellwänden, dann war es vorbei.

Er lugte um die Ecke, die beiden Soldaten lagen am Boden. Roland kam schon auf ihn zugerannt. Es blieb ihnen keine Zeit. Roland nahm eines der Maschinengewehre, sie schlichen in den Mittelgang, von dort zur Säule und lugten an ihr vorbei.

Raffael betete in Trance und wurde noch immer von vier Bewaffneten bewacht.

»So eine Scheiße!«, flüsterte Eugen.

»Ich lenk sie ab, du schießt«, sagte Roland.

»Was?«

Roland zeigte auf das Maschinengewehr in Eugens Hand. »Weißt du, wie man das benutzt?«

Eugen schüttelte den Kopf.

»Schaft fest gegen die Schulter drücken, sonst tut's weh.« Er legte den Sicherungshebel um.

»Okay«, sagte Eugen. »Was ist mit Makana und Callahan?«

»Sind draußen, lenken Hedda ab, aber lange haben wir nicht mehr. Ich geh vor, wenn du mich hörst, komm raus und schieß!«

Roland verschwand in einem Nebengang.

Eugen lauschte: Schreie, Schüsse und noch mehr Polizeisirenen. Etwas rauschte, aber er konnte nicht sagten, was.

»Heh, ihr da!«, rief Roland von vorn.

Eugen trat hinter der Säule hervor und schoss in Richtung Raffael. Der Lärm war entsetzlich. Die Maschinenpistole wummerte, seine Schulter wurde durchgerüttelt und der Lauf wanderte immer wieder hoch, aber er hörte nicht auf, bis die Soldaten bei Raffael umgefallen waren.

»Alle erwischt?«, brüllte Eugen gegen den Lärm in seinen Ohren an. Es kam keine Antwort, aber es waren auch keine Schüsse mehr zu hören.

Er trat vor und ging langsam auf Raffael zu. Der murmelte immer noch und um ihn war ein Kreis aus verformten Patronen, als wären sie an einer unsichtbaren Hülle um ihn abgeprallt.

Roland schloss auf, hinter ihm war das Loch in der Wand. Der Himmel war pechschwarz und der Regen hatte zugenommen, so dass man keinen halben Meter weit sehen konnte.

»Beeilen wir uns. Wo sind sie?«, fragte Roland.

»Hinter der Tür, neben der der Typ da steht.«

Eugen bemerkte einen roten Fleck auf Rolands Oberschenkel, in der Hose war ein münzgroßes Loch. »Du blutest!«

Roland sah an sich runter. »Hab ich nicht bemerkt.« Er hob die Hand, um zu schnippen, und bevor Eugen einwenden konnte, dass er sich hier drin nicht heilen konnte, war die Wunde verheilt. Das musste an der Nähe zum Loch in der Wand liegen.

Eugen eilte zur Tresortür kurbelte hektisch am Zahlenrad.

»Weißt du die Kombination?«, fragte Roland und fotografierte die Tür mit einem Handy.

»Ja, 1059, sie hat die Tür vor mir aufgemacht.« Klick, klick machte das Schloss.

Roland ging neben Raffael in die Hocke. »Er steht unter Heddas Schutz. Die Kugeln sind verformt.«

»Ja, das hab ich bemerkt.« Aus dem Augenwinkel bemerkte Eugen Bewegungen am Fenster. Makana kletterte herein, er war klatschnass und tropfte.

»Genossen, wir müssen uns beeilen. Rolands Ex ist echt angefressen und wird nicht lange brauchen, bis sie merkt, dass Callahan allein auf dem Dach ist.« Er eilte zur Tresortür.

Die Wolke bewegte sich. Sie driftete aus der Mitte des Raumes auf Raffael zu.

»Sie sind da drinnen«, sagte Eugen. Das Zahlenrad rastete ein. »Zwei Ziffern noch.« Die Wolke sank hinter ihm herab, bis sie über der Abyss in Raffaels Händen schwebte.

Der Rauch begann sich von den Füßen her zu einer menschlichen Gestalt zu formen. Roland lief darauf zu und stellte sich vor sie, so dass er Eugen verdeckte. »Du kannst meinen Splitter haben!«, brüllte er.

»Mach schon!«, drängte Makana.

»Ich beeil mich ja!«

Es machte wieder klick. Eine Ziffer noch.

»Ich bekomm ihn so oder so«, sagte Hedda und hob die Hand. Ein Blitz raste hervor, Roland warf sich zu Boden. Er schlug neben Eugen ein und hinterließ ein schwarzes Loch in der Wand.

»Konzentrier dich auf das Schloss, Genosse!«

»Ja, ja.« Er erreichte die Neun und es klackte laut. Die Tür schwang auf. Eugen hechtete rein, nahm die Steine und drückte sie Makana in die Hände: »Lauf!«

Makana rannte raus.

»Hier geblieben!«, brüllte Hedda und Blitze flogen am Tresoreingang vorbei. Eugen nahm eine Abyss und ein Blitz raste auf ihn zu. Eugen duckte sich weg, der Blitz schlug in der Wand hinter ihm ein. Purpurne Funken schossen durch den Raum.

Eugen rannte raus, und während er an Hedda vorbeilief, drückte er den Revolver gegen die Abyss. »Hedda! Halt!«

Ein Blitz flackerte in ihrer Hand auf und verlosch wieder. »Du hast also einen Dschinn des Dodekagons gefunden.«

»Roland, im Tresor ist noch eine«, sagte Eugen, während er dessen Platz einnahm. Roland rannte in den Tresor. In Heddas Hand entflammte ein purpurner Funken.

»Hedda!«, rief Eugen drohend.

Sie ließ den Funken verglühen. Roland kam mit der Abyss wieder rausgerannt, tastete eine der Leichen ab und zog eine Handfeuerwaffe aus dessen Holster, die er auf die Abyss richtete.

Eugen riskierte einen Blick zur Seite. Makana war verschwunden, er war rechtzeitig entkommen.

Hedda zuckte mit den Schultern. »Und jetzt? Ach, wisst ihr was? Macht sie ruhig kaputt.«

Roland wog die Abyss in seiner Hand, kippte sie leicht und Hedda schrie auf.

»Wohl doch nicht so egal, was?«, sagte Roland. Das purpurne Licht in ihr wurde dunkler. »Ganz im Ernst? Dodekagon? Zwölfeck? Das ist der Name eures ach so tollen Dschinnordens? So viele Jahre des Nachdenkens und dann Dodekagon?«

»Was interessiert dich das?«, fragte sie.

»Wann hörst du endlich damit auf?«

Sie lächelte. »Das weißt du genau«, sagte sie zuckersüß. »Wenn ich eure Splitter habe. Aber für heute lass ich euch gehen, wenn ihr die beiden Abyss abstellt.«

»Verschwinde!« Eugen bebte. »Dann lassen wir die Teile hier stehen und du kannst sie dir holen.«

Hinter Eugen explodierte etwas, er bekam einen Schlag in den Rücken, dann in den Bauch.

Seine Beine brannten und wurden taub. Er kippte nach vorn. Eine Hitzewelle raste durch seinen Körper, eisige Kälte löste sie ab. In seinen Innereien brannte es entsetzlich, er wollte schreien, stattdessen hustete er Blut.

Eugen ging in die Knie. In seinem Bauch klaffte ein blutendes Loch. Als er sich umdrehte, war da die Frau, der er in den Bauch geschossen hatte. Sie richtete eine Pistole auf ihn, aus deren Mündung ein Dampffaden aufstieg.

»Gut gemacht!«, brüllte Hedda. Ein Blitz schoss an ihm vorbei. »Aber nur ich töte die beiden! Nur ich!«

Eugen fand sich am Boden liegend wieder. Vor ihm ging die Abyss zu Boden und rollte langsam von ihm weg.

Er schlotterte. Der Schmerz breitete sich weiter aus und erreichte seinen Hals.

»Bleib, wo du bist!«, brüllte Roland.

Eugen wendete mühsam den Kopf. Hedda hob beschwichtigend die Hände. Das purpurne Flackern in ihr nahm zu. Eugen legte sich stöhnend auf den Rücken. Der kühle Boden tat ihm gut. Ihm war übel und fürchterlich kalt, aber immerhin – der Schmerz war erträglicher.

Roland stand mit der Abyss da, um Hedda knisterten purpurne Funken. Blitze kamen hervorgeschossen und verglühten wieder. Ein lilaner Lichtbogen wuchs langsam aus ihr heraus.

»Lass das! Oder ich zerstörte beide Abyss!«, rief Roland. Dann sah er flüchtig von Eugen zu dem Loch in der Wand.

»Als ob du mich aufhalten könntest«, sagte Hedda und selbst ihre Stimme knisterte jetzt elektrisch.

Roland ließ die Abyss fallen und rannte mit großen Sprüngen auf das Loch in der Wand zu. Hedda reagierte, als Roland bereits in Reichweite der zerstörten Fensterfront war. Sie schleuderte Raucharme nach ihm, packte ihn und riss ihn zurück.

Im Fliegen schnippte Roland mit den Fingern, dann war er bei Hedda.

Eugen spürte, wie die Kälte aus ihm wich, sogar die Schmerzen ließen nach.

Hedda hielt Roland einen Moment in der Luft und lächelte. Ein purpurner Lichtball wanderte durch den schwarzen Arm und entlud sich direkt vor Roland.

Für einen Moment war die Halle von diesem purpurnen Licht erfüllt. Jemand schrie, es gab einen Schlag und das Leuchten ließ nach.

In Eugens Augen tobte ein Blitzgewitter. Roland!, dachte er verzweifelt. Er blinzelte, aber es dauerte, bis die ersten Konturen erschienen.

Hedda stand allein da. Sie hatte sich verändert. Sie war nackt, die schwarze Haut war durch rosige ersetzt worden.

Hedda bestand aus Fleisch und Blut.

An ihrem Handgelenk war die Uhr, um ihre Füße lag graue Asche und direkt vor ihren Zehenspitzen stand eine Abyss. Sie war dunkelrot und hatte einen breiten Bauch, in dem ein kirschroter Rubin eingefasst war.

Das war Rolands Abyss. Sie hatte ihn zum Dschinn gemacht.

Hedda lächelte Eugen an und zog den Fuß zurück, als wollte sie gegen die Abyss treten. Eugen sprang auf, er musste ihn retten, vielleicht konnte er ihm einen neuen Splitter besorgen.

Hedda trat zu.

»Nein!«, brüllte Eugen.

Die Abyss flog zur Seite und zerbrach.

Ein Druck dehnte sich in seiner Brust aus, Tränen stiegen ihm in die Augen. Roland ist tot. Sie hat ihn umgebracht. Er wollte toben, schreien, weinen und ballte die Faust um den Revolver.

Hedda hob die Pistole auf. »Das war Nummer eins«, sagte sie und zertrat eine von Rolands Scherben. »Und jetzt will ich Nummer zwei.«

In Heddas Augen flammte Hass auf. Sie kam auf ihn zu und Eugen riss Rolands Revolver hoch.

Doch Hedda lächelte siegessicher: »Gibst du mir deinen Splitter oder soll ich ihn mir nehmen?«

»Du hast was vergessen«, sagte Eugen und drückte ab.

Hedda taumelte zurück. Entsetzt griff sie nach ihrem Bauch. Auf ihrem Gesicht lag ein Ausdruck der Verwirrung, der sie fast menschlich machte. Zwischen ihren Händen rann Blut herab, ein stetes Rinnsal, und tröpfelte langsam zu Boden.

»Du bist kein Dschinn mehr«, sagte Eugen und machte einen Schritt nach vorn, dann noch einen. Er schoss wieder.

Hedda fiel auf die Knie, sah zu ihrem Bauch und fuhr mit den Fingern durch das Blut, das ihre Beine bedeckte und langsam eine Pfütze um sie herum bildete.

Eugen packte die Uhr. Sie krallte sich an sein Handgelenk. Blut quoll zwischen ihren Lippen hervor und ergoss sich gleich darauf in einer Kaskade über Kinn und Oberkörper. »Bitte … tu's nicht.«

»Du hast ihn umgebracht.«

Eugen riss an der Uhr, aber das Armband war verriegelt.

Etwas drückte an seiner Hüfte, gleich darauf breitete sich Schmerz aus.

Er sah hinunter, da steckte ein Messer!

Eugen ließ die Uhr los und der Revolver entglitt ihm, als er nach dem Messer griff.

Alles um ihn wurde schwarz. Er fiel und landete auf dem Boden. Er nahm alles wie durch einen dämpfenden Schleier wahr, der sich eiskalt über ihn legte. Dahinter glomm Licht und die Stimmen klangen dumpf.

»Ihr seid alles dumme Ficka!«, brüllte Raffael. Er griff sich die Pistole und richtete sie auf Eugen. »Ich pust dir die Birne vom Hals, dann ist Ruhe!«

Er drückte ab.

Es macht Klick, das Magazin war leer.

»Scheiße! Warum zum verfickten … Nichts kann einfach sein! Warum? Warum? Warum?«, brüllte er. Seine Miene veränderte sich, mit einem Mal war sie tieftraurig. »Mein Käfer«, jammerte er und warf die Pistole mit solchem Schwung auf den Boden, dass es laut schepperte.

Hedda lächelte ihn müde an. »Bring mich hier raus!«, sagte sie schwach.

Raffael drehte sich zu ihr. »Dich Fotze mach ich gleich kalt! Ich weiß, dass du hier keine Kräfte hast! Ha! Ich bin nämlich schlau! Schlauer als du!«

Er schob seine Hand in die Hosentasche und zog sie leer wieder raus. »Scheiße! Weißt du, was da mal war?«, brüllte er Hedda an. Spucke regnete aus seinem Mund. »Ein richtiges Auto! Nicht so ein verfickter Porsche! Ein richtiges, arschgeiles Automobil!«

Raffael hatte Eugen vergessen, er wandte ihm halb den Rücken zu. »Aber die Väter haben's kaputt gemacht! Kaputt! Wegen dir! Dir! Dir!« Er machte einen Schritt zur Seite, wo einer der Soldaten lag. »Ich blas dir Blei in die Fresse.«

Zitternd hob Raffael ein Maschinengewehr auf.

Eugen überlegte, wie viel Schuss er noch hatte. Aber in seinem Kopf herrschte Leere, der Schmerz in seiner Hüfte machte es ihm unmöglich, sich zu konzentrieren. Wenn er sich bewegte und keine Patrone mehr drin war, dann war er tot. Raffael würde ihn töten. Aber er musste es riskieren.

Eugen stützte sich mit links ab, spannte die Seite mit dem Messer an und robbte so langsam über den Boden.

Währenddessen beschimpfte Raffael die sterbende Hedda. »Mein Käfer! Und dieses ständige Beten!« Er zählte auf, was er alles für den Orden hatte machen müssen und wie undankbar der ihm gegenüber gewesen war.

Eugen war erschöpft, als er den Revolver erreichte. Er fühlte sich, als würde er schon sein ganzes Leben lang kämpfen. Er griff nach der Waffe, dabei schoss ein stechender Schmerz durch seinen Bauch.

Er ließ nicht los, legte die Finger um den Griff, versuchte den Revolver aufzuheben, doch der bewegte sich kein Stück. Es war, als versuchte er einen tonnenschweren Stein anzuheben.

»Ich habe so viele Opfer gebracht! Ich hab alles gemacht! Gefoltert, getötet, bei euch gelebt. Und ihr macht meinen VW Käfer kaputt!«

»Du kannst alles haben, was du willst«, flüsterte Hedda und hustete.

Eugen bündelte seine verbliebenen Kräfte und nahm die andere Hand zu Hilfe. Der Revolver hing zitternd vor ihm in der Luft. Seine Arme schmerzten. »Hey«, wollte er brüllen, aber mehr als ein Flüstern brachte er nicht zustande.

Raffael zeigte mit dem Finger auf ihn. »Du Lutschah, ich komm gleich zu dir!«

Eugen drückte den Abzug. Es kostete ihn alle Kraft, die er hatte.

Ein Schuss löste sich und der Revolver schlug nach oben aus, er hatte keine Kontrolle darüber, wohin der Schuss ging. Danach rutschte er ihm aus den tauben Fingern.

Raffael fiel nach vorne und schlug mit dem Kopf auf. Einen Moment lag er da, dann richtete er sich schwankend wieder auf und spuckte einen Schneidezahn aus.

Er lächelte und kroch auf allen vieren langsam auf Eugen zu. Dieses Lächeln war kalt und bösartig, wie vom Wahnsinn besessen. Eugen konnte nicht ausmachen, wo er ihn getroffen hatte, aber er hinterließ eine breite Blutspur.

Raffael spielte mit der Zunge in seiner Zahnlücke, sprang vor und klatsche Eugen eine Hand ins Gesicht. Eugen war zu langsam, um etwas dagegen zu tun. Er holte zum Gegenschlag aus und Treffer!

»Au!«, brüllte Raffael. Er boxte Eugen in die Seite, direkt auf das Messer.

Der Schmerz schoss ihm in den Leib, er war so allumfassend, dass es außer dem Schmerz nichts mehr gab. Eugen würgte und spuckte, meinte zu brüllen, konnte aber nichts hören.

Wieder traf ihn etwas, er landete mit dem Hinterkopf auf dem Boden und war blind, als wäre das Licht ausgegangen.

Vor ihm erschienen Mary und Susanne, sie lagen auf Tischen, nackt und voller Wunden.

Die Dunkelheit lichtete sich. Raffael hockte auf seinem Bauch. Er beugte sich über ihn, sein Kopf raste auf ihn zu.

Eugen wich aus und hörte, wie der Schädelknochen gegen den Boden stieß. Es klang hohl. Raffaels Pferdeschwanz peitschte ihm ins Auge, er griff instinktiv zu.

Mit aller Kraft riss er an den Haaren. Raffael schoss heulend zurück, die Haare wurden Eugen aus der Hand gerissen, er schlug zu und traf die Nase. Irgendetwas knackte und ein scharfer Schmerz schoss durch seinen Bauch.

Raffael hielt den Messergriff fest. Ihm war elend und schwindelig und eiskalt zugleich.

»Du!«, sagte Raffael. Er zog am Messer.

Eugen schrie, um ihn herum begann die Welt wieder in Dunkelheit zu versinken. Mit einem Mal war er auf den heißen, flammenden Fleck in seiner Hüfte reduziert. Er bestand nur aus Schmerzen. Eugen schrie sich die Lunge aus dem Leib. Er wollte, dass es aufhörte.

Wenn er jetzt nicht handelte, würden sie ihm, sobald er bewusstlos war, den Splitter abnehmen, und dann würde er in einer Abyss aufwachen.

Vergiss den Schmerz!, befahl er sich. Vergiss ihn! Er ist nicht wichtig!

Er schlug um sich, erwischte Raffael und prügelte einfach mit beiden Händen, immer wieder und so fest er konnte, auf ihn ein.

Raffael, noch immer das Messer in der Hand, kippte nach hinten, Eugen spürte jeden Millimeter Stahl, der seinen Körper verließ.

»Warum kann es nicht einmal einfach sein?«, brüllte Raffael wich zurück und rutschte im Blut aus.

Das Messer fiel zu Boden, dabei klirrte.

Raffael rollte sich zur Seite und weinte wie ein kleines Kind. »Aua ... mein Käfer ...«

Eugen griff nach dem Messer, wälzte sich träge auf die Schulter und robbte auf Raffael zu. Er holte aus, um ihm das Messer im Liegen in den Bauch rammen. Aber Raffael rollte sich auf den Rücken und riss die Arme hoch. Dabei traf er Eugens Unterarm. Eugen rutschte weg und die Klinge versank in Raffaels Kehlkopf.

Einen Augenblick passierte nichts.

Dann öffnete Raffael den Mund, er war voller Blut. Er gurgelte, gab krächzende Geräusche von sich und zuckte.

Eugen wollte aufstehen, stattdessen kippte er nach hinten um. Er wollte einatmen, aber er bekam keine Luft. Es war vergeblich. Er würde sterben.

Panik breitete sich in ihm aus. Er wollte nicht sterben. Er wollte leben und zu seiner Familie zurückkehren. Er versuchte sich aufzurichten, aber nun, da er nicht mehr angegriffen wurde, flutete erneut Schmerz durch seinen Körper.

Er holte tief Luft, aber seine Lungen waren wie gelähmt. Er driftete langsam weg. Die Welt war kalt und leer und das Licht ging langsam aus.

Makanas Gesicht tauchte über ihm auf. Seine Augen weiteten sich, als wollten sie sagen: Ich bin zu spät. Er spürte seine warme Hand am Arm. Callahan tauchte ebenfalls auf. Sie zogen ihn ein Stück über den Boden.

»Er bekommt keine Luft!«, sagte Makana.

Callahan kniete sich neben Eugen. »Warte, ich kenn das.« Er faltete beide Hände zusammen, hob sie hoch und schlug mit Kraft auf den Brustkorb.

Eugen glaubte entzweizubrechen, aber die Lähmung verschwand. Er atmete tief ein, dabei klang er wie ein Ertrinkender.

»Wo ist Roland?«, fragte Makana.

»Sie hat seine Uhr ... die Abyss kaputtgetreten«, stieß er zwischen zwei Atemzügen hervor. Makanas Gesicht verschwand aus seinem Sichtfeld und Callahan half Eugen, sich aufzusetzen.

Hedda robbte über den Boden Richtung Ausgang, doch sie war noch nicht mal bis zur ersten Reihe Bürozellen gekommen.

»Atmen«, sagte Callahan zu Eugen. Der keuchte schwach, jeder Atemzug verursachte stechende Schmerzen.

Makana zog Raffael im Vorbeigehen das Messer aus dem Hals, holte Hedda ein und stellte ihr den Fuß auf den Rücken. Sie kreischte auf, als hätte sie mehrere Stimmen: »Nein!«

Makana schüttelte nur den Kopf, beugte sich zu der Hand, an der sie die Uhr trug und begann am Verschluss zu schneiden.

Ein Beben ging durch die Halle. Die Trennwände wackelten und irgendwo piepste es.

»Du hast es nicht anders verdient«, sagte Makana. Er säbelte am Armband der Uhr und schnitt ihr dabei ins Handgelenk.

Da fegte ein gewaltiger Sturm durch die Halle. Die Trennwände fielen um. Bildschirme flogen durch den Raum. Eine Tastatur traf Eugen am Kopf. Ein Tisch flog gegen die Wand, prallte zurück und rutschte über den Boden, bis er kurz vor Hedda zum Stehen kam.

»Achtung!«, rief Callahan und warf sich schützend über Eugen. Von der Decke fielen Abdeckplatten und wurden vom Wind herumgeschleudert. Das Licht fiel aus. Riesige Betonbrocken schlugen neben ihnen ein. Kies schleuderte wie Kanonenkugeln durch die Halle, zertrümmerte Bildschirme und riss Löcher in die noch stehenden Trennwände.

Wasserfontänen stürzten herunter, auf dem Boden stand bald eine zentimeterhohe Wasserschicht. Haselnussgroße Hagelkörner prasselten herab, über Eugen schrie Callahan auf.

Dann war es vorbei, nur der Regen stürzte noch herunter.

Die halbe Decke fehlte. Darüber zuckten Blitze und schwarze Wolken kreisten wie in einem Wirbelsturm. Ein breit gebauter Mann stand vor dem Tresorraum. Er hatte eine Glatze und seine Augen leuchteten grün.

»Was ...«, sagte Eugen.

»Der Baron«, flüsterte Hedda und erschauerte.

Und Eugen erkannte ihn wieder, von dem Bild, das er an der Pinnwand gesehen hatte.

Makana, der sich bis eben nicht gerührt hatte, rief zu Eugen: »Lauft!« Dann zog er das Messer über Heddas Handgelenk, so dass sie laut aufschrie.

Callahan sprang auf, half Eugen auf die Füße und zog ihn in die Richtung des Lochs in der Wand. Eugen stolperte und wäre beinahe gestürzt, doch Callahan packte ihn an der Hüfte und zog ihn mit sich. Hinter ihnen kreischte Hedda. Der Baron lachte, Makana rief etwas, was Eugen nicht verstand.

»Hilf ihm!«, sagte Eugen. »Ich schaff das schon.« Doch Callahan schüttelte den Kopf. Klar war, wenn er Eugen nicht auf den Beinen gehalten hätte, wäre er sofort wieder zusammengesackt.

Sie hatten das Fenster fast erreicht, der Boden bebte, als würde er gleich unter ihnen aufreißen. Am Fenster angekommen, sah Eugen wieder in die Halle zurück.

Der Baron hatte die Arme gehoben. Sein Trenchcoat flatterte im Wind. Aus den Jackenärmeln strömten unzählige Raben. Er verschwand hinter dieser schwarzen Wand, die sich sogleich auf Callahan und Eugen stürzte. Es waren hunderte Raben, sie waren in wenigen Sekunden bei ihnen und hackten auf sie ein.

»Raus!«, brüllte Makana, auf einmal dicht bei ihnen. Aber um Eugen gab es nichts anderes mehr als schwarzes Gefieder. Er spürte Callahans Griff sich lockern, dann verlor er den Halt. Callahan schrie und die Raben strömten an ihm vorbei zum Fenster.

Eugen ging wie ein nasser Sack zu Boden.

»Eugen!«, rief Makana. Und Eugen wollte antworten, doch ihm fehlte die Kraft dazu.

»Eugen! Komm!«

»Lauf!«, rief Eugen und robbte Richtung Fenster. Makana antwortete nicht, er musste auf ihn gehört haben. Jetzt war es allein an Eugen, ob er lebend aus dieser Halle kam oder nicht.

Die Raben flatterten wild herum. In der schwarzen Flut tauchte ein perlweißes Licht auf. Die Raben stürzten sich darauf, flogen hinein und lösten sich auf, als würden sie durch unsichtbares Feuer verbrennen.

Dieses perlweiße Licht schwebte zwischen den Händen des Barons. Seine Handflächen zeigten zueinander. Je weiter er die Hände voneinander entfernte, desto mehr veränderte sich der Ball. Er streckte sich, nahm eine ovale Form an, wie die eines Embryos, das zu einem Kätzchen wuchs, das sich in einen Leoparden verwandelte.

Das ausgewachsene Tier eilte auf Eugen zu, holte ihn ein, sprang vorbei und Eugen hörte Makana aufschreien. Er war gerade dabei gewesen, aus dem Loch in der Wand zu klettern, aber der Leopard hatte sich in sein Bein verbissen und zerrte ihn zurück.

Das alles hatte keinen Lidschlag gedauert. Der Baron wandte sich Eugen zu. Wieder bebte die Erde, diesmal wackelten die Wände. Die Schachtel vibrierte in Eugens Hose. Der Baron kam langsam auf Eugen zu, als könne ihn nichts aus der Ruhe bringen. Eugen hievte sich auf die Knie. Der Baron packte Eugens Hose. Seine Hand umschloss die Schachtel, die nun wie wild zitterte.

Ein Schuss krachte. Der Baron ächzte, wich zurück und ließ dabei die Schachtel los.

Er war nicht getroffen. Callahan stand neben Makana, sein linkes Auge blutete und seine Arme waren von Krallen zerfetzt, aber er hielt ein Maschinengewehr im Anschlag. Er hatte den Leoparden erschossen, unter dem Makana nun hervorkroch.

Callahan richtete die Schusswaffe auf den Baron und schoss. Der Baron riss die Arme hoch, aus den Ärmeln kamen Raben, die Schüsse erreichten sie und Federn flogen herum, Raben stürzten tot zu Boden.

Wie ein Tornado umkreisten die Vögel den Baron. Und er dehnte sich aus.

Eugen kroch zurück, auf Makana zu. Callahan schoss weiter, immer mehr schwarze Vögel krachten zu Boden. Jedes Mal stieß der Baron einen schmerzerfüllten Schrei aus.

Etwas traf Callahan am Kopf, der verriss den Gewehrlauf, fiel und landete neben Makana, ohne mit dem Schießen aufzuhören. Schüsse pfiffen über sie hinweg.

Hinter ihnen lachte der Baron.

Eugen erreichte das Fenster.

Makana berührte Callahan am Arm, Eugen am Bein und sie sprangen.

Im nächsten Moment schoss Callahan auf eine Decke aus grauen Styroporfliesen. Um sie herum schrien Menschen. Makana rang Callahan nieder, bis er bewusstlos liegen blieb, das Gewehr fiel neben ihm zu Boden.

»Ein Arzt! Schnell!«, brüllte Makana und stopfte Rolands Uhr in die Hosentasche. »Wir brauchen einen Arzt!«

38

Ein Windhauch blies Ukulelenklänge durch das offene Fenster von Makanas Hütte. Aus dem alten Röhrenradio auf der Veranda sang Israel Kamakawiwo'ole den Sommersong von 2005: »Ooh-ooh-ooh ... Somewhere over the rainbow ... Way up high«.

In der Küche werkelte Callahan vor sich hin, draußen waren Makana, Susanne und Mary mit der Vorbereitung des Essens beschäftigt. Eugen kniete vor dem Couchtisch, um ihn herum standen die drei Ledersofas. Auf dem Tisch lag Rolands goldene Uhr, in der der Splitter ruhte.

Eugens Hüftverletzung heilte gut, aber bis er vollständig genesen war, würde es noch Monate dauern. Das Messer hatte die Leber getroffen und die Ärzte hatten einen Teil seines Darms entfernen müssen. Ohne Roland brauchte es Zeit.

Er, Makana und Callahan hatten überlebt, auch dank ihrer Splitter, obwohl sie große Mengen Blut verloren hatten und allein deswegen schon das Zeitliche hätten segnen müssen. Aber wenn Roland ihn nicht kurz vor seinem Tod geheilt hätte, wäre Eugen sicher nicht hier und würde darauf warten, dass er und seine Familie sich erholten.

Eugen schloss die Augen. »Ich vermisse dich, mein Freund«, sagte er leise und spürte, wie ihm Tränen über die Wangen liefen.

Er öffnete die Augen wieder und betrachtete die Uhr. Er hätte gerne mit Roland über seine Familie geredet, ihm erzählt, wie es ihnen ging, und sich dann seinen Redeschwall angehört. Und am Ende wäre es ihm besser gegangen.

»Callahan hat Susanne und Mary wiedererweckt«, sagte er zu der Uhr. »Aber ... es geht ihnen nicht gut. Mary wacht nachts immer wieder schreiend auf und Susanne hat keine acht Stunden geschlafen, seit sie von der Krankenliege aufgestanden ist. Sie weigert sich Schlaftabletten zu nehmen. Keiner von beiden redet mit mir über das, was ihnen angetan wurde. Sie behaupten sich an nichts zu erinnern, aber das glaube ich nicht. Doch was soll ich machen? Was soll ich nur machen.«

Was, wenn Callahan recht hatte und Susanne und Mary eben zu den Menschen gehörten, die das Trauma ihres Todes nie würden verarbeiten können? Das konnte er nicht aushalten!

»Eugen?«, rief Makana von draußen. »Essen!«

Eugen wischte sich die Tränen von den Wangen. »Ja, Sekunde.«

Er wandte sich wieder der Uhr zu. »Ich weiß nicht, wo du jetzt bist, aber ich hoffe, es geht dir gut. Callahan ist nach dem Sturm noch mal zur Lagerhalle gegangen. Er konnte die zwei Abyss aus dem Tresor und die von Hedda bergen, aber die Scherben deiner waren weg. Wir suchen jetzt nach dem Baron, auch wenn wir nicht wissen, warum er ausgerechnet dich mitgenommen hat.«

Eugen stand auf und ging durch das Fliegengatter zu den anderen nach draußen. Die ersten Regenwolken zogen bereits auf. Makana saß im Rollstuhl am Grill, die Ärzte hatten ihm das Bein unterhalb des Knies amputiert. Eigentlich hätte er im Krankenhaus liegen sollen, aber für den heutigen Tag, hatte er sich mit Schmerzmitteln vollgepumpt und war rausgeschlichen. Neben ihm stand Mary. Susanne saß am Tisch auf der Veranda und rauchte eine Zigarette.

»Noch Krabbe?«, fragte Makana Mary und sie nickte. Makana wendete das leuchtend rote Schalentier, so dass die Beine am Brustkorb zusammengefaltet waren. »Ist ausgezeichnet, habe ich selbst gefangen, Genossin.«

»Wirklich?«, fragte Mary erstaunt.

Makana nickte ernst.

Sie zeigte auf den Mülleimer neben dem Grill. »Aber da liegt eine Verpackung!« Obenauf lag eine blaue Pappschachtel, auf der Krabben abgebildet waren.

Eugen ließ sich langsam neben Susanne nieder, was seine Verletzung brennen ließ. Susanne, die trotz der paradiesischen Temperaturen eine dicke Strickjacke trug, starrte geradeaus, als sie ihn neben sich spürte, rang sie sich ein Lächeln ab, bevor sie die Zigarette im Aschenbecher ausdrückte.

Callahan stieß mit dem Rücken das Fliegengitter auf. Er balancierte gefüllte Rotwein- und Schnapsgläser auf einem runden Tablett, die Arme noch in Verbänden von den Verletzungen, die ihm die Raben des Barons zugefügt hatten. »Lambrusco und Rum!«

Makana ließ die Krabbe auf Marys Teller fallen. »Genosse!«, rief er feierlich aus. »Endlich.«

Callahan wandte sich Susanne und Eugen zu. Er trug eine Augenklappe, das linke Auge war nicht mehr zu retten gewesen. Die Raben hatten es zu sehr malträtiert. »Magst du auch einen?«

»Nein, danke, für mich nicht«, sagte Eugen. Seit er den Splitter aufgehoben hatte, war sein Bedürfnis nach Alkohol erloschen.

Mary setzte sich zu ihren Eltern an den Tisch.

»Okay, was ist mit dir, meine Liebe?« Callahan zwinkerte Susanne zu.

»Ja, gern.« Sie nahm zwei Rotweingläser und trank das erste in einem Zug aus. Eugen nahm ihre Hand, aber sie entzog sie ihm. Callahan ging zu Makana an den Grill.

»Makana ist ein Lügner«, sagte Mary gut gelaunt. Eugen betrachtete ihre dunklen Augenringe und die gereizte Haut darum. Sie musste wieder geweint haben.

»Hey«, protestierte Makana. »Ja, okay, stimmt schon.« Er stieß mit Callahan an und kippte einen Schnaps. Mary leckte sich die Unterlippe und zupfte der Krabbe ein Bein ab.

»So wird das nichts«, sagte Eugen.

»Aber wieso denn nicht!«

»Siehst du?« Eugen legte das Bein in die geriffelte Mulde der Krabbenzange und knackte die Schale.

Makana drehte den Rollstuhl. »Es wird gleich regnen, wir sollten los.«

Eugen setzte sich einen Strohhut auf den Kopf. Callahan holte einen gepackten Rucksack aus der Hütte und stellte ihn auf den Tisch. Sie hatten ihn für den Entbeiner vorbereitet.

»Sind gleich wieder da.«, sagte Eugen zu Susanne. Er lehnte sich rüber und küsste sie. Ihre Lippen waren trocken und aufgerissen. Sie reagierte kaum. »Lauft mir nicht weg.«

»Nein, nein, Papi«, sagte Mary, während sie weißes Fleisch aus der Schale pulte.

»Bist du dir sicher?«, fragte Eugen Makana. »Meinst du, du hast genug Kraft?«

»Dafür? Klaro«, sagte Makana und lächelte. »Hab euch ja vorhin auch aus euren Häusern geholt.« Das stimmte zwar, aber er hatte auch zwei Stunden gebraucht, bis er nicht mehr bleich wie ein Laken gewesen war.

Eugen schulterte den Rucksack und legte eine Hand auf Makanas Schulter.

»Pass mir auf den Grill auf«, sagte Makana zu Callahan.

»Aber ja doch.« Er lächelte.

Auf einmal standen sie vor dem Entbeiner, Makana in seinem Rollstuhl. Der Entbeiner war noch immer an dem Baum in El Quique in Argentinien gebunden. Er bibberte und hatte blaue Lippen. Sein Gesicht war von den vielen Schlägen geschwollen, die ihm Eugen verpasst hatte. In der Ferne stand ein verrostetes Schiffswrack am dunklen Strand, dahinter glitzerte das Meer.

»Endlich ... Gott sei Dank! Ich hab solchen Hunger«, rief er, als er sie erblickte. Tränen rannen ihm über die Wangen. »Bitte, macht mich los.«

Um den Baum herum waren lauter Löcher im Boden, in denen Wasser stand. Der Entbeiner musste so Regenwasser gesammelt haben, um nicht zu verdursten. Weiter hinten war ein größeres Loch, in dem er seinen Unrat angehäuft hatte.

»Ich mach dich los«, sagte Eugen. »Aber mach keinen Scheiß.«

Der Entbeiner versicherte, alles zu machen, was er ihm sagte. Eugen machte sich keine Sorgen, so geschwächt wie er war, und schnitt ihn los. Er und Makana hatten lang darüber nachgedacht, was sie mit ihm anstellen sollten. Er war dafür gewesen, ihn auf dem Meer auszusetzen, aber Makana hatte einen besseren Einfall gehabt.

Eugen reichte ihm den Rucksack: »Hier.«

Der Entbeiner nahm ihn sofort entgegen und wollte ihn aufmachen. »Ist da was zu essen drin?«

»Warte noch, wir setzen dich gleich wo ab, da kannst du essen«, sagte Makana.

Der Entbeiner sah von Eugen zu Makana und wieder zu ihm. »Wo bringt ihr mich hin?«

»Wirst du schon sehen. Streck deine Hand aus!« Eugen legte seine Hand auf Makanas Schulter und Makana nahm die zögerlich vorgestreckte Hand des Entbeiners.

Sie befanden sich in einem Flur, die Wände waren beige gestrichen, der Putz blätterte. Vorn war ein Schalter, in dem eine Frau in blauer Uniform saß, davor stand eine Schlange, an deren Ende sie sich befanden.

»Wo sind wir?«, fragte der Entbeiner.

»Mach bitte mal die Tasche auf, dann geht's weiter«, sagte Eugen. Der Entbeiner ging in die Hocke und öffnete den Rucksack. Er wurde bleich, als er die Pistolen darin sah.

»Pistole!«, brüllte Makana. »Waffe! Der will uns alle umbringen.«

Die Leute in der Schlange kreischten und duckten sich weg. Ein Mann ließ seine Handtasche fallen und rannte an ihnen vorbei zum Ausgang.

Eugen und Makana rannten mit der Menge nach draußen. Über dem Eingang stand in großen Buchstaben POLIZEIDIREKTION FRANKFURT NORD. Von dort beobachteten sie, wie Polizisten den Entbeiner mit gezogenen Waffen umstellten.

»Auf den Boden!«, brüllte ein gewichtiger Polizist. Er warf den Entbeiner um, drückte ihm sein Knie in den Rücken und fixierte die Arme seitlich.

Eugen dachte daran, wie er den Abschiedsbrief für den Entbeiner unterschrieben und in den Rucksack gesteckt hatte, in dem Jan Ulrich beichtete, für das Massaker im Industriegebiet Frankfurt verantwortlich zu sein.

Makana lachte und sie sprangen auf die Insel zurück.

»Und?«, fragte Callahan. Er wendete gerade eine weitere Krabbe. Susanne steckte sich eine Zigarette an und Mary war dabei, den Brustkorb des Schalentiers mit einem Messer aufzuhebeln.

Makana konnte seine Freude nicht verbergen. »Du hättest dabei sein müssen. Es war köstlich. Da fällt mir ein ...« Makana zog eine schmale Ledermappe hinter dem Rücken hervor und überreichte sie Eugen. »Hier.«

Der betrachtete ihn verwirrt. »Was ist das?«

»Mach auf. Ein Geschenk von Roland.«

»Roland?« Tränen brannten ihm heiß in den Augen.

Makana nickte. »Genosse, mach auf.«

Eugen zog den Reißverschluss auf und öffnete die Mappe. Darin waren gefaltete Papiere und mehrere Bankkarten aus Metall, alle mit seinem Namen drauf.

Er faltete die Unterlagen auseinander. Es waren Eigentumsurkunden für mindestens zwei Häuser, eins in Paris, das andere in Nepal. Dahinter rutschte eine Urkunde für das Grundstück in El Quique hervor. Runde, unterschriebene Stempel bestätigten ihre Echtheit.

»Was soll ich mit den Häusern?«, fragte er.

»Dort leben«, sagte Makana.

»Ich habe ein Haus.«

»Dahin kannst du nicht zurück. Die Adresse ist dem Orden bekannt und damit zu gefährlich.«

»Auf den Konten sind etwa vierzehn Millionen Euro. Das sollte für den Anfang reichen«, sagte Callahan. »Aber leg was davon an, damit dir das Geld nicht ausgeht.«

»Ist das euer Ernst? Das ist viel zu viel.«

»Ich habe genug Geld und Roland braucht die Häuser nicht mehr, und wenn man so lange lebt wie wir, dann kommt das Geld irgendwann und verlässt einen nicht mehr.«

»Ich weiß nicht, was ich sagen soll ...«

»Nichts«, sagte Makana. »Wir werden noch genug mit dem Orden zu tun haben, wenn wir Roland finden wollen, aber erst mal müssen wir uns auskurieren. Werde gesund, genieß dein Leben mit deiner Familie, und sobald wir alle wieder fit sind, gehen wir dem Orden auf den Keks, Genosse.«

Mary stand auf und sah auf die Urkunde in seinen Händen. »Zeig mal, zeig mal. Paris? Ist es da schön?«

»Wunderschön«, sagte Makana.

FORTSETZUNG FOLGT

Begonnen: 25.01.2022
Beendet: 14.03.2022

Eine kleine Bitte

Gute Rezensionen sind für unabhängige Autor:innen überlebenswichtig, um mit den großen Verlagen und ihren riesigen Werbebudgets konkurrieren zu können. Zudem rezensieren eher Menschen, die im Werk nicht gefunden haben, was sie gesucht haben, als die, denen es wirklich gut gefallen hat. Das verzerrt die Bewertungen und führt zu einem weiteren Wettbewerbsnachteil.
Bitte scannen Sie den nachfolgenden QR-Code und hinterlassen ein paar Sterne für mein Buch. Ebenso freue ich mich natürlich, wenn Sie ein nettes Sätzchen dazu schreiben. Ich danke Ihnen vielmals, dass Sie mir helfen, mein Buch auf Amazon sichtbar zu machen.

Ich hoffe, Sie hatten mindestens genauso viel Spaß beim Lesen wie ich beim Schreiben. Danke, dass Sie meine Geschichte gelesen haben. Wenn Sie Lust haben, mir zu schreiben, dann nutzen Sie gerne folgende E-Mail-Adresse: Christian@ChristianKaessmayer.de.
Ich freue mich auf Ihre Nachricht und antworte, so schnell ich kann – natürlich wird jede E-Mail von mir persönlich beantwortet.
Auf Instagram heiße ich: ChristianKaessmayer und eine Website habe ich auch: www.ChristianKaessmayer.de. Wenn Sie meine nächste Veröffentlichung nicht verpassen möchten, dann einfach den QR-Code mit dem Handy scannen und in den Newsletter eintragen – und kostenlose Kurzgeschichten erhalten.

Danke und liebe Grüße
Christian Kässmayer

https://www.amazon.de/~/e/B0B6CNQSVM

https://christian-kaessmayer.de/newsletter/

Bruno

DAS BÖSE AUS DER KLEINSTADT

Ein Monster aus einer anderen Welt. Freundschaft, die durch die Hölle geht. Eine verschlafene deutsche Kleinstadt in den Siebzigern, die Sommerferien stehen vor der Tür. Es sind die letzten für Konstantin und seine Freunde, bevor der Ernst des Lebens beginnt. Sie wollen die Zeit gemeinsam verbringen, weit weg von ihren Eltern, von Misshandlung und Armut. Doch das Böse wartet auf sie, nistet sich in die Köpfe der Stadtbewohner ein und macht Jagd auf die fünf Freunde. Bald haben sie keine Möglichkeit mehr, ihm zu entkommen und Hoffnung wird zu einer Überlebensfrage.

https://www.amazon.de/dp/B0B5NJ1KT2

1. Auflage
Vollständige deutsche Taschenbuchausgabe 05/2023

Am Steinernen Kreuz 24, 61169 Friedberg
Lektorat und Korrektorat: Gundel Steigenberger, www.lektoratsteigenberger.de
Cover & Buchsatz: Christian Kässmayer,
www.christiankaessmayer.de
ISBN: 979- 8377232506